SUSANNE HASENSTAB
Irgendwo zwischen Liebe und Musterhaus

Susanne Hasenstab

Irgendwo zwischen Liebe und Musterhaus

Roman

blanvalet

MIX
Papier aus verantwortungsvollen Quellen
FSC® C014496
FSC www.fsc.org

Penguin Random House Verlagsgruppe FSC® N001967

1. Auflage 2021
Taschenbuchausgabe 2021 bei Blanvalet,
einem Unternehmen der Penguin Random House Verlagsgruppe GmbH,
Neumarkter Straße 28, 81673 München

Redaktion: Susann Rehlein
Umschlaggestaltung und -motiv: © www.buerosued.de
JB · Herstellung: eR
Satz: Vornehm Mediengestaltung GmbH, München
Druck und Bindung: GGP Media GmbH, Pößneck
Printed in Germany
ISBN 978-3-7341-0666-8

www.blanvalet.de

Kapitel 1

WIR HÄTTEN AN diesem Freitag einfach wie immer zum Fettgriechen gehen sollen. Einfach wie immer zum Fettgriechen, und alles wäre beim Alten geblieben. Aber ausgerechnet an jenem Tag hatte Herr Böhmann Lust auf Veränderung.

Zunächst ist alles wie immer. Pünktlich um dreizehn Uhr tritt er an meinen Schreibtisch, legt seine Hand mit dem unheimlichen, vom Nagelpilz zerstörten Zeigefingernagel neben meiner Tastatur ab, dann seufzt er tief, halb ermattet, halb erleichtert, dass jetzt in Kürze die Mittagspause eine Schneise der Hoffnung in seinen trüben Tag schlagen wird.

»Also ich wär so weit«, sagt er.

»Ja, gehn wir«, erwidere ich, den Blick aber auf dem Bildschirm, weil immer noch was zu aktualisieren ist oder irgendwelche Fenster zu schließen sind.

»Gehn wir?«, fragt Herr Böhmann, immer dieser kleine Beckett-Dialog zwischen uns, bis wir endlich aufbrechen.

»Ja, ich bin fertig«, sage ich, stehe aber nicht auf.

»Keine Hektik.« Herrn Böhmanns Hand verharrt während des Mittagspausen-Einstiegsgesprächs stets neben meiner Tastatur, als mahnendes Zeichen des Aufbruchs oder was weiß ich, jedenfalls beeile ich mich wirklich, abmarschbereit zu werden, weil ich nicht ständig den gruseligen zersplitterten Fingernagel aus dem Augenwinkel ansehen mag.

»Bist du so weit?«

»Ja, gehn wir.«

»Keine Hektik.«

»Nee, ich bin fertig. Gehn wir.«

Dann fragt Herr Böhmann, und das ist die folgenschwere Abweichung in unserem verkrusteten Ritual, ob man heute nicht ausnahmsweise den Nudeltag beim Da Giovanni wahrnehmen könne statt wie gewohnt das Freitagsmenü beim Fettgriechen.

»Okay, können wir machen.« In diesem Moment ist mein Schicksal quasi besiegelt, aber zum Glück weiß ich davon noch nichts. Ich aktualisiere noch mal die E-Mails, nichts Neues. Während ich meine Handtasche einräume, erläutert Herr Böhmann seine Motive. Nach dem letzten Besuch beim Fettgriechen am vergangenen Freitag habe er das ganze Wochenende über Sodbrennen gehabt, auch große Mengen Bullrich-Salz und Heilerde hätten ihm keine Linderung verschafft, und er sei sich nicht sicher, ob die Dionysos-Platte, die er damals gegessen hatte, in der Zwischenzeit überhaupt schon seinen Körper verlassen habe.

»Kein Problem, gehn wir zum Da Giovanni«, sage ich schnell, bevor er seine Verdauungsproblematik noch detaillierter ausführt.

Um 13.12 Uhr verlassen wir die Redaktion und machen uns auf den Weg zum Nudeltag. Der Fettgrieche, der eigentlich Poseidon heißt, ist berüchtigt für seine riesigen, verklumpten Fleischberge, die einem den Magen über Stunden wie Flüssigbeton ausfüllen, dafür kostet der Mittagstisch aber auch nur 4,50 Euro, weniger als im

Thai Express. Egal, ich kann nachvollziehen, dass man ein Unbehagen gegen ein Restaurant entwickeln kann, dessen Gerichte einem über Tage hinweg störrisch im Darm verharren.

Wir gehen schweigend die Bahnhofstraße entlang in Richtung Marktplatz, wo sich der Da Giovanni befindet. Als ein herbstlicher Nieselsprühregen einsetzt, wühlt Herr Böhmann umständlich einen rot-grün karierten Knirps aus seiner Herrenhandtasche, befindet den Niederschlag dann wohl aber doch als zu schwach, um sich dagegen mit einem Schirm zu rüsten, und zieht stattdessen eine knisternde Kapuze aus einem Wulst am Nacken seiner wetterfesten blauen Übergangsjacke und stülpt sie sich über die Glatze.

Herr Böhmann wird von Besuchern in der Redaktion manchmal für behindert gehalten, dabei ist er einfach nur sehr freundlich, leise und unbeholfen. Eine Kollegin erzählte mir, Herr Böhmann habe vor zehn Jahren einen Unfall beim Bungee Jumping gehabt. Er sei in Neuseeland von einem Hochhaus gesprungen und blöd mit dem Kopf irgendwo aufgekommen, und seitdem sei er »so«. Ich kann es überhaupt nicht glauben, dass Herr Böhmann jemals im Höhenrausch und voller Adrenalin von einem Hochhaus gesprungen sein soll, wenn ich ihn so anschaue, wie er jetzt neben mir her trabt in seinen schwarzen Gesundheitsschuhen. Irgendwann werde ich ihn fragen, ob die Story stimmt. Jedenfalls mag ich ihn gerne. Herr Böhmann läuft oft schräg hinter mir wie ein freundliches Begleitfahrzeug. Auch er scheint nicht ungern mit mir seine Mittagspause zu verbringen – sonst stünde er wohl nicht Tag für Tag an meinem Schreibtisch, um mich abzuholen – zeigt jedoch keinerlei Interesse an meiner Person. Gegenseitiges Desinteresse ist wahrscheinlich eine wichtige Voraussetzung für eine funktionierende Beziehung, überlege ich mir. Wenn man sich einfach gegenseitig in Ruhe lässt, kommen kein Streit und kein Zwist auf, und man kann in Frieden zusammen alt werden.

Wir überqueren den Marktplatz, Herr Böhmann mit wehem Blick und etwas gekrümmt, vielleicht wegen des Herbstwinds, der uns entgegenbläst, vielleicht weil er in seinen Eingeweiden eine acht Tage alte, halb verweste Dionysos-Platte mit sich herumträgt, ich stelle keine Fragen. Vor dem schmucklosen Marktplatzbrunnen liegen sechs Heuballen, daneben ein Schubkarren voller Kürbisse, Überbleibsel von irgendeiner Erntedankfeierlichkeit. Weder Herr Böhmann noch ich kommentieren das seltsame Ensemble. Weitgehender Kommunikationsverzicht ist die tragende Säule unserer jetzt schon seit anderthalb Jahren bestehenden Mittagspausenpartnerschaft.

Wir bestellen beide Spaghetti mit Meeresfrüchten, dann holt jeder sein Smartphone heraus. Ich habe eine WhatsApp von Jonas. Ob ich an den Termin denke heute um fünf. Wir haben eine Hausbesichtigung in einem Neubaugebiet. Ein »sympathisches Reihenendhaus in bester Lage«. Ich weiß nicht, was die Nachricht soll. Als hätte ich je einen Besichtigungstermin verpasst. Wahrscheinlich merkt er, dass sich bei mir eine gewisse Gereiztheit in Bezug auf sein Häuslichkeitsprojekt eingestellt hat. Ich tippe »Ja«, woraufhin Jonas »Super, freu mich« schreibt und ein rosa Herz schickt. Obwohl alles gesagt ist, schreibt er noch mal »Also, dann bis um fünf«, als wäre mir wirklich zuzutrauen, dass ich die Uhrzeit vergesse, schließlich schickt er noch ein rotes Herz und einen Daumen-nach-oben-Smiley, was für eine dämliche Kombination. Ich schicke ihm ein von einem Pfeil durchschossenes blaues Herz und einen Knutsch-Smiley, dass endlich Ruhe ist.

Ruhe ist natürlich nicht, stattdessen schickt er drei selige Smileys mit Heiligenscheinen, was zeigen soll, wie glücklich ihn das durchschossene blaue Herz und der Knutsch-Smiley machen. Ich stecke das Handy wieder in die Handtasche und spüre eine plötzliche Niedergeschlagenheit.

Herr Böhmann zeigt mir ein verwackeltes Katzenvideo, das ihm seine Frau geschickt hat. Eine Katze steht vor einer Spiegelwand und kämpft gegen sich selbst. Da wir die einzigen Gäste bei Giovanni sind, kann er den Ton anlassen, und man hört Leute lachen und »Oh my gaaad!« rufen, während die Katze gegen die Spiegel knallt. Giovanni steht derweil vor dem Fenster und raucht. Eigentlich heißt er Jens und kommt aus Mannheim. Seine Frau ist die Köchin, sie heißt Oana und kommt aus Rumänien. Das Altöl, in dem sie die Meeresfrüchte brät, kommt aus dem Schwarzen Meer, so vermuten Herr Böhmann und ich zumindest. Egal, was man im Da Giovanni bestellt, es schmeckt fischig und schwer, weswegen wir meistens die Meeresfrüchtenudeln nehmen, denn wenn die fischig und schwer schmecken, ist das natürlicher, als wenn man eine Salamipizza oder Hackfleischlasagne mit Fischgeschmack isst.

Alle paar Monate fährt die Rumänin zu ihrer Familie in die Hafenstadt Constanza, wo sie wahrscheinlich die für den Restaurantbetrieb benötigten Altölbestände auffüllt. Während Oana weg ist, kocht Jens, aber vermutlich wärmt er nur von Oana vorgekochte Gerichte auf, denn die langen Absenzen der Köchin haben sich noch nie in einer kulinarischen Veränderung bemerkbar gemacht.

Mein Handy vibriert in der Handtasche. Jonas schon wieder. Er schreibt, das Möbelhaus Soundso bei Wiesbaden veranstalte heute die »Lange Nacht der Musterhäuser«, von zwanzig Uhr bis drei Uhr morgens. Inga und Borke hätten ihn gerade gefragt, ob wir Lust hätten, da hinzugehen.

Ich habe nicht die geringste Lust, auf die Lange Nacht der Musterhäuser zu gehen. Es ist höchste Zeit, aktiv zu werden, das ahne ich, irgendetwas muss geschehen, sonst wird sich die Schlinge namens Eigenheimerwerb immer enger um meinen Hals ziehen. Ich überlege, wie viel Geld ich auf dem Konto habe und wie lange ich damit überleben könnte, wenn ich alles abheben und verschwinden würde. Es gibt doch so billige Länder, Thailand oder so, da kann man mit zwei Euro am Tag angeblich königlich leben, aber ich will überhaupt nicht nach Thailand, das ist viel zu weit weg, und die Leute sind so klein. Ich will aber auch nicht mit einem befreundeten Pärchen auf die Lange Nacht der Musterhäuser.

»Weiß nicht, mal gucken«, schreibe ich Jonas.

Dieser schickt umgehend ein verdutzt dreinschauendes Smiley. »Wieso, wir ham doch sonst nix vor, oder? Inga und Borke würden uns auch abholen und wieder heimfahren.«

Na dann ist ja alles bestens. Wir können uns bei der Langen Nacht der Musterhäuser ja gleich zusammen mit Inga und Borke ein schlüsselfertiges Musterhaus aussuchen und in einem familienfreundlichen Gebiet errichten lassen. Da drin wohnen wir dann, zwei befreundete Pärchen, bald Ehepaare, und ein Kinderzimmer nach dem anderen wird gefüllt. Mich überfällt Mutlosigkeit. Ich kann Jonas nicht begreiflich machen, was ich an Unternehmungen wie der ominösen Musterhausnacht so schlimm finde, weil ich es ja nicht einmal selbst verstehe.

Giovanni tischt die Meeresfrüchtenudeln auf.

»Bin grad beim Essen, können ja kurzfristig entscheiden«, schreibe ich. Kurzfristig entscheiden, das klingt doch gut, es klingt nach Spontaneität und Schwung, nicht nach missmutiger Verweigerungshaltung.

Die Oktopusse und Krabben haben die Konsistenz lange gelagerter Gummibärchen, man kann sie kaum kauen, sie werden aber auch nicht kleiner, wenn man sie lutscht. Wir haben gerade den zweiten Bissen im Mund, da geht wie im Bauerntheater die Tür auf, und herein kommt Heinrich Waldemar Ertel, gefolgt von seinem unsympathischen, nervösen Hund – irgendein langbeiniges, dünnes Mischlingsvieh mit rotbraunem Zottelfell.

»Katja, was für ein Zufall! Wie schön, dich mal wieder zu sehen!«, ruft Heinrich lauthals durch das zum Glück leere Lokal – auch die Anwesenheit anderer Gäste hätte ihn nicht dazu veranlasst, seine Lautstärke zu drosseln. Mit dramatisch ausgebreiteten Armen tritt er an unseren Tisch, wedelt mit den Armen, was seinen zuckenden Hund noch nervöser macht, und ich stehe auf, noch mit vollem Mund, um Heinrich die Begrüßungsumarmung zu gewähren.

Er presst mich so fest an sich, dass es mir den Ölnudel- und Meeresfrüchtebrei in der Speiseröhre ein Stück nach oben drückt. »Katja«, sagt er noch einmal, »was für eine Fügung, wir haben uns ja eine Ewigkeit nicht gesehen!«

Er streichelt mir über den Rücken, während zu unseren Füßen der hagere Zottelhund im Quadrat springt und mit seinem langen Schwanz gegen Stuhl- und Tischbeine schlägt. Ganz so erregt wie sein Hund ist Heinrich zwar nicht, trotzdem entwinde ich mich möglichst schnell seiner Umklammerung und lasse mich wieder in der schützenden, geschlechtslosen Aura von Herrn Böhmann nieder.

Heinrich trägt eine dunkelblaue Baskenmütze, seinen Körper umhüllt ein beiges Textiliensammelsurium, das man vielleicht als eine Art Herren-Freizeitanzug beschreiben könnte, viel luftig geschnittenes Leinen und Hirschholzknöpfe sind dabei. Ich habe ähnliche Kleidungsstücke kürzlich in einem Film gesehen, der in den zwanziger Jahren auf einem Hochseedampfer spielte, wo Herren in solchen flatternden Freizeitanzügen übers Deck flanierten, oft mit Spazierstock, ein Detail, das in Heinrichs Gesamtkomposition fehlt.

Es sind ein paar Wochen vergangen, seit er mich zum letzten Mal zufällig in der Stadt abgefangen und sich an mir festgelabert hat, und seitdem ist ihm ein Bart gewachsen, wie er ekliger kaum sein kann, denn eigentlich ist es nur ein grauer, buschiger Ring rund um den Mund herum.

Heinrich Waldemar Ertel war früher Leiter des Wasserwirtschaftsamts. Seit seiner Frühpensionierung betätigt er sich als Schriftsteller und versucht zwanghaft, in unserer Provinzstadt eine Art Künstlerszene zu erschaffen, was mangels hier ansässiger Künstler an sich schon ein interessantes Kunstprojekt ist. Ihm schwebt eine Art Rhein-Main-Bohème vor, in die er auch mich mit Gewalt eingliedern will.

Heinrich legt den Mantel ab, die Baskenmütze behält er seltsamerweise auf, lässt sich auf den Stuhl an der Stirnseite fallen, winkt Giovanni heran und bestellt einen Wermut. So was hätten sie nicht, sagt der Wirt knapp. Heinrich behauptet, neulich bei seiner Studienreise nach Bologna regelmäßig als Aperitif einen Wermut getrunken zu haben, und das hier sei doch schließlich auch ein italienisches Lokal, aber Giovanni weiß nicht einmal, was ein Wermut ist.

Dann fällt Heinrich ein, dass er den Wermut gar nicht in Bologna, sondern in Barcelona getrunken hat, Giovanni verdreht die Augen, Heinrich bestellt stattdessen einen Ramazotti.

»Katja, was gibt's Neues in deinem Leben? Schreibst du, bist du produktiv? Mach dich auf was gefasst, ich hab gleich noch einen Anschlag auf dich vor! Aber iss erst mal in Ruhe fertig!«

Herr Böhmann wird von ihm komplett ignoriert. Während Heinrich mit einer Hand versucht, den sich ständig aufbäumenden Hund dauerhaft unter die Tischplatte zu drängen, fummelt er mit der anderen ein Kärtchen aus der Brusttasche und legt es neben meinen Teller. »Schau mal, meine neuen Visitenkarten, hab ich gerade abgeholt, du bist die Erste, die eine bekommt!«

Auf dem unangenehm uringelben Kärtchen steht: »Heinrich Waldemar Ertel – Schriftsteller und Mensch«.

Heinrich ist übrigens frühpensioniert wegen eines Überfalls, den er gar nicht miterlebt hat. Der Ex-Wasserwirtschaftsamtsleiter stand vor etwa acht Jahren im DM–Markt hinten beim Hundefutter, als vorne an der Kasse ein Junkie die Kassiererin mit einer unechten Waffe bedrohte. Weil die Waffe so unecht aussah, schickte die

Kassiererin den Räuber weg und rief die Polizei, die ihn zwei Straßen weiter festnahm. Als Heinrich mit seinem Hundefuttersack zur Kasse kam und von dem Vorfall unterrichtet wurde, erlitt er einen Zusammenbruch, von dem er sich laut eigener Aussage bis heute nicht erholt hat. Der Zusammenbruch, so behauptet er, sei entstanden aufgrund einer Bedrohung, die gerade deshalb so bedrohlich gewesen sei, weil er zum Zeitpunkt ihrer Existenz nichts davon geahnt habe. Wäre er direkt mit der Bedrohungssituation konfrontiert gewesen, hätte er diese im Nachhinein besser verarbeiten können, so aber mündete seine psychische Zerrüttung letztlich in einem Antrag auf Frühpensionierung, dem stattgegeben wurde. Jetzt ist er nicht mehr Wasserwirtschaftsamtsleiter, sondern »Schriftsteller und Mensch« und hat endlos Zeit für sogenannte Studienfahrten nach Bologna, Barcelona und anscheinend auch nach Marokko, denn gerade erzählt er von einer einwöchigen Wüstenwanderung durch die Sahara. Ihm sei von den Tuareg ein persönliches Kamel zugewiesen worden, und er habe nach fünf Tagen dann auch eine Bindung zu dem Kamel aufbauen können, nachdem es ihn zunächst abgelehnt habe.

Mit letzter Kraft esse ich unter Heinrichs ungeduldigen Blicken auf und bedecke die knorpelartigen Tintenfischreste mit der Papierserviette, die sich sofort mit braunem Öl vollsaugt. »So, jetzt aber zur Sache«, sagt Heinrich, bestellt einen zweiten Ramazotti, dann wendet er sich mir zu, legt mir die Hand auf die Schulter und sieht mir tief in die Augen, als wolle er mir einen Heiratsantrag machen. »Das ist wie gesagt eine glückliche Fügung, dass ich dich hier treffe, denn heute Abend findet die große Premiere statt, und ich möchte, dass du dabei bist.«

»Was für eine Premiere?«

»Hast du meine Rundmail nicht gelesen?« Heinrich schickt ständig Rundmails mit kulturellen Ausgehtipps und Einladungen zu Vernissagen, Finissagen und Poetenstammtischen, ich lösche alles sofort.

»Ich weiß nicht, du schickst immer so viel Zeug rum, ehrlich gesagt les ich das nicht alles.«

»Richtig so«, freut er sich und hebt den Ramazotti lobpreisend in die Höhe, »der wahre Künstler darf sich nicht zu vielen Außenreizen aussetzen, er muss sich der Überflutung widersetzen, löblich, dass du nicht alles liest, was dir so ins Postfach schneit!«

Viel wichtiger sei der Kontakt von Mensch zu Mensch, weshalb er mir hier und jetzt verkünde, dass heute Abend zum ersten Mal sein seit Monaten geplantes Soiree-Konzept »Heinrich, still und leise« über die Bühne gehen werde.

»Heinrich, still und leise?«

»Ein genialer Titel, oder? Es findet bei mir zu Hause statt, ich kreiere eine Art Verschmelzung von Soiree, Come-Together, Kunst und Geselligkeit, jeden ersten Freitag im Monat. Es gibt Kurzlesungen, Musik, Performance ist auch dabei, sozusagen die Auferstehung des literarischen Salons, aber auch mit crazy Elementen!«

Aha. Es reicht ihm nicht mehr, einfach nur Schriftsteller und Mensch zu sein, jetzt sieht er sich anscheinend auch noch als Gertrude Stein vom Untermain. Der Titel sei ihm in der letzten Nacht der marokkanischen Wüstenwanderung eingefallen, »Heinrich, still und leise«, denn er sei zwar offen für Kunstdarbietungen aller Couleur, jedoch dürfe aufgrund seiner kunstfeindlichen Nachbarn eine gewisse Lautstärke nicht überschritten werden. »Und stell dir vor, wenn sich das rumspricht, dass ich Künstlern eine Plattform biete, da rennen mir doch die ganzen Rockbands die Bude ein, also Musik ja, aber nur akustisch, heute Abend spielen die Blackmailed Tombstones of Vienna, kennst du die?«

Ich schüttele den Kopf.

»Die machen so begleitende Impressionen, lassen sich von den Gästen und der Stimmung im Raum inspirieren, so bisschen tempelmusikmäßig. Und im Wintergarten gibt's immer eine Vernissage, da ist Platz für circa zehn Bilder und auch die ein oder andere Skulptur, jeden Monat will ich da einen anderen Künstler vorstellen, unter dem Motto ›Räumchen, wechsel dich!‹, auch hervorragend gewählt, der Titel, oder? Um acht Uhr geht's los, du kannst aber auch früher kommen, dann mix ich dir einen persönlichen Begrüßungscocktail.«

Auch der ignorierte Herr Böhmann hat mittlerweile aufgegessen und schaut auf die Uhr. Leider drängt er nicht zum Aufbruch, sondern bestellt sich bei Giovanni noch ein Tiramisu und einen doppelten Fernet Branca, wohl in der Hoffnung, den abscheulichen Hauptgang dadurch retten oder zumindest neutralisieren zu können.

»Ja, danke für die Einladung, aber ich hab heute keine Zeit.«

»Katja, das kannst du mir nicht antun, was hast du denn Wichtiges vor, dass du dir so eine Premiere entgehen lässt?«

»Ich muss noch arbeiten und hab danach eine Hausbesichtigung mit Jonas.«

»Dein Freund?«

»Ja.«

»Ihr wollt euch ein Haus kaufen?«

»Vielleicht, wir schauen erst mal nur.« Warum lasse ich mich so in die Enge treiben, es geht ihn überhaupt nichts an, weswegen ich seiner bescheuerten Soiree nicht beiwohnen werde.

Heinrich holt ein feuchtes Erfrischungstuch aus der Hosentasche, eines, wie man es nach Hähnchenverzehr bekommt, und wischt sich damit ausgiebig unter seinem Herrenfreizeitdress die Achseln aus, riecht dann kurz am Erfrischungstuch, stopft es zurück in die aufgerissene Packung und die Packung zurück in die Hosentasche.

»Und wenn ich dir sage, dass sich sogar ein Großschriftsteller angekündigt hat für heute Abend, könnte dich das umstimmen? Ob du es glaubst oder nicht, zur Premiere von ›Heinrich, still und leise‹ hat sich Robert Klotzky angekündigt!« Er sieht mich triumphierend an. Ich kenne keinen Robert Klotzky.

Dafür kommt plötzlich Leben in Herrn Böhmann. »›Die Geschändeten von Heusenstamm‹!«, ruft er aus und erhebt das Glas.

»Genau«, schreit Heinrich und haut mit der Hand auf die Tischplatte, so dass sein Hund jaulend auffährt, sich unter dem Tisch im Kreis dreht und wieder mit dem Schwanz zu schlagen beginnt. »Der Mann kennt sich aus!« Heinrich deutet auf Herrn Böhmann, den er nun erstmals wahrnimmt, dann schiebt er auch ihm eine seiner Schriftsteller-und-Mensch-Visitenkarten zu. »Entschuldigung, ich war so auf Katja fixiert, ich habe mich gar nicht vorgestellt, Sie sind wohl ein Arbeitskollege? Heinrich, sehr erfreut.«

»Böhmann«, sagt Herr Böhmann, und sie geben sich die Hand.

»Jedenfalls hat sich für heute Abend Robert Klotzky angekündigt!«

»›Die Geschändeten von Heusenstamm‹«, wiederholt Herr Böhmann, unablässig nickend, »ein sehr gutes Buch, grausam, aber gut«.

»Tut mir leid, ich kenn den nicht«, sage ich.

»Sie kennt Robert Klotzky nicht.« Heinrich sieht Herrn Böhmann voller Bedauern an, er will sich mit ihm gegen mich verbünden, aber Herr Böhmann bearbeitet nun wieder unbeteiligt sein klumpiges Tiramisu.

»›Die Geschändeten von Heusenstamm‹, noch nie gehört? Das war der erste Regionalkrimi, der deutschlandweit Beachtung gefunden hat, Spiegelbestsellerliste und so.«

»Grausames Buch«, sinniert Herr Böhmann vor sich hin, »sehr grausam. Aber gut!«

»Katja, stell dir doch mal vor, du liest heute Abend was vor von deinen Gedichten, der Robert Klotzky hört das, es gefällt ihm, er empfiehlt dich weiter, das ist ein einflussreicher Mann, und zack, so schnell geht's, dann hast du nächstes Jahr den Büchner-Preis!«

Das wird ja immer besser, ich bin anscheinend nicht als Besucherin zu dieser ominösen Soiree geladen, sondern als Akteurin. Ich soll mich in Heinrich Waldemar Ertels Wohnzimmer setzen und Gedichte vorlesen, am Ende noch zur improvisierten, tempelmusikmäßigen Begleitung der Blackmailed Tombstones of Vienna, in der Hoffnung, von einem mir unbekannten angeblichen Großschriftsteller entdeckt zu werden. Ich finde, Heinrich hätte lieber in Marokko bleiben und die Bindung zu seinem Kamel vertiefen sollen, anstatt sich so einen Schwachsinn auszudenken.

Dass ein anscheinend deutschlandweit aktiver Autor seiner Soiree beizuwohnen gedenkt, beflügelt ihn auf ungute Weise. Es ist eine Untermauerung seiner Trugwelt, in die er mich jetzt umso zwanghafter integrieren will, wieder und wieder sagt er, ich müsse kommen heute Abend.

»Überleg's dir, Katja«, fällt mir Herr Böhmann mit ungewohnt eindringlicher Stimme nun in den Rücken, »das könnte eine Chance sein, sonst sitzt du bis in alle Ewigkeit im Sonntags-Blitz, so wie ich.«

»Das ist mir aber jetzt zu kurzfristig, ich hab wie gesagt halt leider schon was anderes vor. Vielleicht beim nächsten Mal.«

Heinrichs Blicke gewinnen eine immer unangenehmere Intensität. »Manche Chancen bieten sich nur einmal im Leben, und man muss sie ergreifen, bevor sie vorbeigeschwommen sind. Du weißt, dass ich mich sehr für dich einsetze, für dich als Künstlerin – und als Mensch. Aber ich kann es dir auch nicht alle Tage bieten, dass ich so einen dicken Fisch an der Angel habe. Ich kann dir diesen dicken Fisch nur heute Abend exklusiv in der Bratpfanne servieren, mit Zitrone und Rosmarin garniert, und es ist an dir, ob du zum Essen vorbeikommst oder nicht. Eigentlich eine gute Formulierung, oder? Dieser Vergleich mit dem dicken Fisch? Muss ich mir gleich notieren.« Und tatsächlich holt er sein Handy hervor und beginnt, genau die gleichen Sätze noch einmal als Sprachmemo hineinzusprechen.

Ich glaube ihm sogar, dass er irgendeinen Halbpromi engagiert hat, um seiner Soiree Glamour zu verleihen, er ist sehr findig, was so schreckliche Tätigkeiten wie Networking angeht. Während er überdeutlich seine Fischvergleiche ins Smartphone spricht, bin ich hypnotisiert von seinen Lippen, die sich wie ein Fischmaul auf und zu bewegen, wodurch sich sein struppiger Mund-Umrundungs-Bartring abwechselnd vergrößert und verkleinert.

Auf seine Mundpartie starrend, muss ich mir eingestehen, dass ich Heinrich Waldemar Ertel eins meiner peinlichsten Geheimnisse verdanke. Nämlich einen unsäglichen Kuss. Und ehrlich gesagt nicht nur einen, sondern mehrere. Zumindest hatte er damals, vor etwa zwei Jahren, den hässlichen Bart noch nicht, was aber keine Entschuldigung sein kann. Wenn Jonas davon wüsste, würde er keineswegs mit mir den Kauf eines Eigenheims planen. Im Prinzip, überlege ich, wäre, ihm von meiner nächtlichen Hinterhof-Knutscherei mit Heinrich Waldemar Ertel zu berichten, die einzige Möglichkeit, ihm die Schnapsidee mit dem Sesshaftwerden und Heiraten und Hauskaufen auszutreiben. Wie alt ist Heinrich überhaupt, mindestens fünfundfünfzig, die Frühpensionierung war vor zehn Jahren, hat er erzählt, mit siebenundvierzig, also ist er jetzt siebenundfünfzig, herrje.

Zu dem Vorfall kam es, weil ich ab und zu Gedichte schreibe. Eigentlich nur so für mich, ohne Ambitionen auf Veröffentlichung, wobei ich dann doch einmal den Fehler machte, eines bei einem Nachwuchswettbewerb einzureichen, den der mir damals noch nicht bekannte Heinrich als Vorsitzender der mittlerweile wieder aufgelösten Dichtervereinigung Reim-Erlös ausgeschrieben hatte. Mein Gedicht belegte den ersten Platz, wobei die Jury aus Heinrich und sonst niemandem bestand und es außer mir nur vier weitere Einsendungen gab. Der Preis bestand in einer Lesung in der Buchhandlung Schmökerbär, zusammen mit der Zweit- und Drittplatzierten des Nachwuchswettbewerbs, einer Mittvierzigerin namens Hermine, die »spirituelle Aphorismen« schrieb, und einer Mundartdichterin, die, auf einen Rollator und auf einen Urenkel gestützt, den Buchladen betrat. Wir rezitierten abwechselnd unsere Gedichte, vor insgesamt neun Zuhörern, alles in allem ein heilsamer, desillusionierender Ausflug in die Welt des Literaturbetriebs, der von meiner Seite aus keiner Wiederholung bedurfte, wobei Heinrich und auch der rotbackige Buchhändler überaus zufrieden mit der Veranstaltung waren. Es sei nicht normal, dass bei einer Lesung so viel mehr Zuhörer als Literaten anwesend seien, erfuhr ich, und beim Soundso, der Buchhändler nannte einen Namen, den ich nicht kannte, seien neulich nur vier Leute gekommen, und der habe immerhin schon beim Bachmannpreis gelesen.

Danach viel, viel Sekt im Hinterhof der Buchhandlung. Und ich war ziemlich enttäuscht, dass weder Jonas noch meine Eltern noch sonst wer, den ich kannte, zu meiner ersten und einzigen Lesung gekommen waren. Die sieben Zuhörer – außer Heinrich und dem Buchhändler – stellten sich als Angehörige der Zweit- und Drittplatzierten heraus, euphorisiert und lachend standen sie bei ihren frisch gekürten Lyrikpreisträgerinnen, und ich stand blöd, angetrunken und einsam mit meinem Sektglas daneben, was wiederum Heinrich auffiel und was er geschickt als Einstiegsluke für ein »intensives Gespräch« nutzte, dessen Inhalt ich zum Glück vergessen habe, es bestand, glaube ich, nur aus Huldigungen meiner Kunst und meiner Person und mündete gegen Mitternacht in eine Abfolge sektklebriger Küsse und eine Klammer-Umarmung, aus der ich mich nicht so entschieden herauswand, wie ich es wahrscheinlich gemusst hätte. Aber in dem Moment tat er mir auch leid, weil er alles so akribisch organisiert und solch einen nutzlosen, von niemandem gewürdigten Enthusiasmus an den Tag gelegt hatte. Wie dem auch sei: Seit diesem unseligen Ereignis beißt sich Heinrich regelmäßig, aber zum Glück nur verbal an mir fest, wenn wir uns zufällig in der Stadt über den Weg laufen, was nicht selten passiert, da er ja den ganzen Tag nichts anderes macht, als mit seinem ruhelosen Tier herumzulaufen, »Eindrücke zu sammeln« und sich als literarischer Flaneur zu fühlen.

Gerade steckt Heinrich das Smartphone wieder weg, hebt den Kopf und kratzt sich ausgiebig am Kinn, wie um seinen vom Bart umrankten Mund noch besser zu präsentieren, damit ich auch ja nicht vergesse, wie nah wir uns waren, die aufstrebende Literatin und ihr reifer Mentor, im Rausch der Sinne vereint, wie das eben so ist im freigeistigen Milieu der Rhein-Main-Bohème.

Was ein Elend. Ich bin einunddreißig Jahre alt, sitze im Da Giovanni und stoße toxischen Tintenfischbrei auf. Neben mir ein windiger Kulturschaffender, mit dem ich damals wenigstens nicht im Bett gelandet bin, aber vielleicht auch nur deswegen nicht, weil in der gegebenen Situation kein Bett erreichbar war, außer wir hätten den freundlichen Buchhändler gefragt, ob wir die Leseliege im Schmökerbär benutzen dürften. In drei Stunden muss ich mit Jonas ein Reihenendhaus besichtigen, er scheint wirklich ernsthaft in Erwägung zu ziehen, so etwas zu kaufen und mit mir bis zu unserem Tod dort zu wohnen. Ich bin gerade wahnsinnig dankbar für die Anwesenheit Herrn Böhmanns, der als glatzköpfiger Ruhepol mir gegenüber den letzten Bissen Tiramisu sorgfältig auf der Gabel platziert, ihn sich in den Mund steckt und schluckt.

»Also, meine Liebe«, sagt Heinrich mit Milde in der Stimme, »ich hab es dir angeboten, aber wenn du keine Zeit hast … Wo habt ihr die Hausbesichtigung?«

»Im Libellenweg.«

»Ah, draußen im Neubaugebiet. Im Tal der glücklichen Familien.«

»Heißt das so?«

»Ja, sagt man so, weil da nur glückliche junge Familien wohnen.«

»Man nennt es auch die Känguru-Siedlung«, wirft Herr Böhmann ein, »große Sprünge, nix im Beutel.«

»Das ist gut, das muss ich mir merken«, ruft Heinrich begeistert, holt sein Handy und spricht »Känguru-Siedlung, große Sprünge, nix im Beutel, weil die sich ja alle beim Hauskauf so überschulden« in die Diktiergerät-App. »Überschuldet ins Familiengrab, das wäre auch ein schöner Titel für einen Roman, oder, Katja? Vielleicht kann ich dich dann bald als Expertin befragen!«

»Es ist ganz unverbindlich«, sage ich genervt, »wir schauen uns das einfach mal an.«

»In der Straße hat doch der eine Tatort-Schauspieler gewohnt«, sagt Heinrich, »ist schon ein paar Jahre her, der da dann seine Geliebte erwürgt hat.«

»Der hat da gewohnt, ja«, weiß Herr Böhmann, »aber die Geliebte hat er nicht in dem Haus erwürgt, wo er gewohnt hat. Die hat bei ihm geklingelt und wollte ihn zwingen, sie seiner Frau vorzustellen, deshalb ist er mit ihr ins Industriegebiet gefahren und hat sie am Mainufer erwürgt.«

Es erstaunt mich sehr, dass Herr Böhmann über solche Dinge so genau Bescheid weiß.

Heinrich klopft jovial auf die Tischplatte und steht auf. Sein Hund schießt voller Aufbruchsfreude unterm Tisch hervor und stranguliert sich dabei fast, da sich im Zuge seiner Selbstumkreisungen die Hundeleine mehrfach um ein Stuhlbein geschlungen hat und ihm nur einen äußert kleinen Radius lässt.

»Also Katja, überleg's dir. Falls ihr nach der Besichtigung nicht gleich zum Notar geht und anfangt, Umzugskisten zu packen, kannst du ja vielleicht doch noch vorbeikommen.« Heinrich entwirrt die Hundeleine und raunt zum Abschied, es sei ihm »sehr, sehr wichtig«, dass die Veranstaltung »besucht« aussehe, eben wegen des bedeutenden Gasts. »Er kommt immerhin extra aus Frankfurt!«

»So weit ist Frankfurt doch gar nicht«, sage ich, »da fährt er ne halbe Stunde.«

»Nie und nimmer ist man in einer halben Stunde in Frankfurt, schon gar nicht, wenn Stau ist«, protestiert Heinrich, um die Weitgereistheit des ominösen Herrn Klotzky zu betonen.

Heinrich und Hund verlassen mit großem Getöse die Gaststube, Herr Böhmann winkt nach der Rechnung, und ich bin plötzlich wahnsinnig müde.

Kapitel 2

DAS NAVI BERECHNET meine Ankunftszeit im Libellenweg 14c auf exakt siebzehn Uhr. Ich fahre raus aus der Stadt ins Neubaugebiet, das sich entlang eines weiten, sanft abfallenden Hangs erstreckt und im unteren Bereich an der Autobahn, im oberen am Waldrand endet. Um eine Bebauung des »Tals der glücklichen Familien« zu ermöglichen, wurde die A3 zuvor in diesem Bereich mit hohen Schallschutzwänden versehen.

Ich fahre den Rotkehlchenweg entlang, von dem der Marienkäferweg, der Schmetterlingsweg, der Eichhörnchenweg und der Blaumeisenweg abzweigen. Anscheinend hat man hier alle Straßen nach putzigen Wald- und Gartentieren benannt.

Eine Nacktschneckenstraße, Rattengasse oder einen Wespenweg gibt es nicht. An der Kreuzung Rotkehlchenweg/Libellenweg ragt hinter einer Hecke ein hoher Mast in die Höhe, an dem eine riesige schwarze Piratenflagge hängt. Es ist aber keine Wagenburg, sondern der Kindergarten Klabauterschiff, wie ein buntes Schild am Eingang verkündet.

Keine zwanzig Meter vom Klabauterschiff entfernt habe ich mein Ziel erreicht. Im Radio verebben gerade die letzten Klänge eines Whitney-Houston-Songs, in dessen Fade Out der Moderator platzt: »Hunderte Tonnen Müll liegen am Rand von Hessens Autobahnen! Wer soll das alles entfernen? Wir sprechen jetzt mit …«

Ich stelle den Motor ab. Jonas ist schon da, er steht an der Waschbetonbegrenzung einer Vorgartenrabatte und winkt mir zu. Ich steige aus, er kommt mir entgegen und gibt mir einen Kuss. »Na, hast du's gut gefunden? Ist ganz schön hier, oder? Als ich unter der Autobahn durchgefahren bin, dachte ich: Oje, das liegt ja direkt an der A3, aber hier sind wir fast ganz oben am Waldrand, und ich steh ja schon fünf Minuten, und man hört fast gar nichts, krass, hätte ich nicht gedacht, dass die das so gut abschirmen, die Lärmschutzwände, echt klasse.«

»Welches Haus ist es denn?«, frage ich, denn wir stehen jetzt vor drei wuchtigen, leicht versetzt aneinandergeklebten Hausklötzen mit identischen Vorgärten.

»Hier, das rechte. Reihenendhaus, das ist gut, besser als das in der Mitte, da hat man eine Seite frei und ist nicht so eingequetscht. Nach hinten raus ist ein Garten, den siehst du von hier nicht. Die Maklerin hat mich übrigens grad angerufen, die steht im Stau, wir müssen noch kurz warten.«

Wir stehen also da und warten. Die Autobahn hört man tatsächlich kaum, was aber auch daran liegt, dass im Klabauterschiff noch mächtig Betrieb herrscht. Hinter der Hecke hervor dringen anhaltende, schrille Schreie, durchsetzt mit dumpfen Schlägen. Wie kann man nur so laut und abscheulich spielen? War ich auch so? Es klingt nicht nach fröhlichem Reigentanz oder Turmbau mit Holzklötzchen, eher so, als würde jemand mit einer Machete durch den Garten laufen und die Kinder niedermetzeln.

Da Jonas die akustische Höllenkulisse nicht kommentiert, halte ich auch meinen Mund, anscheinend sind in Todesangst schreiende Kinder ein hinzunehmender Störfaktor in einem derart gebärfreudigen Neubaugebiet. Während wir vor dem Haus stehen, sind schon sechs Frauen mit Kinderwägen, jeweils paarweise und ins Gespräch vertieft, aber dennoch freundlich grüßend, an uns vorbeigegangen.

»Der Gehsteig ist so breit, dass zwei Kinderwägen nebeneinander draufpassen, das haben die Planer bestimmt extra so gemacht«, sagt Jonas völlig wertfrei.

Jonas hat ein schlimmes Oberteil an. Da er schon um sechs Uhr aufsteht und zur Arbeit fährt, wenn ich noch schlafe, kann ich seine Kleiderwahl an Werktagen nicht beeinflussen. Als er seine erste Stelle als IT-Berater in einer großen Werbeagentur antrat, kaufte seine Mutter ihm knallbunte T-Shirts mit blöden Witz-Aufdrucken. Wahrscheinlich dachte sie, in der Kreativbranche sei es üblich, mit platzenden Melonen, Sprechblasen-Pokémons oder einem säbelschwingenden Zeichentrick-Fakir auf der Brust im Meeting zu sitzen. Als er nach Frankfurt in seinen Bankenturm wechselte, wo er heute noch arbeitet, schaffte er es zumindest, ihr zu sagen, sie brauche ihm jetzt keine T-Shirts mehr zu kaufen, denn in seinem neuen Job als Computerfachmann im Bankensektor müsse er seriös aussehen. Stattdessen bekommt er seitdem bügelfreie kurzärmlige Karohemden geschenkt sowie andere Textilien, die seine Mutter als seriös empfindet.

Das Oberteil, das er heute anhat, ist ein besonders schillerndes Exemplar: Ein Marken-Polohemd mit langen Ärmeln, gefertigt aus schwerem, segeltuchartigem Stoff, mit extrem breiten schwarzen und dunkelgelben

Querstreifen. Er sieht darin aus wie eine Hornisse. Oder wie ein Geisteskranker, der sich einbildet, eine Hornisse zu sein und der sich im Klinik-Kreativworkshop selbst ein schönes Hornissenkostüm geschneidert hat, das ihm die Psychiater zu tragen erlauben, da ein Verbot eine Trotzreaktion und eine noch intensivere Hornissenidentifikation des Patienten nach sich ziehen könnte.

»Wie war's auf der Arbeit«, frage ich, »heute war doch die Präsentation, oder?«

»Ja, war ganz gut. Die Ungarn wollen das Access-Office-Tool übernehmen, aber erst mal nur die Version 3.8, als Testballon quasi, aber immerhin. Die Kollegen sind mit denen noch nach Sachsenhausen in irgendeine Äppelwoi-Kneipe. Ich war ganz froh, dass wir jetzt die Besichtigung haben, da hatte ich ne gute Ausrede, ich hab keinen Bock auf das Gelaber. Die Ungarn saufen immer, bis sie unterm Tisch liegen, und dann muss man die zum Hotel bringen. Und wie war's in der Redaktion?«

»Och, ganz okay, alles ruhig.«

»Freitag, wart ihr beim Fettgriechen?«

»Nee, beim Altöl-Italiener. Dem Böhmann war noch schlecht von letztem Freitag. Er meint, die Dionysos-Platte steckt ihm immer noch im Dickdarm.«

»Ist ja ekelhaft.«

»Bist du auch am Blaumeisenweg vorbeigefahren?«, frage ich. »Fällt mir grad ein, vorhin in der Redaktion kam ne Polizeimeldung rein, dass Anfang der Woche jemand ein volles Aquarium an den Altglascontainern im Blaumeisenweg abgestellt hat. Und in dem Aquarium war ein Antennenwels.«

»Ein Antennenwels? Hab ich ja noch nie gehört.«

»Der ist jetzt im Tierheim.«

»Aha. Und solche Lappalien stehen dann in der Zeitung. Na ja, wenn sonst nix passiert, ist es ja gut.«

»Mir tut der Fisch leid«, sage ich.

»Du bist ja süß.« Jonas streichelt mir über die Haare.

»Überleg dir doch mal, du bist ein Antennenwels, schwimmst so in deinem Aquarium, und auf einmal hat der Besitzer keinen Bock mehr auf dich, packt das Aquarium in den Kofferraum und fährt zum Glascontainer. Und da stellt er dann fest, dass es nicht ins Loch passt, oder keine Ahnung, was er sich gedacht hat, und stellt das Aquarium samt Fisch einfach da ab. Und der schwimmt dann da die ganze Nacht einsam und allein vor sich hin. Na ja, besser als tot und vertrocknet im Altglascontainer.«

»Oh Mann, auf der A3 ist irgendein Unfall, die steckt immer noch im Stau«, sagt Jonas mit Blick auf sein Handy. Das Schicksal des Antennenwelses scheint ihn nicht zu interessieren.

Mir fällt ein ovales, hellblau schimmerndes Schild neben der Eingangstür des Reihenendhauses auf, das wir besichtigen wollen. »Casa Steigerwald« steht darauf. Auch neben der Tür des mittleren Reihenhauses hängt ein Schild, und ich gehe rüber, um zu lesen, wer neben der Casa Steigerwald wohnt.

»Wo willst du denn hin?«

»Gucken, wer unsere potenziellen Nachbarn sind.«

Das Schild der Nachbarn ist sehr farbenfroh und geschwätziger als das nüchtern-elitäre Casa-Steigerwald-Emblem: »Hier leben, lieben, lachen, weinen, streiten und versöhnen sich Tizian, Tabea, Timothy, Dorothee und Markus Rögel.«

Die Tür geht auf, und aus dem Reihenmittelhaus tritt

eine Frau in meinem Alter, rote Backen, rosa Kopftuch über kurzen braunen Löckchen, eine Schüssel mit Bio-Abfällen in der Hand, auf der Hüfte ein haarloses Kleinkind.

»Hallo, nicht erschrecken«, ruft sie, »ich hab euch vom Küchenfenster aus gesehen, ihr seid bestimmt wegen der Casa Steigerwald hier?«

»Ja, wir hatten einen Termin um fünf, die Maklerin steht aber im Stau«, sage ich.

»Ich bin die Dorothee, ich stell mich einfach schon mal vor, vielleicht sind wir ja bald Nachbarn. Guck mal, Timothy, das sind vielleicht unsere neuen Nachbarn. Ich muss grad mal kurz den Biomüll auskippen.«

Während wir auch unsere Namen sagen, erscheint im Türrahmen ein zerzaustes Mädchen. Es ruckelt autistisch auf einem hölzernen Lauflernrad vor und zurück und sieht uns durchdringend und böse an, ganz im Kontrast zur Herzlichkeit seiner Mutter.

»Das ist ja doof, dass die euch so lang warten lässt. Wisst ihr was? Wenn ihr Lust habt, könnt ihr euch so lange unser Haus anschauen, innen ist es ja im Prinzip völlig identisch mit eurem, die sind alle baugleich!«

Während ich im Vorgarten der Familie Rögel einen unsicheren Blick mit Jonas austausche, hat Dorothee eine Bekannte erblickt, die gerade mit einem gelben Plastiktablett auf den Unterarmen den Gehsteig entlanggeht. Beim Näherkommen sehe ich, dass es sich bei der halben Kugel, die auf dem Tablett ruht, um einen Käse-Igel handelt. Mit straffer Wickelung befestigt, transportiert die Käse-Igel-Frau ein schlafendes Kleinkind auf dem Rücken, zudem führt sie noch einen hellblonden Labrador an einer Leine mit sich. Multitasking im Tal der glücklichen Familien.

»Huhu«, ruft Dorothee, »schau mal, Carmen, ich hab zwei Interessenten für die Casa Steigerwald kennengelernt, das sind Jonas und Katrin, die sehen nett aus, oder?« Sie rafft Timothy etwas nach oben und lacht uns entschuldigend an: »Wir haben hier nen sehr offenen Umgang, sorry, aber ihr seht echt beide so sympathisch aus, ich sag das jetzt einfach mal, ich seh so was immer schnell, ihr würdet gut hier herpassen! Das ist die Carmen, die wohnt auch im Libellenweg in der Achtzehn. Carmen, was hast du da? Das sieht total lecker aus, ein Käse-Igel! Verrückt!«

»Ja«, sagt Carmen, »ich bring den Igel grad rüber zu Cornelius auf den Kindergeburtstag. Tizian ist auch da, oder?«

»Ja, aber ich dachte, die sind alle zu diesem Indoor-Spielplatz am Real-Markt gefahren.«

»Die sind schon wieder zurück«, sagt Carmen, »Ingrid hat mich angerufen, Ronja hat sich wohl die Oberlippe aufgeschlagen an so einem Kletterpilz.«

»Oje!« Dorothee hält sich die Hand vor den Mund. »Hat sie ihr hoffentlich gleich Belladonna gegeben?«

»Ja, klar.«

»Na dann ist ja gut. Tabea, guck mal, die Carmen ist da, mit der Alicia und dem Freddy. Die Alicia schläft auf dem Rücken von der Mama, aber der Freddy ist wach.« Freddy ist anscheinend der Hund. Tabea ruckelt auf dem Laufiernrad weiter vor und zurück, ohne eine Miene zu verziehen.

»Die Tabea spricht grad nicht«, sagt ihre Mutter zu uns und der Käse-Igel-Frau, »sie wollte auch nicht mit zu Cornelius, na ja, ich hab gesagt, dann geht der Tizian halt allein zum Cornelius.«

»Mal gucken, wie der Käse-Igel ankommt«, meint Carmen mit einem skeptischen Blick auf ihr mit Trauben gespicktes kulinarisches Werk, »ich glaub, das kennen die Kinder gar nicht, ich kenn das auch nur von ganz früher von meiner Oma.«

»Ist schon ziemlich retro, ja, aber echt cool.«

»Ich hab das in so nem Nostalgie-Kochbuch entdeckt und gedacht, wow, das muss ich mal ausprobieren!«

Nach uns und dem Käse-Igel bekommt nun auch der Hund Aufmerksamkeit. Dorothee beugt sich zu ihm hinunter und spricht ihn direkt an: »Na, Freddy? Gehst du jetzt auch auf den Kindergeburtstag? Gehst du jetzt auch zum Cornelius auf den Kindergeburtstag?«

Da Freddy nicht antwortet, übernimmt Carmen das für ihn, das Tier aber gleichwohl in die Kommunikation integrierend: »Nein, der Freddy geht nicht auf den Kindergeburtstag, der Freddy und ich liefern nur den Igel ab, und dann laufen wir noch ne Runde, bevor das Herrchen zurückkommt, gell, Freddy? Seit der Ernährungsumstellung hat er ne ziemlich sensible Verdauung, ich muss ständig mit ihm raus.«

»Na ja, das pegelt sich schon ein, mach dir keine Gedanken!«

»Ja, Freddy, wir gehen jetzt schön auf die Hundewiese, gell? Schön auf die Hundewiese gehen wir jetzt. Und den Kastrations-Chip hat er irgendwie auch noch nicht so richtig verkraftet, manchmal hab ich ja schon ein schlechtes Gewissen, dass ich ihm das angetan hab, aber es ging halt nicht mehr anders, du weißt ja, wie er war. Ja, Freddy, da bist du jetzt ein bisschen verwirrt, gell? Er merkt, dass was mit ihm nicht stimmt, aber er kann schließlich nicht wissen, dass er kastriert ist.«

Im Tal der glücklichen Familien scheinen sich verborgene Tierdramen abzuspielen, erst der ausgesetzte Antennenwels, und jetzt der Hund, der nicht weiß, dass er kastriert ist, aber ahnt, dass etwas mit ihm nicht stimmt. Jonas schaut auf die Uhr, ihm scheint das Thema etwas unangenehm zu sein.

Dorothee blickt sehr mitfühlend auf Freddy und dessen Besitzerin und spricht mit ganz milder Stimme. »Hast du auch das Problem, dass die anderen Hunde ihn jetzt als Neutrum ansehen?«

»Na ja«, sagt Carmen, »die anderen haben ihn ja auch vorher schon kaum beachtet, von daher merk ich keinen großen Unterschied. Heute hat er mit der Schnauze unser frisches Hochbeet umgewühlt, so was hat er noch nie gemacht, vielleicht sind das auch Auswirkungen vom Kastrations-Chip.«

»Ach, das pegelt sich schon ein.«

»Hast du ganz frech in unserm Hochbeet gewühlt, Freddy? Was das Herrchen mühsam angelegt hat am Wochenende! Mit dir erleben wir was, Freddy, gell? Mit dir erleben wir immer was. Ja, du bist schon ganz unruhig, wir gehen jetzt auf die Hundewiese. Auf die Hundewiese gehen wir. Also, Dorothee und ihr beiden, ich sag mal tschüss, der Käse-Igel wird doch ein bisschen schwer auf die Dauer.«

Als sie weg ist, beginnt Dorothee übergangslos mit einer Führung durch ihr Reihenmittelhaus. Da die Maklerin immer noch nicht da ist, folgen wir ihr ins Innere des mit der Casa Steigerwald baugleichen Eigenheims.

»Die Küche hat ein großes Fenster zum Vorgarten raus, das ist total praktisch, da sehe ich immer, wenn mein

Mann heimkommt, wenn ich grad am Herd steh. Und hier das Wohnzimmer, das ist so unser Wohlfühlraum, ihr müsst euch nur das ganze Durcheinander wegdenken, im Prinzip hat man hier viel Platz, und die Fliesen habt ihr bei euch drüben auch, das ist italienisches Terrakotta in so nem warmen Rosé-Orange-Ton.«

Dass sie Material und Farbe des Fußbodens erläutert, ist nett von ihr, denn aufgrund des wegzudenkenden Durcheinanders sieht man den Untergrund, auf dem wir stehen, fast gar nicht. Das Zimmer sieht aus, als hätte ein riesiger Schaufelbagger hier gerade einen Container voller Kuscheltiere, Buntstifte, Pappbilderbücher, Dreiräder, Tretroller, Kinderschuhe, Playmobilverpackungen, Plastik-Krabbeltunnel sowie eine Armada hässlicher Weltraum-Alien-Spielfiguren mit beweglichen Gliedmaßen ausgeschüttet.

»Passt auf, dass ihr nirgendwo drauftretet, das wäre nett, sonst kriegt die Tabea wieder einen Schreikrampf. Boah, Timothy, du wirst auch immer schwerer!« Dorothee legt ihr Kind während der beschwerlichen Wohnzimmerdurchquerung in einem Laufstall ab, dessen Gitterstäbe aus dem Spielzeugmeer aufragen. Jonas wird um ein Haar von einer grünen Ikea-Kuschelschlange zu Fall gebracht, die sich um seinen Knöchel geschlungen hat, ich halte ihn am Arm fest, und gemeinsam stolpern wir hinter Dorothee her auf den Balkon, dessen Boden von Heu bedeckt ist, das aus einem großen leeren Tiergehege herausweht. »Das ist unser Meerschweinchenstall, den haben wir übergangsweise auf den Balkon verlagert, weil drinnen kein Platz mehr war«, sagt Dorothee, »und die Meerschweinchen haben auch immer das ganze Stroh rausgeworfen, das war dann in den Sofaritzen und in der Stereoanlage und im Fernseher, aber jetzt sind die eh alle drei gestorben, ihr braucht nicht zufällig einen Meerschweinchenstall?«

Ich schüttele den Kopf, Jonas zum Glück auch.

»Hätte ja sein können, na ja, ich denk, wir tun vielleicht einfach die Schildkröten rein, ich muss noch mal googeln, ob das geht oder ob die ein spezielles Schildkrötenterrarium brauchen.«

»Schildkröten habt ihr auch?«, frage ich, die Artenvielfalt im Tal der glücklichen Familien bestaunend.

»Ja, die sind grad unten im Garten im Freigehege. Eine ist vom Marder weggeschleppt worden letzte Woche, jetzt sind es nur noch zwei. Aber die kommen im Winter sowieso in den Kühlschrank, von daher tu ich den Meerschweinchenstall vielleicht ins eBay, der nimmt ja nur Platz weg. Wenn ihr euch den Stall wegdenkt, hat man hier einen richtig schönen großen Balkon.«

»Die Schildkröten kommen in den Kühlschrank?«, vergewissert sich Jonas.

»Ja, die überwintern im Gemüsefach, die fahren ihre Körpertemperatur runter, und im Frühling taut man sie dann wieder auf. Das heißt, man taut sie nicht auf, man holt sie einfach wieder raus, auftauen müsste man sie ja nur, wenn sie im Gefrierfach wären, aber da darf man sie nicht reintun, das ist zu kalt, da sterben die. Gemüsefach soll ideal sein, unser Gefrierfach ist eh voll, da sind ja die drei toten Meerschweinchen drin. Entschuldigung, ich grusel euch hier bestimmt total, so von wegen: Uaahh, voll die irre Mörderfamilie, aber mein Vater ist Tierpräparator, so hobbymäßig, der will die Meerschweinchen ausstopfen und dann den Kindern schenken zum Geburtstag oder zur Kommunion oder so.«

Wir blicken vom Balkon nach unten in den Garten, auf das von einem Netz überspannte Schildkrötengehege. Auf beiden Längsseiten schließen sich die Gärten der Casa Steigerwald und des linken Nachbarhauses an, nicht etwa durch einen Zaun oder eine Hecke getrennt, sondern nur optisch durch ein paar Zierrabatten und kaum kniehohe Miniaturbüsche.

Die Zäune hätten die drei Parteien vor ein paar Jahren nach gemeinschaftlicher Absprache entfernt, erläutert Dorothee. So könnten die Kinder besser »hin und her flitzen«.

»Ah, interessant«, sagt Jonas, »echt cool!«

Man habe gemeinsame Gartenanteile geschaffen, die zusammen bepflanzt und bewirtschaftet werden. »Wir grillen im Sommer auch total oft zusammen und teilen uns die Gartengeräte. Wenn ich hier auf dem Balkon stehe und rausschaue, verspür ich immer so ne große Dankbarkeit, ich weiß nicht, ob ihr das nachvollziehen könnt.«

»Doch, total, echt schön hier«, bestätigt Jonas.

Ich nicke, denn auch ich verspüre eine große Dankbarkeit, allerdings dafür, hier nicht wohnen zu müssen.

»Kommt, wir gehen nach unten, dann könnt ihr den Garten sehen.«

Wir gehen zurück durchs Wohnzimmer – von Timothy dringt kein Lebenszeichen aus dem verschütteten Laufstall, was seine Mutter aber nicht zu beunruhigen scheint – und steigen eine Treppe in den Keller hinunter. Unten stolpert Dorothee über einen umgestürzten hölzernen Kaufmannsladen. »Ach verdammt, wir müssen mal aufräumen. Hier lang geht's nach draußen.« Da der Reihenhauskomplex am Hang liegt, betreten wir vom Keller aus ebenerdig den Garten.

»Tabea, was machst du denn hier? Bist du heimlich vor uns runtergeflitzt?«

Mitten auf der Rasenfläche, uns zugewandt, sitzt das unheimliche Mädchen auf seinem Lauflernrad und ruckelt schwungvoll und mit grimmig entschlossenem Blick vor und zurück, als würde es darauf warten, dass jeden Moment unter ihm ein Raketenantrieb zündet und das Gefährt in vollem Karacho durch die Glasfront der Terrassentür katapultiert.

»Da drüben wäre dann euer Garten, und hier auf der anderen Seite wohnen die Helfmanns, also die Annegret und der Thomas, die sind gerade im Urlaub, die haben ihr Wohnzimmer im Keller, das ist auch ne ganz praktische Lösung, weil wir hier Südseite sind, da kommt immer genug Sonne auch da unten rein.« Wir lugen seitlich bei den Helfmanns durch die bodentiefen Fenster ins Keller-Wohnzimmer. Man sieht Kinderschuh-Berge, umgestürzte Tretroller, Kuscheltiere, Dreiräder, Playmobil-Burgen, einen aufgeblasenen Plastikdelfin, einen Katzenkratzbaum und zwei volle Wäscheständer.

»Der Kindergarten ist hier gerade um die Ecke, habt ihr den gesehen beim Herfahren? Das Klabauterschiff? Neulich waren so blöde Leute hier«, raunt Dorothee, »so ein missmutiges Rentnerpärchen, die haben die Casa Steigerwald besichtigt, ich war grad im Garten und hör, wie die sich über den Kindergarten beschweren, das wär eine unerträgliche Geräuschkulisse, stellt euch mal vor! Weil man halt manchmal ein bisschen Kinderlachen und so hört, unmöglich, oder?«

»Ja, schlimm«, sage ich, »schlimm«, auch im Moment sind Folterschreie aus dem Klabauterschiff zu hören.

»Ich dachte nur, oh mein Gott, hoffentlich kaufen die

zwei Idioten die Casa Steigerwald nicht! Bei so Leuten ist doch Ärger vorprogrammiert, auch wenn der Tizian Schlagzeug übt oder wenn er mal mit Cornelius im Garten kämpft mit seinem Laser-Schwert. Da stehen die doch sofort auf der Matte von wegen Ruhestörung. Ihr habt noch keine Kinder, oder?« Wir verneinen, beziehungsweise wir bestätigen, ja, noch keine Kinder.

»Und einen Hund? Falls ihr einen Hund habt, wär das hier ideal, die Helfmanns haben Kaninchen und einen Kater, aber der ist total friedlich, der versteht sich auch mit Hunden. Habt ihr einen?« Wir verneinen wieder, fast schon schuldbewusst.

Wir haben weder Hund noch Kind. Noch nicht! Hier jedoch herrschen so ideale Brutbedingungen, denke ich, dass ich wahrscheinlich schon eine Stunde nach dem Einzug in die Casa Steigerwald schwanger wäre.

Sie führt uns zu einem hölzernen Verhau auf dem Grundstück der Helfmanns: »Das ist unsere kleine Gemeinschafts- und Grillhütte, da sind die Gartengeräte und das Grillzubehör drin. Mein Mann und Thomas haben die zusammen gebaut.«

»Ah, super«, sagt Jonas, »sehr schön.« Und ich fürchte, er meint das ehrlich.

Sie ruckelt an der verklemmten Holzlattentür, die sich jedoch nicht öffnen lässt. »Im Sommer grillen wir eigentlich jede Woche zusammen. Wieso geht das jetzt nicht auf hier? Wir haben so ne lustige Tradition, dass immer einer von den drei Männern der Grillmeister ist. Der darf dann das Fleisch aussuchen und kriegt die große Grillzange überreicht und hat dann auch den ganzen Abend über unsere spezielle Grillmeisterschürze an, die ist echt sehr, sehr speziell, ich will jetzt gar nicht zu viel verraten!« Sie zwinkert Jonas neckisch zu, als sähe sie ihn schon vor sich, den neuen jungen Nachbarn mit der großen Grillzange in der Hand, nackt unter der »speziellen Grillmeisterschürze«.

Anscheinend tut in den Augen anderer Frauen das schreckliche Hornissenhemd seiner Attraktivität keinen Abbruch, wenn er noch in der Lage ist, eine Chippendales-Grillmeisterfantasie auszulösen. Überflüssigerweise bietet er ihr jetzt auch noch seine Hilfe beim Öffnen der verkeilten Holzlattentür an, gemeinsam zerren und stöhnen sie.

»Jonas, wir müssen mal oben gucken, ob die Maklerin inzwischen da ist. Nicht dass die wieder losfährt, wenn sie uns nicht findet.«

Niemand beachtet mich. Jonas bläst sich schnaubend eine blonde Haarsträhne von den Augen weg und wischt sich übers Gesicht. Beneidenswerterweise sieht er immer leicht gebräunt aus, als käme er gerade von einem Surf-Urlaub, dabei sitzt er den ganzen Tag in seinem klimatisierten Großraumbüro. Wahrscheinlich nimmt er die schweißtreibende Aufgabe des Holzschuppen-Aufbrechens dankbar als Ausgleich zu seinem bewegungsarmen Arbeitsleben an. Neulich hat ihn eine Frau im Supermarkt angesprochen und gefragt, ob er Norweger sei, sie komme aus Trondheim und erkenne Landsleute in der Regel sehr zielsicher.

Ich bin seit acht Jahren mit einem Computerfachmann aus Fulda zusammen, der von Norwegerinnen für einen Norweger gehalten wird und eine Grillmeisterkarriere im Libellenweg offensichtlich für eine Option hält.

Mit einem Krachen öffnet sich plötzlich die Tür, Jonas und Dorothee stolpern synchron nach hinten, und uns schiebt sich eine Lawine aus Eimern, langstieligen Gartengeräten, Dreirädern, Holzkisten, leeren Tupperdosen, Taucherbrillen, Plastikblumentöpfen, unnatürlich verdrehten Klappstühlen, Nistkästen und Boccia-Kugeln entgegen. »Oje, hier müssen wir auch mal wieder aufräumen, ignoriert das einfach.«

Der Unrat wird durchzogen und zusammengehalten von meterlangen Brombeer-Ranken, die anscheinend zielstrebig durch die Wände des wackeligen Verschlags eingedrungen sind.

»Wir müssen jetzt wirklich mal raus auf die Straße und gucken, ob die Maklerin inzwischen da ist«, werfe ich nachdrücklich ein, bevor uns Dorothee noch mehr ungewollte Einblicke in unordentliche Familien-Wohnwelten verschafft. Sie scheint mit aller Gewalt der benachbarten Casa Steigerwald zu gebärfähigen, integrationswilligen, kinderfreundlichen Käufern verhelfen zu wollen, und bemüht sich, den Eindruck zu vermitteln, hier herrsche ein total easy entspanntes, von Solidarität, Improvisationskunst und Lebensfreude durchdrungenes Miteinander, und mich nervt, dass Jonas ihr permanent durch zustimmende Mimik, Gestik und Lautäußerungen wie »Ah, super!«, »Interessant!«, »Sehr cool!« den Eindruck vermittelt, ihre Botschaft komme bestens bei uns an.

Dorothee macht gar nicht erst den Versuch, die jetzt vom Schuppeninhalt blockierte Tür wieder zu schließen, sondern geht mit uns zurück in ihr Haus, entlässt uns jedoch nicht, ohne noch einen weiteren Trumpf des Gebäudes vorzuführen.

»Ja, wir gehen gleich hoch, aber schaut erst mal kurz, das will ich euch noch zeigen, der Keller ist nämlich total raffiniert! Guckt, wenn man hier eine Wand einzieht …« – sie läuft vor uns durch einen leeren Raum und beschreibt mit den Armen in der Luft einen imaginären Wandverlauf – »… wenn man hier eine Wand einzieht und da vorne einen Durchbruch macht, dann hat man im Prinzip fast so was wie ne kleine Einliegerwohnung. Das ist superpraktisch, wenn mal einer zum Pflegefall wird, denn es ist ja alles ebenerdig und barrierefrei!«

»Das ist echt raffiniert!«, begrüßt Jonas eifrig die praktische Wohnlösung für Pflegefälle.

»Ja, oder?«, freut sich Dorothee über sein Interesse, »das find ich gut, dass ihr da so aufgeschlossen seid, die meisten Leute verdrängen so was ja, aber es kann jeden treffen. Die Helfmanns nebenan haben ihren dementen Vati hier untergebracht, die haben auch den baugleichen Keller. Schaut, hier ist so eine Art Waschküche, die nutzen wir momentan leider gar nicht.« Sie knipst ein grelles Deckenlicht an, das einen leeren, komplett weiß gekachelten Raum erhellt. Oben eine Deckenbrause, seitlich an der Wand Duscharmaturen, unten ein Abfluss, es sieht aus wie eine Gaskammer. »Hier können die Helfmanns ihren Vati einfach immer nackt in seinem Rollstuhl reinschieben und eben mal schnell abbrausen, das ist echt praktisch!«

»Superpraktisch!«, bestätigt Jonas, »sehr interessant!«

»Total genial, echt«, sagt Dorothee, und gemeinsam blicken sie weiterhin bewundernd in den Waschraum, der so praktisch ist, dass es geradezu bedauerlich ist, keinen Pflegefall in der Familie zu haben, den man hier mal eben schnell abbrausen kann.

»Na ja, aber es ist ja nicht gesagt, dass mal einer zum Pflegefall wird«, dämpft Dorothee schließlich die Euphorie. »Ihr könnt auch einen Hobbykeller hier einrichten.«

Um die Hausführung zu beenden, behaupte ich schließlich, ich hätte oben ein Auto vorfahren gehört. Überstürzt eilen wir die Treppe hinauf zur Haustür, und kurioserweise bewahrheitet sich meine Lüge, denn draußen steigt gerade eine sehr dünne Frau aus einem roten Firmen-Smart mit dem Aufdruck »Lehmbach & Ritter – Immobilien«. Sie scheint unter großem Zeitdruck zu stehen, denn fast ohne Begrüßung eilt sie auf die Eingangstür der Casa Steigerwald zu, erwähnt beim Hantieren mit dem Schlüsselbund Feierabendverkehr, Stau, Vollsperrung, Stress, Umleitung und nun ebenfalls von Verspätung bedrohte Anschlusstermine, dann schlägt sie die Tür hinter uns zu, und wir stehen im Wohnzimmer.

Die Maklerin ist eher auf jung gebotoxt als jung, sie hat ein glattes, perfekt geschminktes und wie mit Photoshop nachbearbeitetes Gesicht, mit strammem, blondem Pferdeschwanz, ihre Fingernägel sind im selben Beige gehalten wie ihr Hosenanzug und ihre Zehn-Zentimeter-Lackstilettos, auf denen sie jetzt über die Terrakottafliesen trippelt.

Trotz ihrer Stöckelschuhe ist sie kaum eins sechzig groß, und die Last des umfangreichen Aktenordners, den sie in der linken Armbeuge trägt und der wohl wissenswerte Informationen zur Casa-Steigerwald-Immobilie enthält, bringt sie in leichte Schräglage.

»Also, das ist der Wohnbereich«, erläutert sie mit gehetzter Fiepsstimme, »hier haben die vorherigen Eigentümer echte italienische Terrakotta-Fliesen in einem warmen Orange-Rosé-Ton einbauen lassen. Und hier ist die Küche, Sie sehen schon, das Küchenfenster geht zum Vorgarten raus, das ist sehr praktisch, da sehen Sie gleich, wenn Ihr Mann heimkommt, wenn Sie gerade am Herd stehen.« Mit der freien Hand öffnet sie ächzend die Balkontür. »Das ist der Balkon, äußerst großzügig und mit traumhaftem Ausblick!«

Wir sehen links von uns auf dem Nachbarbalkon das uns schon bekannte verwaiste Meerschweinchengehege, dessen Bewohner in der Kühltruhe der Familie Rögel ruhen. Ein bisschen Heu ist vom Nagetierstall auf den Casa-Steigerwald-Balkon herübergeweht. Außerdem erblickt man den Piratenmast des Klabauterschiffs sowie einen umzäunten Spielplatz mit Klettertürmen, der mir vorher nicht aufgefallen war. Drei Mütter mit Kinderwägen steuern gerade auf das Eingangstörchen zu, von lebensfrohen Familienhunden umspielt.

»Kinder haben Sie noch nicht, oder? Und einen Hund? Falls Sie einen Hund haben, für einen Hund wäre das hier ideal!«

Dem Rest der Hausführung folge ich ohne jede Aufmerksamkeit und trotte nur noch hinter den beiden her. Jonas dagegen lässt sich sogar Stellplätze, Stromkreise, Unterbringungsmöglichkeiten für Mülltonnen und die Funktionsweise der Fußbodenheizung erläutern, als stünde unser Einzug unmittelbar bevor. Er stellt so detaillierte Fragen, dass die Maklerin des Öfteren im Stehen unter dezenten Ächz-Lauten ihren bleischweren Aktenordner durchblättern muss, um die benötigten Infos zutage zu fördern, wobei ich darauf gefasst bin, dass ihr jeden Moment mit einem Knacks der dürre Unterarm abbricht.

»Neuwertige Bausubstanz, perfekte Infrastruktur, Top-Lage und noch dazu ein wirklich faires Preis-Leistungs-Verhältnis, also ich würde sagen, hier bleiben keine Wünsche offen«, beschließt sie den Rundgang. »Wahrscheinlich müssen Sie das alles erst einmal sacken lassen und sich besprechen, aber haben Sie denn bis hierhin noch Fragen?«

Jonas wirft mir einen auffordernd-mahnenden Blick zu, der mir bedeutet, dass ich jetzt bitte auch mal was sagen soll.

»Wieso sind die Vorbesitzer denn ausgezogen aus diesem wunderschönen Haus?«, frage ich die Maklerin, die daraufhin sofort auf ihre Uhr schaut und in Richtung Haustür stöckelt. »Das waren, soviel ich weiß, Gründe im beruflichen Umfeld des Hausherrn, das hatte nichts mit dem Objekt an sich zu tun, ich darf Ihnen da nicht so detailliert Auskunft geben, das tut ja auch nichts zur Sache.«

»Nein, natürlich nicht«, beeilt sich Jonas ihr zuzustimmen, als befürchte er, in der Gunst von Lehmbach&Ritter-Immobilien zu sinken, wenn die taktlose Freundin solche unangebrachten Fragen vorbringt.

»Ich find es aber doch interessant zu wissen, wer hier gewohnt hat und warum sie weggezogen sind«, beharre ich, als wir schon wieder draußen stehen und die Maklerin die Haustür abschließt. Sie sieht mich mit unverhohlener Genervtheit an. Stau, Vollsperrung, Stress, Umleitung, Anschlusstermine, ihr streng getaktetes Business-Life ist sowieso schon aus den Fugen geraten, und dann kommen noch lästige Nachfragen.

»Also«, leiert sie dann mit gequälter Stimme vor sich hin, während sie den Aktenordner auf den Beifahrersitz wirft, »der Herr Dr. Steigerwald ist ein angesehener Humanmediziner, er hatte eine Professur in Frankfurt, aber jetzt ist er nach Berlin berufen worden, deshalb kann die Familie verständlicherweise nicht mehr hier wohnen und hat uns mit der Veräußerung der Immobilie beauftragt. Wenn Sie noch weitere Fragen haben oder einen zweiten Besichtigungstermin wünschen, Sie haben ja unsere Kontaktdaten, mein Kollege, der Herr Bergmannsrieder, steht auch gerne zu Ihrer Verfügung.«

Dann ist sie weg, und wir stehen auf dem Gehsteig. Im Libellenweg ist Stille eingekehrt, auch das Massaker im Klabauterschiff scheint vollendet zu sein. Eine schwarze Katze trabt zielstrebig an uns vorbei, überquert die Straße, gleitet unter einem Gartentor hindurch und setzt sich miauend vor die Eingangstür der Hausnummer 11. Vielleicht hat sie dort einen Besichtigungstermin.

»Warum musst du denn da so drauf rumreiten?«, fragt Jonas.

»Worauf rumreiten?«

»Du weißt genau, was ich meine, erst sagst du die ganze Zeit kein Wort und tust so, als würd dich das alles nichts angehen, und dann nervst du die Frau, von wegen warum sind die Vorbesitzer denn ausgezogen.«

»Kann man wohl mal fragen.«

»Als würdest du ihr unterstellen, dass hier was nicht mit rechten Dingen zugeht oder so.«

»Ich glaub nicht, dass das stimmt mit der Professur in Berlin. Wenn es stimmen würde, hätte sie es ja gleich sagen können und nicht erst so rumdrucksen müssen.«

»Du behauptest jetzt, die hat uns angelogen?«

»Ja, natürlich.«

»Katja, du kannst echt komisch sein, ich weiß manchmal nicht, was ich …« Jonas macht eine wegwerfende Handbewegung.

»Die war eh total unfreundlich«, sage ich. »Weißt du, was die an Maklergebühr kriegt, wenn die das Haus verkauft? Eine fünfstellige Summe, dafür, dass die in zehn Minuten mit uns da durchhetzt und einen anblafft, wenn man mal ne Frage hat.«

»Die Frau war halt enorm im Stress, ich weiß nicht, ob du das kennst. Es hat nicht jeder so nen gechillten Job wie du, nur dreimal die Woche arbeiten und stundenlang Mittagspause machen und keine Verantwortung.«

Das ist gemein. Richtig gemein.

»Verurteilst du mich?«, frage ich ihn. »Weil ich nicht zwölf Stunden am Tag arbeite wie du? Nur dann ist man ein vollwertiger Mensch, oder wie?«

»Komm, das führt doch zu nichts, das war mir nur so rausgerutscht«, versucht er mich zu besänftigen. Dann setzt er noch ein fragwürdiges Lob obendrauf: »Ich weiß doch, dass du auch ganz viel zu tun hast in der Redaktion, mit den ganzen E-Mails und den Leuten, die da anrufen und Sachen wissen wollen und so. Das ist bestimmt auch alles anstrengend.« Es klingt, als wäre ich eine labile Person, die sich nach langer Therapie in einem zwar stumpfsinnigen, sie aber aufgrund ihrer Einschränkungen komplett fordernden Job in einer Behindertenwerkstatt ganz prima zurechtfindet und von ihren Betreuern gelobt und auf ihrem Weg bestärkt wird.

»Wir müssen noch einkaufen«, sage ich, »wir brauchen Milch und Butter.« Jonas nickt eifrig, dankbar für meinen abrupten Wechsel von einem heimtückisch verminten auf ein harmloses Gesprächsthema. »Ja, klar, wir können auf dem Rückweg beim Rewe vorbei, die haben grad so spezielle Wasabi-Nüsse im Angebot.«

Ich habe sogar noch einen weiteren friedenstiftenden Vorschlag parat: »Vielleicht sollten wir uns vorher noch kurz bei der Dorothee bedanken für die Hausführung, das war so überstürzt vorhin, ich glaub, wir haben uns gar nicht verabschiedet.« Auch von dieser Idee ist Jonas begeistert.

Als wir uns der Haustür nähern, wird wütendes Geschrei im Inneren hörbar, offensichtlich schimpft Dorothee gerade mit einem ihrer Kinder. Ich drücke trotzdem auf die Klingel, das Gezeter verstummt, und Dorothees erhitztes Gesicht erscheint im Türspalt. Sie hält eine weiße Plastiktüte mit ungewissem, klumpigem Inhalt in der rechten Faust umklammert.

»Ach, ihr seid's. Wollt ihr reinkommen? Wollt ihr noch was anschauen, oder habt ihr jetzt drüben alles gesehen?«

Ich sage einen Dankeschön-Spruch auf und betone, dass die Maklerin uns alles Sehenswerte gezeigt hat.

»Alles baugleich, wie ich euch gesagt hatte, verrückt, oder?«

»Ja, verrückt. Ihr hattet doch ein gutes Verhältnis zu den Steigerwalds, oder?« Ich lege einen pseudovertraulichen Ton in meine Stimme und bin mir selbst ein bisschen unsympathisch.

»Ja, klar, warum?«

»Warum sind die eigentlich ausgezogen?«

Jonas verdreht die Augen, was mir aber egal ist. Dorothee sieht mich an, dann auf den Boden, dann über die Schulter zurück in die Wohnung, dann wieder auf den Boden.

»Ich weiß nicht so recht, was ich euch sagen darf, das ist ja eigentlich privat.«

Der rätselhafte Auszug der Familie Steigerwald aus dem Tal der glücklichen Familien interessiert mich immer mehr.

»Die Maklerin sagte was von einer Professur in Berlin, aber ich hatte den Eindruck, dass mehr dahintersteckt.«

»Ja, irgendwie schon.« Dorothee windet sich.

»Ich fände es wichtig, die Wahrheit zu kennen, falls wir hier bald Nachbarn sind. Sonst fängt man einen neuen Lebensabschnitt gleich mit einer Lüge an.« Ich komme mir vor wie in einer Gerichtsshow im Nachmittagsfernsehen.

»Also gut.« Dorothee blickt nochmals über die Schulter und reckt uns dann vertraulich ihren Kopf entgegen. »Es ist ein bisschen unangenehm, und ihr dürft bitte niemandem sagen, dass ihr das von mir habt, das ist echt … Ich meine, was da passiert ist … Da kann ja das Haus nichts dafür. Das hätte überall passieren können.« Auch Jonas ist jetzt ganz Ohr.

»Also der Dietmar, der Herr Steigerwald, ist Anästhesist, der war an der Uniklinik Frankfurt, und er und die Silvana hatten drei Kinder, so wie wir, also sie haben drei Kinder, die leben ja noch, oje, ich weiß gar nicht, wie ich das erzählen soll. Die Silvana ist vierunddreißig, so alt wie ich, und der Dietmar ist ziemlich viel älter als die Silvana, fast zwanzig Jahre älter, ich meine, das muss ja noch nix heißen … Also jedenfalls habt ihr ja den Waschraum gesehen, unten im Keller, ja? Und da hatten die Steigerwalds vor einem Jahr die Oma einquartiert, die Mutter von Dietmar, weil die nach einem Schlaganfall nicht mehr laufen konnte, und da unten ist ja alles ebenerdig und behindertengerecht.«

»Ja, ja«, sage ich ungeduldig, die pflegefallkompatiblen Eigenschaften der Keller-Architektur sind mir inzwischen hinlänglich bekannt.

»Und letzten Sommer hat auch der Wolfi hier gewohnt,

das ist ein Sohn vom Thomas, also von den Helfmanns, die links von uns wohnen, ja? Der Wolfi ist neunzehn und der Sohn aus erster Ehe vom Thomas Helfmann, der hat mit der Annegret ja jetzt noch mal zwei kleinere Kinder. Egal, also der Wolfi war arbeitslos und hat den Sommer über bei den Helfmanns gewohnt, und wir haben auch immer zusammen gegrillt und so, und der Wolfi durfte auch mal den Grillmeister machen, ihr wisst Bescheid.«

Ihre Erzählung verläuft in undurchschaubaren Windungen, es deutet immer noch nichts auf die Ursache der Steigerwald'schen-Immobilienveräußerung hin.

»Die Mutter vom Dietmar war nach dem Schlaganfall stumm geworden und konnte auch nicht mehr schreiben und nichts, und zeitgleich hat bei den Helfmanns unten drin ja schon der demente Vati gewohnt, hatte ich erzählt, oder?«

Wir nicken zögerlich. Was haben die Keller-Senioren und der Sommergast Wolfi jetzt mit all dem zu tun? Ich zweifle an einem logischen Fortgang der Geschichte.

»Jedenfalls war der Wolfi gelernter Krankenpfleger und hat sich um seinen dementen Opa gekümmert, und dann hat der Dietmar ihn beauftragt, sich auch um seine pflegebedürftige Mutter zu kümmern, weil der Wolfi war ja eh da und hatte Zeit, weil er arbeitslos war, und der hat das ja alles schwarz gemacht und war viel billiger als der Pflegedienst.«

Ich vermute kurzzeitig, dass sich der nette Wolfi als Todespfleger herausstellt, der die in den Kellern des Libellenwegs aufbewahrten Greise mit Giftinjektionen ins Jenseits spritzt. Doch Dorothee überrascht mit einer nicht minder dramatischen Wendung: »Der Wolfi ist also jeden Tag rüber zu den Steigerwalds gegangen, um die Mutter vom Dietmar zu betreuen. Und da sind der Wolfi und die Silvana sich dann anscheinend ... näher gekommen. Sie haben immer zusammen im Waschraum die Oma abgebraust, und irgendwann haben sie sich dann auch ausgezogen, weil sonst ja die Klamotten nass werden ... Und das ging im Prinzip jeden Tag so, über Monate hinweg ... Und der Dietmar wusste von nichts, der war ja den ganzen Tag in der Klinik, und ... Das Schlimme ist halt, wie dann alles rausgekommen ist, weil ... Oje, ich merk grad beim Erzählen selbst erst, wie krass das eigentlich ist, ihr dürft das keinem weitererzählen ...« Sie holt tief Luft für den letzten Akt des Nachbarschaftspflegedramas. »Das Krasse war, dass die beiden es vor den Augen der Oma getrieben haben, weil die Silvana das so wollte. Als ihre Schwiegermutter noch fit war, hat sie wohl der Silvana das Leben zur Hölle gemacht, von wegen, sie wär ihres Sohnes nicht würdig, und sie wär ein junges Flittchen und nur auf sein Geld scharf und auf seinen Doktortitel und auf seinen Porsche, und sie wär extra schwanger geworden, damit er gezwungen war, sie zu heiraten, und so weiter ... Kurz gesagt, die haben sich gehasst bis aufs Blut. Bis aufs Blut, echt. Und jetzt war die Schwiegermutter quasi gelähmt und konnte nicht mehr sprechen und sich überhaupt nicht verständlich machen, und da hat die Silvana das wohl irgendwie als Racheplattform genutzt. Dass sie sich vor den Augen der Oma von dem jungen, muskulösen Wolfi rannehmen lässt. Ich glaub, sie hat auch gehofft, dass die Oma so schockiert ist von dem, was sie sehen muss, dass sie noch einen Schlaganfall kriegt und stirbt. Aber dem war nicht so, also es ist quasi eher das Gegenteil passiert, eines Tages konnte die Oma plötzlich wieder sprechen. Und hat alles ihrem Sohn erzählt, was sie in den letzten Monaten erdulden musste. Ja, und dann hat der Dietmar die Scheidung eingereicht und wohnt jetzt mit seiner Mutter und den Kindern in Berlin. Und der Wolfi ist in Mexiko, und von der Silvana hab ich nie mehr was gehört ... Und deshalb ist jetzt jedenfalls die Casa Steigerwald zu verkaufen.«

Dorothee seufzt erschöpft auf. Jonas kratzt sich verstört am Kopf und weiß nicht, was er sagen soll. Als wäre die Dramatik der Geschichte noch nicht ausreichend, schiebt Dorothee eine Pointe nach: »Der Wolfi ist übrigens halb-schwarz, also wie soll ich das sagen, der Thomas, sein Vater, war vorher mit einer Senegalesin zusammen. Das hat dem Ganzen noch die Krone aufgesetzt, weil die Mutter vom Dietmar ist schon arg ausländerfeindlich. Ich hoffe, das schreckt euch jetzt nicht ab oder beeinflusst euch in eurer Kaufentscheidung.«

Ich schüttle den Kopf. »Nee, nee, da kann ja das Haus nichts dafür.«

Als wir uns verabschieden, will Dorothee uns die Hand geben, in der sie jedoch die ganze Zeit ihre seltsame Plastiktüte umkrampft hält, die ihr jetzt erst wieder einfällt. »Heute ist echt ein komischer Tag«, sagt sie mit Blick auf die Tüte. »Die Tabea muss uns vorhin belauscht haben, als wir auf dem Balkon waren. Jedenfalls hat sie die toten Meerschweinchen aus dem Gefrierfach geholt und zu sich ins Zimmer geschleppt. Grad will ich bei ihr staubsaugen und sehe, dass sie die Viecher in ihr Puppenhaus gesetzt hat. Zum Glück hab ich das gemerkt, bevor die aufgetaut sind.«

Ich bin mir sicher, dass auch Jonas mit Grausen an die Meerschweinchentüte denkt, als wir kurz danach beim

Rewe Fischstäbchen, Hähnchenbrustmedaillons und Seelachsfilets aus der Tiefkühltruhe in den Einkaufswagen zerren. Zu Hause stopfen wir alles schnell ins Gefrierfach, bevor irgendetwas in unserem Leben Gefahr läuft aufzutauen.

Kapitel 3

»INGA UND BORKE würden uns gegen halb zehn abholen.« Jonas sitzt auf dem Sofa, in der einen Hand sein Handy, die andere wühlt in einer Schüssel gerade beim Rewe gekaufter Wasabi-Erdnüsse. Ich liege mit geschlossenen Augen vor ihm auf dem Wohnzimmerteppich, die Beine im Neunzig-Grad-Winkel nach oben an die Wand gelehnt, das stand neulich in der Cosmopolitan, dass man jeden Tag zehn Minuten die Beine hochlegen soll, um den Blutrückfluss zu aktivieren und unschön verdickten Knöcheln vorzubeugen.

»Katja, hast du gehört? In anderthalb Stunden holen die uns ab, dann müssen wir nicht selbst fahren.«

»Wohin?«

»Zu der Musterhaus-Ausstellung, wir hatten doch ausgemacht, dass wir da hingehen. Die Lange Nacht der Musterhäuser, heute in Wiesbaden, neben diesem Möbelzentrum.«

Ich kann nicht glauben, dass Jonas für heute noch nicht genug Eigenheim-Erlebnisse gesammelt hat. Und woher nimmt er die Energie, um sechs Uhr aufzustehen, durchzuarbeiten, ein Reihenendhaus zu besichtigen und dann übergangslos und nur mit einer Schüssel Wasabi-Nüsse im Bauch mitten in der Nacht eine Musterhaussiedlung in Wiesbaden zu besichtigen?

»Ich hab keine Lust, Jonas. Das reicht mir für heute an Hausbesichtigungen.«

»Das war aber abgemacht!«

»War es nicht.«

»Doch.«

»Du hast das mit Inga ausgemacht, die wollen da hin, ich nicht. Ich bin k.o.«

»Aber das ist nur einmal im Jahr. Das ist interessant und gar nicht anstrengend, da kann man rumlaufen und dreißig verschiedene Häuser angucken.«

»Das klingt mehr als anstrengend.«

»Du willst echt nicht mit?«

»Nein, fahr allein.«

»Schade.«

Jonas steht auf und holt sich zum Trost sein iPad aus der Aktentasche, Wasabi-Nuss-Nachschub sowie ein Bier aus dem Kühlschrank.

»Die sind echt gut, die Nüsse. Scharf, aber gut. Interessante neue Mixtur. Auf die anderen bin ich auch gespannt, Mandeln mit Honig-Salz-Ummantelung, die kenn ich auch noch nicht.« Krachend zerbersten die nächsten Wasabi-Nüsse zwischen seinen Backenzähnen.

Seit Jonas vor einem Jahr mit dem Rauchen aufgehört hat, ist er nusssüchtig. Das Geld, das er vorher für Zigaretten ausgegeben hat, fließt jetzt in den Erwerb ohrenbetäubender Knusperspezialitäten aus aller Welt. Abends beim Fernsehen bekomme ich oft nur den halben Film mit, weil es neben mir ständig knistert, knirscht und prasselt, wenn er wieder eine Tüte Hot-Pepper-Cashewnüsse oder japanisches Reisgebäck aufbricht. Ich wünsche mir manchmal, er würde wie früher in den Werbepausen auf den Balkon eine rauchen gehen. Aber wie steht man da mit dem Bestreben, den Lebensgefährten aus akustischen Gründen wieder in die Raucherei zurücktreiben zu wollen? Ziemlich unsympathisch steht man da, deshalb muss ich sein Nuss-Hobby ertragen.

Zurzeit isst er gerne sogenannte Amazonas-Urnüsse, von denen es angeblich nicht mehr viele gibt, Limited Edition steht auf der Packung, ich vermute, es sind ganz normale Erdnüsse, nur dass man sich das Häuten und Saubermachen gespart hat und sie dreimal so teuer verkauft. Die Urnüsse stecken in umweltfreundlichen, biologisch abbaubaren Packungen, die beim Öffnen so laut krachen, dass man meint, einer Abrissbirne beim Schlagen in Betonfronten beizuwohnen. Mich wundert, dass er trotz seines Nusskonsums nicht zunimmt, zumal er auch viel mehr Bier trinkt als vorher, um seinen von den oft extrem feurigen Snack-Kreationen wundgeätzten Mund und Rachen zu spülen.

»Inga ist sehr traurig, dass du nicht mitkommst«, sagt er mit vorwurfsvollem Blick auf sein Handy.

»Die wird's überleben. Außerdem sehe ich sie ja spätestens in zwei Wochen auf ihrem Geburtstag.«

Jonas klemmt das Handy in die Armbeuge und balanciert sein iPad auf den Knien, während er parallel zu den Wasabi-Nüssen offenbar noch eine Pistazienverkostung startet. Mit einem Knall platzt die Tüte auf, und die Pistazien kullern in die Blechschüssel wie ein kleiner Steinschlag.

»Hä, was soll der Quatsch?«, empört er sich dann plötzlich mit vollem Mund, »warum krieg ich im Facebook Veranstaltungseinladungen von Heinrich Waldemar Ertel? Das ist doch dieser Literatur-Arsch, warum bin ich mit dem befreundet?« Er hält mir anklagend das Tablet entgegen. »›Heinrich, still und leise‹ – Eine beflügelnde Soiree mit Literatur, Musik und Malerei, Eintritt frei, Veranstaltungsbeginn heute in einer Stunde … interessiert, zusagen, teilen … Du hast Heinrichs Veranstaltungen abonniert, ich will den nicht abonnieren!«

»Jonas, du bist Computerfachmann, entfreunde ihn doch einfach.«

»Wieso ist der Idiot überhaupt mein Freund?«

»Keine Ahnung, der hat dich halt mal geadded, und du hast das confirmed.«

»Höchstens aus Versehen. So ein Trottel … Heinrich als Freund entfernen … Ja … So, jetzt ist er weg.«

Auf einmal bin ich in der unguten Position, Jonas von meiner Begegnung mit Heinrich in der Mittagspause erzählen zu müssen, sonst sieht es aus, als würde ich das absichtlich vor ihm verheimlichen.

»Willst du mal von den Pistazien probieren? Die sind sehr, sehr gut, aber die iranischen sind besser. Das da sind kalifornische Pistazien, iranische gibt's irgendwie kaum noch.«

»Ich hab den übrigens heute zufällig getroffen.«

»Wen? Den Literatur-Arsch?«

»Ja.«

»Wieso das?«

»Ich sag doch, zufällig, in der Mittagspause. Wir waren bei Giovanni, und da kam er halt rein.«

»Aha. Da kam er rein. Und dann?«

»Dann hat er sich zu uns gesetzt und ein bisschen erzählt.«

»Was hat er denn erzählt?«

»Na ja, von dieser Veranstaltung heute zum Beispiel.«

»Und du, hast du ihm auch ein bisschen was erzählt?«

»Ach komm, hör auf, was soll ich dem denn erzählen.«

Jonas' Eifersuchtsverhöre sind unglaublich vorhersehbar und langweilig. Ich bewege die Zehen auf und ab. Zwanzig Minuten liege ich jetzt schon an der Wand, sämtliches Blut ist anscheinend der Schwerkraft gefolgt und hat sich aus den Beinen zurückgezogen, ich kann meine Füße kaum noch spüren. In der Cosmopolitan war keine Dauer angegeben, ab der die Nachteile des Blutrückflusses die Vorteile überwiegen.

»Und was hat er erzählt von seiner tollen Veranstaltung heute Abend? Bestimmt hat er dich eingeladen.«

»Ja, hat er.«

»Aha, natürlich. Hat er dir wieder in Aussicht gestellt, dass du bald berühmt wirst mit deinen Gedichten? Bestimmt sollst du was vorlesen heute Abend, er bietet dir gönnerhaft eine Plattform, woraufhin du dann entdeckt wirst und ein Verlag dir 100 000 Euro Vorschuss gibt und du ihm auf ewig zu Dankbarkeit verpflichtet bist, dem grandiosen Förderer und Kultur-Mäzen.«

»Er hat mich einfach nur eingeladen«, lüge ich.

»Lüg mich doch nicht an«, sagt Jonas. Vertrackt, wenn man sich schon so lange kennt. Vielleicht hätte ich doch besser den Mund gehalten und nichts von der Begegnung erzählt. Jonas ist nicht gerade kreativ, wenn es darum geht, sich männliche Beweggründe für eine Kontaktaufnahme mit seiner Freundin auszumalen.

Obwohl er Heinrich nur einmal kurz gesehen hat – wir waren ihm auf dem Markt über den Weg gelaufen – ist für ihn klar, dass der »Literatur-Arsch« mich flachlegen will. Die Möglichkeit, dass ein Kultur-Mäzen ausschließlich aufgrund meiner förderungswürdigen literarischen

Versuche mit mir Umgang pflegen möchte, kommt in seiner Gedankenwelt nicht vor.

»›Heinrich, still und leise‹, was ist das überhaupt für ein unglaublich bescheuerter Titel?«

»Ach Jonas, bitte. Der Typ mag sein, wie er will, aber er stellt wenigstens was auf die Beine, ansonsten ist ja kulturell nichts los hier in der Stadt.« Jetzt muss ich auch noch Heinrich verteidigen, eine kuriose Aufgabe.

Jonas holt sich ein weiteres Bier. »Dann geh doch hin, wenn du so interessant findest, was er macht.«

»Weißt du was? Ich würde wirklich lieber da hingehen als auf die Lange Nacht der Musterhäuser, was übrigens ein mindestens genauso bescheuerter Titel ist.«

»Ja, geh doch hin, wirf dich dem Typ an den Hals.«

»Der hat eine Freundin«, behaupte ich, in der unbegründeten Hoffnung, Jonas' lästige Eifersuchtstirade dadurch abzumildern.

»Eine Freundin, ja, klar, bestimmt auch eine aufstrebende junge Künstlerin, die sich einbildet, von ihm mit der großen Welt der Kultur in Kontakt gebracht zu werden. Du schaffst das schon, ihn ihr auszuspannen, oder vielleicht nimmt er dich als Zweitfrau, das geht ja ganz unkompliziert und locker zu bei euch in der Künstlerszene, da kann ich natürlich nicht mitreden.«

»Ein bisschen mehr Lockerheit und Unkompliziertheit würden dir nicht schaden.«

Jonas schaufelt sich eine weitere Nussladung in den Mund. »Ich bin ganz locker, geh doch hin, wenn's dir Spaß macht.«

»Ich hatte bis eben nicht die geringste Lust, da hinzugehen.«

»Aber jetzt schon?«

»Ja, jetzt schon, dann endet wenigstens diese blöde Diskussion.« Ich stehe auf und trete schwindelig und mit tauben Beinen auf der Stelle.

Jonas nimmt eine Wohn-und-Bau-Zeitschrift vom Sofatisch und beugt sich mit grimmigem Blick über einen Artikel mit der Überschrift »Wenn der Einspar-Effekt verpufft – Vor dem Hauskauf unbedingt Luftdichtigkeitstest durchführen, sonst droht der Orkan aus der Steckdose«.

Er schaut nicht auf, als ich aus dem Zimmer gehe.

Kapitel 4

MAN SOLL NICHT im Streit auseinandergehen, heißt es immer. Deshalb hab ich ein schlechtes Gewissen auf meinem Fußmarsch durch die Stadt. Wenn in zwei Stunden ein statisch instabiles Musterhaus in Wiesbaden zusammenfällt und Jonas von einem Querbalken erschlagen wird, oder wenn mir jetzt irgendwo im Dunkeln ein Mörder auflauert, habe ich meinen Freund eben zum letzten Mal gesehen. Im Sonntags-Blitz wurde neulich ein Paar vorgestellt, das diamantene Hochzeit gefeiert hat, im Kreise der tausend Enkel und Urenkel, und da stand auch, das Wichtigste sei es, sich immer am Ende des Tages zu versöhnen, sonst schläft man grollend ein, und am nächsten Tag liegt der andere womöglich tot neben einem im Bett, und man hat nie mehr die Chance, sich zu entschuldigen. Tipp des diamantenen Ehepaars.

Aber wofür soll ich mich denn entschuldigen? Immerhin habe ich tschüss gesagt beim Weggehen, was Jonas nicht mal dazu veranlasst hat, den Kopf von seiner Nussschüssel zu heben. Bestimmt klingeln gerade Inga und Borke an der Haustür. Soll ich umkehren und um des lieben Friedens willen doch mit zu diesem Möbelhaus fahren? Keine Ahnung, ich habe keine Lust, darüber nachzudenken. »Wenn du ein Problem hast, versuche es zu lösen. Kannst du es nicht lösen, dann mach kein Problem draus«, hat Buddha angeblich gesagt, der Spruch steht gerade auf unserem Wochenkalender in der Küche.

Ein auch ohne Buddhas Hilfe zu lösendes Problem ist die Frage, wo »Heinrich, still und leise« überhaupt stattfindet. Zum Glück finde ich Heinrichs Schriftsteller-und-Mensch-Visitenkarte in meiner Handtasche und tippe die Adresse, Weinbergweg 28, bei Googlemaps ein. Das Handy berechnet eine Gehzeit von dreizehn Minuten und lotst mich in Richtung Stadtrand. Ich trinke einen Schluck von meinem Weg-Bier, das ich mir aus dem Kühlschrank mitgenommen habe. Jonas hat jetzt bestimmt auch eine Bierflasche der gleichen Marke in der Hand, und so sind wir immerhin im Trinken vereint.

Meine Textmappe mit den Gedichten habe ich natürlich nicht mitgenommen. Ich habe nicht vor, an dieser Soiree, deren Konzept mir immer noch unklar ist, aktiv teilzunehmen.

Wenn ich Zeit habe und in entweder gehobener oder niedergeschlagener Stimmung bin, schreibe ich manchmal Zeilen untereinander, und wenn mir nichts mehr einfällt, erkläre ich das Gedicht für vollendet. Mehr gibt es zu meinen Kunstambitionen nicht zu sagen. Viel schreibe ich nicht, weil ich mich meistens weder gehoben noch niedergeschlagen, sondern eher so mittel fühle, was keine gute Voraussetzung für ein Künstlerdasein ist.

Ein Fehler, überlege ich beim Gehen, war, dass ich wohl irgendwann geglaubt hatte, wenn man schreibe, müsse man seine Niederschriften auch anderen Menschen zugänglich machen. Letztlich hat mich die Teilnahme an diesem obskuren Gedichtwettbewerb in die Fangarme des Heinrich Waldemar Ertel getrieben, der seitdem in mir – vermutlich mangels Alternativen – eine literarische Nachwuchshoffnung der Region sieht und unbeirrt seine Mentorentätigkeit ausübt.

Ich bekomme eine WhatsApp, aber keineswegs eine Entschuldigungsnachricht von Jonas, wie ich kurz gehofft hatte, sondern eine Botschaft von meiner Mutter: »Heute 22.15 Uhr ZDF-Krimi Mord im Gehölz, hat gute Bewertung!! Wie war die Hausbesichtigung??? lg Mama«

Die drei Fragezeichen hinter der Hausbesichtigung stehen für die Erwartungshaltung meiner Eltern, dass jetzt bald mal etwas Greifbares herauskommen muss bei unserem »Projekt Eigentum«, wie sie es nennen. Monatelang Häuser und Wohnungen besichtigen, ohne zu einer Kaufentscheidung zu kommen, was immer an meinen Einwänden und meiner Unentschlossenheit liegt, das lässt sie unruhig werden.

Eigentum verheißt Enkel.

Je mehr Zeit vergeht, desto suspekter werden ihnen meine berufliche Stagnation und meine unentschiedene Haltung, wie es mit Jonas und mir und dem Projekt Eigentum weitergehen soll. In ihren Augen muss jetzt so schnell wie möglich ein nächster Schritt erfolgen in Richtung »normaler Lebenslauf«. Ich weiß selbst, dass ich seit Studienende auf der Stelle trete. Meine letzte Aktion war das Unterschreiben eines befristeten Vertrags beim Sonntags-Blitz vor fast fünf Jahren, was jeder für eine Übergangslösung gehalten hat, und sowohl Jonas als auch meinen Eltern dämmert gerade, dass die Übergangslösung für mich schon längst zu einem bequemen Dauerzustand geworden ist, und sie versuchen nun mit sanfter, aber immer nachdrücklicher werdender Gewalt, mir die Notwendigkeit weiterer Lebensetappen begreiflich zu machen.

Ich glaube, mittlerweile würden sie es sogar akzeptieren, wenn ich mit der Lyrikschreiberei Ernst machte. Ich könnte morgen meinen Job hinschmeißen und stattdessen Tag und Nacht schreiben, dann hätten sie halt eine etwas versponnene, erfolglose Künstlerin in der Familie, die sie durchfüttern müssen, aber zumindest wäre das etwas Greifbares, ein konkreter Lebensentwurf statt der sich allen Optionen verweigernden Teilzeit-Jobberin, die zu wenig Geld verdient, um Karriere zu machen, und zu viel Geld, um vom Freund und künftigen Ehemann abhängig zu sein und sich in naher Zukunft in die Rolle der Vollzeit-Hausfrau und Enkelproduzentin zu begeben.

»Hausbesichtigung war okay, mal schauen«, tippe ich beim Gehen. »Danke für Filmtipp. Bin aber unterwegs zu einer Soiree (Kulturabend mit Lesungen und Musik) bei einem Bekannten.«

Meine Mutter, nach langer Smartphone-Verweigerungs- und noch längerer Smartphone-Gewöhnungsphase mittlerweile flink und tipp-geübt, antwortet sofort. Am liebsten benutzt sie Ausrufezeichen in variierender Häufung.

»Überlegt nicht zu lang! Die Zinsen sollen bald wieder steigen!! Wünsche euch viel Spaß bei der Soiree! Ihr seid noch jung! Würde auch gern mal wieder auf eine Kulturveranstaltung! Aber Papa hat keine Lust!! Liegen nur noch auf Sofa!!! Grüße auch an Jonas von den alten Eltern!«

Gut, dass sie die genaueren Umstände der »Kulturveranstaltung« nicht kennt, nämlich dass ich dort alleine hingehe statt in romantischer Eintracht mit Jonas und dass es sich lediglich um eine obskure Wohnzimmereinladung des pensionierten Wasserwirtschaftsamtsleiters handelt, der den ganzen Aufwand ja angeblich nur betreibt, um erfolglosen jungen Künstlerinnen eine Plattform zu bieten, eine Plattform, auf der er sie schön bequem flachlegen und begatten kann.

Die letzten fünf Minuten geht es steil bergan. Der Weinbergweg liegt, welche Überraschung, direkt an den Weinbergen am Stadtrand, in einem ruhigen Wohnviertel. Wenn mich mein Orientierungssinn nicht täuscht, erstreckt sich das Tal der glücklichen Familien von hier aus gesehen auf der genau gegenüberliegenden Seite der Stadt. Hinter einem der entfernten Lichter, die ich dort hinten am Hang leuchten sehe, verbirgt sich vielleicht das Reihenmittelhaus-Wohnzimmer der Familie Rögel, ich stelle mir Dorothee und ihren Mann vor, Arm in Arm auf dem Sofa bei Mord im Gehölz eingeschlafen, während die Kinder die Gelegenheit nutzen, um die Meerschweinchen aufzutauen oder sich mit dem gefrorenen Aas die Köpfe einzuschlagen.

Was meinen Eltern Hoffnung macht, ist die Tatsache, dass ich es immerhin geschafft habe, ein männliches Wesen dauerhaft an mich zu binden. Jonas wird von ihnen umsorgt, gepflegt und hofiert wie eine exotische Topfpflanze, die spezielle, ständig nachzujustierende Außenbedingungen braucht, um in einer an sich ungeeigneten, feindlichen Umgebung, sprich in meinem Dunstkreis, gedeihen zu können. Sie unterstellen mir Beziehungslethargie und mangelnde Fürsorge und versuchen ständig, meine angeblichen Liebesversäumnisse durch übertriebene schwiegerelterliche Sympathiebekundungen auszugleichen. Von einer holländischen Nussrösterei hat uns meine Mutter neulich ohne besonderen Anlass eine Geschenkkiste zuschicken lassen, voll mit spanischen Mandeln im Nougatmantel, gerösteten Haselnüssen aus dem Piemont, »vakuumierten Bio-Maronen« und karamellisierten Walnusskernen aus der Auvergne. Ich muss zugeben, dass keines meiner Weihnachts- oder Geburtstagsgeschenke in den letzten Jahren bei Jonas größere Euphorie hervorgerufen hat als die Gourmet-Nusskiste.

Der Hintergedanke meiner Eltern bei solchen Maßnahmen ist es, so vermute ich, den einzigen potenziellen Enkel-Erzeuger mit gesunden Fetten und Nussölen zu mästen, auf dass er sich irgendwann erbarme, seinen gehaltvollen, mit der Kraft der Bio-Nüsse angereicherten Samen in die emotional etwas derangierte, entscheidungsunfähige Tochter zu entsenden und ihr endlich eine sinnvolle Lebensaufgabe als Mutter zu schenken.

Zu meiner Theorie passt auch, dass mir meine Mutter, als Jonas noch geraucht hat, ständig kommentarlos Zeitungsausschnitte zukommen ließ, in denen vor abnehmender Potenz und schlechter Samenqualität bei Rauchern gewarnt wurde, und als Jonas dann aufhörte, wurde seine Leistung gefeiert und gepriesen, als habe er den Nanga Parbat bezwungen oder eine andere, fast menschenunmögliche Willensanstrengung erbracht. Jetzt ist sein Sperma schon seit einem Jahr damit beschäftigt, sich von den toxischen Einflüssen der Vergangenheit zu regenerieren und sich auf seinen großen Einsatz vorzubereiten. Vor lauter Sperma-Grübelei bin ich falsch abgebogen, das Smartphone bringt mich mit brummenden Beschwerden wieder auf den richtigen Weg.

Was wohl aus Kilian geworden ist? Mit dem war ich im zweiten Semester meines Germanistikstudiums zusammen, ein Kommilitone und Parade-Exemplar des lebensuntüchtigen männlichen Versagers. Ein bärtiger, barfüßiger, ausgezehrter Student der Philosophie und Nordischen Literatur, hauptsächlich aber mit Jointbau beschäftigt. Wahrscheinlich war es weiblicher Selbst- und Arterhaltungstrieb, der mich schnell erkennen ließ, dass der bleiche, debattierfreudige Aristoteles-Forscher mit den schlaffen Gliedmaßen und sicherlich auch sehr schlechter Samenqualität später höchstens in der Theorie eine Familie würde ernähren können. Nach drei Monaten kam Jonas, und mit Kilian war Schluss.

Erstaunlicherweise schaffen es die meisten der verträumten Geisteswissenschaftlerinnen, sich einen Mann zu angeln, der eine zukunfts- und einkommensorientierte Studienrichtung absolviert hat. Zumindest waren die ganzen weltfremden, verarmten Hanf-Philosophen am Ende meiner Unizeit immer noch Single, und die Frauen im Seminar, ich eingeschlossen, alle fest mit einem zukunftsträchtigen Informatiker, Juristen, Ingenieur oder Mediziner verpartnert. Mich erstaunt, dass mir das erst jetzt auffällt, Jahre später, während ich, mit Handy und Bierflasche in der Hand, den sich die Anhöhe hinaufschlängelnden Weinbergweg entlangstapfe.

Es ist mittlerweile stockdunkel, aber windstill und milder als heute Mittag auf meinem Gang mit Herrn Böhmann zum Da-Giovanni-Nudeltag. Am Gartentor der Hausnummer 28 bleibe ich vor einer großen, zurückgesetzten Villa stehen und lausche, ob schon gedämpfte Lautenklänge oder Minnesang oder was auch immer eine akustische Soiree verheißt, zu hören sind. Nichts. Auch kein Plakat weist auf das Event hin. Ich bücke mich, um die Namen neben der Eingangsklingel zu lesen: »Massagestudio Elfenhand« steht da und darunter »Hermine Kammerlander/Heinrich W. Ertel«.

Massagestudio Elfenhand, was soll das wieder für ein Quatsch sein, wohnt Heinrich über einem Swingerclub? Und wer ist Hermine Kammerlander, der Name kommt mir bekannt vor. Ich stehe eine Weile grübelnd vor dem Gartentor, bis der Groschen fällt.

Hermine Kammerlander ist die zweitplatzierte von Heinrichs Lyrikwettbewerb. Sie ist damals zusammen mit mir bei der »Siegerlesung« in der Buchhandlung Schmökerbär aufgetreten. Heinrichs Vorgehen scheint doch systematischer zu sein, als ich dachte. Hat er, nachdem außer einer Knutscherei mit der Erstplatzierten nichts für ihn heraussprang, zu Plan B gegriffen und das Herz der Zweitplatzierten erobert? Und hätte er sich, wenn auch dieses Vorhaben misslungen wäre, dann an Platz 3 angenähert, an die sechsundachtzigjährige Trude Waschulewski, die im Schmökerbär mit zittriger Stimme und erhobenem Zeigefinger Gedichte über ihre verlorene Lesebrille und die Freude beim Betrachten eines Vogelnistkastens in ihrem Garten vortrug?

Das Rätsel wird noch komplexer, als mir einfällt, dass die zweitplatzierte Hermine bei der Lesung ihren Mann dabeihatte, einen in der Region durchaus bekannten Bildhauer, Franz oder Hans oder Renz Kammerlander, mehrfacher Kulturpreisträger der Stadt. »Wir haben heute ein kleines, aber feines Publikum«, hatte der Schmökerbär-Buchhändler zur Begrüßung gesagt, »zumal wir sogar, und darauf bin ich besonders stolz, einen Kulturpreisträger in unseren Reihen haben!« Ein Kulturpreisträger zählt so viel wie zehn normale Zuhörer, mindestens.

Und ebenjener Kulturpreisträger ist, das weiß ich,

weil ich Dienst hatte im Sonntags-Blitz, als die Meldung reinkam, vor etwa anderthalb Jahren unter ungeklärten Umständen in seinem eigenen Haus zu Tode gekommen.

In seinem eigenen Haus. Also hier? Stehe ich vor der Villa des toten Bildhauermeisters, in der sich nach seinem Tod Heinrich still und leise eingenistet hat?

Auf dem Bürgersteig liegt ein hellgelber, beschrifteter Post-it-Zettel, der nun doch einen Hinweis auf das Kultur-Event bereithält: »Hallo, bitte nicht klingeln, Hund schläft eventuell. Für ›Heinrich, still und leise‹ bitte rechts ums Haus und durch den Garten gehen, über die Terrasse reinkommen! Massagestudio Elfenhand heute wegen Soiree geschlossen.«

Dass der arg nervöse Hund eventuell schläft, stimmt mich optimistisch, dann bleibt mir ein hektisches Gewusel und Schwanzgeklopfe wie heute Mittag bei Giovanni erspart. Ich klebe den Veranstaltungshinweis wieder neben das Klingelschild, von wo ihn der nächste Windhauch garantiert ablösen wird.

Der Gang durch den dunklen Garten bestätigt die Vermutung, dass es sich hierbei um das Anwesen des toten Kulturpreisträgers handelt. Überall, in Beeten und zwischen Sträuchern, stehen und liegen gigantische Steinquader mit nur dezenten Spuren menschlichen Behaus, sogar ein Kunstbanause wie ich kann die Brocken eindeutig als Werke Kammerlanders identifizieren. »Der hohe Wiedererkennungswert seiner Arbeiten machte einen Großteil seiner Popularität aus«, hieß es im Nachruf, den Herr Böhmann im Schweiße seines Angesichts tippen und den ich Korrektur lesen musste. Deshalb weiß ich noch, dass der Bildhauer seine Objekte aus tonnenschweren Steinblöcken schlug, wobei er sich stets

»vom natürlichen Widerstand des Materials leiten ließ« und nie gegen dessen Willen arbeitete.

Die meisten der von ihm bearbeiteten Steine schienen einen starken Willen gehabt zu haben, da sie sich nur marginal behauen ließen. Oft konnte man bloß an einer einzigen Ecke oder Kante den Versuch menschlicher Einflussnahme mit Hammer und Meißel erkennen. Im Prinzip waren es Klötze mit Kerben.

Ich bücke mich zu einem flachen, sitzbankähnlichen Steinquader hinunter, um die daran angebrachte Messingtafel zu lesen. »Lenz Kammerlander: Liegender Holländer«.

Ah ja, Lenz war der Vorname. Ein paar Schritte weiter ein identisch aussehender, länglicher Brocken. »Lenz Kammerlander: Liegender Holländer II«.

An der rechten Hausseite befindet sich ein hell beleuchteter Wintergarten, Menschen mit Sektgläsern in der Hand gehen darin herum und betrachten großformatige bunte Bilder. Jetzt sind auch Rückkopplungen und das Pfeifen eines Mikrofons zu hören. Ich biege um die Ecke. Vor mir erstreckt sich eine weitläufige Rasenfläche, von einer Hecke begrenzt, hinter welcher direkt der Weinberg beginnen muss. Über die Wiese verstreut, ragt etwa ein Dutzend weiterer Kammerlander-Kunstwerke auf, etliche halb in den Boden eingelassen oder im Lauf der Jahre vom eigenen Gewicht ins Erdreich gedrückt. Die Szenerie, die vom Mond beschienen wird, der gerade hinter einer Wolke hervorkommt, wirkt, als sei das Grundstück Opfer eines Meteoriteneinschlags geworden, oder als hätten Außerirdische es mit Weltraum-Gestein beschossen.

Am Treppenaufgang zur Terrasse stehen zwei aufrechte Hinkelstein-ähnliche Kammerlander Spalier, jeder über zwei Meter hoch. »Obelix lässt grüßen« lese ich auf der Messingtafel des linken Hinkelsteins. Erstaunlicherweise heißt der fast identische Klotz rechts von der Treppe aber nicht »Obelix lässt grüßen II«, sondern »Alle Last der Welt«. Kunst muss halt immer wieder überraschen, sonst ist es keine Kunst, das wird auch dem verstorbenen Kulturpreisträger bewusst gewesen sein.

Oben auf der von einer Markise überspannten Holzboden-Terrasse ist alles mit Teelichtern dekoriert. Fünf zerknautschte lila Sitzsäcke umringen einen niedrigen steinernen Rundtisch. Die zu einer perfekten Lounge-Atmosphäre fehlenden sommerlichen Temperaturen ersetzt ein Heizpilz. In einem der Sitzsäcke und von diesem fast gänzlich umschlungen, liegt Harald Franzek, ein etwa fünfzigjähriger Steinmetz, den ich flüchtig kenne.

»Ah, die Presse ist da«, begrüßt er mich aus seiner bodennahen Position. »Schreibst du einen Bericht über die Soiree für den Sonntags-Blitz?«

»Hallo, nein, ich bin privat da.«

»Ja, ja, ist auch besser so, das ist doch alles arg improvisiert, was der Heinrich da macht! Ich bin nach draußen geflohen. Drinnen sind mir zu viele Leute, und es stinkt nach nassem Hund.«

Ich gehe zur weit geöffneten Terrassentür und luge ins Haus. Der Raum ist erstaunlich gut geeignet für Lesungen oder kleinere Konzerte, da muss ich Heinrich Recht geben. Wie in einer Art Miniatur-Amphitheater geht es in vier breiten Stufen, die zugleich Sitzflächen darstellen, nach unten. Auf der untersten Ebene, in der rechten Raumecke, sehe ich Heinrich in einem schweren grünen

Sessel sitzen und mit Manuskript, Mikrofon und Stehlampe hantieren. Etwa zwanzig Leute, von denen ich nur die Hinterköpfe sehe, haben auf den mit Sitzkissen belegten Stufen Platz genommen und lauschen dem Fiepen und Knallen aus der noch nicht gebändigten Lautsprecheranlage.

Links von der Terrassentür schaut man auf den Eingang zum Wintergarten, an dem ich eben vorbeigegangen bin, und schräg hinten links, in etwa fünf Meter Entfernung, befindet sich eine offene Küche, eine Art Tresen fungiert als Raumteiler, vornedran drei stylish verchromte Barhocker. Hinter dem Tresen hantiert Hermine Kammerlander mit Sektflaschen und Gläsern, die Zweitplatzierte des Lyrikwettbewerbs und Kulturpreisträgerwitwe, ich erkenne sie sofort wieder.

Ich ziehe den Kopf zurück und beschließe, vorerst auf der Terrasse zu bleiben, weil die Sitzsäcke sehr gemütlich aussehen und es drinnen wirklich streng nach Hund riecht. Vorsichtig senke ich mich in einen der Säcke nahe der Tür ab. Gute Position, von hier aus sitze ich in idealer Blickachse zu Heinrichs Lesesessel, sofern sich kein Besucher drinnen direkt vor mir auf der obersten Stufe platziert.

»Getränke musst du dir bei der Hermine in der Küche holen«, sagt Harald Franzek. »Hol dir am besten gleich mehrere, man kommt nicht mehr hoch, wenn man hier einmal drinliegt, das ist eine ganz tückische Konstruktion.«

Ein Mann im dunkelgrauen Kapuzenpulli schlurft die Terrassentreppe hoch, er muss kurz nach mir den Garten betreten haben. Er bleibt unschlüssig stehen, wirft wie ich nur einen kurzen Blick ins Wohnzimmer und lässt sich dann in einen Sitzsack am rechten Terrassenrand fallen, wo kaum noch Licht hinkommt, er dafür aber Platz hat, um die Beine bis zum Gesteinsbrocken-Loungetisch auszustrecken, auf dem drei leere und zwei volle Gläser Rotwein stehen, anscheinend Franzeks Getränkevorrat.

»Hat das denn schon angefangen?«, frage ich den Steinmetz, der sich gerade eine Zigarette dreht.

»Ach, keine Ahnung, der Heinrich hat keinen Plan, der will jetzt, glaub ich, aus seinem neuen Familienroman lesen. Mir gefällt das eh nicht, diese ausufernden Lesungen, ich hätte mir mehr Raum für Objekte gewünscht. Lieber ein paar aussagekräftige Objekte statt dieser erzwungenen Lesebühnenromantik.«

»Ist drinnen von deinen Sachen was ausgestellt?«

»Nein, wollte ich ja, aber er sagte, der Schwerpunkt der ersten Veranstaltung soll auf der Literatur liegen, als hätte das hier irgendeine Zukunft! Im Wintergarten kannst du dir so komische Gemälde angucken, das war's dann. Für mich ist das grad ziemlich frustrierend. Ich weiß gar nicht, warum ich noch da bin, wahrscheinlich nur, weil man aus diesen verdammten Sitzsäcken nicht mehr hochkommt.« Franzek steckt sich die Zigarette zwischen die Lippen, zieht einen kleinen Colt aus der Brusttasche seiner Jeansjacke, hält ihn sich vors Gesicht und drückt ab.

Ich kenne Franzek vom Wochenmarkt. Da ihn die Steinmetzerei nicht ausreichend ernährt, verkauft er mittwochs im Auftrag vom Metzger Friedel Currywürste und Leberkäswecken aus einem Imbisswagen heraus. Herr Böhmann und ich holen uns manchmal was bei ihm, aber nur, wenn viel Betrieb ist. Bei ausbleibender Kundschaft hat Franzek nämlich Zeit, uns beim Essen zu belästigen. Dann kommt er aus seinem Wagen heraus und stellt sich zu uns an den Stehtisch, um über die Ungerechtigkeit städtischer Kulturförderung, kommunale Steuerverschwendung oder andere Missstände zu schwadronieren. Da er irgendwie mitbekommen hat, dass wir beim Sonntags-Blitz arbeiten, hält er uns für ideale Sprachrohre seiner Anliegen, die wir jedoch immer nur kauend abnicken, ohne je etwas davon an die Redaktion weiterzugeben oder gar selbst in Angriff zu nehmen.

»Diese Band, die dann spielen soll, sind die eigentlich aus Wien?«, frage ich Franzek.

»Wieso das denn?«

»Wegen des Namens. Heinrich meinte, heute spielen die Blackmailed Tombstones of Vienna.«

»Keine Ahnung, woher die sind, aber die sind eh schon lange wieder weg.«

»Die Tombstones sind aus Offenbach, soweit ich weiß«, wirft der Typ mit dem Kapuzenpulli ein.

»Ah«, sage ich, »ich dachte, die sind aus Wien. Und wieso spielen die doch nicht?«

Es habe Unstimmigkeiten bezüglich des Bühnenbilds gegeben, weiß Franzek, die Musiker seien wohl um fünf zum Aufbauen gekommen und hätten einen Betonmischer dabeigehabt, weil der eben ihr Markenzeichen sei. Und jetzt hätten sie entgegen ihrer Vorstellung erstens gar keine Bühne, sondern nur dieses amphitheaterähnliche Wohnzimmer vorgefunden, und zweitens habe Hermine sich geweigert, einen Betonmischer in ihr Haus transportieren zu lassen. Zumal der wohl nicht als Instrument, sondern wirklich nur als Dekoration dienen sollte.

»Ja, und dann haben die ihren Kram wieder eingepackt und sind verschwunden«, sagt Franzek, nicht ohne eine gewisse Befriedigung in der Stimme, »und das war nur der erste Rückschlag für den Heinrich! So kommt das halt, wenn man sich übernimmt und aus dem Nichts was aus dem Boden stampfen will!«

»Wieso, was ist denn noch passiert?«

»Ach, der hatte wohl irgend so einen Trottel eingeladen, da hat er alle mit verrückt gemacht, einen angeblichen Großschriftsteller!«

»Ja, das hat er mir auch erzählt.«

»Und der Typ, wie heißt er, Norbert Klotzky, glaub ich, Krimi-Autor, Spiegel-Bestsellerliste, blablabla, der Typ war wohl nur am Anfang kurz da und ist dann gleich wieder verschwunden. Ich hab's nicht mitbekommen, ich war ja die ganze Zeit hier draußen. Wahrscheinlich war er vollkommen entsetzt von dem Mangel an Professionalität. Ist sofort wieder abgehauen. Sprich den Heinrich am besten gar nicht drauf an, der ist maßlos enttäuscht. ›Die Geschändeten von Heusenstamm‹, haben Sie zufällig das Buch gelesen?«, fragt Franzek den Kapuzenmann, der sich auch gerade eine Zigarette dreht.

»Hm? Nein, hab ich nicht gelesen.«

»Siehst du, niemand kennt dieses Buch, und der Heinrich führt sich auf, als würde Hemingway persönlich als Stargast des Abends erscheinen. Sind Sie auch Künstler?«, wendet er sich dann wieder an den Mann, der sich mit Franzeks auf dem Steintisch abgelegten Spezialfeuerzeug eine Flamme an die Zigarettenspitze schießt.

»Nee, ich bin ein Bekannter von der Hermine. Eigentlich war ich ein Bekannter von ihrem Mann. Der ist tot.«

»Ja, der arme Renz«, sagt Franzek mit getragener Pastorenstimme, »was auch immer mit ihm geschah, er ruhe in Frieden.«

»Was ist ihm denn eigentlich passiert?«, frage ich, »ich hab nur durch die Zeitung mitbekommen, dass er gestorben ist. Ein tödlicher Unfall hier im Haus?«

»Ein Haushaltsunfall ist mehr als unwahrscheinlich, wenn man mit einem Seil um den Hals von der Schlafzimmerdecke baumelt«, belehrt mich Franzek, und dann gelingt es Heinrich drinnen endlich, verständliche Laute aus dem Mikrofon zu bekommen.

Es sei ihm eine Ehre, dass so viele Kulturinteressierte den Weg zu ihm gefunden hätten. »Sie wagen den Blick über den Kulturtellerrand hinaus, schön, dass Sie da sind!«, dröhnt es aus den Lautsprechern, Schmerzensschreie sind aus dem Publikum zu hören, Heinrich regelt erneut an der Anlage herum und beginnt dann in erträglicher Lautstärke aus seinem Roman zu lesen. Ein lebender Kulturpreisträger weilt offenbar nicht unter uns, sonst hätte er ihn in der Begrüßung sicherlich erwähnt.

»Hoffentlich beschränkt er sich und liest nicht das ganze Buch vor«, mault Franzek, »das seh ich kommen, dass der sich nicht beschränkt.« Seine Befürchtungen bestätigen sich schon bald. Heinrich ist kein Meister der Selbstbeschränkung und lässt die seltene Gelegenheit, vor einem Massenpublikum von etwa fünfundzwanzig Personen zu lesen, nicht ungenutzt vorüberziehen.

Nach zwanzig Minuten ist er immer noch beim Prolog, und vorab hatte er schon angekündigt, dass heute Abend etwa zehn Passagen zu Gehör kämen, die in der Gesamtschau einen »erhellenden Querschnitt seines Familien- und Epochenromans« abbildeten.

Das Buch, aus dem er liest, heißt »Ackerkrume, damals«. Es hat etwa neunhundert Seiten und ist im Eigenverlag erschienen. Die einzige Presse-Rezension, die es dazu gibt, stand im Sonntags-Blitz, weil Heinrich mir das druckfrische Buch bei einer unserer zufälligen Begegnungen aufgenötigt hatte, mit der dringlichen Bitte um Weitergabe an »den zuständigen Redakteur«.

Ich hatte das Buch dem Kollegen hingelegt, der die Party-, Disco- und Veranstaltungstipps betreut, in der Annahme, er sei wahrscheinlich der kulturell Aufgeschlossenste in der Redaktion, und einige Wochen und viele nervige Nachfragen Heinrichs später war sogar eine Mini-Meldung erschienen, dass der lokal bekannte, vielseitig aktive Künstler Heinrich Ertel nun die Geschichte seiner Familie in einem Roman zusammengefasst habe.

Die einzige wertende Äußerung über das Buch, das der Redakteur natürlich nicht gelesen hatte, war vom Klappentext abgeschrieben. Der Klappentext wiederum stammte von Heinrich selbst, so dass im Sonntags-Blitz in Heinrichs eigenen Worten zu lesen war, die Geschichte sei »eine Hommage an die Geister des zwanzigsten Jahrhunderts, eine feine Beobachtung menschlicher und gesellschaftlicher Abgründe, mal aufbrausend, mal zärtlich, immer aber umrahmt vom Mantel authentischer Selbstwahrnehmung«.

Da Heinrich unbedingt eine »werbewirksame« Pressestimme auf der Buchrückseite abdrucken wollte und nun mangels Medienresonanz nur auf die Stimme des Sonntags-Blitz zurückgreifen konnte, blieb ihm keine andere Wahl, als in der zweiten Auflage – keine Ahnung, wie die zustande kam – den Klappentext zu ändern. Seine »Hommage an die Geister des zwanzigsten Jahrhunderts« wurde nun als Pressezitat ausgegeben, und im neuen Klappentext stand zu lesen, der Roman sei ein »kaleidoskopartig gebrochenes, aber dennoch homogenes Sittengemälde aus der Innenperspektive eines Grenzgängers«. Oder so ähnlich.

Mit eindringlicher, aber gleichwohl einschläfernder Stimme liest Heinrich nun die Erlebnisse seiner Urahnen vor, in betulich großväterlicher Manier in seinen Lesesessel geschmiegt. Der erste Teil von »Ackerkrume, damals« widmet sich wohl der Familie väterlicherseits, hart arbeitende Banater Schwaben, die in Rumänien unter Ceausescu unterdrückt wurden. »Ich sehe meinen Vater vor mir, wie er über das körnige Land blickt«, liest Heinrich gerade, »und ich frage mich, ab wann er gewusst hat, dass das körnige Land schon lange nicht mehr sein Land war. Ich stelle mir vor, dass an vielen Äckern Männer standen, harte Männer wie er, die über das körnige Land blickten. Zu Hause kochte der Maisbrei. Mein Vater würde schon bald Teil eines Panoramas europäischer Einzelschicksale werden, die sich im Laufe der grauen Jahre, die folgen sollten, zu einem Migrationsteppich ungeahnten Ausmaßes verweben würden.«

»Was für ein Teppich?«, fragt Franzek.

»Ein Migrationsteppich«, flüstere ich.

»Ich hab so schöne neue Arbeiten, kleinformatiger Buntsandstein, die hätte er lieber mal hier ausstellen sollen, das wäre auf größeres Interesse gestoßen als sein Verwandtschaftsroman, das interessiert doch keinen!«

Heinrich fährt mit dem Schicksal seines Großonkels fort, das sich, so viel verrät er, im Lauf des Buchs mit dem Schicksal des Vaters und der Großmutter verweben wird. Der Großonkel hat ein noch härteres Los als der Vater, Zwangsarbeit, Unterernährung, von den Russen verschleppt, Rückkehr, Identitätssuche, schwangere Magd, geheime Abtreibungsklinik. Dort dann Hygienemangel, Blutsturz, Verhör in grauen Kammern, Zwangsarbeit, Unterernährung, dann kommen Zigeuner und nisten sich in den leerstehenden Häusern der deutschsprachigen Bevölkerung ein, Feldarbeit, Enteignung, der Großonkel schwimmt durch die Donau nach Westen und wird Geschäftsleiter eines Futtermittelbetriebs in Stuttgart. In Rumänien derweil immer noch der Vater, bang übers körnige Land blickend, im Kampf mit Dreck, Unrat, Matsch, Selbstentfremdung und Zigeunern.

»Also ich geh mir jetzt mal was zu trinken holen«, sage ich, als dann auch noch die Geschichte der Tante eingefügt wird in das kaleidoskopartig gebrochene Sittengemälde.

»Hol dir gleich mehrere Getränke, man kommt echt nicht mehr hoch aus diesen Säcken!« Franzek deutet auf seinen Weinvorrat auf dem Steintisch. Der schwarze Tisch, sicher auch ein Werk Kammerlanders, hat eine messerscharfe Kante, die sich wohl vehement gegen eine Abrundung gesträubt hat und vom Kulturpreisträger daher im Ist-Zustand ihrer todbringenden Eckigkeit belassen wurde. Bloß nicht mit dem Knie da dranstoßen, denke ich, und vor allem nicht mit dem Hinterkopf drauffallen, sonst können die Eltern alle Hoffnung auf Enkel fahren lassen, weil ich dann entweder tot oder schwerbehindert bin.

»Soll ich Ihnen was mitbringen?«, frage ich den Bekannten des verstorbenen Kulturpreisträgers.

»Oh ja, gerne«, schreckt er in seiner dunklen Ecke auf, »ein Bier, sehr nett, danke. Man kommt hier echt nicht mehr hoch.«

Entweder sind die Sitzsäcke wirklich eine tückische Konstruktion, oder ich bin vom vergangenen Tag in Verbund mit der einschläfernden Lesung so geschwächt, dass ich nur mit größter Anstrengung in die Senkrechte komme. Mir wird kurz schwarz vor Augen. Erst jetzt merke ich, wie hungrig ich bin, ich habe seit den Altöl-Meeresfrüchtenudeln nichts mehr gegessen. Bloß nicht ohnmächtig werden und gegen die Tischkante fallen.

Ich gehe nach drinnen. Die Zuhörer kauern reglos auf den Stufen, die meisten haben den Kopf in die Hände gestützt, was den Eindruck erweckt, hier säßen zutiefst verzweifelte, mit ihrem Schicksal hadernde Menschen, aber wahrscheinlich hören sie einfach nur konzentriert zu oder sind eingeschlafen.

Hermine steht hinter der Küchenzeile, die Ellenbogen auf dem Tresen aufgestützt, ein leeres Weinglas und ein Spültuch in der Hand, mit seligem Lächeln den Ausführungen ihres Freundes lauschend.

»Mit einem Quietschen wurde die Tür des Verhörraums geöffnet«, liest Heinrich, »und mein Großonkel blieb wie vom Blitz versteinert stehen. Ihm fiel vor Schreck der Kiefer herunter, und er betrachtete, starr wie Karpatengranit, die unergründliche Szenerie. So etwas hatte er seit der Zigeuner-Invasion nicht gesehen.«

Ich traue mich kaum, Hermine aus ihrer Versunkenheit zu reißen, aber ich brauche was zu trinken und zu essen.

»Entschuldigung, könnte ich ein Bier und ein Glas Sekt haben?«, flüstere ich.

»Katja, das ist aber schön!«, flüstert Hermine mit weit aufgerissenen Augen zurück. »Wir haben uns ja ewig nicht gesehen! Seit der Lesung damals in der Buchhandlung, oder? Da wird sich der Heinrich freuen! Der schwärmt immer so von dir! Du bleibst doch da, bis er fertig gelesen hat, oder? Da wird er sich freuen, wenn du ihm dann Hallo sagst!« Immerhin, Eifersucht kann man Hermine nicht vorwerfen, und auch die Getränke hat sie sofort parat. »Hier ist noch eine Quiche Lorraine, und Schoko-Muffins isst du auch, oder?« Sie häuft alles auf ein Tablett und wird mir immer sympathischer. Ich habe sie viel unfreundlicher und arroganter in Erinnerung, eine Mittvierzigerin mit verkniffenem Blick, nach der Lesung nicht von der Seite ihres Kulturpreisträgergatten weichend.

Einzig das Kleid, das sie trägt, finde ich etwas befremdlich. Es ist langärmlig und beige, mit grünen Kringeln drauf, und bei näherem Hinsehen merkt man, dass die Kringel aufgedruckte Kondolenzkränze sind, etwas mehr als untertassengroß. Während sie mir noch Besteck und Servietten aufs Tablett legt, gelingt es mir sogar, einige Aufschriften auf den weißen Spruchbändern zu entziffern, »Requiescat in Pace« steht auf ihrer linken Brust, und darunter »In ehrenvollem Gedenken, Dein Gesangsverein«.

Ist das ihr Witwengewand? Eine Reminiszenz an Lenz Kammerlander?

»Du sitzt draußen beim Franzek, oder? Geht das mit dem Heizpilz, ist es nicht zu kalt?«

»Nein, ist angenehm, danke.« Das erste Glas Sekt habe ich bereits ausgetrunken, Hermine schenkt mir nach.

»Die Sitzsäcke sind genial, nicht wahr? Das sind Manufaktursäcke, die hat die Marianne extra für heute genäht!« Sie deutet auf eine graugelockte Dame im Publikum.

»Sehr bequem, ja«, bestätige ich.

»Auch die Züge der jungen Frau entgleisten«, liest Heinrich gerade vor, »allmählich erkannte sie nämlich, dass ihr hier übel mitgespielt wurde und dass die eigentliche Wahrheit hinter der behaupteten Wahrheit verborgen lag. Sie zitterte und ahnte, dass der Ochsenkarren ihres Lebens, der bis dato friedlich seines Weges gerumpelt war, gerade in unruhige Fahrwasser abzudriften drohte.«

»Wenn du mal alleine in die Küche gehst, pass auf, dass du nicht über die Hundeschranke stolperst«, flüstert Hermine, »wir hatten hier heute schon einen bösen Unfall.«

»Hundeschranke?«

Hermine deutet nach unten, auf ein Holzbrett, das mir zuvor gar nicht aufgefallen war. Es ist am Boden zwischen dem Küchentresen und der Wand montiert und bildet eine Barriere, die man übersteigen muss, wenn man in den Küchenbereich will.

»Das haben wir da angebracht, damit die Leila nicht in die Küche geht. Leila, der Hund von Heinrich, du kennst die Leila, oder?«

Ich nicke, gleichzeitig verstehe ich den Sinn der sogenannten Hundeschranke nicht, denn das Brett blockiert zwar die gesamte Breite des Eingangs, ist aber kaum zwanzig Zentimeter hoch. Seine Übersteigung sollte für einen agilen Hund wie Leila kein Problem darstellen.

»Ich sag's nur, weil vorhin schon einer von den Gästen drübergestürzt ist, ausgerechnet der Robert, hatte Heinrich dir erzählt, dass Robert Klotzky kommen wollte? ›Die Geschändeten von Heusenstamm‹?«

»Ja …?«

»Ja, der wollte in die Küche und fliegt kopfüber über die Hundeschranke und haut sich die Stirn auf am Küchenschrank, der ist dann gleich wieder verschwunden, war wahrscheinlich stinksauer, ich kann's ihm nicht verübeln, sehr dumm gelaufen alles.«

»Aha.« Ich nehme das Tablett, nicke Hermine noch mal dankend zu und gehe wieder nach draußen.

»Ah, endlich gibt's auch mal was zu essen! Ist das Pizza? Nein, das ist dieser französische Teigkram, egal!« Franzek greift sich die beiden Stücke Quiche Lorraine, kaum dass ich das Tablett auf dem niedrigen Steinklotztisch abgestellt habe. An Essen bleiben jetzt nur noch drei Schoko-Muffins übrig.

»Das ist übrigens der Boris, wir haben uns gerade bekannt gemacht, Boris war der Name, ja? Das ist die Katja, die arbeitet beim Sonntags-Blitz.«

»Danke fürs Bier«, sagt Kapuzen-Boris, dem Franzek jetzt mit vollem Mund eine eklige Hals-Nasen-Ohren-Geschichte erzählt, deren Beginn ich wohl verpasst habe. »Wie gesagt, alles zu, Druck im Kopf, ich dachte, jetzt platz ich! Notarzt, Sonde in die Nase, und dann: Stirnhöhle ausgepumpt am Tag der deutschen Einheit! Und willst du wissen, wie's weiterging?«

Die Körpersprache seines Zuhörers besagt eindeutig, dass er keineswegs wissen will, wie es weiterging. Mit verschränkten Armen und gesenktem Kopf scheint er immer mehr in seinem Manufaktursitzsack zu verschwinden, aber Franzek ist ebenso unfähig zur Selbstbeschränkung wie Heinrich, wenn es darum geht, eine autobiografische Geschichte an den Mann zu bringen, sei es ein Familien-Epos wie »Ackerkrume, damals« oder ein Stirnhöhlen-Drama.

»Jedenfalls sind meine Kanäle zu eng, schon immer, wegen der Nasenscheidewand«, fährt Franzek kauend fort. »Wenn ich was trink, muss ich nach drei Schlucken absetzen, sonst krieg ich keine Luft mehr und denk, ich erstick. Aber ich kann doch nicht zum Notarzt sagen, Herr Doktor, ich kann das Bier nicht mehr auf ex trinken, stoßen Sie mir die Wand durch! Ich hab's dann aber doch gesagt. Und dann hat der mir quasi die Nasenscheidewand durchgebrochen, alles am Tag der deutschen Einheit, und seitdem geht's besser!«

»Darf ich mir so einen Muffin nehmen?«, fragt mich der gepeinigte Zuhörer, während Franzek gerade demonstriert, wie problemlos er jetzt mit befreiten Kanälen ein Glas Rotwein auf ex trinken kann.

»Ja, klar.« Ich habe zwei Gläser Sekt getrunken und nur einen Muffin gegessen und bin immer noch hungrig.

»Ich will dir nichts wegessen.«

»Kein Problem, ich hol einfach noch mal Nachschub in der Küche.«

»Wenn du eh reingehst, bring noch was von dem französischen Teigkram mit, und eine Flasche Rotwein«, gibt der Steinmetz mit der ausgepumpten Stirnhöhle in Auftrag, »aber pass auf, dass du nicht über die Hundeschranke stürzt, die haben da so ein bescheuertes Brett am Kücheneingang montiert.«

»Ja, da ist vorhin der Schriftsteller drübergestürzt, hat die Hermine eben erzählt.«

»Der Großschriftsteller? Der Stargast? Der Klotzky stürzt über die Hundeschranke? Ach, deshalb ist der gleich wieder verschwunden! Seht ihr, so klärt sich alles auf.«

»Anscheinend.«

»Ich hab neuntausend Bücher auf dem Dachboden, aber von dem Typ hab ich noch nie gehört. Neuntausend Bücher, ich hab Angst, dass irgendwann die Decke durchbricht, ich könnte überhaupt nicht mehr umziehen. Wie soll man denn neuntausend Bücher transportieren? Da muss auch irgendwas passieren mit den Büchern, wisst ihr, wie belastend das ist? Ich weiß überhaupt nicht, was ich da machen soll.«

»Ein Brand wäre gut, oder?«, sagt Boris aus seiner dunklen Ecke heraus. »So ein schöner Großbrand, der alle Bücher vernichtet.«

Ich verschlucke mich ein bisschen an meinem Sekt und kann mir das Lachen nicht verkneifen.

»Ein Brand?! Ein Brand ist doch keine Lösung, dagegen bin ich ja auch gar nicht versichert«, blökt der komplett humorlose Franzek. Warum verschwindet er nicht einfach, wo ihm die Veranstaltung doch sowieso nicht gefällt? Mit dem unbekannten Boris, so scheint mir, wäre zumindest eine ansatzweise erfreuliche Konversation möglich.

Dünnes Applaus-Geplätscher schwappt zu uns heraus, anscheinend hat Heinrich seine epische Lesung beendet. Übergangslos stellt er den nächsten Literaten des Abends vor, Friedemann Schmidt werde jetzt lesen, »ein ganz lieber Kollege, der sich der Lyrik verschrieben hat, er ist heute extra aus Frammersbach zu uns gekommen. Friedemann, du hast mal zu mir gesagt: Gedichte sind die großen Brüder der Rosinen. Das werde ich nie vergessen, weil es so ein typisches Beispiel dafür ist, wie es dir immer wieder gelingt, Zwischentöne zu essenzialisieren. Friedemann, ich will nicht viele Worte verlieren, komm nach vorne, die Bühne gehört dir!«

Schwacher Applaus. Ein kleines, haarloses Männlein, das zuvor auf einer der Stufen gekauert hat, steht auf und nimmt Heinrichs Platz im grünen Lesesessel ein. Nach einem Moment der Stille, der nur durch einen der dezenten Schüsse aus Franzeks Colt-Feuerzeug gestört wird, blickt Friedemann Schmidt auf und hebt beide Arme in die Höhe, als wolle er sich jetzt gleich an einem imaginären Strick nach oben hangeln. »Lyrik!«, ruft er dann ins Zuschauerrund. »Ahnungslosigkeit! Zeitverdruss!« Dann verharrt er mit geschlossenen Augen in rätselhafter Stille, seine Finger krampfen sich zusammen und öffnen sich wieder, vermutlich ist er im Begriff, einen Zwischenton zu essenzialisieren.

»Wer weiß, wie der Korken in die Flasche kommt?«, fragt er dann.

»Wer weiß, wie Handystrahlen aussehen? Wer weiß, wie ein Epiliergerät funktioniert? Wer weiß, wie die Liebe nackt aussieht? Hat man sie je gesehen?«

Franzek stöhnt. »Weißt du, wie demütigend das für mich ist? Meine Buntsandstein-Arbeiten will er nicht ausstellen, dabei sind die ganz kleinformatig, stattdessen lässt er so einen debilen Heini da auftreten.« Er raucht deprimiert vor sich hin.

»Wer weiß, wie die Liebe nackt aussieht?«, wiederholt der debile Heini gerade mit anklagender Stimme. »Hat man sie je gesehen, ohne ihre steife Festtagstracht? Ohne ihre Halskrause aus Angst? Ohne ihr Mieder der Eifersucht? Ohne ihre weit wallenden Röcke der Beliebigkeit?«

Der Dichter trägt ein strammes gelbes Hemd; ob der aufgestellte Kragen die Halskrause der Angst darstellen soll?

»Unglaublicher Schwachsinn«, schnaubt Franzek, »amateurhafter Müll!«

»So«, sage ich und versuche, mich aus dem Sitzsack hochzustemmen, »ich raffe jetzt meine weit wallenden Röcke der Beliebigkeit und …«

»Gehst du schon?«, fragt Kapuzen-Boris aus dem Dunkel, und die Frage irritiert mich, wieso fragt der, ob ich schon gehe, wir kennen uns nicht und haben keine drei Worte miteinander gewechselt, aber, denke ich, bestimmt hat er Angst, dass Franzek mit neuen Nasenscheidewandgeschichten anfängt, sobald er mit ihm alleine ist.

»Ich hol nur was zu trinken und zu essen.« Und dann passiert natürlich das, was zu vermeiden war, nämlich dass ich beim Emporkämpfen aus dem Manufaktursack und gleichzeitigem Griff nach dem Tablett ins Straucheln komme, blöd mit dem Fuß in einer Sitzsackfalte hängen bleibe und mit dem rechten Knie auf die Todeskante des Kammerlandertischs knalle.

»Ah, verdammt …« Ich lasse mich wieder zurück in den Sack fallen, mein Bein umklammernd. Bestimmt ist die Kniescheibe zertrümmert, denke ich, beiße die Zähne zusammen vor Schmerz und komme mir vor wie der Kiowa-Häuptling Tangua, nachdem ihm Old Shatterhand im Duell das Knie zerschmettert hat.

»Der Tisch ist eine Scheiß-Konstruktion, die Kanten hätte der Lenz ruhig mal ein bisschen abschleifen können«, merkt Franzek ohne Anteilnahme an, während Kapuzen-Boris plötzlich vor mir steht und fragt, ob ich das Bein bewegen kann. Dann sagt er was von ins Bad gehen und die Wunde begutachten, was ich aber kaum mitkriege, weil mir schlecht ist vor Schmerz.

Meine schwarze Strumpfhose ist klebrig am Knie, vermutlich sickert Blut hindurch, aber immerhin hat es mich weniger schlimm erwischt als den Kiowa-Häuptling, denn ich kann alleine stehen, nachdem mich Boris in die Höhe gezogen hat, und außerdem waren bei Tangua beide Kniescheiben zertrümmert, weil er sich beim Duell nicht frontal, sondern seitlich zu Old Shatterhand gestellt hat, obwohl ihn dieser zuvor darüber informiert hatte, dass der Schuss ihm in diesem Fall beide Knie zerschmettern werde, und ihm nachdrücklich empfahl, sich ihm lieber frontal zuzuwenden, um nur ein Knie zu verlieren statt beide.

»Wer hat den wackligen Schnabel gemalt?«, deklamiert der Frammersbacher Lyriker gerade, als ich hinter Boris durchs Wohnzimmer humpele.

»Wer hat die Milch ausgetrunken?
Die Kuh hat sich im Sand geaalt!
Und ist darin versunken!
Schmetterlinge bringen Riemen!
Und ziehen an der Kuh!
Ihr Horn ziert nun ein fahler Striemen!
Die Kuh ist mit dem Huhn per du!«

Keiner beachtet uns, als wir durch eine Glastür in den Hausflur gehen. Boris scheint sich gut auszukennen im Hause Kammerlander, denn zielsicher öffnet er eine Tür, ertastet im Dunkeln einen Lichtschalter, und wir stehen im Badezimmer.

»Dieser bescheuerte Tisch«, sage ich und lasse mich auf den Badewannenrand sinken. Als er die Badezimmertür schließt, schreie ich auf vor Schreck, denn wir sind nicht alleine: Hinter der Tür steht eine riesige Frau in einem prächtigen grün-goldenen Brokatkleid. Die Frau hat keinen Kopf.

»Das ist eine Künstlerpuppe«, sagt Boris, »Hermine schneidert doch so Elfengewänder für lebensgroße Elfen ohne Kopf.«

»Oh Gott, ich dachte kurz, die ist echt. Die sieht aus wie echt, aber ohne Kopf!«

»Ja, sieht gruselig aus, total geschmacklos. Kannst du mal die Strumpfhose ausziehen?«

Er kniet in seinen Jeans und dem grauen Kapuzenshirt vor dem Waschbecken und wühlt in dem kleinen Schrank darunter gezielt nach einer Tupperdose, die er öffnet, um eine Nagelschere, Wunddesinfektionsspray und Pflaster hervorzuholen.

»Danke, ich kann das allein«, sage ich, »also du brauchst nicht … Du hast mir ja das Bad gezeigt, danke.«

»Wenn du die Strumpfhose nicht runterziehst, muss ich sie aufschneiden.« Er nähert sich mir mit der Schere.

»Nein!«

»Doch.« Er greift nach meinem Knie, ich schlage seine Hand weg.

»Die ist vom Calzedonia aus Lissabon.«

»Was ist Calzedonia?«

»So ein Strumpfhosengeschäft. Kannst du jetzt rausgehen?« So weit kommt's noch, dass ich mir von einem Unbekannten die gute Calzedonia-Strumpfhose – ultrablickdicht mit Push-up-Funktion – aufschlitzen lasse.

»Ich will dir nur helfen, ich bin ja schuld, dass du auf den Tisch gefallen bist. Hätten wir dir nicht alles weggegessen, hättest du nicht noch mal aufstehen müssen. Guck, da kommt das Blut durch!«

»Es tut schon viel weniger weh, geh jetzt raus.«

»Ich geh nicht raus. Wenn du das ganze Blut siehst, wirst du ohnmächtig und fällst hintenüber auf die Badewannenarmaturen und bist tot.«

»So ein Quatsch.«

»Wenn wir noch länger warten, wirst du schon allein vom Blutverlust ohnmächtig und fällst auf die Badewannenarmaturen und bist auch tot.«

Ich bin, vielleicht durch den angeblich so immensen Blutverlust, zu geschwächt, um weiter zu argumentieren und rolle die Strumpfhose hinunter. Der kniende Boris macht sich gleich daran, mit einem feuchten Lappen an meinem Bein herumzuwischen und mich anschließend großflächig mit Wundspray zu besprühen.

»Ist nur ein bisschen aufgeplatzt«, stellt er dann eine erste beruhigende Diagnose, »gibt wahrscheinlich einen großen blauen Fleck.« Er klebt mir ein riesiges, mit violetten Elefanten bedrucktes Kinderpflaster aufs Knie und begutachtet zufrieden sein Werk.

Die Kapuze hat er immer noch auf dem Kopf, ich sehe nur ein paar braun-graue Haarsträhnen heraushängen. Eigentlich ist er zu alt, um in so einer schlabberigen Rapper-Montur herumzulaufen, ich schätze ihn auf Anfang vierzig, wobei er auch älter sein könnte. Vielleicht hat er eine Glatze, die ihm peinlich ist, denke ich, oder er ist ein Mönch mit Tonsur und hat sich für einen Abend heimlich aus dem Kloster entfernt, um weltlichen Genüssen wie Bier und Muffins und Lyriklesungen zu frönen, und befindet sich durch meinen Tischkantensturz nun in einer Situation, die ihn dazu zwingt, ihm innewohnende Mönchstugenden wie Nächstenliebe, Krankenpflege und Wundheilung zu offenbaren. Vielleicht war es die

Stimme Gottes, die ihm eingab, wo genau die Dose mit dem Verbandszeug aufbewahrt wird, denn wieso hätte er sonst in dem vollgestopften Schränkchen so zielsicher danach greifen können?

Als er sich neben mich beugt, um den blutbefleckten Lappen über den Badewannenrand zu hängen, rutscht ihm die Kapuze etwas nach hinten, und ich sehe, dass rechts an seiner Stirn, bis zur Schläfe, ebenfalls ein großes, mit violetten Elefanten bedrucktes Pflaster angebracht ist.

»Wieso hast du denn da auch so ein Pflaster?«, frage ich begriffsstutzig.

»Oh, das …« Er zieht die Kapuze wieder nach vorne. »Ich musste mich vorhin auch kurz verarzten. Wollen wir wieder rausgehen?« Er schaut mich nicht an, sondern beginnt, die Utensilien übertrieben sorgfältig in der Tupperdose einzusortieren.

»Wann, vorhin? Wieso verarzten, was ist denn passiert?«

»Ach, nichts, ich bin wo drangelaufen. Kannst du auftreten? Gehen wir?« Die Situation ist ihm auf einmal mindestens so unangenehm wie seine erzwungene Zuhörerschaft bei Franzeks Nasenscheidewanddurchbruchs-Geschichte.

»Wo drangelaufen? Hier? Du hast doch die ganze Zeit auf der Terrasse gesessen.«

Er windet sich. »Ich bin über die blöde Hundeschranke gefallen.«

»Wie … du auch?«

In dem Moment geht die Tür auf, und Heinrich kommt herein. In den Worten von »Ackerkrume, damals« könnte man sagen, dass er wie vom Blitz versteinert stehen bleibt. »Ihm fällt vor Schreck der Kiefer herunter, und er betrachtet, starr wie Karpatengranit, die für ihn unergründliche Szenerie. So etwas hat er seit der Zigeuner-Invasion nicht gesehen.«

»Was ist denn hier los?«

Gut, dass Jonas mich nicht sieht, denke ich, wie ich mit heruntergelassener Strumpfhose in einem fremden Haus auf dem Badewannenrand sitze, vor mir kniet ein unbekannter Mönch, in der Ecke steht eine kopflose Künstlerpuppe im Brokatkleid und im Türrahmen jetzt noch Heinrich Waldemar Ertel mit weit offenem Mund.

Als er sagt, »Robert, was um Himmels willen machst du denn hier?«, bin jedoch ich es, die ihre Überrumpelung und ihr Unverständnis mit offenem Mund kundtut.

»Robert, schön, du bist ja noch da«, stottert Heinrich, »wir dachten, du bist weg!«

»Ich musste nur bisschen an die Luft.«

»Hermine, schau, wer da ist!«, ruft Heinrich in den Flur, und kurz darauf steckt Hermine ihren Kopf zur Tür herein und schlägt sich sogleich mit beiden Händen aufjauchzend auf die Wangen: »Ja meine Güte, Robert, wir dachten, du hast uns für immer verlassen! Das mit der Hundeschranke ist mir wahnsinnig peinlich.«

»Ist schon in Ordnung.«

»Was für eine Freude! Heinrich, der Robert ist wieder da! Ich glaub's nicht!«

»Ja, Hermine! Ich mach die Tür auf und denk, ich seh nicht recht, kniet der Robert im Badezimmer!« Hermine und Heinrich klammern sich mittlerweile vor Entzücken aneinander fest.

Ich ziehe die Strumpfhose vorsichtig über das Elefantenpflaster nach oben, ziehe den Rock glatt und stehe auf, bevor noch mehr neugierige Gäste im Türrahmen stehen.

»Entschuldigung, ich hatte mich nicht vorgestellt«, murmelt der Typ, der mir kurz zuvor von Franzek als Boris vorgestellt worden war. »Robert Klotzky.« Er gibt mir die Hand.

»Ich dachte, Boris?«

»Das war ein Missverständnis, der hat mich gefragt, wie ich heiße, ich sag Robert, und er versteht Boris.«

»Ich versteh auch nur noch Boris«, wirft Heinrich ein und faltet priesterlich die Hände vor der Brust, »was geht denn hier vor? Katja, hallo erst mal, auch von deiner Anwesenheit bin ich überrascht, heute Mittag sagst du mir, du hättest auf keinen Fall Zeit, und jetzt bist du auf einmal doch da und entführst unseren Ehrengast ins Badezimmer! Robert, es ist mir wirklich eine Ehre, dass du gekommen bist!«

»Das mit der Hundeschranke tut mir so leid«, unterbricht ihn Hermine.

»Mir tut es auch leid, Robert«, unterbricht nun wiederum er Hermine. »Die Schranke ist eine Stolperfalle, wir hätten sie markieren sollen, bei der nächsten Soiree wird die Schranke markiert, dass keiner mehr drüberstürzt! Was wollte ich sagen, ja, also Katja, wie gesagt, da entführst du also den Ehrengast des heutigen Abends heimlich ins Badezimmer, und ihr seid offenbar schon dabei, euch eurer Kleider zu entledigen, und jetzt tut ihr so, als würdet ihr euch gar nicht kennen, ich bin leicht verwirrt und hochinteressiert am Fortgang dieser Geschichte!«

»Ich bin draußen auf den Steintisch gefallen«, sage ich, aber Heinrich ist von der überraschenden Wiederkehr seines Großschriftsteller-Ehrengasts so ergriffen, dass er mir gar nicht zuhört.

»Robert«, fährt er fort, »ich bin überglücklich, dass du dich entschieden hast zu bleiben, du hättest alles Recht der Welt, uns böse den Rücken zuzukehren nach diesem unseligen Sturz über die Hundeschranke und deiner Kopfverletzung, danke, dass du noch hier bist, das bedeutet mir unglaublich viel, das rettet uns den Abend!«

»Das mit der Hundeschranke tut mir so leid«, wiederholt Hermine, es fehlt nur noch, dass die beiden sich nun vor dem Ehrengast niederwerfen und um Vergebung flehen.

Meine Gedanken betreiben währenddessen eine Art Peinlichkeitsabwägung, und ich komme zu keinem Ergebnis, was mir im Moment am unangenehmsten ist: Das sich selbst erniedrigende Gastgeberpärchen? Oder die Tatsache, mit Franzek unwissentlich über den »Großschriftsteller« abgelästert zu haben, während dieser die ganze Zeit neben uns saß? Peinlich ist auch, ausgerechnet vom unsäglichen Heinrich Waldemar Ertel in der offenbar missverständlichen Situation überrascht worden zu sein, von seinem auf dem Badezimmerboden kauernden Ehrengast ein Elefantenpflaster aufs Knie geklebt zu bekommen.

»Ich bin draußen auf der Terrasse versehentlich auf diesen Steintisch gefallen«, sage ich etwas lauter als zuvor, »und er hat mir kurz gezeigt, wo die Pflaster sind.«

»Oh mein Gott, noch ein Unfall?!« Hermine rauft sich die Haare. »Heinrich, dieses Haus ist verflucht, ich hab dir gesagt, wir können Lenzens Steintisch nicht nehmen, der hat messerscharfe Kanten! Zwei Unfälle an einem Abend! Wer weiß, was noch passiert!«

»Es ist alles gut«, versuche ich die überreizte Stimmung zu beruhigen, »nichts passiert, gibt nur nen blauen Fleck!«

»Das müssen wir feiern!« Heinrich schlägt mit der flachen Hand in grundloser Euphorie gegen den Türrahmen. Was will er feiern? Dass sich bei der Premiere von »Heinrich, still und leise« in rascher Folge zwei Besucherstürze ereignet haben? Dass beide Unfallopfer nur geringe Verletzungen davongetragen haben, die erfolgreich mit Hermines Elefantenpflastern verarztet werden konnten?

»Ihr bekommt jetzt als Entschädigung unseren besten Champagner, und dann werde ich eine Rede halten!« Heinrich will davoneilen, aber Robert Klotzky, der die ganze Zeit wie erstarrt am Waschbecken stand, hält ihn am Ärmel fest: »Keine Rede!«, sagt er leise, aber drohend. »Kein Aufhebens, kein Durcheinander, wir gehen jetzt einfach wieder da raus und setzen uns auf die Terrasse, ich bin ein ganz normaler Gast.«

»Ein ganz normaler Gast, ja«, wiederholt Heinrich eilfertig, »sicher, wie du meinst, Hauptsache, du bleibst noch ein bisschen bei uns.«

»Ich bin ein ganz normaler Gast, ich setz mich einfach wieder auf die Terrasse.«

»Ein ganz normaler Gast, ja, ja, ich hab's kapiert, Hermine, holst du den Champagner aus dem Keller? Den guten, den wir aus Frankreich mitgebracht haben, den für dreihundert Euro die Flasche! Aber bitte nicht allen ausschenken, der ist nur für die Sturzopfer, als Entschädigung. Wenn die anderen das mitkriegen, saufen die mir alle Flaschen leer, vor allem der Franzek darf nichts kriegen, der saugt mir sowieso schon den ganzen Abend den guten Merlot ab! Herrje, ich muss mal wieder ins

Wohnzimmer, der Friedemann wird ja längst fertig gelesen haben, ich muss doch moderieren!«

Der ganz normale Gast und ich bleiben allein im Badezimmer zurück.

»Das ist alles etwas peinlich«, sagt er und kratzt sich an der Nase, »gehen wir wieder nach draußen?«

Ich zucke mit den Schultern, dann trotten wir wortlos durch den Flur in Richtung Terrasse. Das Wohnzimmer durchquert der um Anonymität bemühte Großschriftsteller geduckt, den Kopf in seine Kapuzenjacke eingezogen wie eine Schildkröte.

Der Frammersbacher Lyriker wird gerade vom nächsten Künstler abgelöst, er ist etwa vierzig, hat eine Wandergitarre umhängen und wischt sich schon vor dem Auftritt mit einem Lappen Schweiß von der Stirn, wahrscheinlich hat ihn die lange Wartezeit bis zu seinem Einsatz zermürbt. Heinrich stellt ihn dem Publikum als den Musik-Comedian Ulk Noodle vor, heute extra aus Bamberg angereist, werde er nun einen Ausschnitt aus seinem aktuellen Bühnenprogramm »Ich bin froh, wenn ich Freibier krieg« präsentieren.

Ich lasse mich wieder in meinen Sitzsack fallen, von Franzek keine Spur, nur fünf leere Weingläser und sein Feuerzeug-Colt sind von ihm auf dem Steintisch zurückgeblieben. Es ist schon elf, sehe ich auf dem Handy-Display, von Jonas keine Nachricht.

»Wir können ja diesen Entschädigungs-Champagner noch trinken, um des lieben Friedens willen, und dann hau ich ab«, sagt Robert Klotzky. »Ich muss morgen Richtung Berlin zu einer Lesung, und dann ist noch Verlagskonferenz.«

»Aha«, nicke ich, ohne vom Handy aufzuschauen. Berlin, Lesung, Verlagskonferenz, will er damit jetzt angeben vor uns Provinzversagern? Der Komiker Ulk Noodle zupft gerade an seinen Saiten herum und wiederholt, dass sein Programm »Ich bin froh, wenn ich Freibier krieg« heiße, er wolle damit das Publikum über die finanzielle Misere der Kulturschaffenden informieren. Und er wolle sich schon mal bedanken, dass so viele Leute da seien, sagt er den etwa fünfzehn verbliebenen Zuhörern, und er wisse ja, dass der Eintritt heute frei sei, aber der Austritt sei es nicht. Er schaut erwartungsvoll in die Runde, anscheinend war das schon der erste Witz. »Also ich lass dann einen Hut rumgehen, und wer mag, kann sich an meinen Benzinkosten beteiligen, das wär supernett, ich bin ja wie gesagt extra aus Bamberg gekommen. Und um wieder heimzukommen, brauch ich unbedingt ein paar Scheinwerfer für mein Auto. Also wenn ich dann den Hut rumgehen lass, wenn dann ein paar Scheinwerfer unter euch wären, wär das supernett, aber ihr könnt natürlich auch Münzen reinwerfen.«

»Ich glaub, es ist überhaupt niemand im Publikum, der nicht auch selbst auftritt, kann das sein?«, fragt mich Robert Klotzky.

»Kann sein.«

»Als ich mich geweigert hab, was zu lesen, war Heinrich gleich eingeschnappt, und dann bin ich noch so blöd und fall über dieses Stolperbrett in der Küche, wie in ner Komödie. Und dann … Ach, egal …«

»Ich hab nicht gewusst, wer Sie sind«, sage ich, »sonst hätte ich mich nicht mit dem Steinmetz-Franzek lustig gemacht über Sie.« Ich hoffe, dass der Fall damit erledigt ist und Hermine endlich mit dem Entschädigungs-Champagner kommt.

»Ich hätte mich vielleicht vorstellen müssen.«

»Ja. Das wär besser gewesen, als den Franzek anzulügen.«

»Ich hab niemanden angelogen«, sagt der Großschriftsteller, »ich hab dem gesagt, dass ich Robert heiße, der hat nur den Namen falsch verstanden.«

»Der hat Sie auch gefragt, ob Sie Künstler sind, und Sie sagen Nein.«

»Ich würde das, was ich mach, auch nicht unbedingt als Kunst bezeichnen«, windet er sich.

»Der Franzek hat Sie auch gefragt, ob Sie das Buch ›Die Geschändeten von Heusenstamm‹ kennen, und Sie sagen Nein, das ist ja wohl gelogen.«

»Der hat mich nicht gefragt, ob ich das Buch kenne, der hat gefragt, ob ich das Buch gelesen habe«, korrigiert mich Robert Klotzky, »und ich hab gesagt, nein, ich hab's nicht gelesen, und das stimmt auch, ich hab's nie gelesen, nur geschrieben.«

Idiot, denke ich, spitzfindiger Literaten-Depp, mit solchen Irren muss man sich herumschlagen, wenn man in den Dunstkreis Heinrich Waldemar Ertels eintritt. Aber ich bin ja selbst schuld, ich hätte einen geruhsamen Pärchen-Abend bei der Langen Nacht der Musterhäuser verbringen können, anstatt jetzt hier mit zerschmettertem Knie eine sinnlose Diskussion mit dem Autor der »Geschändeten von Heusenstamm« führen zu müssen, der jetzt noch in etwas jämmerlichem Ton anmerkt, es sei ja auch interessant für ihn zu erfahren, was die Leute in Wahrheit über ihn redeten, denn er sei es gewöhnt, mit Lobhudelei überhäuft zu werden.

Ein schweres Schicksal, denke ich, jeder andere der hier anwesenden Künstler würde sich sehnlichst wünschen, mit Lobhudelei überhäuft zu werden, insbesondere der an Witz- und Geldmangel leidende Komiker Ulk Noodle, der gerade erzählt, er habe schon öfter überlegt, mit der Comedy aufzuhören, weil eh nie Zuschauer kämen: »Vielleicht sollte ich umschulen und einen Kiffer-Roman schreiben. Dann würde ich endlich mal ein breites Publikum erreichen.«

Ich sollte jetzt nach Hause gehen und den freudlosen Tag für beendet erklären, denke ich, aber gerade, als ich mich aus dem Sitzsack hochhieven will, betritt Hermine die Terrasse, auf den Unterarmen ein Tablett mit Gläsern und Sektkühler, das sie so ehrfurchtsvoll präsentiert, als trage sie das Haupt des Johannes vor sich her. Ich bleibe sitzen. Ein Glas Tischkantensturz-Entschädigungs-Champagner für dreihundert Euro will ich mir dann doch nicht entgehen lassen.

Kapitel 5

»DA WIR JA nicht wissen konnten, dass heute der Champagner aufgemacht wird, ist der jetzt natürlich noch nicht kalt«, sagt Hermine und stellt das Tablett ab, »deshalb hab ich uns erst mal einen Überbrückungs-Mumm geholt!« Sie deutet auf die Sektflasche im randvoll mit Eiswürfeln gefüllten Messingkühler.

Während Ulk Noodle drinnen erfolglos versucht, die Zuschauer zu einem Mitmach-Lied zu aktivieren, stolpert auch Heinrich Waldemar Ertel auf die Terrasse und drückt mir und Robert Klotzky je ein Cocktailglas in die Hand, das mit einer zäh schwappenden, leuchtend roten Flüssigkeit gefüllt ist. Auch der Überbrückungs-Mumm, so erfahren wir, sei noch nicht ideal gekühlt, er habe sich zwar im Kühlschrank befunden, jedoch nur im Gemüsefach (bei den Schildkröten, ergänze ich in Gedanken), so dass wir uns noch ein paar Minuten gedulden müssten.

»Aber bis dahin begleitet uns mein Spezialgetränk«, ruft Heinrich, eilt wieder nach drinnen und kehrt mit zwei weiteren rot befüllten Gläsern zurück, die für ihn und Hermine bestimmt sind.

»Prost!« Er lässt sich in einen Sitzsack sinken und stößt mit uns an. »Es ist wichtig, alles auf ex zu trinken, sonst verfehlt es seine erstaunliche Wirkung«, mahnt er und blickt uns erwartungsvoll an. Zum Glück befolge ich seinen Befehl nicht, aber auch der mittelgroße Schluck, den ich nehme, verfehlt seine erstaunliche Wirkung nicht.

Ich habe noch nie etwas derart Abscheuliches im Mund gehabt. Es brennt und scheint mir in Sekundenschnelle die Mundhöhle zu zersetzen. Durch den Tränenschleier, den das Getränk des Grauens mir vor die Augen gelegt hat, sehe ich, wie Robert Klotzky sich in seinem Sitzsack würgend an den Hals greift, sich dann nach hinten lehnt und in sehr unwürdiger Position einen Schwall roter Flüssigkeit in die angrenzenden Büsche speit.

Heinrich und Hermine dagegen haben ihr Glas in der Tat auf ex geleert und klopfen sich nun wohlig auf die Bäuche, als würde dies auch noch zum Trinkritual gehören. »Beim ersten Mal schmeckt es etwas herb«, merkt Heinrich an, »aber wenn man sich dran gewöhnt hat, will man nichts anderes mehr trinken!«

»Was war das? Das ist ja eklig …« Mich schüttelt ein kaum zu unterdrückender Brechreiz, der Großschriftsteller hängt immer noch mit dem Kopf im Gebüsch, ein Spuckefaden seilt sich von seinem Mund ab.

»Das ist der Doppelte Fuchs!«, sagt Heinrich triumphierend, »meine eigene Kreation! Ein Cocktail auf Basis von Klosterfrau Melissengeist, gemischt mit Tomatensaft und einem rohen Ei.«

»Ich finde, es wirkt sehr stärkend und belebend«, meint Hermine, die sich immer noch den Bauch abklopft, »es hat auch durchaus was Weibliches, durch das rohe Ei.«

In dem Moment kommt der Steinmetz Franzek die Stufen vom dunklen Garten heraufgeschlurft und zieht sich dabei den Hosenstall zu, bestimmt hat er an eine der Kammerlander-Skulpturen gepinkelt, um gegen die künstlerische Nicht-Berücksichtigung seiner Buntsandstein-Arbeiten bei der Soiree zu protestieren.

»Was trinkt ihr denn da Schönes? Ah, der Doppelte Fuchs ist mal wieder am Start! Habt ihr noch was übrig für mich?«

Ich reiche ihm mein halbvolles Glas, das er dankend in Empfang nimmt und in einem Zug hinabstürzt. Dann macht er »Hui!« und »Eieiei!«, bleibt aber alles in allem recht unbeeindruckt und lässt sich in seinem angestammten Sitzsack nieder.

»Also jetzt sollte eigentlich ein Musik-Einspieler kommen, wo ich dann dazu einen Rap singe, aber irgendwie klappt das grad nicht«, stammelt Ulk Noodle, mit einem kleinen Gerät hantierend. »Na ja, ich kann euch ja einfach noch einen Witz erzählen. Ja, also ... Wie heißen Leute, die keine Nudeln mögen? Anti-Pasti!« Erstmals sind vereinzelte Lacher zu hören.

»Der Doppelte Fuchs ist ein gutes Getränk«, belehrt uns Heinrich, »er stärkt die Leber! Die anderen Sachen machen die Leber kaputt, aber am Doppelten Fuchs kann sie sich aufrichten!«

Ich weiß nicht, mit wie vielen Doppelten Füchsen man sich das Hirn ruiniert haben muss, um auf solche Ideen zu kommen.

»So«, sagt Heinrich, wischt sich den Bart ab und stützt voller Tatendrang die Hände auf die Knie, »jetzt werden wir diesem Comedy-Typ da drin mal den Saft abdrehen, maximal zehn Minuten hatten wir ausgemacht, da lacht ja auch überhaupt keiner, bei Comedy müsste doch zumindest manchmal gelacht werden, oder? Ist nicht so mein Metier, aber ich hab doch Recht, oder?«

Hermine pflichtet ihm bei, dann öffnet sie den Überbrückungs-Mumm, von dem ich gleich ein Glas kippe, um den widerlichen Geschmack aus dem Mund zu kriegen. Drinnen schafft es Heinrich erstaunlich elegant und höflich, wahrscheinlich durch die Kraft des Doppelten Fuchses beflügelt, Ulk Noodle das Wort abzuschneiden und seinen Auftritt für beendet zu erklären.

»Das war sehr schön und erhellend, mein lieber Freund, und während dein Hut rumgeht, wollen wir wieder der Lyrik das Wort erteilen«, kündigt er an. Er werde nun einen Beitrag der lieben Trude Waschulewski rezitieren, sie sei dem Publikum bekannt, da sie seinerzeit bei dem von ihm ausgerufenen Lyrikwettbewerb den dritten Platz errungen habe mit ihrem Mundart-Gedicht »Wo is denn heut mei Brill schon widder?«.

Da sie kürzlich einen Schlaganfall erlitten habe, könne die liebe Trude heute nicht persönlich anwesend sein, sie habe ihn aber gebeten, eine gereimte Grußbotschaft ans Publikum zu verlesen.

Der Doppelte Fuchs hat mich weder gestärkt noch belebt. Im Gegenteil, ich fühle nur noch lähmende Hoffnungslosigkeit. Ich kann mir nicht vorstellen, wie ich mich je wieder aus diesem Sitzsack erheben und diese Veranstaltung verlassen soll. Ich könnte Jonas eine Nachricht schreiben und ihn bitten, mich abzuholen, aber auch das erscheint mir als ungeheure Anstrengung. Ob der Doppelte Fuchs eine Blitz-Depression verursacht hat?

Heinrich faltet derweil einen Zettel auf, hebt in Zeitlupe einen Finger in die Höhe und beginnt, im betulichen Tonfall der betagten Trude Waschulewski mit seiner Rezitation. Anscheinend hat die Dichterin ihren Schlaganfall literarisch verarbeitet.

Ihr Leut, ihr Leut, ich will net klaache,
Ich will euch nur des aane saache,
Des Wetter is grad net des beste,
Jetz kommt de Wind aach noch von Weste!

Unn außerdem, ihr Leut, ihr Leut
Muss ich euch noch was saache heut,
Bin ja von Krankheit oft betroffe,
Unn jetz hat mich de Schlag getroffe!

Fünf Uhr morgens wach ich uff
Unn denk, ich bin heut net gut druff,
Ich seh alles nur noch verschwomme,
Hab schnell mein Gehstock mir genomme,
Unn wie ich dann beim Dokter hock,
Bekomm ich schon de nächste Schock:
Der sagt, ich hätt en Schlaachanfall,
Doo tut's im Kopp en klaane Knall,
unn so e Ader platzt dann uff
da war ich pessimistisch druff.
»Wie lang hab ich zu lebe noch?«,
Den Dokter angstvoll ich dann frooch.
Doch der lacht nur zum Fenster naus:
»Frau Trude, ihrn Kopp hält was aus!«

Ja, so war des, liebe Leut,
Ich bin am Lebe, was e Freud,
drum freut euch aach unn zieht kaa Schnute,
es grüßt euch herzlich eure Trude!

Nach dem Schlaganfall-Bekenntnisgedicht stellt Heinrich einen Didgeridoo-Spieler vor, einen pensionierten Erdkundelehrer, der sich in einem Volkshochschulkurs ein eigenes Didgeridoo gebaut hat. Man könne ihn buchen, sagt der Didgeridoo-Spieler, er habe eine Homepage, und auf Facebook könne man ihn auch kontaktieren, gerne auch kurzfristig, er biete auch Didgeridoo-Bau-Kurse an und mache Powerpoint-Vorträge über seine Australiendurchquerung im Wohnmobil, und auf YouTube habe er interessante Videos eingestellt, die ihn beim gemeinsamen Musizieren mit den Aborigines zeigen, sogar einen geheimen Pfad habe er betreten dürfen, der sei normal nur den Ureinwohnern zugänglich. Nach endloser Vorrede ist er endlich ruhig und bläst in seinen Ast hinein.

Ich überlege, ob es vielleicht der zähe Ablauf der Soiree ist, der mich so lähmt, und nicht der Doppelte Fuchs. Beschreibungen von Vernissagen und Kunst-Events habe ich schon zuhauf in Romanen gelesen, aber die spielten alle in europäischen Großstädten, Wien, Berlin, Madrid, und es wimmelte dort von exaltierten Figuren, die koksen, Champagner trinken, vegane Tapas essen, sich in elitären Kunst-Dialogen ergehen und Schals tragen, die wie Gedärm aussehen. Und hier nur Übergangs-Mumm und Elefantenpflaster, und zu hören gibt es keine Diskurse über die Vorteile polyamouröser Beziehungen, Traumata der Post-Apokalypse oder was sonst so auf »richtigen« Soireen und Vernissagen geredet wird, sondern nur Didgeridoo-Gebläse und paralysierende Geschichten wie die, die Harald Franzek mir gerade erzählt. Den Anfang habe ich nicht mitbekommen, da ich in meinen Gedanken versunken war, aber jetzt bemerke ich, dass er immer eindringlicher in meine Richtung spricht, da ihm offenbar ansonsten niemand zuhört.

Es geht um irgendein Steinbildhauersymposium, wo sich einmal im Jahr fünfzig Steinmetze aus ganz Bayern und Hessen am Mainufer einfinden, und dann behauen sie dort ihre Klötze nach einem vorgegebenen Thema, das jeweils ein anderer Steinmetzverband ausrufen darf.

Hermine schenkt mir Sekt nach und erklärt Robert Klotzky den Sinn der Hundeschranke am Eingang zur Küche. Es handele sich um eine »psychische Barriere« für Leila, die angelernt bekam, dass sie die Schranke keineswegs übersteigen dürfe. Ansonsten hätte man ein Gatter anbringen müssen, was für die menschlichen Bewohner sehr umständlich gewesen wäre, weil man es dann ja dauernd hätte öffnen und schließen müssen. Hermines Rechtfertigung der Hundeschranke läuft parallel zu Franzeks Steinbildhauer-Erzählung. Die Stimme des Steinmetzes an meinem Ohr wird dabei immer jämmerlicher, Kulturamt, höre ich, Zuschuss gestrichen, 20 000 Euro, die sie jährlich bekommen hätten, würden jetzt wegfallen. Das sei ein Skandal, ob man das nicht mal im Sonntags-Blitz anprangern könne.

»Da muss doch die Bevölkerung informiert werden, da würde doch ein Aufschrei entstehen.«

»Warum soll der Hund eigentlich nicht in die Küche?«, fragt Robert Klotzky, aber der Didgeridoo-Rentner bläst gerade so eindringlich in sein Instrument, dass Hermine mit Gesten zu verstehen gibt, sie könne erst antworten, wenn der musikalische Geräuschpegel wieder gesunken sei.

»Findest du nicht, dass das ein Skandal ist?«, ruft der Steinmetz mir zu, und ich frage, wozu er denn 20 000 Euro Zuschuss vom Kulturamt braucht. Wenn er sich mit anderen Steinmetzen an den Fluss stellen und Klötze behauen will, soll er das doch einfach tun.

»Ja, das ist genau die Denkweise von euch ahnungslosen Leuten«, motzt er mich an, »jeder Einzelne von uns ist prekär!«

Damit er endlich ruhig ist, sage ich, ich würde seinen Themenvorschlag umgehend an die Redaktion weiterleiten.

Wie der prekäre Steinmetz verstummt auch kurzzeitig das Didgeridoo.

»Warum darf der Hund denn nicht in die Küche?«, wiederholt Robert Klotzky.

»Als Leila mal alleine war, hat sie die Gewürzschublade geöffnet«, sagt Hermine und schenkt mir den letzten Rest vom Überbrückungs-Mumm ein. »Sie weiß ja, dass das nicht gut ist für sie, aber sie ist halt so neugierig und hat am Cayenne-Pfeffer geschnuppert und hat sich die Nasenschleimhäute verätzt.«

»Mir mussten sie am Tag der deutschen Einheit die Nasenscheidewand durchbrechen«, merkt Franzek an, »hatte ich dir das schon erzählt, Hermine?«

»Und jedenfalls waren wir nicht zuhause, und Leila hat dann in ihrer Panik ganz viel Altpapier gefressen, Pizzakartons und so, und die sind in ihrem Bauch aufgequollen, und als wir heimkamen, fanden wir diesen völlig aufgeblähten Hund vor.« Hermine trinkt einen großen Schluck Sekt, um sich für die Fortsetzung des Hundedramas zu stärken. »Und wir dann sofort mit dem aufgeblähten Hund zum Tierarzt, sie musste gleich notoperiert werden, und bei der Operation haben sie in ihrem Magen noch die ganzen kleinen Lava-Steine gefunden, die Heinrich und ich von unserer Studienfahrt nach Lanzarote mitgebracht hatten. Die lagen als Dekoration neben dem Herd und waren seit Wochen verschwunden. Der Tierarzt meinte, noch ein paar Tage länger, und die Lavasteine hätten Leilas Magenwände durchgescheuert. Deshalb ist es besser für sie, wenn sie nicht mehr in die Küche geht.«

Ich muss Jonas von der Hundeschranke berichten, denke ich, er ist doch so tierlieb, und wenn wir dann erst mal ein Reihenendhaus bezogen haben, wird die Anschaffung eines Familienhundes sicher nicht lange auf sich warten lassen, und dann könnten wir auch so praktische psychische Barrieren in die Wohnung montieren, um den Hund am Betreten verschiedener Bereiche zu hindern.

Heinrich kommt wieder auf die Terrasse, vier weitere Doppelte Füchse umklammernd und »es folgt der Stärkung zweiter Teil« rufend. »Der Doppelte Fuchs wirkt nur dann, wenn man zwei davon trinkt, wie der Name schon erahnen lässt!«

Hinter ihm tritt ein weiterer Mann auf die Terrasse, er trägt eine braune Kutte, darüber ein Kettenhemd, und hält ein großes Schwert in der Hand. Ich erkenne ihn als den Autor Jost-Werner Mühlke, er schreibt Romane über Ritter und Erzbischöfe, unzählige dicke Bücher, die vom Hanauer Dragoner-Verlag gedruckt werden. Im Dragoner-Verlag zu veröffentlichen ist schlimmer, als gar keinen Verlag zu haben, denn die Autoren müssen alles vorfinanzieren und bekommen kaum Ausschüttungen. Eine Werbeabteilung gibt es nicht, und so ziehen Jost-Werner Mühlke und ein Tross weiterer verarmter Autoren von Lokalzeitung zu Lokalzeitung und betteln um Interviews und Rezensionen, sogar die Rezensions-Exemplare ihrer Bücher müssen sie selbst vom Verlag kaufen, Herr Böhmann und ich hatten schon viele der gedemütigten Dragoner-Autoren in unserem Büro stehen.

»Ich bin so aufgeregt, ich bin so aufgeregt«, jammert der Ritter-Autor in irritierend heller, fraulicher Stimmlage und zieht an einem Zigarillo. »Gleich bin ich dran! Heinrich, ich bin so aufgeregt, das ist immer so vor Lesungen, immer diese Anspannung!«

Ich lehne den Doppelten Fuchs, den Heinrich mir hinhält, entschieden ab, auch Robert Klotzky krümmt sich nur stumm vom offerierten Getränk weg, so dass Franzek und der nervöse Ritter-Autor den Klosterfrau-Melissengeist-Cocktail erhalten.

»Aus welchem Roman liest du jetzt, Jost?«, fragt Hermine den Ritter-Autor, der nach dem Trinken des Doppelten Fuchses kurzzeitig die Stimme verloren hat und nach Luft schnappt.

»Was ist das denn, das ätzt einem ja die Stimmbänder weg! Was tut ihr mir da an, so kurz vor meinem Auftritt?«

»Der Doppelte Fuchs ist Balsam«, erklärt Heinrich, »du wirst gleich lesen, mit einer Stimme wie der junge Pavarotti!«

Er werde eine Passage aus »Die Bastardtochter des Bogenschützen« vortragen, krächzt der Ritter-Autor und zieht einige Autogrammkarten unter dem Kettenhemd hervor, jeder der Sitzenden erhält eine Karte, sie zeigen ein Foto von Jost-Werner Mühlke in derselben Montur, in die er jetzt auch gewandet ist, mit erhobenem Kinn und aufs Schwert gestützt, steht er in einem Kreuzgang und blickt in die Ferne.

»Man wird immer älter, und trotzdem ist man noch so aufgeregt vor einem Auftritt«, klagt er und klopft mit der Klinge des Schwerts an einen Terrakotta-Blumentopf, als werde er im nächsten Moment ausholen und ihn köpfen wie ein Ei.

Die Didgeridoo-Klänge von drinnen sind inzwischen leiser geworden, anscheinend geht dem blasenden Rentner langsam die Luft aus. Der Ritter-Autor erzählt zwischen hastigen Zügen am Zigarillo, wie schlimm es sich in den Klauen des Hanauer Dragoner-Verlages lebe, »Heinrich, sei froh, dass du ›Ackerkrume, damals‹ im Eigenverlag gemacht hast, die saugen einen aus bis aufs Blut, letztes Jahr hab ich nur neununddreißig Euro überwiesen bekommen! Ich hab Riesenärger mit dem Finanzamt, die glauben mir nicht, dass ich so wenig verdiene.«

Er habe sich neulich wieder für Hunderte von Euro einen Stand auf der Buchmesse mieten müssen, weil der Verlag in der Hinsicht ja nichts unternehme, er lektoriere seine Bücher auch selbst, weil der Verlag keinen Lektor mehr habe, einen Grafiker gebe es auch nicht, so dass er das Cover von »Die Bastardtochter des Bogenschützen« auf eigene Kosten für 1200 Euro von einer Werbeagentur habe entwerfen lassen, und keine einzige Lesung hätte der Verlag ihm organisiert, mittlerweile gehe dort nicht mal mehr jemand ans Telefon, er müsse alles alleine machen und mit Buchhandlungen und Kulturvereinen in ganz Deutschland hin und her mailen, ob die nicht Lust hätten, ihn für eine Lesung zu engagieren. »Neulich war ich in Nürnberg, im Nebenzelt von so einem Mittelalterfestival, fünfunddreißig Grad, in Lederwams und Strumpfhosen hab ich aus ›Das Totenhemd des Salzhändlers‹ und ›Der unbeugsame Kurfürst‹ gelesen, dreizehn Zuhörer!« Einer der dreizehn Zuhörer sei zudem nach der Hälfte der Lesung aufgrund der Hitze zusammengebrochen und ins Sanitätszelt gebracht worden,

Nettogewinn, die Fahrtkosten mit der Bahn eingerechnet, minus vierundzwanzig Euro. Wenigstens pflegt er ritterliche Ehrlichkeit.

»Aber trotzdem macht's Spaß, man würd's ja nicht machen, wenn man keinen Spaß dran hätte, ich steh jeden Tag um halb vier auf zum Schreiben, ich kann nicht anders!« Er wirft den Zigarillo auf den Boden und sticht mit der Schwertspitze darauf ein, bis die Glut verlischt, dann eilt er mit klirrendem Kettenhemd nach drinnen, um den Didgeridoo-Spieler abzulösen.

»Katja, schreibst du eigentlich noch?« Gerade hatte ich beschlossen, jetzt wirklich den Heimweg anzutreten, als Hermine die Frage stellt, die ich überhaupt nicht gerne gestellt bekomme, vor allem jetzt nicht, ich bin müde und durch die insgesamt sechs, sieben Gläser Sekt und einen Schluck Doppelten Fuchs betrunkener, als mir angenehm ist. Ich ahne, dass ich nur mit großer Mühe aus dem Sitzsack kommen werde, wenn überhaupt.

»Ich schreib nur so ein bisschen für mich«, sage ich. Hermine öffnet endlich besagte Champagnerflasche, deretwegen wir ja eigentlich die ganze Zeit hier herumsitzen, Robert Klotzky komplett verstummt, Heinrich in fahrigem Hin und Her zwischen Küche, Wohnzimmer und Terrasse, Franzek mürrisch trinkend und rauchend, wobei Franzek ja den Grund für die Champagner-Öffnung nicht kennt und laut Heinrich nichts abbekommen soll, was auch geschickt erreicht wird, indem Heinrich und Hermine ihm einfach einen weiteren Doppelten Fuchs kredenzen und dann mir, Robert Klotzky und sich selbst mit verschwörerischem Blick und das Etikett verbergend, Champagner einschenken.

Wir stoßen an. Der Champagner schmeckt auch nicht

anders als der Überbrückungs-Sekt vorher. Ich darf höchstens ein Glas trinken, denke ich, sonst komme ich keinesfalls mehr nach Hause.

»Du solltest aber schreiben und auch veröffentlichen, Katja«, sagt Hermine, und an ihrer schleppenden Zunge und immer lauter werdenden Stimme merkt man, dass bei ihr der Doppelte Fuchs nun auch so langsam seine erstaunliche Wirkung entfaltet, sie hängt ganz schräg in ihrem Sitzsack und verschüttet beim Reden Champagner auf ihr Kondolenzkranzkleid, ohne es zu bemerken.

»Das ist nur, Katja, weil du Probleme hast, dich zu öffnen, ich hatte auch Probleme damit, inzwischen schreib ich auch gar keine Gedichte mehr, ich mach Elfenkunst, hast du meine Elfen schon gesehen?«

Ich nicke.

»Ich wollte was machen, was noch nie jemand gemacht hat, und dann bin ich auf die Elfen gekommen, du musst die dir mal anschauen, ich mach lebensgroße Elfen in Brokatkleidern, aber bewusst ohne Kopf, ich mach die immer ohne Kopf, weil, ich will den Fokus auf die Brokatkleider legen.«

Sie nennt ihre Kunstsparte »Precious Trash« und erzählt weiter von ihren geköpften Elfen, die sie demnächst in der Waldschmiede ausstellen werde. Ihr sei es auch sehr schwergefallen, sich zu öffnen, aber Heinrich und Frau Schmitt-Schallbauer von der Waldschmiede hätten sie dann positiv bestärkt, dahingehend, dass sie sich ruhig trauen könne, mit ihrer Kunst auch mal ein Stück weit nach außen zu gehen. »Weg von der Innerlichkeit«, lallt sie, »du musst auch weg von der Innerlichkeit!«

»Ich hab nichts in mir, das unbedingt nach außen will«, sage ich.

»Du bist noch nicht bereit, etwas von dir selbst gehen zu lassen. Katja, wir hatten ja damals diese Lesung zusammen, im Schmökerbär, und da ist mir das schon bei dir aufgefallen, dass du nicht so richtig bereit bist, was von dir preiszugeben. Weil wenn du ein Buch schreibst oder ein Gedicht, ist das ja auch so ein Stück weit ein Teil von dir, und wenn du sagst, du schreibst nur so für dich selbst, dann … Was wollte ich jetzt sagen?«

Sie schenkt uns Champagner nach, sogar Franzek kriegt einen Schluck ab, da er ihr einfach sein geleertes, innen rot verschmiertes Fuchsglas hinhält, in dem der Champagner nun in unguter Mixtur rosig aufschäumt.

»Also Katja, du bist, glaub ich, gerade in der Phase der Selbstvereinnahmung, also du bist noch nicht bereit, diesen Teil von dir einfach aus dir rauszulassen. Ich kann das immer nur mit der Geburt von Lucinda vergleichen. Lucinda ist meine Tochter, weißt du?«

Was meint sie jetzt damit, wollte sie das Kind zunächst auch nicht aus sich herauslassen?

»Schreibst du Gedichte?«, fragt Robert Klotzky.

»Das ist nur ein Hobby«, sage ich.

»Das meine ich ja«, beharrt Hermine, »sie klammert sich an ihre Texte, sie ist nicht bereit, sie gehen zu lassen.«

Heinrich kommt aus der Küche zurück und stellt ein Tablett mit fünf gefüllten Schnapsgläsern auf dem Steintisch ab. »Zwischendurch ist es gut, einen Himbeergeist zu trinken«, erläutert er sein Vorhaben, »das reinigt den Magen, der sich so besser auf den nächsten Doppelten Fuchs vorbereiten kann!«

Er verteilt die Schnäpse, während drinnen der Ritter-Autor offensichtlich kein Problem damit hat, seine Texte

»gehen zu lassen«, mit großem Eifer liest er dem Publikum eine Szene aus »Die Bastardtochter des Bogenschützen« vor, in der ein junger Knappe ein Burgfräulein bedrängt. »Er schob sie zurück in ihr Gemach, sich ängstlich umblickend, ob nicht sein Herr sich irgendwo in der Nähe aufhalte. Doch seine Gier war zu stark, als dass die Gefahr, entdeckt zu werden, ihn hätte zurückhalten können. Er vergrub seine Zähne in ihrem keuschen weißen Hals, nach dem er seit so vielen Wochen geschmachtet hatte. ›Was tut Ihr da, werter Ruprecht?‹, stöhnte Kunigund, unternahm jedoch nichts, ihn abzubringen von seinem forschen Tun, da auch sie sich schon so lange Zeit nach diesem jungen, starken Körper verzehrte und ihn so oft schon heimlich durchs Burgfenster beobachtet hatte, wenn er im Hof die unruhigen Hengste striegelte.«

Wir stoßen an und trinken den Himbeergeist.

»Ah«, ächzt Heinrich und bleckt die Zähne, »hervorragend, den haben wir von unserer Studienfahrt in den Schwarzwald mitgebracht.«

Ich beuge mich mühsam nach vorne und stelle das leere Glas ab. »So, ich muss jetzt mal langsam gehen.«

»Diese ablehnende Verweigerungshaltung, Katja, die kenn ich von mir selbst«, setzt Hermine ihre psychologische Beratung fort. »Du bist einfach noch nicht so weit, dir einzugestehen, dass auch du Kunst schaffen kannst. Heinrich, stimmt's?« Sie sieht sich um, doch Heinrich ist gerade wieder ins Wohnzimmer verschwunden.

»Lass sie in Ruhe, das muss doch jeder selbst wissen«, springt Robert Klotzky für mich in die Bresche.

Der Knappe Ruprecht ist derweil bei Kunigunds verbotenem Busen angekommen: »Sich der Sünde, die er beging, vollkommen bewusst, lockerte er mit vor Erregung zitternden Fingern ihr stramm geschnürtes Mieder und versenkte seinen Kopf zwischen ihren prall aufragenden Brüsten. ›Kunigund, ich bete Euch an‹, stammelte er, ›ich will Euer Diener sein.‹ – ›Ach Ruprecht‹, seufzte sie, ›mein lieber, werter Ruprecht, wie gern möcht ich mich Euch hingeben, Ihr rührt mit Feuersfingern direkt an meine Seele!‹«

»Mit was für Fingern?«, fragt der halb eingeschlafene Franzek, den Kopf hebend.

»Mit Feuersfingern«, sagt Robert Klotzky.

»Mir ist ein bisschen schlecht«, murmelt Hermine, »aber, Katja, es ist nicht so, dass du allein bist in deiner Situation, ich kenne das, ich war auch lange nicht bei mir selbst. Ich muss sagen, dass mir da ein Kurs sehr geholfen hat, den ich kurz nach Lenzens Tod gemacht habe, das war so ein Wochenendseminar, da ging es um das Urprinzip des Weiblichen, das halt immer noch von der patriarchalen Gesellschaft unterdrückt wird. So eine schamanische Aufstellung für Frauen war das, im Teutoburger Wald, da war ich zum ersten Mal voll und ganz bei mir, da hab ich mich selbst gesehen, ich hab mich selbst gesehen und was für eine ungeheure Kraft in mir steckt. Und die Kraft will fließen, Katja, sie will nicht unterdrückt werden, sie will fließen und sich nützlich machen im Energiegitternetz der Welt!«

Auch das Sperma des mittelalterlichen Protagonisten will jetzt nicht länger unterdrückt werden, es will fließen und sich nützlich machen: »›Lasst mich Euer Herr sein!‹«, keucht der Ritter-Autor ins Mikrofon, um dann in ein zartes Winseln zu verfallen: »›Aber Ruprecht, ich bin bereits einem anderen Herren untertan!‹ Kunigund wand sich auf der mit Damast bezogenen Bettstatt, doch

Ruprechts Verlangen duldete nun keinen Einwand und kein Zögern mehr. Mit sicherem Griff schob er ihre Röcke beiseite und schob seine Lanze in ihr pulsierendes Lustzentrum.«

»Was ist das für eine Pornoscheiße?«, motzt Franzek, »ich dachte, das ist eine kulturelle Veranstaltung! Ich geh jetzt!«

»Ruprecht und Kunigund vereinigten sich zu einem liebenden Wesen mit zwei Köpfen, sie kosten und bissen einander, stöhnten und keuchten und trieben in zuckender Verschmelzung dem Höhepunkt entgegen. Und so war es nicht verwunderlich, dass sie in ihrem Sinnesrausch die schweren Schritte nicht hörten, die sich auf dem Gang unaufhaltsam und bedrohlich näherten. Ja, liebe Leute, das war wie gesagt ein Ausschnitt aus meinem neuen Buch ›Die Bastardtochter des Bogenschützen‹, mehr will ich nicht verraten, ich hoffe, es hat euch neugierig gemacht, ihr könnt das Buch jetzt gerne bei mir kaufen, fünfzehn Euro, auf Wunsch auch signiert!«

»Katja, ich sag dir das, weil ich dich echt sympathisch finde«, lallt Hermine. »Ich hab da ein Gespür für, dass du total blockiert bist. Du bist auch jemand, die sich viel zu sehr von Männern abhängig macht, hast du einen Freund?«

»Wieso?«

»Hast du einen?«

»Ja.«

»Siehst du?!«

»Was?«

»Es ist für Frauen einfacher, sich zu verlieben, als sich freizuschwimmen, das hab ich auch bei der schamanischen Aufstellung erkannt.« Sie fummelt aus einer Sitzsackfalte oder sonst woher ein Zigarettenpäckchen und zündet sich eine Damenzigarette an, so dünn wie der Stil eines Lollis.

Drinnen erklärt Heinrich den offiziellen Teil der Soiree für beendet, was die Besucher jedoch nicht abhalten solle, nun noch bei dem ein oder anderen Glas Wein oder Sekt zusammenzusitzen und über das Gesehene und Gehörte zu diskutieren.

»Robert, du bist doch vom Fach«, fällt Hermine ein, »du könntest Katja ein paar Tipps geben, was man macht, wenn man so eine Schreibblockade hat.«

»Wer ist Robert?«, fragt Franzek, der ja immer noch nicht weiß, dass schon den ganzen Abend ein Großschriftsteller neben ihm sitzt.

»Ich hab keine Schreibblockade«, erwidere ich.

»Ich bin Robert«, stellt sich Robert Klotzky nun auch Franzek vor.

»Ich dachte, Boris?«

»Nein, Robert. Hattest du falsch verstanden.«

»Okay, dann halt Robert, ist ja auch egal.«

»Franzek, das ist der Robert Klotzky! Hast du das nicht mitgekriegt?« Hermine deutet mit dem Daumen auf den Großschriftsteller, wobei ihr die Zigarette aus der Hand fällt.

»Hä? Robert Klotzky ist doch dieser Star-Autor.«

»Ja, das bin ich«, sagt der Star-Autor.

»Ach, ihr seid doch alle besoffen!«, entrüstet sich Franzek, stemmt sich aus dem Sitzsack nach oben und schleudert die Hand in einer missratenen Abschiedsgeste durch die Luft. »Gute Nacht, es war sehr schön, es hat mich sehr gefreut, aber ich hätte mir wie gesagt mehr

Raum für Objekte gewünscht, vielleicht beim nächsten Mal!« Er taumelt die Stufen in den Garten hinunter.

»Franzek, mach's gut«, ruft ihm Heinrich hinterher, der gerade wieder auf die Terrasse kommt, »wir sehen uns nächsten Monat, ja? Bei ›Heinrich, still und leise Volume II‹! Da ist dann auch mehr Raum für Objekte!«

»Ich hab so schöne kleinformatige Buntsandstein-Serien«, tönt es aus dem Garten.

»Ja, ja«, ruft Heinrich zurück, »die stellen wir aus, wir stellen alles aus!«

»So, ich geh auch mal«, sage ich und merke schon beim Aufstehen, dass der Heimweg nicht einfach zu bewältigen sein wird. Mir ist so schwindelig, dass ich mich am Erstbesten festhalten muss, das ich zu fassen bekomme, und das ist Heinrich Waldemar Ertels Schulter.

»Alles in Ordnung?« Er packt mich übertrieben sorgsam an beiden Oberarmen.

»Ja, geht schon, also danke für alles, bis demnächst!«

»Ich geh auch. Soll ich dich heimfahren?«, fragt Robert Klotzky.

»Nein, nein.«

»Wir haben zu viel getrunken, mir ist auch ganz schlecht«, jammert Hermine. »Gib ihr doch was zum Ausnüchtern, Heinrich!«

»Wir könnten zum Abschluss noch einen End-Fuchs einnehmen«, schlägt Heinrich ernsthaft vor, »einen Doppelten End-Fuchs, mit einem Schuss Cola und einem Spritzer Zitronensaft, der neutralisiert alles, was man zuvor getrunken hat!«

Mit Mühe löse ich seine Hände von mir und gehe zur Terrassentür, um mich daran festzuhalten. Je länger ich aufrecht stehe, desto klarer kann ich wieder denken.

»Einen Espresso oder so würd ich noch trinken, dann geht's wieder«, sage ich, woraufhin Heinrich sofort »Aber natürlich, meine Liebe!« ruft und durchs Wohnzimmer in Richtung Küche hüpft. Auch die Hundeschranke überquert er mit einem lockeren Sprung.

»Ich brauch auch einen Espresso ...« Hermine sinkt bei dem Versuch, sich aus dem Sitzsack zu erheben, der Länge nach wie eine Bahnschranke zur Seite und muss von Robert Klotzky emporgehievt werden.

Mit vorsichtigen Schritten gehe ich zur Küchenzeile und setze mich auf einen der Barhocker, Robert lädt Hermine auf dem Barhocker neben mir ab und bleibt vorsichtshalber dicht dahinter stehen.

Die verbliebenen Gäste verabschieden sich gerade winkend von Heinrich, nur der Ritter-Autor sitzt noch im Lesesessel, mit seinem Geldbeutel hantierend und ins Gespräch vertieft mit der grau gelockten Sitzsack-Künstlerin, die ihm anscheinend tatsächlich ein Exemplar von »Die Bastardtochter des Bogenschützen« abgekauft hat.

»Aber dafür, dass ich dir jetzt einen Espresso mache, versprichst du mir, dass du bei ›Heinrich, still und leise Volume II‹ dann auch was vorliest«, startet Heinrich einen abstrusen Erpressungsversuch.

»Na ja, mal sehen.«

Die Espressotassen sind mit dem goldkitschigen »Der Kuss«-Gemälde von Gustav Klimt bedruckt. »Schöne Tassen, gell, die haben wir von unserer Studienfahrt nach Wien mitgebracht«, sagt Heinrich, formt die Lippen zu einem Kussmund und schmatzt in meine Richtung.

Er ist so eklig, denke ich, wie konnte ich ihn bloß küssen ... Egal, das ist verjährt. Hermine hat den Kopf in den Unterarmen vergraben und lehnt schwer auf dem Tresen. Von Heinrichs Kussmund-Flirt bekommt sie nichts mit.

»Wenn dir die Lyrik nicht mehr gefällt«, fährt Heinrich fort, »dann mach doch einfach Prosa! Schreib doch einen Roman, oder was Kürzeres, ein paar knallige Szenen aus deinem Alltag, dann gibst du's mir zu lesen, du kriegst sofort Feedback, und wenn du erst mal angefangen hast, kommst du automatisch in einen Flow und willst gar nicht mehr aufhören.«

Ich nicke. Mach endlich den Kaffee, denke ich.

»Aber mach irgendwas mit Liebe, Liebe als roter Faden. Liebe geht immer!«

»Liebe geht immer«, sagt Robert Klotzky, »guter Name für ein Helene-Fischer-Album oder so.«

»Um reinzukommen, solltest du mal ein paar knallige Alltagsszenen schreiben«, sagt Heinrich, »es gibt Kolumnisten, die sind irre erfolgreich, die schreiben ganze Bücher über Probleme mit ihrem Computer oder mit ihrer Kaffeemaschine.«

»Aha.«

Endlich stellt Heinrich die erste Tasse unter seinen schwarzen Kaffeeautomaten und drückt eine Taste.

»Also mit unserer Maschine haben wir ja zum Glück keine Probleme«, sagt Heinrich, »aber es gibt so neumodische futuristische Teile mit achttausend Funktionen.«

»Ja, aber die werden nur von deutschen Alltagskolumnisten gekauft«, erläutert Robert Klotzky. »Die kaufen sich extra so komplizierte Geräte, damit sie geistreich über die Tücken der modernen Welt schreiben können. Dann wird rumgejammert, dass sie mit den achttausend Funktionen nicht zurechtkommen. Und in der nächsten Kolumne wird am Versuch verzweifelt, das Gerät von unterwegs mit dem Smartphone zu programmieren, da ergeben sich neue lustige Alltagsdebakel, stattdessen wird nämlich versehentlich von unterwegs der Kühlschrank abgetaut, und dann gibt's Überschwemmungen in ihren Berliner Altbauwohnungen, davon handelt die nächste Kolumne, und so füllen die dann ganze Bücher und Säle auf ihren Lesereisen!«

Heinrich steht, die erste gefüllte Tasse in der Hand, da und wagt es nicht, die unerwartete Kolumnistenbeschimpfung Robert Klotzkys zu unterbrechen.

»Die Pointe ist dann immer, dass der fünfjährige Sohn des Kolumnisten, die müssen da ja auch noch ihre ganze Familie mit reinziehen, dass der Sohn am Ende die Programmierung mit dem Smartphone übernimmt, weil die Eltern zu doof dafür sind, und seitdem klappt es, und so schlagen die aus der eigenen Alltagsblödheit noch Kapital!«

Wie zum Hohn hat der Kaffeeautomat bei der zweiten Tasse ein Problem. Zwei Symbole blinken hektisch, als wolle das Gerät sich ins Gespräch einklinken und seinen Wunsch äußern, auch einmal Protagonist in einer amüsant fidelen Alltagskolumne zu sein.

»Was ist das denn jetzt, Hermine, hier blinkt was! Hermine, schaust du mal?« Hermine schaut nicht, denn sie ist, vornübergebeugt mit dem Kopf auf dem Küchentresen, eingeschlafen.

»Wann hast du den denn zuletzt entkalkt?«, frage ich.

»Entkalkt? Keine Ahnung, ich hab den noch nie entkalkt, wenn, dann macht das die Hermine. Warum blinkt der denn jetzt?«

»Weil er verkalkt ist wahrscheinlich.«

»Weil er behauptet, verkalkt zu sein«, präzisiert Robert Klotzky. »Ich hab auch so einen, der behauptet auch ständig, verkalkt zu sein, obwohl ich ihn alle naselang entkalke.«

»Kann der Arsch nicht einfach normal funktionieren?«, beschimpft Heinrich seinen Kaffeeautomaten.

»Du musst noch mal auf die kleine Tasse drücken«, rate ich, »dann macht er Espresso, auch wenn er verkalkt ist. Das ist ja wahrscheinlich nur ein Warnblinken.«

»Ein Warnblinken, aha, was es alles gibt!« Heinrich drückt eine der wild blinkenden Tasten, und tatsächlich produziert der Automat zischend einen weiteren Espresso, den Robert Klotzky überreicht bekommt.

In dem Moment, in dem er die Tasse zum Mund hebt, ertönt direkt hinter uns ein metallisches Scheppern, gefolgt von dem Ausruf, »Hui, das darf doch nicht wahr sein!«, der aus dem Mund des Ritter-Autors kommt. »Da rutscht mir ja vor Schreck mein Schwert aus der Hand!« Jost-Werner Mühlke bückt sich nach seinem Schwert und kommt kaum wieder hoch, da ihn das Gewicht seines Kettenhemds und ein Stapel unverkaufter Bücher, den er an sich presst, zu Boden zwingen.

»Sie sind's doch, oder? Sie sind's!« Der Ritter-Autor drängt sich an Robert Klotzky heran, der sich jetzt sinnloserweise wieder die Kapuze ins Gesicht gezogen hat, als könne er die Entdeckung durch den Ritter-Autor nachträglich ungeschehen machen. »Ich bin so ein großer Verehrer von Ihnen, ›Die Geschändeten von Heusenstamm‹, die Eleganz, die Dramatik, die Sprache, ich bin … Würden Sie mir ein Autogramm geben?«

Der Großschriftsteller tastet mit einer Hand seinen Oberkörper ab, mit der anderen balanciert er die Espressotasse auf dem Untersetzer. »Ich hab nichts zum Schreiben dabei.«

»Sie können mir ja einfach ein Buch signieren!«

»Meine Bücher hab ich auch nicht dabei«, wendet Robert Klotzky ein, aber Jost-Werner Mühlke hat schon die Plastikumhüllung eines Exemplars von »Das Totenhemd des Salzhändlers« abgerissen und hält Robert Klotzky das Buch mit erwartungsfrohem Blick entgegen.

»Schreiben Sie: Für meinen treuen Verehrer Jost-Werner! Viel Spaß beim Lesen, Robert Klotzky, oder so ähnlich!«

»Aber das ist doch gar nicht mein Buch, das ist Ihr Buch, ich kann doch kein fremdes Buch signieren.«

»Hier ist ein Stift, Sie können auch irgendwas anderes schreiben, Jost-Werner mit Bindestrich, die Unterschrift muss lesbar sein, bitte! Wenn ich das Leuten zeige, dass die mir auch glauben! Was Persönliches wäre nett, Sie haben ja meine Lesung eben gehört, vielleicht wenn Sie kurz auf den Inhalt meines Buchs eingehen, aber da müsste ich Ihnen besser das andere zum Unterschreiben geben, ich hab ja heute gar nicht aus dem ›Totenhemd‹ gelesen, ich hab ja aus der ›Bastardtochter‹ gelesen.«

Während seines Redeschwalls hat Robert Klotzky etwas Unleserliches in Jost-Werner Mühlkes Buch gekritzelt.

»Oh, vielen Dank, ich bin so ein großer Fan von Ihnen, ich hab dem Heinrich ja gar nicht geglaubt, als er gesagt hat, heute Abend ist auch der Robert Klotzky anwesend!«

»Ja, ja, ihr Ungläubigen! Der Prophet gilt im eigenen Lande nichts«, blökt Heinrich dazwischen, während er mit harschem Mehrfach-Drücken das Blinken der Kaffeemaschine bekämpft, um ihr den nächsten Espresso abzutrotzen. »Da muss erst der Doppelte Fuchs kommen, dass einem geglaubt wird von der Gefolgschaft!«

»Was für ein Fuchs, was für eine Gefolgschaft?«, fragt der Ritter-Autor verwirrt.

»Es war so ein gelungener Abend«, verkündet Heinrich mit sich überschlagender Stimme, »heut hab ich verdient, besoffen zu sein!«

»Herr Klotzky, ich bin so ein großer Fan von Ihnen, könnten Sie mir bitte noch mal Ihren Namen unter Ihre Unterschrift schreiben, weil es ist doch arg unleserlich, wenn man Vor- und Zunamen gut lesen könnte, also wenn's Ihnen nichts ausmacht.«

»Das ist meine Unterschrift, die sieht so aus.«

»Aber man erkennt kaum was, das glaubt mir keiner!«

»Das ist meine Unterschrift.«

Robert Klotzky lässt sich nicht erweichen. Mich erstaunt, dass der Ritter-Autor sich einerseits so devot verhält, gleichzeitig jedoch nicht davor zurückschreckt, sein angebliches Idol mit Sonderwünschen und Nachbesserungsaufträgen zu nerven. Ob man nicht ein Selfie machen könne als Beweis, dass man sich begegnet ist, und schon hält er ein Handy vor sich, legt dem sichtlich nicht erfreuten Idol den Arm um die Schulter und drückt mehrfach ab. »Ah, noch mal bitte, wir drehen uns etwas nach rechts, dann haben wir den Lesesessel im Hintergrund, dann kann ich gleich dazuschreiben, dass ich hier eine Lesung hatte, das setz ich in Facebook, Sie haben doch nichts dagegen, oder?« Schließlich nötigt er Klotzky noch einen Stapel seiner eigenen Autogrammkarten auf, »vielleicht können Sie die verteilen, an Ihre Kontakte!«

»Du Arsch, jetzt mach endlich Kaffee!« Heinrich haut

mit der flachen Hand auf die Maschine, die sich weigert, ein weiteres Heißgetränk freizugeben.

»Könnten wir noch ein Hochkant-Selfie machen, bitte? Noch mal lächeln, ich bin so ein großer Fan von Ihnen!« Der Ritter-Autor nimmt Klotzky erneut in den Würgegriff und schießt eine Hochkant-Selfie-Serie.

Ich nutze den Trubel, um mich davonzustehlen, stelle die leere Tasse zurück, sage »Also danke, tschüss und bis bald« in die Runde und gehe zur Terrassentür, um durch den Garten zurück zum Eingangstor zu gelangen. Es ist nach eins, ein kühler, lautloser Sprühregen hat eingesetzt.

Ich ziehe den Mantel enger um mich und gehe möglichst schnellen Schrittes durch die Kammerlander-Objektsammlung. Ich bin nach wie vor betrunken, fühle mich durch den Espresso aber kurzfristig belebt und für den Heimweg gewappnet. Als ich die hell leuchtenden Klingelschilder am Tor sehe, fällt mir ein, dass ich nicht herausgefunden habe, was sich hinter dem Massagestudio Elfenhand verbirgt. Ob es etwas mit Hermines lebensgroßen Elfen-Puppen zu tun hat? Vielleicht ist es der Name ihres Arbeitsateliers, weil sie dort die Elfen auf wundersame Weise aus Lehm formt, ihre Körper wie Golems gewissermaßen aus dem Lehm herausmassiert?

Kaum dass ich fünfzig Meter den Weinbergweg hinuntergegangen bin, muss ich meine mystischen Überlegungen unterbrechen, weil neben mir ein dunkles Auto hält.

Robert Klotzky, der offenbar den Zudringlichkeiten seines Fans entkommen ist, lässt die Scheibe des Beifahrerfensters hinunter.

»Ich kann dich nach Hause fahren.«

»Nein, danke, ich laufe lieber.« Zum Beweis verschränke ich die Arme vor dem Körper und gehe halbwegs aufrecht weiter.

»Es regnet.«

»Ach, nur ein bisschen.«

»Es regnet mir ins Auto.«

»Sie müssen die Scheibe hochmachen.«

»Sehr hilfreicher Tipp.« Er fährt im Schritttempo neben mir her. »Steig ein, ich fahr dich. Sonst wirst du noch überfallen, es ist mitten in der Nacht.«

»Ich werd nicht überfallen.«

»Ich fahr dich. Es laufen so viele Bekloppte draußen rum«, weiß der Krimiautor, »grad du als Frau, das ist nicht ungefährlich.«

»Die meisten Frauen werden nicht von Fremden umgebracht, sondern von Männern, die sie kennen. Von daher wär es gefährlicher, wenn ich jetzt zu dir ins Auto steig.«

»Aber wir kennen uns doch quasi gar nicht, also bin ich für dich nicht gefährlich.«

In dem Moment durchbricht ein langgezogenes, fernes Jaulen die nächtliche Stille, gefolgt von aufgeregtem Gebell. Nichts Gutes ahnend, drehe ich mich um, und sehe, wie aus dem Gartentor, durch das ich gerade gegangen bin, Heinrichs nervöser Hund herausspringt und sich, von keiner Leine oder Hundeschranke gebremst, erst ein paar Mal um die eigene Achse dreht und dann, sobald er mich als einziges bewegliches Objekt in seinem Sichtfeld geortet hat, kläffend und mit wehendem Fell auf mich zugerannt kommt.

»Leila, stopp, Leila, verdammt, bei Fuß!«, höre ich Heinrichs Stimme von fern, bestimmt kommt er jeden Moment heraus, um mit dem hyperaktiven Hund, der den ganzen Abend über irgendwo weggesperrt und zum Stillhalten verdammt war, zu einer Gassi-Runde aufzubrechen. »Leila! Verdammt, gehst du her!«

Leila lässt sich von der Stimme ihres Herrchens nicht bremsen und nimmt bellend Tempo auf.

Ich zwänge mich zwischen zwei parkenden Autos hindurch, reiße die Beifahrertür auf und werfe mich in Robert Klotzkys Auto. »Gib Gas!«, schreie ich, er tut, wie ihm befohlen, und das Auto düst los wie in einem Actionfilm.

Quietschende Reifen, ein hemmungslos kläffender freilaufender Hund, ein durch den Nieselregen brüllender Nachbar – die Anwohner des Weinbergwegs werden schon ruhigere Nächte verbracht haben.

»Da vorne rechts und dann geradeaus«, sage ich.

Robert Klotzky nickt. Im einschläfernden Takt der Scheibenwischer fahren wir schweigend durch die leeren Straßen. An einer Baustellenampel ist so lange rot, dass Robert schließlich den Motor ausstellt.

»Das dauert hier immer so ewig«, sage ich.

»Mhm.«

»Ich kann auch aussteigen und den Rest laufen, ist nicht mehr weit.«

»Nein.«

Wir sitzen nebeneinander und betrachten die rote Ampel.

»Tut's noch weh?« Er deutet auf mein Knie.

»Kaum. Es pulsiert irgendwie ein bisschen.«

»Ja. Ist glaub ich normal. Gibt einen blauen Fleck.«

»Und was macht der Kopf?«

Er greift sich an die Schläfe. »Pulsiert auch ein bisschen.«

Ich überlege, was ich noch sagen könnte. Mir fällt nichts ein. Wir sitzen stumm da und pulsieren.

»Eigentlich könnte man auch einfach fahren«, sagt Robert schließlich, »es kommt ja kein einziges Auto entgegen.«

»Ja.«

»Aber am Ende sieht's einer und zeigt mich an, weil ich bei Rot gefahren bin.«

»Wird bestimmt gleich grün.«

»Ich brauch meinen Führerschein, das wär doof, wenn der weg wär.«

»Ja.« Die Ampel bleibt rot.

»Wohnst du in Frankfurt?«

»Ja.«

»Und morgen geht's auf Lesereise nach Berlin?«

»Ja, erst ans Steinhuder Meer, da ist ein Krimi-Festival. ›Frohes Morden im Norden‹ oder so. Und dann Hannover und Berlin und wieder zurück.«

»Am Steinhuder Meer war ich mal, vor drei Jahren oder so.« Was für ein sinnvoller Gesprächsbeitrag, denke ich, das interessiert ihn bestimmt brennend, dass ich mal am Steinhuder Meer war.

»Und, wie ist es da so?«

»Ziemlich langweilig.«

»Aha.«

Es war damals die Idee von Jonas, für fünf Tage auf einen Campingplatz am Steinhuder Meer zu fahren. Geblieben sind nur ungute Erinnerungen an endlose Schilfwanderungen durch geschützte Gebiete, in denen angeblich seltene Tiere wohnten, die man aber nie sah, Rohrdommeln und Schnepfen und gefährdete Eulen. Die Wanderungen erfolgten im Dauerregen, nachmittags zurück ins feuchte Zelt. Neben uns ein Wohnmobil von Rentnern aus Oberbayern, die hatten klerikale Laubsägearbeiten in ihren Wohnmobilfenstern aufgehängt, fein säuberlich ausgesägte Kreuze und Tabernakel und Papst-Silhouetten.

Nicht weit vom Campingplatz, am Seeufer, lag ein plüschiges Café, in dem es wenigstens trocken gewesen wäre, aber Jonas meinte, nur Omas würden tagelang in Cafés herumsitzen, das sei Geldverschwendung, und man bräuchte ja nicht extra ans Steinhuder Meer fahren, um dann dort ins Café zu gehen.

Stattdessen machten wir mit einem Touristenkutter eine Seeüberquerung hin zu einer steinernen Insel, die man aufgrund des Regens und des Nebels vom Kutter aus kaum sehen konnte. Auf der Insel war eine Festung mit Kanonenkugelmuseum oder etwas in der Art, in den dunklen Räumen hingen Wappen und Lanzen und Streitäxte herum. Da es bis zur Rückfahrt des Kutters drei Stunden zu überbrücken gab, saßen wir letztlich im plüschigen Café des Kanonenkugelmuseums, zusammen mit mehreren Dutzend Omas.

»Da gibt's eine Insel mit einem Kanonenkugelmuseum oder so«, sage ich, »sonst weiß ich nichts mehr vom Steinhuder Meer.«

»Interessant. Schau ich mir an.«

»So interessant war das nicht.«

»Kanonenkugelmuseum. Klingt hochinteressant.«

»Das war kein Kanonenkugelmuseum, das war so eine Festung mit Verteidigungskram.«

»In jeder Stadt, in der ich bin, schau ich mir als Allererstes das Kanonenkugelmuseum an.«

Ich grinse.

Die Ampel springt auf Grün.

»Da vorne rechts, und dann kannst du mich an der nächsten Abzweigung rauslassen.«

»Wenn eine Stadt kein Kanonenkugelmuseum hat, fahr ich gar nicht erst hin!«

»Ich geb dir keine Ausflugstipps mehr, wenn man nicht ernst genommen wird.«

»Ich nehme das todernst.«

»Hier kannst du halten, stopp!« Ich öffne die Tür. »Danke fürs Fahren.«

»Ich schick dir ne Postkarte von der Insel!«

»Ja, klar!« Ich klettere aus dem Auto, weiß nicht, wie oder ob ich mich jetzt noch irgendwie verabschieden sollte, gehe daher leicht in die Knie und winke zum Abschluss unbeholfen ins Wageninnere. Robert Klotzky scheint auch unschlüssig, streckt sich dann in meine Richtung, greift meine rechte, winkende Hand und schüttelt sie. »Also dann, tschüss!«

»Tschüss, gute Nacht!« Ich schlage die Tür zu und gehe nach Hause.

Kapitel 6

ICH LIEGE AUF dem Bauch im Bett. Ich bin ein achthundert Kilogramm schwerer Kammerlander-Hinkelstein, unwillig, sich zu bewegen, und selbst wenn der Wille dazu da wäre, fehlte die Fähigkeit. Ein Hinkelstein kann sich nicht aufrichten oder umdrehen oder sonst wie die Position verändern, es sei denn, er wird von einem Kran bewegt. Es gibt keinen Kran im Zimmer.

Jonas ist schon lange aufgestanden, er steht immer früh auf, angetrieben von einer Energie, zu der ich keinen Zugang habe. Ich höre ihn nebenan im Wohnzimmer rumoren und zweimal husten, irgendetwas klappert und raschelt, ein Stuhl wird an den Esstisch geschoben, der neben dem Balkonfenster steht. Der vitale Geräuschpegel macht mich nur noch träger. Jetzt schaltet er auch noch das Radio ein, gedämpft ist die euphorisierte Stimme einer Gute-Laune-Moderatorin zu hören, die bestimmt seit vier Uhr dreißig fit und aufgekratzt vor dem Mikrofon sitzt, zum Glück ist nichts von ihrem mit einem Techno-Beat unterlegten Singsang zu verstehen. Der Sprachmelodie zufolge sagt sie bestimmt etwas wie »Juhu, endlich Wochenende, na, ihr Lieben da draußen, seid ihr grad schön am Brunchen? Oder plant ihr einen gemütlichen Shopping-Nachmittag in der Stadt? Ruft an und verratet uns, was ihr so macht an diesem chilligen

Herbstsamstag! Auch wenn sich heute die Sonne nicht blicken lässt bei uns, wir lassen uns die Laune nicht verderben, oder?«

Man hört wieder Stühlerücken, dann geht die gutgelaunte Moderatorin mitten im Redefluss in einen vielstimmigen Kirchenchor über, ein kurzes Krachen, dann erklingt der Refrain von »Highway to Hell«, hierauf einige Sekunden eines überaus leisen Klavierkonzerts, da hat Jonas wohl gerade eine andächtige Passage erwischt, er dreht weiter zum nächsten Sender, woraufhin etwa eine Minute lang monotone Ziehharmonika- und Zitherklänge ertönen, noch dazu mit besserwisserisch dahergeblöktem Dialektgesang, wahrscheinlich irgendwelche humorigen bayerischen Gstanzl-Sänger, deren Auftritt vom Sender aufgrund übertriebener Heimat- und Brauchtumspflege mitgeschnitten wurde. Jonas scheint nicht zufrieden zu sein mit dem Musikangebot im Radio, auch die Gstanzl-Sänger werden abgewürgt, zuvor erwischt er aber versehentlich den Lautstärkeregler, so dass kurz ohrenbetäubend laut Applaus aufbrandet, dann dröhnt eine gutturale Moderatorenstimme aus dem Apparat, »Des woar der Schnaderhüpfl-Landser, live aufgenommen im …«, dann hat Jonas den Aus-Knopf gefunden, und es kehrt wieder Stille ein.

Meine Wimpern kleben zusammen, ich habe mich nicht abgeschminkt gestern, sondern bin gleich ins Bett gefallen. Immer abschminken, egal was passiert, immer, immer abschminken, das ist das Wichtigste, was eine Frau beachten muss. Auch ein missratener Tag kann dadurch gerettet werden, dass man sich zumindest abends abschminkt. Wenn man auch nur einmal vergisst, sich abzuschminken, braucht man sich nicht zu wundern, wenn man mit dreißig aussieht wie vierzig und mit vierzig wie fünfzig, und zwar dauerhaft, und noch dazu entstehen multiple Wimpernbrüche, weil die getuschten Wimpern nachts am Kopfkissen abbrechen wie trockene Äste. Ich reibe mir die Augen. Wimpern scheinen noch vorhanden zu sein.

Ich muss daran denken, wie Jonas, Inga, Borke und ich im letzten Herbst im Spessart wandern waren. Wahrscheinlich war es Ingas Idee gewesen, so eine Zurück-zur-Natur-wir-müssen-nicht-immer-Materielles-konsumieren-um-Spaß-zu-haben-Unternehmung. Jonas und Borke machten Geocaching mit ihren Smartphones. Obwohl das heute eine normale Freizeitbeschäftigung zu sein scheint und die Leute davon erzählen, als sei es nicht komplizierter als ins Schwimmbad zu gehen oder fernzusehen, kapiere ich nach wie vor nicht, worum es dabei genau geht. Jedenfalls liefen wir stundenlang hinter den Männern her, die auf ihre Smartphones schauten und GPS-Daten abglichen, um sich schließlich kurz vor Einbruch der Dunkelheit irgendwelchen Wurzeln hinter einem Wegweiser zu nähern, wo sie dann eine Tupperdose fanden. Großes Hallo und Hurra.

In der Tupperdose waren ein Notizbuch, eine Haarklammer, eine Streichholzschachtel, ein Radiergummi und zwei marokkanische Dirham-Münzen. Der Inhalt der Dose sei aber egal, erklärte Borke, es gehe ausschließlich um den Fund an sich, und sie müssten sich jetzt noch ins Logbuch eintragen, als Beweis, dass sie es entdeckt hätten.

In dem Moment rollte auf dem geschotterten Waldweg ein dunkelgrüner Pick-up langsam an uns vorbei. Hinten auf der offenen Ladefläche saßen zwei Männer, gekleidet im Grünton des Fahrzeugs, die uns einen grimmigen Gruß zunickten. Zwischen ihnen lag eine tote, noch dampfende Hirschkuh mit wunderschönem, braunrotem Fell, deren Zunge schlaff und würdelos aus dem Maul hing. Am schlimmsten war der Anblick ihrer Augäpfel, die blutunterlaufen, vollkommen verdreht und unnatürlich weit aus den Höhlen herausgetreten waren, so dass die Hirschkuh mit einem komplett irren Todesblick ein letztes Mal in den Wald starrte, durch den sie eben noch friedlich und ahnungslos gestreift war. Sie sah aus, als könne sie es schlichtweg nicht fassen, dass sie jetzt daraus als Kadaver abtransportiert wurde, um in Kürze in einer Spessart-Ausflugsgaststätte, zu Wildgulasch zerhackt und mit Bier und Spessarträuberschnaps hinuntergespült, im Gedärm von übergewichtigen Hanauer, Aschaffenburger oder Würzburger Rentnern zu enden. Ich muss an die Hirschkuh denken, weil ich mich gerade auch so fühle, als würden mir die Augen aus den Höhlen treten, es pocht und drückt von innen dagegen.

Ich könnte einen Ratgeber schreiben, denke ich, gerade ist mir ein guter Titel eingefallen: »Aufstehen, wozu? – Ein Handbuch für Menschen, die zu lange im Bett liegen.« Allerdings müsste ich mich dafür zunächst einmal selbst zum Aufstehen motivieren und mich an den Schreibtisch setzen.

Ich schlurfe halbblind ins Bad, wasche mich mit kaltem Wasser und entwirre die mir verbliebenen Wimpern. Mit Befremden registriere ich, dass in den weißen Handseife-Klotz ein Haar eingewachsen ist. Stammt es von Jonas oder mir? Ist es von einem von uns abgefallen und wird nun bei jeder Seifenbenutzung tiefer in den Klotz hineingewaschen? Oder handelt es sich um ein

Fremdhaar, das bei der Produktion der Seife hineingeraten ist und das wir nun nach und nach zum Vorschein waschen? Etwas zum Vorschein waschen, gibt es diese Redewendung?

»Morgen«, nuschele ich, als ich zu Jonas ins Wohnzimmer gehe. Er blickt auf, äußert einen unbestimmten Brummlaut und tätschelt mir den Hintern, als ich an ihm vorbei zur Küchenzeile gehe. Wir kommunizieren wie zwei Tiere, denke ich, die sich gegenseitig in ihrem Revier dulden und sich ab und zu ihrer friedlichen Absichten vergewissern müssen.

Die Kaffeemaschine setzt sich folgsam in Gang, ohne eine baldige Entkalkung einzufordern. Jonas studiert den Immobilienteil der Zeitung, die er zu diesem Zweck immer samstags kauft, der komplette Esstisch ist mit seinen Eigenheim-Zeitschriften und Broschüren bedeckt, bestimmt hat er etliche neue Prospekte gestern von seinem Musterhaus-Ausflug mitgebracht. Jonas stützt schweigend den Kopf in die Hände, kaut auf einem gelben Textmarker herum und sieht aus, als brüte er über einer unlösbaren Prüfungsaufgabe, eine Minute vor Abgabeschluss.

»Wie war's gestern?«, frage ich ihn.

»Hm?«

»Auf der Langen Nacht der Musterhäuser.«

»Ach, nix Besonderes. War langweilig.«

»Aha.«

Ich trinke im Stehen ein großes Glas Leitungswasser. Jonas markiert mit entschlossenem Strich vier Zeilen in der Zeitung.

»Maisonette-Wohnung mit unverbaubarem Blick in die Main-Ebene«, liest er vor. »Zwei Stellplätze, hundert

Quadratmeter, großzügiger Garten, kann man sich vielleicht mal anschauen.«

»Hm«, sage ich und trinke noch ein Glas Wasser.

»Hundert Quadratmeter. Ist vielleicht ein bisschen zu klein.«

»Hm.«

»Andererseits ist das Verkauf von Privat, da spart man sich die Maklergebühr.«

»Ja.«

»Machst du mir auch nen Kaffee bitte? Milch hab ich hier aufm Tisch.«

Ich bin immer wieder überrascht, dass Jonas offensichtlich über die Fähigkeit der bewussten Ereignisausblendung verfügt. Von sich aus wird er unseren gestrigen Streit nie mehr erwähnen. Er wird mich nicht fragen, wie es bei »Heinrich, still und leise« war, und auch über die Musterhausnacht will er nicht sprechen.

Die Meinungsverschiedenheiten und Machtkämpfe von gestern sind für ihn irrelevant. Bei Jonas ist jeder Tag ein emotionaler Neustart.

»Jetzt erzähl doch mal von gestern.« Ich setze mich ihm gegenüber und stelle beide Tassen auf den Tisch.

»Es war doof, es gibt nix zu erzählen. Da waren halt so Musterhäuser, die konnte man sich anschauen. Aber dann braucht man auch erst mal einen Bauplatz, ich glaub, es ist einfacher, was Fertiges zu kaufen.« Er schüttet sich Milch in den Kaffee und schaut mich kurz mit einem Blick an, den ich nicht genau deuten kann. Das ist mehr als ungewöhnlich. Jonas ist sehr leicht zu deuten, weil es meistens nichts zu deuten gibt, jetzt aber liegt für einen Sekundenbruchteil etwas in seinem Blick, das man vorwurfsvolles Schuldbewusstsein nennen könnte, eine seltsame Mischung, als hätte er aus irgendeinem Grund ein schlechtes Gewissen, wofür er jedoch mich verantwortlich macht. Er schaut schnell wieder nach unten in seine Zeitung und pustet übertrieben in seinen Kaffee, der keineswegs so heiß ist, dass man ihn abkühlen müsste.

Ich weiß sofort, dass er mir etwas verheimlicht.

»Und wie hat's Inga und Borke gefallen?«

Er zuckt mit den Schultern. »Waren auch nicht so begeistert. Ich soll dich grüßen.«

»Waren sie sauer, dass ich nicht mit war?«

»Nee.«

»Ich seh sie ja dann übernächsten Sonntag.«

»Hm? Was ist da?«

»Ingas Geburtstag. Da macht sie doch den Geburtstagsbrunch.«

»Ach so. Ja.«

»Habt ihr da nicht drüber gesprochen? Den plant sie seit Wochen und versucht, vegane Muffins zu backen, die nicht scheiße schmecken. Die redet doch über nichts anderes.«

»Ja.«

»Hat sie's inzwischen geschafft?«

Er schreckt auf. »Was?«

»Ein veganes Muffinrezept zu finden, wo das Ergebnis nicht scheiße schmeckt.«

»Keine Ahnung.«

»Und wie geht's Borke? Ist er wieder dicker geworden?«

»Hm. Ja, bisschen dicker vielleicht.«

Inga und Borke sind ein ungleiches Paar. Inga ist so alt wie ich und wird aufgrund strebsam durchgeführter

Darmreinigungen, Entschlackungsdiäten und buddhistischer Niederwerfungspraktiken immer dünner und sehniger, Borke ist achtzehn Jahre älter und wird aufgrund konsequent übermäßiger Nahrungs- und Rotweinaufnahme immer dicker, rotgesichtiger und verschlackter.

»Und was macht sein Knie?«

»Hm?«

»Der Kreuzbandriss, von seinem Sturz über den Blumenkübel, hat er noch die Bandage?«

»Humpelt noch. Aber geht bisschen besser.«

»Also siehst du ihn heute nicht beim Training?«

»Nee.«

In der Bemühung, ihrem Freund zu Fettverlust zu verhelfen, hat Inga vor einigen Monaten Borke dazu animiert, immer samstags mit Jonas ins Fitnessstudio zu gehen. Sie nehmen dort an einem Crossfit-Kurs speziell für Männer teil. Was ich von diesem Training höre, klingt ziemlich ungesund, anscheinend verausgaben sie sich dort in einer Art Gewichthebe-Zirkeltraining bis zur totalen Erschöpfung und werden dabei noch von Techno-Musik und motivierendem Geschrei an den Rand des Herzinfarkts gepeitscht.

Borke und Jonas sind vollkommen begeistert von diesem brachialen Hochintensitäts-Workout, während Inga sich schon nach wenigen Wochen beschwerte, Borke würde davon noch dicker und aufgedunsener werden, da er vom Hantelstemmen und Bankdrücken jetzt zusätzlich noch einen prallen Arsch, breite Oberschenkel und Arme bekäme, ohne dass aber sein Bauchumfang zurückgehe.

Sie versuchte daraufhin, ihn zum regelmäßigen Joggen zu motivieren, zumal Borke sich mit seinen Sparkassen-Arbeitskollegen bei einem Firmen-Benefizlauf in Frankfurt angemeldet hatte. Der Seniorensportler Borke behauptete jedoch, das Crossfit-Workout verleihe ihm so eine exzellente Kondition, dass er die sechs Kilometer problemlos werde bewältigen können, ohne zuvor auch nur einen Meter zu Trainingszwecken gejoggt sein zu müssen.

Den Beweis seiner Theorie konnte er nie antreten, da er kurz vor dem Startschuss unaufgewärmt und in unerklärlichem Übermut über einen am Straßenrand aufgestellten Blumenkübel hüpfte, hängen blieb, auf den Asphalt knallte und mit Kreuzbandriss ins Krankenhaus kam.

Jonas liest schweigend einen Zeitungsartikel mit der Überschrift »Kostenfalle Passivhaus – Was Bauherren unbedingt beachten sollten«. Seine Sporttasche fürs Fitnessstudio steht fertig gepackt im Flur.

»Wann fährst du ins Studio?«

»Gleich, um drei Uhr geht ja Crossfit los.«

»Ist es schon so spät?«

»Du hast ewig geschlafen«, sagt Jonas in bemüht neutralem Tonfall. Ich weiß, dass er dem Übel der Langschläferei misstrauisch gegenübersteht. In seiner Familie springen alle um sechs Uhr morgens aus den Betten und beginnen übergangslos zu frühstücken, Hunde auszuführen und Holz zu hacken. Wer länger im Bett liegt, ist höchstwahrscheinlich Alkoholiker, depressiv oder einfach nur faul. Falls wir uns mal trennen, wird seine Mutter sagen: »Mein Sohn, ich habe es gleich gewusst, sie war eine depressive, faule Alkoholikerin, das hat man damals schon gemerkt, als ihr Weihnachten zu Besuch wart und sie immer noch im Bett gelegen hat, als wir gefrühstückt haben, und als du dann mit Papa und Schnauzi in den Wald bist, um den Weihnachtsbaum zu schlagen, hat sie immer noch geschlafen!«

»Ich bin spät heimgekommen«, sage ich, »ich weiß gar nicht mehr, wie spät es war.« Weil ich eine depressive Alkoholikerin bin, die sich bei »Heinrich, still und leise« nur allzu gerne mit Sekt und Champagner und Doppeltem Fuchs hat abfüllen lassen, ergänze ich in Gedanken das Urteil, das meine künftigen Schwiegereltern über mich fällen würden.

Jonas nickt nur und schiebt mir den Teil der Zeitung hin, den er gerade gelesen hat. »Da ist ein Special über junge Familien drin, ist interessant.« Im Hauptartikel geht es um Ausbauhäuser, »geeignet für tatkräftige Macher-Pärchen, die durch den Einsatz von Muskelhypothek ihr finanzielles Budget schonen können«.

Wir sind alles andere als ein tatkräftiges Macher-Pärchen, denke ich, wir kriegen es noch nicht mal hin, uns über den gestrigen Abend zu unterhalten. Jonas will weder über die Musterhausnacht reden noch etwas von meinen Erlebnissen bei der von ihm vorab verunglimpften Soiree wissen.

»Kennst du eigentlich den Krimiautor Robert Klotzky?«

Jetzt schaut Jonas wenigstens mal auf. »Ja, warum?«

»Der war gestern auch da. Bei der Soiree von Heinrich.«

»Echt? Aha. Ich hab was von dem gelesen, mindestens zwei Bücher, mir fallen die Titel grad nicht ein. Das spielt alles hier in der Region, dem seine Bücher. Ziemlich pervers, aber spannend.«

»Wieso pervers?«

»Na ja, das ist schon … Da wird ziemlich viel gefoltert und Frauen missbraucht und … Eigentlich fand ich's doch nicht so toll. Ganz schön übertrieben und total unrealistisch. Ist schon auch trivialer Schund.«

Jonas windet sich, als wäre es ihm auf einmal peinlich, dass er gerne perverse Thriller liest, dabei hab ich nichts gegen sein Hobby. In der ganzen Wohnung sind seine Bücher verstreut, oft haben sie schwarze Cover mit Blutstropfen auf dem Umschlag, dicke Wälzer, von denen ich manche zu lesen angefangen habe, aber die dort behandelten Themen interessieren mich schlichtweg nicht.

Den letzten Versuch, zur begeisterten Thriller-Leserin zu werden, habe ich mit einem von Jonas als »unheimlich spannend und total realistisch« gepriesenen Machwerk namens »Erbarme dich meiner!« unternommen, geschrieben von einer deutschen Autorin, deren Namen ich vergessen habe, die aber im Klappentext als »Thriller-Queen« und »Meisterin des eiskalten Schauderns« bezeichnet wurde. Schon auf der ersten Seite begegnet man einer Frau, die sich gefesselt auf einer Streckbank windet, und dann hört man Schritte, und der Peiniger kommt zur Tür herein, um weiter zu peinigen, und erst vierhundertsechzig Seiten weiter hinten erfährt man, dass es der nette Kinderpsychiater ist, der die Frauen in sein Verlies gelockt hat, um sich an seiner Mutter zu rächen, die seinerzeit irgendeinen Erziehungsfehler gemacht hat. Am Schluss bringt er noch kurz die Kommissarin in seine Gewalt, die ihn dann aber in seinem eigenen Keller mit einer Wäscheleine erwürgt und das Opfer – die sich nun seit vierhundertneunzig Seiten auf der Streckbank windende Frau – befreit.

Zurzeit liegt auf Jonas' Nachttisch ein amerikanischer Thriller mit dem Titel »Deine Schreie werden verhallen in der Nacht«. Darin geht es um einen Cop, der einen Perversen jagt, der in Wisconsin Frauen in Erdlöchern im Wald versteckt. Der Perverse legt ihnen eine komplizierte Luftzufuhr und fährt weiter durchs Land, um Tramperinnen auf Highway-Tankstellen in sein Auto zu zerren und sie zu Hause dann auch in eines dieser Löcher zu stecken.

Ich kann nicht nachvollziehen, warum man so was liest, aber wenn Jonas und Millionen anderer Menschen ihre Freude an solchen Geschichten haben, will ich sie ihnen nicht verderben. Er liebt auch skandinavische Thriller, in denen stets auf sehr komplizierte Art gemordet wird. Um jemanden umzubringen, greift man in Nordeuropa nicht einfach zum Küchenmesser oder zum Schürhaken, nein, die Mörder bauen komplexe Vorrichtungen, sie rammen meterhohe, oben angespitzte Bambusstäbe in den Boden einer extra ausgehobenen Grube und stoßen die Zielperson dann in den tödlichen Bambusstab-Abgrund. Oder es werden den Opfern Stricknadeln durch die Ohren ins Hirn gebohrt, Augen herausoperiert und die Därme aus dem Bauch gedreht, weil der Mörder oft ins Innere der Leiche gelangen muss, um dort dann in den Bauchraum eine Totenmaske oder Matrjoschka-Puppe einzunähen, um irgendwas zu symbolisieren, und zum Abschluss der Mordzeremonie wird der toten Jungfrau dann noch eine schwarze Nelke in den Mund gelegt, damit die Polizei und der Leser gleich wissen, dass das wieder der Nelkenmörder vom Öresund war, der nun schon fünf Jungfrauen ausgeweidet und für die Spurensicherung und den Leser anschaulich präpariert hat.

Jonas liest solche Bücher abends auf dem Sofa und im Bett, mit völlig unbewegtem Gesichtsausdruck und in friedlich-freundlicher Verfassung, obwohl in seinem

Kopf ja ständig die abscheulichsten Gemetzel verarbeitet werden müssen. Wenn das Buch fertig ist, klappt er es zu und sucht sich ein neues, er kauft die immer nach der Arbeit in Frankfurt in der Bahnhofsbuchhandlung.

Jonas kümmert sich nicht darum, was nach der Lektüre mit diesen Blut- und Folterbüchern geschieht, irgendwie fallen die ausgelesenen Exemplare automatisch in meine Verantwortung, da er sagt, vielleicht wolle ich die irgendwann doch mal lesen, im Urlaub oder so, aber dazu kommt es nie.

Mittlerweile habe ich in Herrn Böhmann einen dankbaren Abnehmer gefunden. Alle paar Wochen bekommt er von mir ein kleines Bücherpaket.

»Ah, sehr gut, ja, so was les ich gern, sehr gern, und meine Frau auch, ja, sehr gut, sehr gut«, sagte er, als ich ihm zum ersten Mal fünf von Jonas' ausgelesenen Krimis in die Redaktion mitgebracht und zaghaft angeboten hatte, »Der Eismörder«, »Die toten Augen von Småland«, »Eisige Vergeltung«, »Das Verderben« und »Einsam schreit die Todeskrähe«.

Um sich für die literarischen Zuwendungen zu revanchieren, gibt er mir ab und zu ein Mittagessen aus, ich sehe das als indirekte Bezahlung für meinen Arbeitsaufwand, Jonas' Bücher außer Haus zu schaffen.

»Und der war auch da gestern, der Klotzky?«

»Ja.«

»Hat der eine Vorlesung gehalten?«

Ich schüttele den Kopf und unterlasse es, ihn darauf hinzuweisen, dass man nicht Vorlesung sagt, Autoren machen Lesungen, aber das weiß Jonas nicht, da er noch nie auf einer Lesung war.

»Der war nur als Gast da, das ist wohl ein Bekannter

vom Heinrich.« Was eigentlich nicht stimmt, denn er ist wohl eher ein Bekannter des verstorbenen Kulturpreisträgers Lenz Kammerlander, mit dessen Witwe, der Elfenkünstlerin Hermine, nun Heinrich zusammen ist, was jetzt aber zu kompliziert zu erklären wäre, zumal es sich bei Hermine um die Zweitplatzierte des unsäglichen Lyrikwettbewerbs handelt. Sobald Jonas diesen Zusammenhang begreift, wäre sein Urteil über Heinrich Waldemar Ertel und dessen als Mentorentätigkeit getarntes Lustmolchverhalten nur noch mehr zementiert.

»Aber es gab andere Lesungen, ziemlich kuriose Sachen, so ein Ritter-Autor, der hat im Kettenhemd und mit Schwert in der Hand gelesen.«

»Mhm.«

»Aber der ist ganz nett, der Klotzky.«

»Mhm.«

»Der hat mich dann noch heimgefahren.«

»Okay.«

»Es hat ja geregnet, sonst hätte ich im Regen heimlaufen müssen.«

»Mhm.«

»Er musste eh in die Richtung.«

»Okay.« Jonas ist mit den Gedanken weit weg, das merke ich spätestens jetzt, denn dass Robert Klotzky mich heimgefahren hat, müsste sein Eifersuchtsverhalten in Gang setzen. Aber anscheinend hat er gerade ganz andere Probleme, als sich den Kopf darüber zu zerbrechen, dass seine Freundin sich mitten in der Nacht zu einem wildfremden Mann und Schöpfer pervers-trivialer Schundliteratur ins Auto setzt.

»Jonas, was ist los?«

»Was soll denn los sein?«

»Du bist so komisch.«

»Ich bin überhaupt nicht komisch.«

»Doch, du hast was.«

»Nein.«

»Bist du immer noch sauer, dass ich gestern nicht mit bin zu der Musterhaus-Nacht?«

»Nein.«

»Was ist es dann?«

»Gar nix!« Er sieht mich jetzt flehentlich drohend an. Wenn ich noch einmal nachfrage, wird er sich nicht mehr verteidigen, sondern angreifen.

»Du bist total komisch, warum sagst du nicht, was los ist?«

Wie erwartet folgt ein mit lauter Stimme vorgetragener Wutausbruch.

»Gar nichts ist los, ich muss die ganze Woche arbeiten, ich hab echt Stress, weißt du, wie viele Präsentationen ich in den letzten Tagen hatte? Ich steh unter Hochspannung! Die ganze Zeit! Und dann noch abends Häuser angucken und planen und Angebote vergleichen! Du bist mir da keine große Hilfe, um es vorsichtig auszudrücken, und dann werd ich noch am Wochenende verhört, warum ich angeblich so komisch bin! Nachdem du deinen Rausch ausgeschlafen hast, kriechst du aus dem Bett und fragst mich, warum ich so komisch bin! Nachdem du dich die ganze Nacht mit deinen Kultur-Heinis amüsiert hast! Ich muss mich doch nicht rechtfertigen, dass ich wenigstens am Wochenende mal meine Ruhe haben will! Ich geh jetzt zum Training!« Er steht auf, schnappt sich im Flur seine Sporttasche, rammt die Füße in seine Turnschuhe und reißt den Autoschlüssel vom Haken neben der Eingangstür.

Ich folge ihm in den Flur. »Es geht um was ganz anderes, du gehst zum Angriff über, so wie du das immer machst, wenn du dich in die Enge getrieben fühlst!«

»Lass mich in Ruhe!«

»Genau das meine ich!«

»Ihr könnt mir alle mal den Buckel runterrutschen!«, ruft Jonas und reißt die Tür auf, »alle miteinander könnt ihr mir den Buckel runterrutschen!«

Vor der Haustür stehen unsere Nachbarn von oben, der dicke Udo und die dicke Silke, beide um die fünfzig. Sie tragen blaue Partner-Hausanzüge aus Frottee und sehen uns verschreckt an.

»Entschuldigung, wir wollten grade bei euch klingeln«, sagt Udo. »Wir haben gestern ein Paket für euch angenommen.« Ich sehe Jonas gebückt und im Rückwärtsgang ein offensichtlich recht schweres Paket zu uns in den Flur schleifen.

»Danke«, rufe ich den beiden zu, während Jonas sich mit hochrotem Kopf aufrichtet. Diese Nachbarschaftspeinlichkeit wird ihm während des ganzen Crossfit-Workouts zu schaffen machen, denke ich, denn er ist immer tunlichst darauf bedacht, ein korrektes und souveränes Bild abzugeben gegenüber dem von ihm zutiefst verabscheuten Nachbarspärchen, das er meistens nur als »die Vollidioten« bezeichnet. Seine Ablehnung basiert zum Großteil auf einem Parkplatzkonflikt, den er seit Jahren mit Udo und Silke am Schwelen hält. Dass die »Vollidioten«, mit denen er sich in einem stummen, aber erbitterten Kampf um den Parkplatz direkt vor der Haustür befindet, nun unser Geschrei im Flur mitgehört haben, passt ihm ganz und gar nicht.

»Blödes Wetter heute, oder?«, sagt Silke und hakt sich bei Udo ein.

»Ja, ist halt Herbst«, sage ich.

»Kann man nix machen«, sagt Udo. »Dann wollen wir mal wieder, oder, Mausi?«

»Danke fürs Paket-Annehmen«, sage ich. Jonas steht versteinert im Türrahmen.

»Ach ja, wenn wir schon mal da sind, können wir es ihnen ja sagen, oder, Mausi?«

Jonas horcht auf, wahrscheinlich hofft er, dass sie nun ihren Auszug zum Monatsende verkünden, aber Silke nickt dem Mann, der sie Mausi nennt, freundlich zu und sagt dann: »Ja, wir fliegen nämlich nächste Woche in den Oman.«

Aha, denke ich, Udo und Silke fliegen in den Oman, die Leute kommen wirklich auf seltsame Ideen.

»Macht ihr Urlaub?«, frage ich überflüssigerweise.

»Ja, zwei Wochen lang, mit Wüstendurchquerung im Jeep, aber auch bisschen Bade- und Schnorchelurlaub. Dass man mal dem blöden Wetter hier entflieht, gell. Und deshalb wollten wir fragen, ob ihr dann bitte unsere Altpapiertonne rausstellen könnt und die Biotonne auch.«

»Ja, klar, mach ich.«

»Wir haben immer so viel Altpapier«, sagt Udo, »das wär supernett, wenn ihr unsere Tonne rausstellen könnt. Und die Biotonne. Restmüll ist auch, wenn wir weg sind, aber die braucht ihr nicht rausstellen, die ist noch nicht voll.«

»Kein Problem«, sage ich.

Udo und Silke bedanken sich übertrieben ausführlich für mein Entgegenkommen, als sei ihnen bewusst, dass ich ihnen die erbetene Mülltonnen-Hilfe in Hinblick auf den Parkplatzkrieg, den sie mit meinem Mitbewohner führen, durchaus auch hätte verweigern können.

Arm in Arm gehen sie dann die Treppe hinauf zu ihrer Wohnung, Udo streichelt der Mausi dabei sogar über die Backe, bestimmt setzen sie sich jetzt in trauter Eintracht auf ihr Sofa, essen Schnittchen und schauen sich einen Oman-Bildband an, während unter ihnen das komplizierte Akademikerpärchen weiter seine zermürbenden Beziehungsprobleme durch die Wohnung schreit.

»Das ist schon wieder ein Paket von meiner Mutter.« Jonas deutet auf die eben von Udo und Silke zugestellte Lieferung. »Kannst es gern aufmachen, wenn du willst, ich muss jetzt zum Training.«

Er verschwindet. Um die Pakete seiner Mutter soll er sich selbst kümmern, beschließe ich und schiebe den schweren Karton an die Wand, damit er nicht den kompletten Flur blockiert.

Kurz danach verlasse ich auch das Haus. Mein Crossfit-Workout besteht darin, dass ich ab und zu durch ein paar Nebenstraßen und dann über einen Wurzelpfad hinunter zum Main spazieren gehe. Das »blöde Wetter«, dem Udo und Silke bald in Richtung Sultanat Oman entfliehen werden, besteht aus einer trüben grauen Wolkendecke, die über der Stadt liegt.

Als ich um die Ecke biege, an der mich gestern Nacht der Schund-Autor hat aussteigen lassen, sehe ich Jonas' Auto auf der gegenüberliegenden Seite am Straßenrand parken. Was soll das? Angeblich hatte er es doch so eilig, zum Fitnessstudio zu kommen. Sein Verhalten wird mir immer rätselhafter, zumal ich sehen kann, dass er im Auto sitzt und telefoniert. Ich bleibe halb hinter einer ausufernden Kirschlorbeerhecke stehen und schaue zu ihm hinüber. Wieso fährt er fünfzig Meter um die nächste Häuserecke, um dort zu parken und zu telefonieren? Von schräg hinten kann ich sein Gesicht nicht richtig sehen, aber er scheint besorgt und nachdrücklich auf jemanden einzureden. Nach etwa zwei Minuten legt er das Handy zur Seite, es folgen einige Sekunden reglosen Verharrens, dann schlägt er mit der rechten Hand heftig aufs Lenkrad. Kurz darauf dreht er den Zündschlüssel um und fährt los.

Während ich durch die Kleinstadtstraßen in Richtung Fluss laufe, gehen mir mögliche Erklärungen durch den Kopf. Vielleicht ist er gestern auf der Musterhausnacht einem findigen Verkäufer in die Hände geraten, der ihn dazu überredet hat, irgendwo zu unterschreiben, wodurch Jonas ungewollt ein Musterhaus für 800 000 Euro erworben hat. Jetzt versucht er, den Kaufvertrag telefonisch rückgängig zu machen. Oder vielleicht wurde er schon vor Wochen entlassen, traut sich aber aufgrund des bevorstehenden Eigenheimkaufs nicht, es mir zu sagen, und versucht, seine Chefs durch Bitten und Flehen umzustimmen. Vielleicht hat er eine Affäre, die ihm über den Kopf wächst. Wenn, dann bestimmt mit dieser BWL-Tussi Ewelina, von der er manchmal erzählt, die sitzt seit einem halben Jahr neu im Controlling und hat ständig Probleme mit ihren Einlogg-Daten und dem Intranet und ihren Excel-Tabellen, was sie womöglich nur vortäuscht, um den IT-Spezialisten Jonas in ihr Büro zu lotsen. Ich habe sie in Facebook gestalkt, daher weiß ich, dass sie vierundzwanzig ist, aus Krakau stammt, in München BWL studiert hat und blondiertes, stets offen wallendes Haar hat und affige French-Look-Kunstnägel trägt. Neulich hatten Jonas und sie auch irgendeine Powerpoint-Präsentation zusammen, über die Verzahnung von Online-Tools und Multifaktormodellen oder was weiß ich, jedenfalls war es offenbar nötig, diese Präsentation abends nach der Arbeit bei einem Bio-Koreaner in Frankfurt »nachzubesprechen«, weil Ewelina ja so gewissenhaft und lernbegierig sei, was den Workflow betreffe.

Es wäre also durchaus möglich, denke ich, dass er was mit der lernbegierigen polnischen Jung-Controllerin am Laufen hat, die jetzt auf einmal Ansprüche auf eine Funktion als Erstfrau stellt und sich nicht mehr damit begnügt, eine Nebenrolle in seinem Multifaktormodell zu spielen.

Vielleicht hat aber auch einfach, gerade als er losfahren wollte, seine Mutter angerufen, die wissen wollte, ob ihr Paket angekommen ist, und ihn bei dieser Gelegenheit darauf hingewiesen hat, dass Jonas als ihr einziges Kind die Verantwortung dafür trägt, ob sie in ihrem Leben noch die Freuden des Großmutterdaseins kosten darf oder nicht.

Auch das wäre möglich. Was den Enkel-Drang angeht, stehen Jonas' Eltern meinen in nichts nach.

Ich gehe den Main-Radweg entlang, ohne weiter über irgendetwas nachzudenken. Ich gehe und atme. Gehe und atme. Zwei Labrador-Besitzerinnen kommen mir entgegen. Die Hunde tragen blinkende Leuchthalsbänder, obwohl es noch gar nicht dunkel ist, und traben, die Nasen am Boden, direkt am Flussufer entlang.

»Wir dachten ja erst, er hätte einen Zehen-Tumor, aber dann war es zum Glück nur eine Nagelbett-Entzündung«, höre ich die eine Frau im Vorbeigehen sagen. »Man kann auch auf drei Beinen laufen«, sagt die andere, »zur Not geht das, es wäre halt eine Umstellung für ihn gewesen. Aber es ist schon besser, wenn man nichts amputieren muss. Frisst er denn wieder normal?«

Die Antwort ist nicht mehr zu verstehen.

Auf dem Rückweg ist es dämmrig. Der Wurzelpfad, den ich entlanggehe, um vom Main aus wieder in unsere Siedlung zu kommen, führt am Rande eines Miniwäldchens vorbei. Mitten auf dem Weg liegt ein brauner Klumpen, den ich von weitem für einen Hundehaufen halte, vielleicht soeben von dem Labrador abgesetzt, der knapp einer Bein-Amputation entging. Beim Näherkommen sehe ich aber, dass es eine dicke Kröte ist, die da hockt.

»Hallo«, sage ich und gehe in die Knie. »Bist du noch nicht in deinem Winterloch? Ihr vergrabt euch doch in der Erde, wenn's kalt wird, hab ich gedacht.« Die Kröte bewegt sich nicht. Ich streichle mit dem Zeigefinger ihren knubbeligen, kalten Rücken. »Ich setz dich in den Wald, hier wirst du doch totgetreten.« Ich verharre in der Hocke und streichle die Kröte, von den Zweigen über uns tropft es mir ab und zu in den Nacken.

Tiere, die keinen Laut von sich geben und sich nicht bewegen, sind mir sehr sympathisch, die Kröte ist zum Beispiel so ziemlich das Gegenteil von Heinrichs nervösem Köter. Ich kauere noch eine ganze Weile auf dem Weg, bis ich sehe, dass sich vom Mainufer drei Nordic Walkerinnen nähern. Um nicht als sonderbare Person auffällig zu werden, die mit Amphibien spricht, nehme ich die Kröte, richte mich auf, gehe zwei Schritte vom Weg ab und setze sie hinter einem Baum auf ein nasses Stück Moos.

Gut, dass ich hier entlanggegangen bin, denke ich, sonst hätten die unachtsamen Nordic Walkerinnen garantiert die bewegungsfaule Kröte mit einem ihrer Stöcke durchbohrt. Ich bin eine Lebensretterin. Mein Dasein ist sinnvoll. Man soll sich ja an kleinen Sachen erfreuen, an kleinen Erfolgen und Lichtblicken im Alltag, an Gänseblümchen und Vogelgezwitscher, sagen die Motivations-Gurus, sagen die Lifestyle- und Achtsamkeits-Blogger, sagen der Buddha und der Anselm Grün. Ich nehme mich an, wie ich bin. Ich bin einmalig und wertvoll. Ich lasse Vergangenes los und blicke heiter in die Zukunft. Schöne Momente halte ich abends in meinem Dankbarkeitstagebuch fest. Aber alle positiven Gedanken helfen nichts gegen die Unruhe, die mich befallen hat.

Ich müsste Inga anrufen und fragen, wie es auf der Langen Nacht der Musterhäuser war, vielleicht kann sie mir Jonas' seltsames Verhalten erklären. Ich müsste Stellenanzeigen anschauen und Bewerbungen schreiben, wenn ich nicht ewig mit Herrn Böhmann beim Sonntags-Blitz bleiben will. Ich müsste ernsthaft darüber nachdenken, ob ich überhaupt Bewerbungen schreiben oder doch einfach mit Herrn Böhmann beim Sonntags-Blitz bleiben will. Ich müsste mit Jonas reden, dass wir das »Projekt Eigenheim« vielleicht noch mal überdenken sollten. Ich müsste mit ihm reden, wie er sich generell die Zukunft vorstellt. Dazu müsste ich aber erst mal selbst wissen, wie ich mir meine Zukunft vorstelle. Ich müsste mich bei meinen Eltern melden und ihnen mitteilen, dass sie sich ein Haustier oder ein Hobby zulegen sollen, da ich ihre Hoffnung auf Enkel nicht zu erfüllen gedenke. Dazu müsste ich aber erst mal wissen, was ich eigentlich will. Was bleibt, wenn ich die Optionen Haus, Heirat, Kinder und Karriere allesamt ausschlage? Auf einmal scheint ja sogar meine solide Beziehung ins Wanken zu kommen.

Wenn ich all diese mir geradezu auf dem Silbertablett angetragenen Optionen ausschlage, bleibt überhaupt nichts, konstatiere ich düster, ich habe jahrelang umsonst studiert, ich habe einen Job, der mich unterfordert, ich habe kein Talent als Künstlerin, ich habe keinen Drang, Mutter zu werden, ich habe lediglich einen Freund, der mich mit Hausbesichtigungen nervt und im Gegenzug von mir und meiner Verweigerungshaltung so genervt ist, dass er mich mit einer zielstrebigen, zukunftsorientierten Controllerin betrügt, die bestimmt nichts dagegen hätte, nach drei, vier Karrierejahren schwanger zu werden, mit ihm ein schönes Reihenendhaus im Tal der glücklichen Familien zu beziehen, um nach der Babypause wieder voll durchzustarten und als Mutter und Businessfrau eine perfekte Work-Life-Balance zu performen.

Ich komme mir vor wie ein brachliegender Acker, der jahrelang liebevoll gedüngt und gepflegt wurde, und jetzt stehen alle drum herum und wundern sich, dass nichts wächst. Ein Jahr lang werden sie vielleicht noch warten, ob sich etwas tut, aber wenn dann immer noch keine Früchte ihrer Bemühungen sichtbar sind, wird man den Acker planieren und Parkplätze draufmachen. Ich ärgere mich über meine sinnlosen Gedanken. Die Vorstellung, dass die eigene Zukunft einem zubetonierten Acker entspricht, hat noch niemanden weitergebracht.

Ich bin wieder an unserer Wohnung angekommen. Jonas ist noch nicht da. Ich nehme eine Flasche Weißwein aus dem Kühlschrank, stelle sie dann zurück und koche mir eine Kanne Tee, die Teebeutel versprechen einen »Sinnenrausch«. Ich sitze am Küchentisch, draußen ist es mittlerweile stockdunkel. Während der Sinnenrausch zieht, male ich auf einem Blatt Papier herum. Aus Kreisen und Schleifen werden Buchstaben. Nach ein paar Minuten fällt mir auf, dass ich so etwas wie ein Gedicht auf das Papier gekritzelt habe. Ich erschrecke fast, weil ich seit Monaten nichts geschrieben habe und weil ich das Schreiben eben kaum mitbekommen habe.

»Ich habe heute eine traurige Kröte gestreichelt«, steht da.
»Die saß in einem tropfenden Wald.
Irgendwann werd ich dich wiedersehen.
Und ich hoffe
Irgendwann
Ist nicht allzu weit weg
Von ganz bald.«

Der Sinnenrausch schmeckt nach Gummibärchen mit dezenter Note lange getragener Socken.

Kapitel 7

DA ICH IN den nächsten Tagen Jonas, der ja so viel Stress hat und unter Hochspannung steht, einfach in Frieden lasse und ihn nicht mehr auf sein merkwürdiges Verhalten am Tag nach der mysteriösen Musterhausnacht anspreche, beruhigt sich die Lage. Wenn man über eine Sache nicht redet, kann sich daran auch kein Streit entfachen. Dass jeder Paartherapeut über diese Logik nur den Kopf schütteln würde, ist mir bewusst, aber egal.

Auch dass Jonas das Paket von seiner Mutter nicht öffnet, ist mir egal. Am Mittwoch trifft ein weiterer, dick mit Klebeband umwickelter Karton von der Größe einer Umzugskiste ein. Ich wuchte ihn auf das erste Paket im Flur, das von Jonas in der Zwischenzeit schon als Jacken- und Mützenablage missbraucht wurde. Was sich in den mütterlichen Postsendungen befindet, kann ich mir denken und verstehe deshalb Jonas' Öffnungsverweigerung. Zurzeit sind seine Eltern nämlich mit einer umfangreichen Entrümpelungsaktion befasst. Ein wichtiger Teilbereich dieses Vorhabens besteht darin, die Besitztümer ihres einzigen Kindes außer Haus zu schaffen, um neuen Raum für ein Bügelzimmer, eine Einliegerwohnung und eine Kellersauna zu schaffen. Bei unserem letzten Besuch bei ihnen in Fulda im August mussten wir fünf Kartons voller Kinderbücher, Kuscheltiere, Schulhefte,

Foto-Alben, Blockflöten, Zeichenmappen, Steinschleudern, Fußballschuhe, Playmobil- und Lego-Kram mit nach Hause transportieren, die jetzt noch unausgepackt im Wohnzimmer hinter dem Sofa und in der Abstellkammer stehen.

Wenn per Post noch weitere sperrige Kartons eintreffen, wird sich ein Umzug von unserer kleinen Dreizimmerwohnung in ein großzügiges Reihenendhaus schon aus Platzgründen nicht vermeiden lassen. Es wäre von Jonas' Eltern ein Akt des Erbarmens, wenn sie das Kindheitsgerümpel, das sie nicht mehr im Haus haben wollen, einfach entsorgen würden. Stattdessen konfrontieren sie ihren Sohn aufs Beharrlichste mit den abstrusesten Erinnerungsstücken, wohl wissend, dass er damit völlig überfordert ist. Er müsse das alles in Ruhe mal durchsehen und dann entscheiden, was weg könne und was nicht, sagt er, aber ich vermute, es wäre ihm am liebsten, ein neues Haus mit einem großen Keller zu kaufen, so wie das am Freitag besichtigte, und dann alle Kindheitskartons in den gefliesten Kellerraum zu stellen, wo sich kürzlich der von Dorothee geschilderte Nachbarschaftssexskandal abgespielt hat.

Inzwischen sehe ich die Postsendungen auch als eine perfide Art von Jonas' Eltern, Druck auf uns und das zähe Projekt Eigenheim auszuüben. Sie werden uns so lange die Mietwohnung mit Paketen zumüllen, bis wir kapitulieren und umziehen. Für meine Theorie spricht die künstlich heraufbeschworene Dringlichkeit, mit der sie entrümpeln. Der ganze Quatsch hat Jahrzehnte in ihrem Haus gelagert, aber auf einmal ist es nicht mehr möglich zu warten, bis wir das nächste Mal zu Besuch kommen, nein, alles muss jetzt sofort aussortiert, in Kisten verpackt und in Jonas' Verantwortungsbereich geschafft werden, koste es Porto, was es wolle.

Das Material wird ihnen so schnell nicht ausgehen, denn ihr Haus ist riesig und im Grunde ein einziges Jonas-Archiv, das nun nach und nach aufgelöst wird.

Ich ziehe es vor, mich in diesen Konflikt nicht einzumischen, solange im Flur noch ein Durchkommen ist und man beim Aufenthalt in der Wohnung nicht allzu viele Kartons übersteigen muss.

Die Arbeitswoche zieht in beständiger Ereignislosigkeit an mir vorbei. Die größte geistige Herausforderung besteht darin, eine freundlich-konziliante Antwortmail an eine aufgebrachte Sonntags-Blitz-Leserin zu formulieren. Da es sich bei der Leserin um die Chefin des Unternehmens Wasserbetten-Göbel handelt, das immer großformatige Anzeigen schaltet, kommt der Beschwichtigung der Dame immerhin eine gewisse Bedeutung zu. Was die Leserin so erregte, war ein fehlerhaft abgedrucktes Tiramisu-Rezept.

»Hallo Sonntags-Blitz«, schrieb sie an die Redaktion, »seit Jahren sind wir treue Anzeigenkunden Ihres Hauses, und auch lese ich den Sonntags-Blitz privat sehr gern. Besonders schätzenswert finde ich die Rubrik Rezept der Woche. Nun sind mir aber in den letzten Wochen immer häufiger Unregelmäßigkeiten aufgefallen! Das in der heutigen Ausgabe abgedruckte Rezept für Sauerkirschen-Tiramisu hat nun das Fass zum Überlaufen gebracht. Wie kann so etwas sein? Die Sauerkirschen erscheinen in der Überschrift. Auf der Zutatenliste sind aber gar keine Sauerkirschen erwähnt! Bei der Zubereitung sollen sie dann abtropfen und halbiert werden. Sehr rätselhaft! Danach werden die Sauerkirschen zur Seite gestellt und tauchen in der weiteren Anleitung nicht mehr wieder auf! Weiterhin tauchen auf der Zutatenliste 400 Gramm Mascarpone auf, im Rezept gibt es allerdings überhaupt keine Verwendung dafür!

Das alles irritiert mich doch sehr! Gibt es denn niemanden, der Korrektur liest, oder wie kommen derartige Merkwürdigkeiten zustande? Wenn das so weitergeht, überlege ich, ob der Sonntags-Blitz noch ein ernstzunehmendes Forum für unsere Anzeigen darstellt. Zumal die Anzeigenpreise sowieso ständig steigen.

Mit freundlichen Grüßen,

Irmgard Göbel.«

Ich entschuldige mich in meiner Antwort im Namen der Redaktion unterwürfig für derartige Merkwürdigkeiten und schicke der Wasserbetten-Chefin ein Gratis-Exemplar des neuen, in unserem Online-Shop erhältlichen Kochbuchs »Kochen mit dem Sonntags-Blitz – Die besten Rezepte aus zehn Jahren« zu, in der Hoffnung, dass es vor Drucklegung von irgendjemandem Korrektur gelesen wurde.

Neben der Sauerkirschen-Affäre, die ich halbwegs elegant aus der Welt schaffe, womit ich die Redaktion vor Anzeigenverlusten bewahre, besteht mein Erfolgserlebnis der Woche im seligen Gesichtsausdruck von Herrn Böhmann, als ich ihm vier weitere Krimis aus Jonas' unüberschaubaren Beständen überreiche.

»Ach, wie schön, und du willst wirklich kein Geld dafür?«

»Nein, mein Freund hat die alle gelesen, ich bin froh, wenn ich Platz schaffen kann.«

»Ach, wie herrlich!« Er betrachtet die Bücher aufmerksam und liest voller Vorfreude die Klappentexte. »Tod an der Seebrücke – Ein Usedom-Thriller. Spaziergänger sind geschockt, als sie eines Morgens an der Seebrücke in Zinnowitz die an den Füßen aufgehängte Leiche einer … Sehr interessant!« Auch die nächsten Titel, »Die Gehäuteten« und »Denn schreien sollst du bis in alle Ewigkeit« stoßen auf großes Interesse, regelrecht begeistert ist er aber vom dicksten der vier Bücher, das »Der Gliederpuppenmörder« heißt.

»Aha, aha, der Gliederpuppenmörder. Was ist denn eine Gliederpuppe?«, fragt Herr Böhmann.

»Na ja, so eine Puppe, wo man halt die Glieder bewegen kann, glaub ich.«

»Aha, aha, was es alles gibt! Krimi-Debüt des Jahres in Schweden, steht hier! Unter dem Eis des Vättern-Sees wird die verstümmelte Leiche einer jungen Frau entdeckt. Bei der Obduktion macht die Polizei eine grausige Entdeckung: Das Herz der Frau wurde entnommen und an seiner Stelle in den Brustkorb der Toten eine Gliederpuppe eingenäht. Das nehm ich mit in die Rhön, ich fahre übers Wochenende mit meiner Frau in die Rhön, da haben wir eine sehr schöne Lektüre!«

Aus Dankbarkeit und Übermut spendiert er mir daraufhin ein Mittagessen in einem am Bahnhof neu eröffneten Rohkost-Restaurant namens Rauke & Radieschen. Herr Böhmann bestellt eine vegane Rohkostplatte mit dem Namen Arterienputzer, ich den Teller der Hundertjährigen. Danach sind wir so hungrig, dass wir auf dem Rückweg zur Redaktion bei Franzeks Imbiss auf dem Marktplatz noch eine Currywurst mit Pommes essen müssen, um die Löcher zu stopfen, die die kantigen

Karottenstäbchen und scharfen Ingwerknollen uns in die Mägen gerissen haben. Zum Glück hat Franzek viele Kunden zu bedienen und somit keine Zeit, mir weitere Updates zu seinem vom Kulturamt missachteten Steinbildhauersymposium zu geben.

Am Donnerstag treffen zwei weitere Pakete von Jonas' Mutter ein. Ich lasse sie mitten im Flur stehen. Jonas stellt sie, als er abends von der Arbeit kommt, kommentarlos auf die anderen beiden Kisten im Flur, was einen fast zwei Meter hohen Turm ergibt.

Merkwürdig, fast so merkwürdig wie das Verschwinden der Sauerkirschen aus dem Sonntags-Blitz-Rezept, ist ein Brief, der mich am gleichen Tag erreicht. Er stammt von Heinrich. Aus dem Umschlag fallen zwei orangefarbene Kärtchen, bei denen es sich um Gutscheine für eine »Relax-Wellnessmassage im Massagestudio Elfenhand« handelt, sowie ein eng beschriebenes DIN-A4-Blatt. Das Briefpapier ist verhältnismäßig lieblos, denn Heinrich hat einfach auf die Rückseite eines Schreibens gekritzelt, das er von einer Bettfedernreinigung erhalten hat und in dem ihm als Stammkunden zehn Prozent Ermäßigung auf alle in diesem Jahr noch zu tätigenden Bettfedernreinigungen in Aussicht gestellt werden.

Seine Nachricht besteht aus einem verschwurbelten Mischmasch aus Anzüglichkeiten und einem stümperhaft getarnten Erpressungsversuch.

»Liebe Katja,
ich hoffe, du kannst meine Schrift entziffern, man ist ja doch etwas computerisiert in der heutigen Zeit und lässt dem analogen Schriftverkehr nicht mehr viel Bedeutung

zukommen. Anbei sende ich dir zwei Gutscheine für eine Wellness-Massage im Massagestudio Elfenhand! Wie du weißt, betreibt Hermine dieses Studio seit einigen Monaten zusammen mit einer Partnerin im Keller unseres Hauses! Ich hoffe, wir können dir damit eine Freude machen und dich auf diesem Wege einmal wieder in unserem Heim willkommen heißen.
Katja, leider ist unser Kontakt nicht so intensiv, wie ich mir das wünschen würde, das sag ich jetzt einfach mal frei heraus. Das finde ich schade, nicht weil ich mir unbedingt mehr körperliche Nähe wünschen würde in der Art, wie wir sie schon einmal, und leider nur ein einziges Mal, geteilt haben, obwohl, wenn ich ehrlich bin, würde ich mir das schon wünschen, nicht Hermine sagen, haha!
Spaß beiseite, ich bin mir dessen bewusst, dass wir beide anderweitig gebunden sind, und respektiere dies, würde mir aber einen intensiveren künstlerischen Austausch und eventuell auch gemeinsame literarische Projekte wünschen. Umso erfreuter war ich, dass du bei der spannenden Premiere von ›Heinrich, still und leise‹ zugegen warst. Ich möchte dich nicht ganz uneigennützig bitten, den großen Einfluss, den du offenbar auf Robert Klotzky hast, geltend zu machen und ihn zu einer Teilnahme an ›Heinrich, still und leise Volume II‹ zu bewegen. Sieh die Massage-Gutscheine zum einen als Dankeschön, dass du (wie auch immer!) erreicht hast, dass Robert Klotzky bei meiner Premiere bis zum Ende des Abends bei uns blieb, zum anderen sieh sie vielleicht auch als kleinen Ansporn für die Bitte, die ich eben geäußert habe.
Katja: Ich habe übrigens gesehen, dass ihr zusammen im Auto weggefahren seid, behalte dieses Wissen jedoch als Zeichen meiner Diskretion und Freundschaft und im

Hinblick auf deinen Beziehungsstatus vorerst für mich. Ich denke, das ist in deinem Sinne, und du weißt mein Entgegenkommen zu schätzen. Entschuldige meinen etwas wirren Sprachduktus, ich bin in Eile und emotional aufgewühlt. Ich fahre jetzt mit Hermine für zweieinhalb Wochen auf eine Studienreise nach Bali.
Viele liebe Grüße, Heinrich.«

Immerhin weiß ich jetzt, was es mit dem Massagestudio Elfenhand auf sich hat, denke ich, und betrachte unschlüssig die Gutscheine. Über Heinrichs krude Botschaft bin ich eher amüsiert als verärgert. Ich sehe ihn genau vor mir, wie er im Morgenmantel am hölzernen Sekretär des toten Kulturpreisträgers sitzt, kurz auf dem Kuli kaut und dann die Assoziationen seines vom Doppelten Fuchs schon leicht zersetzten Gehirns ungefiltert zu Papier bringt und sich dabei fühlt wie eine nicht unwichtige Nebenfigur in einem Schiller-Drama, die durch das Absenden intriganter Briefbotschaften einen Keil zwischen ein unerwünschtes Liebespaar treibt. Kabale und Liebe am Untermain, so etwas hatte er beim Schreiben bestimmt im Hinterkopf, und Hermine packt derweil die Koffer für die Studienreise nach Bali – was macht eigentlich der Hund in der Zwischenzeit? –, nicht ahnend, dass ihr Lebensgefährte kurz vor dem Abflug in Hofmarschall-von-Kalb-Manier noch einige possierlich-lächerliche Schriftstücke in Umlauf bringt, die eine belanglose Situation mit Wichtigkeit aufladen und eine künstliche Bedrohung heraufbeschwören wollen.

Heinrichs größtes Unglück ist, dass nichts passiert in seiner selbst erschaffenen Künstlerszene. Nichts, worüber man reden, geschweige denn schreiben könnte, keine politischen, künstlerischen oder amourösen Skandale, nur strebsame Ritter-Autoren, vom Schlaganfall niedergestreckte Mundart-Dichterinnen und frustrierte Steinmetze, und daher wird der Sturz eines Autors über eine Hundeschranke oder die Beobachtung, dass zwei Gäste eine Soiree in einem einzigen Auto verlassen, in Heinrichs Fantasie zu einem hochbrisanten Vorgang, der der Auftakt sein möge für eine ganze Reihe weiterer pikanter Entwicklungen, auf dass endlich Leben und Spektakel entstehe im trübe sich dahinschleppenden Alltag.

Um Heinrichs Dramatisierungs- und Erpressungsversuch im Ansatz zu ersticken, zerreiße ich den Brief in übertrieben viele kleine Schnipsel und schiebe sie im Restmüll unter Käserinde und Abschminkpads. Nach kurzem Überlegen leere ich den Mülleimer dann draußen im Hof in der Tonne aus und stelle sicher, dass keiner der Schnipsel sichtbar obenauf liegt. Damit hat Heinrich nun doch einen Zwischensieg errungen, denn genau so hat er sich das sicherlich ausgemalt: dass ich seinen Brief vernichten werde, auf dass die Saat des Bösen nicht aufgehe in meinem trauten Heim.

Aber wenn Jonas das Schreiben in die Hand fiele, würde er mich fragen, was genau unter der »körperlichen Nähe, die wir schon einmal, und leider nur ein einziges Mal, geteilt haben« zu verstehen sei, und diese Frage möchte ich nicht gestellt bekommen. Fast noch peinlicher ist die Behauptung des offenbar großen Einflusses auf Robert Klotzky, wozu ich auch nicht Stellung beziehen möchte, zumal es ausgemachter Unfug und ein Hirngespinst typisch Heinrich'scher Manier ist.

Am nächsten Tag bringt der Postbote ein im Vergleich zu den vorigen Lieferungen geradezu bescheidenes Paket, kaum größer als ein Schuhkarton, Absender ist natürlich Jonas' Mutter, obenauf liegt eine eng beschriebene Postkarte. Im ersten Moment befürchte ich, dass es schon wieder eine Nachricht von Heinrich ist, der mir noch einige Anmerkungen und Ergänzungen zu seinem Erpresserbrief zukommen lassen will. Aber die Schrift ist klein und ordentlich nach rechts geneigt, nicht so fahrig hin und her zuckend wie Heinrichs Buchstabenchaos. Ich, die ich sonst nie handschriftliche Botschaften erhalte, komme mir durch die ständigen Paket- und Briefzustellungen kurzzeitig vor wie eine Landadelige zu Zeiten Franz Kafkas, als viermal am Tag die Post ins Haus kam.

Vorne auf der Ansichtskarte sind ein zu einer Pyramide gestapelter Haufen Kanonenkugeln sowie weitere kleinere Bildchen von grauen Wasserflächen und einer steinernen Festung zu sehen. Ich drehe die Karte um.

Offenbar hat er sich die Straße und die Hausnummer, in der ich verschwunden bin, bei seiner nächtlichen Heimbring-Aktion gemerkt und auch die Postleitzahl korrekt recherchiert, lediglich mein Nachname fehlt und ist im Adressfeld durch zwei schwungvolle Fragezeichen ersetzt.

»Hallo Katja,
viele Grüße aus dem Kanonenkugelmuseum im Steinhuder Meer. Wie erwartet ist es äußerst sehenswert: Hier gibt es 166 Kanonen und noch viel mehr Kanonenkugeln. Ich habe selten ein reicher ausgestattetes Kanonenkugelmuseum gesehen und danke dir herzlich

für diesen schönen Ausflugstipp! Ich habe leider nicht herausgefunden, ob die ausgestellten Kanonen überhaupt je im Einsatz waren. Lediglich war zu erfahren, dass die Inselfestung einmal von hessischen Truppen belagert wurde: Sie wollten die Festung vom Ufer des Steinhuder Meers aus beschießen, was aber misslang, da ihre Kanonen im morastigen Boden einsanken, daraufhin zogen sie unverrichteter Dinge wieder ab. Interessant. Ich wusste nicht, dass die Hessen irgendwann mal irgendwas belagert haben!
Es grüßt dich heinrich still und leise: R. K.«

Kapitel 8

JONAS ENTDECKT DIE Postkarte erst mehr als eine Woche später. Es ist ein dunkler Sonntagmorgen, ich sitze todmüde, mit angezogenen Beinen auf dem Sofa und trinke eine Tasse Kaffee. Es ist kurz nach acht, und wir müssen bald los zum Geburtstagsbrunch meiner Freundin Inga. Dass sie ihren Geburtstag an einem Sonntag um neun Uhr in der Früh feiert, zeigt, dass ihre psychischen Probleme in letzter Zeit anscheinend nicht weniger geworden sind.

Außer uns sind noch zwei weitere Pärchen zum veganen Brunch eingeladen. Helena und Jerome sowie Holger und Emilia. Der Tag verspricht, der trübe Endpunkt einer trüben Woche zu werden.

»Bist du sicher, dass sie weg sind?« Jonas steht am Fenster und lugt am Vorhang vorbei auf die Straße vor unserem Haus.

»Natürlich sind die weg«, sage ich, »die sind schon fast eine Woche weg. Ich hab doch am Freitag ihre Altpapiertonne rausgestellt.«

»Dann können wir's riskieren!« Jonas atmet tief durch. Sein Parkplatzstreit mit Udo und Silke ist in eine neue Phase eingetreten, innerhalb derer er seine Widersacher »aushungern« will, wie er sagt.

Jonas beansprucht für sein Auto einen Stammparkplatz, der sich auf dem Parkstreifen direkt vor unserem Gartentor befindet. Sein Gewohnheitsrecht wurde in der Vergangenheit mehrfach von den »Vollidioten« angegriffen, die schon kurz nach ihrem Einzug immer mal wieder eins ihrer beiden Autos auf besagtem Parkplatz abstellten, sobald dieser frei war. Als er das Gespräch gesucht habe, hätten die Vollidioten ihn »eiskalt abblitzen lassen«, berichtete Jonas, der Parkplatz sei für die Allgemeinheit da und nicht sein Eigentum. Womit sie natürlich Recht haben. Andererseits hat auch Jonas Recht, da er damals bei der Wohnungsbesichtigung von der Vermieterin fälschlicherweise zugesichert bekam, er dürfe den Parkplatz vor dem Gartentor getrost als den seinigen ansehen. Dass er seinen heiligen Audi vom Küchen- und Wohnzimmerfenster aus stets im Blick haben würde, war wahrscheinlich einer der Hauptgründe für Jonas, in die Wohnung zu ziehen, in der wir jetzt leben.

Umso mehr wurmt ihn das provozierende Parkverhalten von Udo und Silke. Er werde den Wagen so lange da stehen lassen, beschloss er, bis die Botschaft auch in den Köpfen der Vollidioten angekommen sei: Dieser Parkplatz gehört mir, und nur mir alleine.

Fahrradfahrten im Nieselregen zum Fitnessstudio und zum Bahnhof nahm er für diese Maßnahme gerne in Kauf.

»Nicht dass die früher aus dem Urlaub zurückkommen!«

»Jonas, die sind im Oman, das ist eine Pauschalreise mit gebuchter Wüstendurchquerung und Wellness und Tauchkurs, da kommt man nicht einfach früher als geplant aus dem Urlaub zurück.«

»Vielleicht zerstreiten sie sich, und einer von denen

kommt heute mit dem Flugzeug zurück und parkt mir den Parkplatz zu, wenn er sieht, dass mein Auto weg ist.« Er äugt weiterhin auf die Straße, als könnten Udo und Silke jederzeit mit ihren Koffern einem Taxi entsteigen.

»Jonas, du bist völlig paranoid, wie kann man sich ernsthaft streiten wegen einem Parkplatz?«

»Oder es ist ein Anschlag, und alle deutschen Urlauber werden vorzeitig ausgeflogen!«

»Viel schlimmer ist, dass Inga sonntagmorgens um neun Uhr zu ihrem Geburtstag einlädt. Was ist das denn für eine Uhrzeit? Die spinnt doch.«

Jonas zuckt nur mit den Schultern. Ihm ist es egal, er ist ja schon seit drei Stunden wach und fit. Wahrscheinlich sind alle geladenen Gäste außer mir seit drei Stunden wach und fit.

Ich habe Inga vor ein paar Tagen angerufen und gefragt, ob die Uhrzeit in der Einladung ein Irrtum sei, ob sie vielleicht eine Eins vergessen habe und es neunzehn Uhr heißen müsse.

Neun sei wirklich ein bisschen früh, gestand Inga zumindest ein, und sie habe den Brunch auch eigentlich um elf Uhr beginnen lassen wollen, aber dann hätte sich herausgestellt, dass Helena und Jerome, die ja extra von Köln anreisten, von Samstag auf Sonntag bei ihnen übernachten würden. Und die hätten ja ihr Kleinkind dabei, und das Kleinkind wache jeden Tag um halb sechs auf und müsse dann mühsam gebändigt werden, weshalb am Sonntag sowieso alle schon ab halb sechs wach seien. Außerdem sei an dem Wochenende wahrscheinlich auch Kendra bei ihnen. Und Kendra sei auch immer schon um sechs Uhr wach, weil sie diesen Rhythmus aus ihrer Schulwoche gewohnt sei, und Kendra müsse man zwar nicht mühsam bändigen und bespaßen, weil sie sich ja selbständig mit ihrem Smartphone beschäftige, aber spätestens ab acht habe Kendra Hunger und wolle frühstücken, deshalb sei neun Uhr eigentlich schon zu spät und ein Entgegenkommen an die anderen Gäste.

Kendra ist die übergewichtige Tochter von Ingas Freund Borke, die alle zwei Wochen beim Vater abgeliefert wird. Ich sehe ein, dass ich meinen Biorhythmus an diesem Sonntag wohl oder übel zwei tyrannischen Kleinkindern unterordnen muss.

»Also, fahren wir?«, frage ich Jonas.

»Ja!« Er reißt sich vom Fenster los und geht zum Kühlschrank, um die Milchtüte zurückzustellen. Als er die Hand an den Kühlschrankgriff legt, hält er abrupt inne. »Was ist denn das?«

»Was?«

Er tritt zur Seite, so dass ich die Kühlschranktür sehen kann.

»Da hängt ne neue Postkarte, oder?«

Ich habe die Grußkarte aus dem Kanonenkugelmuseum gleich nach ihrem Eintreffen zu den anderen Karten an die Tür gehängt. Gut sichtbar, in Augenhöhe. Fixiert mit einem Witz-Magnet, den meine Eltern mir von ihrem Sylt-Urlaub mitgebracht haben. Auf dem runden Magnet steht: »Meine Eltern waren auf Sylt, und das Einzige, was sie mir mitgebracht haben, ist dieser Scheiß-Magnet!«

»Die Karte hängt da schon seit ner Woche oder so«, sage ich.

Was man Jonas direkt vor die Nase legt oder hängt, fällt ihm nicht auf, deshalb hätte es durchaus sein können, dass die Kanonenkugelpostkarte niemals thematisiert worden wäre.

Aber jetzt hat er sie entdeckt, zieht sie unter dem Witz-Magnet hervor und liest die Rückseite. Er braucht ziemlich lange zum Lesen oder zum Nachdenken über das Gelesene.

Wie er so dasteht, mit gesenktem Blick auf die Karte starrend, fällt mir plötzlich eine Merkwürdigkeit ein, die ich seit Tagen vergessen oder verdrängt habe. Als Udo und Silke mir nämlich kurz vor ihrer Abreise nochmals im Treppenhaus erläuterten, welche Tonne ich rausstellen solle, welche nicht unbedingt und welche keinesfalls, fragten sie mich, ob wir das immer so machten, das Licht anzulassen, wenn abends niemand zu Hause sei. Ob wir das machten, um Einbrecher abzuschrecken. Sie hätten sich jetzt auch ein Gerät gekauft, das man in die Steckdose stecke und das dann das flimmernde Licht eines Fernsehers imitiere, so sei ihre Wohnung auch während der Oman-Reise einbruchssicher.

Ich sah sie verständnislos an. Sie hätten neulich freitagabends gegen halb zehn bei uns geklingelt, um das Paket abzugeben, das sie dann ja erst am Tag drauf abgegeben hätten, weil freitagabends bei uns keiner zu Hause gewesen sei. Ich kombinierte, dass das der Abend war, als Jonas und ich getrennte Wege zu Musterhausnacht beziehungsweise Heinrich-Soiree gingen. Es habe niemand auf ihr Klingeln geöffnet, aber in der Wohnung habe Licht gebrannt, von draußen habe man es gesehen und durch den Türschlitz auch.

Ich sagte Udo und Silke, ja, das sei eine Abwehrmaßnahme gegen Einbrecher, und wunderte mich, dass Jonas anscheinend weggefahren war und das Licht angelassen hatte. Das passte gar nicht zu ihm. Ich nahm an, dass unser Streit am frühen Abend ihn so geärgert hatte, dass er darüber elementare Dinge wie die Wohnungsbeleuchtung vergessen hatte.

»Wer ist R. K.?«

»Hm?«

»Von wem ist die Karte?«

»Die hat der Robert Klotzky geschickt. Der bei Heinrich auf der Soiree war.«

»Wieso schickt der dir ne Postkarte vom Steinhuder Meer?«

»Der hatte mich doch heimgefahren und unterwegs erzählt, dass er da bald eine Lesung hat, und da hab ich ihm den Ausflugstipp gegeben mit der Insel und dem Kanonenkugelmuseum, wo wir waren.«

»Da fandest du's doch so schrecklich.«

»War's ja auch.«

»Aber du empfiehlst es ihm, obwohl du es so schrecklich fandest?«

»Ja, eher so aus Witz.«

»Aha. Aber er hat's anscheinend nicht als Witz verstanden, weil offensichtlich war er ja dort. Und ihm hat's gefallen. Ich danke dir herzlich für diesen schönen Ausflugstipp, schreibt er.« Jonas kapiert nicht, dass die Karte und das, was auf der Karte steht, auch ein Witz sind. Er denkt, der Schreiber habe tatsächlich große Freude beim Besuch des Kanonenkugelmuseums empfunden.

»Der Typ hat aber schon einen an der Klatsche, oder? Wie gestelzt der schreibt! Wen interessiert denn, ob die hessischen Truppen mal das Steinhuder Meer belagert haben? Die sind alle nicht ganz dicht, die Schriftsteller. Komm, wir fahren.«

Kopfschüttelnd hängt Jonas die Kanonenkugeln wieder an ihren Platz. Mir fällt jetzt erst auf, dass die Karte im Hinblick auf eventuelle Mitleser geschickt verfasst ist. Sie lässt den Schreiber als wunderlichen Trottel dastehen, der unnötige Details schildert und sich umständlich ausdrückt und bringt mich damit nicht im Geringsten in die Bredouille oder in Erklärungsnot.

Wir hätten natürlich auch mit meinem Auto fahren können, dann hätte Jonas seinen Parkplatz nicht preisgeben müssen, aber Jonas misstraut meinem alten Golf, er behauptet, das Auto würde klappern, »vor allem auf Langstrecken«, was überhaupt nicht stimmt, aber wenn er lieber mit seinem dicken Audi durch den Spessart kurven will, soll es mir recht sein, zumal ich sowieso noch im Halbschlaf dämmere. Eine »Langstrecke« ist es nicht wirklich bis zu Inga und Borke, aber der Weg ist nervig und führt durch endlose, öde Straßendörfer. Für die frühe Uhrzeit herrscht auch erstaunlich viel Verkehr, ständig muss Jonas hinter halb auf der Straße parkenden Autos anhalten, um entgegenkommende Wagenkolonnen vorbeizulassen, ich kann mir nicht erklären, wo die Leute alle hinfahren.

Hinter Seckelbach und Eutersgrund kommt endlich Fuchsenbach, wo Borke nach seiner Scheidung eine Eigentumswohnung gekauft hat, deren Preisgünstigkeit zu betonen er nicht müde wird. In der Stadt hätte man das Zwei-, ach was, das Dreifache für solch eine großzügig geschnittene Wohnung bezahlen müssen.

Da die Fuchsenbacher ihrem hässlichen, in einem dunklen Spessarttal gelegenen Wohnort oft entfliehen müssen, haben sie unheimlich viele Autos, die sie anscheinend allesamt entlang der Hauptstraße parken, jedenfalls finden wir keine Lücke, und wenn sich doch

Lücken auftun, wird das Anhalten durch Drohschilder mit den Aufschriften »Ausfahrt freihalten!«, »Unbedingt Ausfahrt freihalten!« und »Fremdparker werden abgeschleppt!« verboten. Wir stellen uns schließlich auf den Kundenparkplatz der Metzgerei Bormann, die sonntags hoffentlich gnädig mit Fremdparkern umgehen wird.

Wir trotten auf dem engen Gehsteig an der Hauptstraße wortlos hintereinander her. LKW und Sattelschlepper donnern an uns vorbei. Außer dem Metzger gibt es kein Geschäft im Ort, was für Inga als Veganerin natürlich betrüblich ist. Sie beklagt auch die Anonymität und Ereignislosigkeit ihres Exils, dem sie bislang noch nicht entfliehen konnte, weil die unglaubliche Billigkeit des Wohnraums für ihren Freund ein nicht aus dem Weg zu räumendes Argument darstellt.

Vor ein paar Monaten geriet Fuchsenbach immerhin kurz in Aufruhr und sogar auf die Titelseite des Sonntags-Blitz, da am Waldrand ein Handy-Sendemast errichtet werden sollte. Die Fuchsenbacher lösten sich aus ihrer selbstgewählten Anonymität und bildeten eine Widerstandsbewegung gegen den Mast. Man versammelte sich am Waldrand und spannte Betttücher zwischen die Bäume. »Kein Mast für Fuchsenbach« stand darauf, »Wir wollen keine Todesstrahlen«, »Kein Mast ist für uns ein Must« und »Der Mast zerstört die Zukunft unserer Kinder«. Zur Untermauerung der letzten Behauptung wurden sogar Kindergartenkinder zusammengetrieben, vor die Betttuch-Protestwände gestellt und fotografiert, was dann besagtes Zeitungs-Titelfoto wurde. Die Kinder halten sich darauf alle an den Händen und schauen, sicher auf Anweisung eines Erwachsenen, überaus traurig und anklagend in die Kamera.

Herr Böhmann war in höchster Not, da er den Artikel über die Fuchsenbacher Anti-Mast-Protestbewegung bearbeiten musste und ihm keine Überschrift einfiel. Schließlich schrieb er: »Verstrahlt, noch vor der Einschulung! – Die Kinder von Fuchsenbach klagen an.« Ich gab ihm den Tipp, das Ausrufezeichen hinter »Einschulung« in ein Fragezeichen abzuändern, um rechtliche Schritte seitens des Mast-Betreibers aufgrund falscher Tatsachenbehauptungen zu verhindern.

Der Mast wurde dann im Nachbarsdorf Eutersgrund gebaut, wo sich nicht so rascher und vehementer Widerstand formierte wie in Fuchsenbach. »Die verstrahlten Kinder von Eutersgrund«, denke ich, das wäre auch ein guter Buchtitel.

Wir klingeln bei »Thomas Borkelmann / Inga Meier«.

Borke heißt eigentlich Thomas, nennt sich aber Borke, weil er den Namen Thomas nicht schön findet. Borke ist dick, alt, unattraktiv, geschieden, humorlos und trampelig, und er ändert das einzig Annehmbare und Normale an sich, nämlich seinen Vornamen, in etwas, das mich an Rinde, Käfer, Schädlinge und irgendwie auch versteinerte Ränder von Brotlaiben denken lässt.

»Ich muss dir noch was sagen.« Jonas hält mich am Ärmel meines Mantels fest, als ich die surrende Haustür aufdrücke. Ich schaue ihn überrascht an, wir haben seit der Abfahrt kaum ein Wort gewechselt. »Bitte erwähn die Musterhausnacht nicht, wenn Borke dabei ist. Also, der Abend, wo ich mit den beiden auf der Musterhaus-Ausstellung war, weißt du?«

»Ja, schon klar.« Natürlich weiß ich, wovon er spricht, aber wieso erwähnt er jetzt, zwei Wochen später, erstmals den Abend von sich aus, und nur, um mich darauf hinzuweisen, ich solle den Abend keinesfalls erwähnen?

»Und warum nicht?«

»Borke will nicht drüber reden.«

»Hat er dir gesagt?«

»Ja.« Das Ganze wird immer rätselhafter.

»Huhu, Katja«, tönt es von oben, »wo bleibt ihr? Seid ihr noch heimlich am Rumknutschen?« Inga steht anscheinend schon in der Wohnungstür.

»Wir kommen«, rufe ich zurück, »ich muss noch kurz dein Geschenk präparieren!«

»Ah, verstehe!«

Durch meine Spontanlüge habe ich Zeit gewonnen.

»Wann hat er dir das gesagt?«

»Neulich beim Crossfit.« Jonas kratzt sich verlegen am Kopf und bringt dadurch versehentlich seine mit Gel mühsam zu einem Chaos-Gewuschel gestylten Haare in Ordnung.

»Und warum will er nicht drüber reden?«

»Weil er immer noch traumatisiert ist oder so.«

»Er ist traumatisiert von der Musterhaus-Ausstellung? War es psychisch so belastend, was ihr da gesehen habt?« Ich kann mir ein Lachen nicht verkneifen, da ich mir vorstelle, wie Borke auf der Couch eines Psychotherapeuten liegt und unter Tränen den verhängnisvollen Musterhaus-Abend aufarbeiten muss. Mit erstickter Stimme und tränenblindem Blick.

Jonas seufzt genervt auf und gibt mir dann mit gepresstem Flüstern zumindest rudimentär Auskunft. »Er hat sich mit Inga gestritten, ziemlich heftig, weil er ja unbedingt hier in Fuchsenbach wohnen bleiben will und nicht versteht, warum sie wegziehen will, und außerdem will er schon gar kein Haus bauen, und er fand es unmöglich, dass sie ihn zwingt, da mitzugehen, so was müsste er sich in seinem Alter nicht mehr antun, das wär die bekloppteste Idee gewesen, die sie je hatte und so weiter und so fort. Mir ist das auch unangenehm, ich wollte dir das nur sagen, dass du Bescheid weißt.«

»Das ist doch lächerlich, Jonas.« Ich schüttele etwas ratlos den Kopf.

»Ich will nicht sagen, man darf das Thema auf keinen Fall ansprechen, aber wenn man es ansprechen würde, wär die Stimmung bestimmt ruckzuck im Arsch. Ich weiß, dass du Borke nicht magst, aber ich komm gut mit ihm klar, der ist echt okay, und wenn er von dem Thema nichts mehr hören will, akzeptiere ich das.«

Also hier stimmt definitiv was nicht, denke ich. So viel wie jetzt gerade hat Jonas seit Tagen nicht mit mir geredet. Und nun so ein Aufgebot an Worten, um Borkes Gefühlswelt zu schonen? Ich zucke die Schultern und sage: »Ich kapier's zwar nicht, aber egal, ich sage nichts über eure mysteriöse Musterhausnacht, lass uns hochgehen.«

»Danke, Süße.« Jonas überrascht mich mit einem Kuss.

Na warte, denke ich, ich bin gespannt auf Ingas Version der Ereignisse. Denn so, wie ich das jetzt verstanden habe, gilt Jonas' groteskes Musterhaus-Redeverbot ja nur in Bezug auf Borke, nicht auf dessen Freundin.

Kapitel 9

OBWOHL UNS INGA im Türrahmen freudestrahlend entgegenwinkt und dabei kindisch auf und ab hüpft, erkenne ich sofort, dass sie geheult hat. Um Himmels willen, denke ich: Der Fluch der Musterhäuser? Vielleicht hat auch bei ihr der verhängnisvolle Abend Spuren hinterlassen, und sie stürzt seitdem von einem Weinkrampf in den nächsten.

Jonas, der vor mir die Treppe hinaufgestürmt ist, sagt nur »Hey Inga, alles Gute«, tätschelt ihr sachlich den Rücken und löst sich schon wieder aus der Umarmung, kaum dass ihre Hände ihn berührt haben. Er drängt sich an ihr vorbei in die Wohnung, zielgerichtet wie ein Rettungssanitäter, bestimmt um möglichst schnell zu seinem traumatisierten Altherrenfreund Borke zu gelangen.

Inga fällt mir um den Hals. »Schön, dass du da bist, Katja, wir haben uns so lange nicht gesehen.«

»Alles Gute zum Geburtstag. Du siehst toll aus.« Das stimmt. Inga trägt einen tief ausgeschnittenen, dunkelblauen Jumpsuit und riesige, farblich dazu passende, grün-blau schillernde Ohrgehänge, die an eine Dolde Weintrauben erinnern.

»Der Jumpsuit ist cool, oder? Nur neunundfünfzig Euro, von Zalando, ich muss mir ja alles schicken lassen, in dem Kaff hier gibt's keine Geschäfte! Und du bist wieder ganz in Schwarz!« Sie zieht an meinem Minirock.

»Für mich ist es mitten in der Nacht, ich musste halbblind vor Müdigkeit mein Outfit zusammenstellen«, stichele ich, »und bei Schwarz kann ich wenigstens nichts falsch kombinieren.«

»Ich bin so froh, dass du da bist, das mit der Uhrzeit tut mir leid, mir tut alles so leid.« Inga fällt mir dramatisch aufseufzend in die Arme. »Am liebsten würd ich jetzt mit dir abhauen und irgendwo in ein Café fahren, wo wir quatschen können, Katja, ich bin so am Ende, das glaubst du gar nicht, ich müsste so dringend mal in Ruhe mit dir reden. Ich weiß überhaupt nicht, wie ich da wieder reingehen soll, diese Gäste sind so furchtbar, ich hab schon drei Gläser Sekt getrunken, aber es nützt überhaupt nichts! Helena und Jerome sind so schrecklich, die sind ja extra aus Köln gekommen, damit man sich mal wieder sieht, ich hab eigentlich kaum noch was mit Helena zu tun, ich hab die ja nur aus Höflichkeit eingeladen, und dann haben die sofort zugesagt und hocken jetzt seit gestern Abend hier rum! Seit gestern Abend! Ich weiß überhaupt nicht, was ich mit denen reden soll, und dieses Kind von denen war schon um fünf Uhr wach, und Emilia und Holger sind vor ner halben Stunde gekommen, Emilia ist hochschwanger inzwischen, die sieht aus, als wär sie im zehnten Monat, und ihr Freund legt ihr dauernd die Hand auf den Bauch und nennt sie Obelix! Die haben unten geklingelt, und als ich drangegangen bin, ruft er ›Der Obelix ist da!‹, furchtbar, wie kann man denn seine Freundin Obelix nennen?«

»Ich wusste gar nicht, dass Emilia schwanger ist«, sage ich und streichle Ingas Rücken. Sie erleidet gerade eine

Art Schüttelfrostanfall, vielleicht eine Abwehrreaktion gegenüber ihren Gästen. Zumindest scheinen es doch nicht die besichtigten Musterhäuser zu sein, die ihr so zu schaffen machen, denke ich. Sie ist so mit ihrer Gäste-Beschimpfung beschäftigt, dass ich beschließe, das Thema Musterhaus-Redeverbot bei anderer Gelegenheit anzubringen.

»Der Holger, Emilias Freund, das ist so ein Arsch, Urologe in Frankfurt. Wenn du den siehst, denkst du sofort, was ist das für ein Oberarsch, wie kann die mit dem zusammen sein?« Na ja, das denke ich bei deinem Freund auch, denke ich.

»Meinen nächsten Geburtstag feiere ich auf Bali, ganz allein! Wenn mich nicht vorher der Schlag trifft!« Inga atmet heftig ein.

»Da ist Borke aber traurig, wenn du allein auf Bali feierst«, sage ich, wohl wissend, dass ich Öl ins Feuer gieße.

»Ganz schlechtes Thema, ganz schlechtes Thema!« Inga löst sich von mir und streicht sich zwei Haarsträhnen, die aus ihrer Hochsteckfrisur gefallen sind, hinter die Ohren. »Ich bin am Abgrund, Katja. Nein, ich bin nicht am Abgrund, ich bin im Abgrund. Ach was, ich bin der Abgrund!« Nach diesem vernichtenden Fazit zieht mich Inga in die Wohnung, wo die Feierlichkeiten zu ihrem zweiunddreißigsten Geburtstag schon in vollem Gange sind.

Inga hängt, ähnlich wie ich, in einer Zwischenwelt fest, in der nichts vorangeht, solange keine grundlegenden Entscheidungen getroffen werden. Nach ihrem Soziologiestudium arbeitete sie jahrelang als eine Art Dauerpraktikantin in einem alternativen Stadtentwicklungsbüro in Offenbach. Das Stadtbild von Offenbach hat sich durch ihren Einsatz nicht zum Positiven entwickelt, ich weiß aber nicht, ob die Frustration hierüber Ingas Hauptgrund war, die Kündigung einzureichen. Ich glaube, es lag eher am Lohn, mit dem sie ihr Bahnticket zahlen konnte, mehr aber auch nicht, woraus sich die bis heute bestehende finanzielle Abhängigkeit von Eigentumswohnungsbesitzer Borke ergab. Zurzeit legt sie all ihre Energie in den Aufbau eines Lifestyle-Blogs für Frauen: Auf »Modern Diva Diary« schreibt sie über Selbstfindung, Buddhismus, Detox, das Ticken der biologischen Uhr, Faszien-Yoga, Wellness und Weiblichkeit, in der Hoffnung, damit irgendwann Geld zu verdienen. Ich weiß nicht, ob ihre Träume realistisch sind, aber immerhin hat sie welche. Über der Inga-Borke-Beziehung schwebt seit Jahren das Damoklesschwert der Trennung, was Borke aber nicht weiß, da er Ingas Stimmungsschwankungen und Identitätskrisen nicht mit seiner Person in Verbindung bringt. Auch davon, dass seine Freundin sich laut Eigendiagnose nicht nur am Abgrund befindet, sondern sich gar in einen Abgrund verwandelt hat, hat er sicher nichts mitbekommen.

Inga biegt im Flur gleich nach links ins Schlafzimmer ab. »Katja, komm mal mit, ich war gerade dabei, Helena meine Regenbogenkristalle zu zeigen.« Ich würde mich am liebsten irgendwo hinsetzen, einen Kaffee trinken und darauf warten, dass ich richtig wach werde, aber jetzt muss ich zunächst Helena begrüßen, die in Ingas Schlafzimmer an der Balkontür steht und dort hängende Glasperlenschnüre betastet, wobei es sich offenbar um besagte Regenbogenkristalle handelt.

»Katjaaa!« Helena jauchzt übertrieben laut auf und umschließt mich mit einer eckigen Umarmung. »Wie schön, ich hab mich so gefreut, als Inga sagte, dass du auch kommst, ist ewig her, dass wir uns zuletzt gesehen haben, das war vor vier oder fünf Jahren beim Klassentreffen, oder?«

»Ja, kann sein, ist echt schon lange her«, sage ich und versuche, mein Entsetzen darüber zu vertuschen, wie alt Helena aussieht. Inga, Helena und ich haben zusammen Abi gemacht. Von Helenas weiterem Leben wusste ich nur, dass sie in Paris Jura studiert hat, in Köln erst eine Top-Stelle als Anwältin in einer Großkanzlei und kurz danach ein Kind bekommen hat von ihrem französischen, beruflich ebenfalls äußerst strebsamen Mann. Das klang alles recht mondän und glamourös, aber jetzt sieht sie aus wie eine verhärmte Mittvierzigerin, mit grauen Strähnen im aschblonden Pferdeschwanz, Missmutsfalten um Augen und Lippen, biederem grauem Rollkragenpulli und einem hässlichen orange-roten, aufdringlich individuellen Filzrock.

»Ich bin seit gestern dabei, Ingas Wohnung zu bewundern«, sagt die gealterte Helena, »wir sind ja auch schon eine Weile auf der Suche nach was Neuem, wo wir uns gemütlich einnisten können! Wir würden gern was kaufen, aber Köln ist so teuer. Borke hat wirklich recht, dass man sich was Günstiges auf dem Land suchen sollte, so eine Wohnung wie die hier würde in Köln das Vierfache kosten!« Anscheinend hat Borke sie schon restlos von den Vorteilen seines Eigentums in der Einöde überzeugt.

»Das Schlafzimmer hab ich wie gesagt im tibetischen Stil eingerichtet«, erläutert Inga munter. »Ich wollte eigentlich jedes Zimmer einem anderen Erdteil zuordnen, die Küche ist provenzalisch, hast du ja gesehen, das Wohnzimmer marokkanisch, hier jetzt tibetisch, das war mein letztes Projekt, ist erst vor einem Monat fertig geworden.«

»Superschön, da kann man sich voll gemütlich einkuscheln«, nickt Helena. Das Zimmer wird dominiert von einem Rundbett, das mit Fellen und Decken in Pelz-Optik überhäuft ist. Mir ist es unangenehm, mir vorzustellen, wie Inga und Borke sich in diesem Fellhügel »gemütlich einkuscheln«. An den Wänden hängen weitere Tierhäute sowie mehrere mit Schriftzeichen bedruckte Wimpel, wahrscheinlich tibetische Gebetssprüche.

»Wir schlafen sogar auf einem echten Yakfell, das war nicht einfach zu bekommen, das ist super-wärmend im Winter, und mir ging's halt auch drum, dass durch die Felle und Pelze das Animalische auch mit ausgedrückt wird.«

»Ja, ja«, sagt Helena ernsthaft, »gerade im Schlafzimmer, das passt echt gut.«

Ob ich will oder nicht, ich sehe den dicken, nackten Borke vor mir, wie er grunzend meine Freundin besteigt, sie mit animalischen Stößen in die Tiefen der Felle hineindrückt und schließlich mit dem Brunftschrei eines tibetischen Yaks über ihr zusammenbricht.

Um mich von dieser Vorstellung abzulenken, betrachte ich Ingas Bücherregal neben der Schlafzimmertür.

»Die kristalline Pranaröhre« steht auf einem Buchrücken. Nebendran der Ratgeber »Atmen mit den Engeln«. »Druckpunktmassage für die Liebe«. »Mit Lichtfürst Metatron in die Sphäre der Neuen Zeit«. »Gaia – Kraftimpulse für Frauen in der Traumatherapie«.

Ob Lichtfürst Borke in den letzten Tagen auch mal im Traumatherapie-Buch geblättert hat? Vielleicht könnte er dort Kraftimpulse finden, um die Erlebnisse der Musterhaus-Nacht zu bewältigen.

»Also, Helena, das sind wie gesagt die Regenbogenkristalle, die wollte ich dir noch zeigen, und dann können wir ja ins Wohnzimmer gehen, zu den anderen, oder?« Inga deutet auf die kleinen bunten Steine, die an langen Schnüren, ähnlich einem Vorhang, an der Glasscheibe der Balkontür baumeln.

»Aha, ja, superschön«, urteilt Helena. »Und warum müssen die ausgerechnet an der Balkontür hängen? Die Kristallschnüre würden doch auch an der Wand hübsch aussehen oder frei hängend im Raum.«

»Das Bett steht zwischen Tür und Balkontür mitten im Raum. Deshalb kommen die Regenbogenkristalle an die Balkontür, weil sonst die Energie durchzieht.«

»Durchzieht?«

»Durchs Zimmer.«

»Ich dachte, die Energie soll durchziehen? Ich dachte, es ist schlimm, wenn sie sich staut?«

»Nee, Durchzug ist schlecht, Helena, in der chinesischen Lehre ist es immer schlecht, wenn was wo durchzieht.«

»Ist Feng Shui nicht japanisch?« Helena ist sichtbar verwirrt.

»Zum Großteil ist das chinesisch, dachte ich«, sagt Inga, »östlich halt.«

Ein weiteres, sehr dickes Buch im Regal heißt »Endlich Vollmondin – Frauen berichten von der Entdeckung ihrer Weiblichkeit«. Dem Werk beigelegt ist eine Meditations-CD mit dem Titel »Kriegerin und wilde Frau – schamanische Powermantras für Frauen vor den Wechseljahren«.

»Wenn die Energie blockiert ist, ist das auch nicht gut, das stimmt schon«, ergänzt Lifestyle-und-Detox-Expertin Inga, »aber in dem Fall sind die Regenbogenkristalle schon richtig, wir merken das ja auch extrem an der Schlafqualität. Eigentlich müssten wir alles Elektrische aus dem Schlafzimmer verbannen, wegen Elektrosmog und so, aber dazu haben wir uns noch nicht durchgerungen. Borke nimmt halt gerne mal das iPad mit ins Bett, da kann er vorm Schlafen noch mal schnell was wegarbeiten, und ich brauch meine drei Funkwecker, weil ich dem Smartphonewecker nicht vertraue.«

»Verstehe.«

»Die Melodie ist so sanft, wenn ich mich vom Handy wecken lasse, wach ich gar nicht auf, das ist voll die schöne Musik, so Plätschern von Wasser und Vogelgezwitscher.«

»Du kannst dir aber auch was anderes installieren«, überlegt Helena.

»Ja, aber die Melodie ist so schön, ich will die ja nicht ändern. Ich lass mich davon dann nur am Wochenende wecken, wenn ich ausschlafen kann, weil ich es ja eh nicht hör. Und Borke hat so nen fiesen Klingelton! Wenn der losgeht, sitz ich senkrecht im Bett, das ist wie so ein Grubenalarm achthundert Meter unter der Erde, übelst bedrohlich.«

»Eigentlich sollte man sich wirklich mal Gedanken machen, mit wie viel Elektronik man sich jeden Tag umgibt, das ist frappierend, da hast du Recht.« Helena sieht sehr nachdenklich aus.

»Wollen wir mal ins Wohnzimmer gehen?«, werfe ich ein. Von dort ist Gläserklirren und lautes Gelächter zu hören, es scheint bessere Stimmung zu herrschen als bei unseren Gesprächen über Elektrosmog und gestaute Energien im tibetischen Schlafzimmer.

»Es gibt so extreme Leute, die schaffen sogar die

Nachttischlampe ab, weil das Elektronik ist«, merkt Inga an, ohne auf meinen Vorschlag einzugehen. »Die haben dann eine Petroleumlampe am Bett stehen. Das ist wieder voll in. Petroleumlampen sind der neueste Trend in Berlin und London und New York, da hab ich neulich einen Blog-Artikel drüber geschrieben.«

»Und mit was beheizt man die?«, fragt Helena, »also ich meine, was ist eigentlich Petroleum?«

»Das ist halt ökologisch, also kein Strom aus der Steckdose.«

»Ja, schon klar, aber was ist Petroleum?«

»Das ist Lebertran, das wird aus Walen gemacht. Öko halt.«

»Ja, krass«, staunt Helena, »also es gibt schon Alternativen zum herkömmlichen Strom, aber das weiß niemand, da sieht man's mal wieder.«

»Ja, in Berlin und so, die ganzen Hipster, die haben alle nur noch Öko-Petroleumlampen«, sagt Inga. »Hast du auch schon von gehört, oder, Katja? Da habt ihr in der Zeitung bestimmt auch schon drüber berichtet.«

Warum will sie mich immer krampfhaft ins Gespräch einbinden? Warum soll der Sonntags-Blitz über Petroleumlampen auf Berliner Hipster-Nachttischen berichten?

»Es gibt auch Ökostromreisen, die sind auch voll in«, erfinde ich.

»Davon hab ich auch schon gehört«, behauptet Helena, »da muss man seinen ökologischen Fingerabdruck eliminieren. Oder den ökologischen Fußabdruck oder so, also jedenfalls muss man einen Ausgleich zahlen für die Umweltverschmutzung, die man auf der Reise anrichtet, oder man muss im Urlaubsgebiet einen Baum pflanzen.«

»Es gibt Ökostromreisen nach Japan, das ist total in bei

den Hipstern«, sage ich, »die fahren dann vor der japanischen Küste auf einem Fischerboot rum und erlegen mit einer selbstgeschmiedeten Harpune einen Wal, aus dem sie dann ihren eigenen Lebertran für die Petroleumlampe zu Hause in Berlin gewinnen.«

»Echt? Krass, das wär mir zu heavy«, meint Helena.

»Das ist doch Quatsch«, sagt Inga. »Man merkt, dass du Schriftstellerin bist, du erfindest wieder Zeug, das es gar nicht gibt.«

»Ja, aber das könnte es doch geben«, pflichtet Helena mir netterweise bei. Dann stutzt sie. »Du bist Schriftstellerin? Das hab ich ja gar nicht mitbekommen! Was für Bücher hast du denn schon geschrieben?«

Zum Glück kommt in diesem Moment ein Kleinkind ins Schlafzimmer gerannt, wirft sich Helena in die Arme und schreit ihr in schriller Intonierung ein Lied ins Ohr, wobei es unrhythmisch in die Hände patscht. Da Helena ihre ganze Aufmerksamkeit nun dem Kind widmet, komme ich um das Beantworten ihrer Frage herum.

»Silvano, singst du wieder das schöne Kindergartenlied? Singst du wieder das schöne Lied mit dem Klatschmohn?« Ich verstehe kein Wort des überdrehten Kleinkindgesangs, bis mir aufgeht, dass Silvano auf französisch singt.

Im Türrahmen erscheint jetzt auch ein großer, klapperdürrer Typ, den Helena auf französisch vorstellt. »Katja, je te présente Jerome, mon mari!«

»Enchanté.« Ihr Ehemann Jerome, dessen Namen sie voller Stolz und mit mindestens acht O ausgesprochen hat, beugt sich etwas herunter und gibt mir die Hand. »Et toi, tu t'appelles comment?«

»Ich bin die Katja, hallo.«

»Pardon?«

Ich fasse es nicht. Spricht der Kerl etwa kein Deutsch?

»Je m'appelle Katja.«

Er nuschelt mir einen französischen Wortschwall entgegen, von dem ich nur »l'université« verstehe, anscheinend will er wissen, ob seine Gattin und ich uns von der Uni kennen.

»Non, pas la université«, stammele ich, »ähm, wir waren zusammen auf dem Gymnasium, ähm, on était des amies à l'école, on était à l'école ensemble.«

Wieder nuschelt er etwas zu mir herab. Sein Adamsapfel tritt geschwulstartig hervor und weist leichte Behaarung auf. »Études« und »Droit« meine ich, verstanden zu haben, vielleicht fragt er, ob ich auch Jura studiert habe wie Helena.

»Non«, sage ich auf gut Glück, »j'ai fait des études de Germanistique.«

»Germanistique?« Der Begriff scheint falsch oder für einen Franzosen, der nichts außer Frankreich kennt, nicht verständlich zu sein.

»Philologie allemande, littérature allemande«, werfe ich ihm noch ein paar Brocken hin, in der Hoffnung, dass keine weiteren Nachfragen kommen.

»Ah, Goethä, Schillär! Schillär, Goethä!« Er lacht grundlos auf und wiederholt die Namen der Schriftsteller noch ein paar Mal. Was hat sich Helena denn da für einen Witzbold geangelt? Gibt es keine charmanteren Männer in Paris? Ich entwickele eine heftige Abneigung gegen den hageren Franzosen, der mich aus trüben Augen weiterhin leutselig angrinst. Er scheint nur über diesen einen Gesichtsausdruck zu verfügen, denn das schiefe, debil-ausdruckslose Grinsen verschwindet nicht, auch als er Helena das immer noch singende Halbfranzosenkind, das sie aus irgendeinem Grund Silvano genannt haben, aus dem Arm nimmt und aus dem Zimmer trägt. Vielleicht ist er behindert, denke ich, Gesichtslähmung, oder was weiß ich, jedenfalls sieht er aus wie ein junges Schlaganfallopfer. Man könnte Schockbilder von Jeromes Gesicht auf Zigarettenpackungen drucken.

»Alors, on y va!« Inga wedelt mit den Armen in Richtung Wohnzimmer. Wahrscheinlich wird das gesamte Gespräch jetzt aus Rücksicht auf Helenas Ehemann auf französisch geführt werden müssen, denke ich, wir sind ja alle so tolerant und gebildet, dass das nicht das geringste Problem darstellt.

Im Wohnzimmer, dessen marokkanischen Style ich von früheren Besuchen schon kenne, stoßen Jonas und Borke gerade mit Kognak an. Aus ihren geröteten Gesichtern schließe ich, dass es nicht der erste ist.

»Der Kognak war ja immer verpönt als Altmännergetränk, aber jetzt erlebt er gerade eine Renaissance«, doziert der Alkohol-Experte Borke. »Komm, Holger, ich schenk dir auch noch mal nach!«

»Jou, gerne!« Der angesprochene Holger beugt sich über die Kognakflasche. Das muss der von Inga als »Oberarsch« titulierte Urologenfreund von Emilia sein. Sein hellblaues, an den Unterarmen aufgekrempeltes Hemd steckt stramm in einer beigen Jeans, dazu trägt er braunglänzende spitze Lederschuhe und eine Herrenarmbanduhr, groß wie eine Espresso-Untertasse. Seine halblangen blonden Haare hat er mit Gel nach hinten gelegt. Warum sehen solche Leute eigentlich immer genauso aus wie das Klischee, das man von ihnen im Kopf hat?

»Ich komm direkt vom Nachtdienst, ich kann mir

getrost die Kante geben«, verkündet der Jungmediziner. »Und mein Obelix fährt mich dann heim, gell? Fährt mich mein Obelix heim? Wo ist denn mein Obelix?«

Da mich noch niemand bemerkt hat, werfe ich den Kognak-Trinkern ein Hallo zu und setze mich auf das lange, niedrige Ecksofa, das aus Holzpaletten besteht, auf die Inga Matratzen gelegt und mit marokkanischen Überwürfen und Glitzer-Paillettenkissen geschmückt hat. Die Wohnzimmerdecke ist zum Teil mit einem dunkelblauen Samttuch abgehängt, so dass eine gewisse Beduinenzelt-Atmosphäre herrscht.

Borke sitzt mir gegenüber auf einem braunen, mit Giraffen-Silhouetten bedruckten Lederwürfel, rechts neben ihm Jonas auf einem recht unbequem aussehenden zylinderförmigen Holzhocker, der auch eine afrikanische Trommel sein könnte, daneben auf der Sofakante der Urologe, der sich kurz zu mir herüberbeugt, seinen Namen nennt und mir die Hand gibt, um dann sofort wieder nach Obelix zu rufen.

»Ja, mein Schatz, du vermisst mich schon, was? Ich war nur kurz bei Inga in der Küche!« Obelix nähert sich dem marokkanischen Matratzenlager. Emilias Bauch ist wirklich so dick, als befände sich darin ein Wildschwein. Sie zwängt sich an mir vorbei, umarmt mich mit einem lauten Jauchzer und einem »Katja, hallo, wie schön!« und lässt sich dann schwer zwischen mich und Holger in die Glitzerkissenberge sinken.

»Ich hab Inga gebeten, mir die Muffins kurz warmzumachen, ich kann doch morgens nichts Kaltes essen.«

»Darf ich dir auch einen Begrüßungs-Kognak kredenzen, Katja?« Borke winkt mir mit der Flasche zu, in der Hoffnung, weitere Mittrinker zu gewinnen.

»Nein, danke. Ich hol mir einen Sekt oder Kaffee.«

»Ja, gibt's bei Inga in der Küche. Inga!«, ruft er nach hinten, »die Katja braucht Sekt!«

Borke trägt eine blaue Jogginghose und ein langärmliges weißes Shirt, das sich über seine Wampe spannt und mit der rätselhaften Aufschrift »Zebra, Helau!« bedruckt ist. Ist das ein Karnevalsspruch? Ein Themenshirt, passend zum afrikanischen Wohnzimmer?

Borke erzählt Jonas und Holger gerade, dass er sich am Wochenende des Öfteren ein Weißwurstfrühstück zubereite, mit Weißbier und Würsten aus der Fuchsenbacher Metzgerei, aber Inga ziehe da leider nicht mit, da sie als Veganerin schon den Geruch von Fleisch ablehne, deswegen könne er den Herren leider nichts Deftiges zu essen kredenzen, wobei man später, wenn der Kognak leer sei, durchaus gerne zum Weizenbier übergehen könne, das ja auch ohne Weißwurst gut schmecke.

Die »Herren«, sichtlich angetan von seiner Idee, nicken und lassen sich Kognak nachschenken. Eine Begegnung mit Borke endet immer im Vollsuff, und es nervt mich ein bisschen, dass Jonas mir in regelmäßigen Abständen Alkoholismus vorwirft, sich selbst aber ohne jede Gegenwehr randvoll abfüllen lässt, sobald er mit diesem Trottel zusammenkommt. Der Urologe vergewissert sich wenigstens galant der Zustimmung seiner Freundin zum geplanten Besäufnis.

»Ist doch okay, wenn du fährst, oder? Dann würd ich mir noch ein Gläschen gönnen.«

»Ja, mein Schatz, das hast du dir heute verdient nach dem anstrengenden Nachtdienst.« Emilia lächelt ihren Freund selig an. Ihre braun wallende Lockenpracht kringelt sich bis zu ihren Brüsten hinab, die so beneidenswert prall und dick aus ihrem Ausschnitt drängen, dass selbst ich immer wieder hinschauen muss. Die Männer tun das sowieso, sobald sie sich unbeobachtet wähnen. Emilia hat ein knöchellanges, hauchzartes Elastikkleid an, der Stoff ist so dünn, dass man meinen könnte, er sei von einem Aktionskünstler nur aufgesprüht worden. Sie sitzt zurückgelehnt, die Hände seitlich an ihren hoch aufragenden Bauch gelegt, die Knie weit gespreizt, als erwarte sie in Kürze den Beginn des Geburtsvorgangs.

»Ich hoffe, das sieht nicht zu obszön aus, wie ich hier sitze«, merkt sie dazu mit einem koketten Kichern an, »aber es ist viel angenehmer, wenn ich das Becken ein bisschen öffnen kann. Ich geb ihm damit mehr Raum, er ist sehr groß!«

Jonas, Borke und Holger beteuern mit schon etwas schleppenden Zungen, dass sie sich nicht im Geringsten an ihrer Becken-öffnenden Haltung stören. Als Holger ihr in besitzmarkierender Geste die Hand auf den Bauch legt und mit der anderen Hand Borke das Kognak-Glas zum Nachschenken hinhält, stehe ich auf und gehe in die Küche.

Von dort kommen mir Helena und der Franzose entgegen, sie halten ihr Kleinkind zwischen sich, das sie nur mühsam bändigen können, da es in alle Richtungen strampelt und spitze Schreie ausstößt.

»Silvano, no screaming, please! No screaming!«, schreit Jerome, nun rätselhafterweise auf Englisch.

»Will you please stop screaming, darling!«, ruft Helena, ob zu Silvano oder zu Jerome, weiß ich nicht. Sie tragen das zappelnde Kind ins tibetische Schlafzimmer, wohl um es irgendwie zur Ruhe zu bringen. Das Geschrei wird dumpfer. Vielleicht haben sie Silvano unter den Yakfelldecken fixiert.

In der Küche schenkt sich Inga gerade ein Glas Sekt ein. Als sie mich sieht, holt sie eine weitere Sektflöte aus einem Regal und füllt sie mit zittrigen Fingern.

»Kendra, gehst du bitte mal zu Silvano, vielleicht kannst du was mit ihm spielen!« Erst jetzt bemerke ich Ingas zehnjährige Stieftochter, die barfüßig neben dem Biomülleimer auf dem Boden kauert und mit ihrem iPad beschäftigt ist.

»Der ist aber voll doof und außerdem viel zu klein, was soll ich denn mit dem spielen!«, protestiert die in einen rosa Schlafanzug mit Prinzessin-Lilifee-Aufdruck gewandete Kendra.

»Bitte, Kendra, geh mal zu ihm, zeig ihm halt was auf deinem iPad, du hast doch da so lustige Spiele drauf!«

»Die lustigen Spiele sind fast alle online, und ihr habt voll das Kack-WLAN! Das kackt dauernd ab!«

»Du sollst nicht solche Wörter benutzen, Kendra!«

»Trotzdem habt ihr ein Kack-WLAN!«

»Bitte spiel was mit Silvano, der kennt hier niemanden, der ist bestimmt ganz traurig.«

»Oh Manno! Das ist voll der Spast! Hoffentlich gehen die bald wieder!« Kendra wuchtet sich in die Höhe und stapft aus der Küche.

Inga und ich stoßen mit Sekt an.

»Bleibst du kurz bei mir in der Küche? Ich muss für Emilia die Muffins aufbacken, weil sie morgens nichts Kaltes isst.« Inga deutet mit verächtlicher Miene auf den angeschalteten Backofen und gibt mir einen Muffin, von denen sie anscheinend Unmengen gebacken hat, auf einem kleinen Unterteller zum Probieren. Er schmeckt im Prinzip nach nichts.

»Man schmeckt gar nicht, dass es vegan ist«, sage ich, was Inga freudig als Lob verbucht, obwohl es nicht so gemeint ist.

»Du sagst wenigstens mal was Nettes, die anderen kommen hierher, lassen sich bedienen und motzen nur rum. Emilia hat gefragt, ob ich zum Frühstück Reis für sie kochen könnte!«

»Reis?«

»Ja, sie ernährt sich seit der Schwangerschaft ayurvedisch und isst morgens nur warme, nährende Sachen: warmen Reis, Suppe, warme Gewürzmilch, warmes Gerstenwasser. Kommt hier an und will Reis und warmes Gerstenwasser! Ich hab extra alkoholfreien Sekt für sie gekauft!«

»Und den will sie auch nicht?«

»Nein, sie trinkt nichts Kaltes! Hast du gesehen, wie sie dahockt? Wie eine Fruchtbarkeitsgöttin, man denkt ja, sie platzt gleich. Ach, ich bin eigentlich nur neidisch.«

»Dass sie schwanger ist?«

»Ja, natürlich.«

»Hm.«

Wir starren in den Backofen, in dem sich die Muffins erhitzen, die bald der Fruchtbarkeitsgöttin als nährende Mahlzeit dienen sollen, und trinken Sekt.

»Dieser Jerome, der Mann von Helena, ist der eigentlich behindert?«, frage ich, um das Schwangerschafts- und Kinderwunsch-Thema, über das ich jetzt wirklich nicht nachdenken will, beiseitezudrängen.

»Wieso behindert?«

»Der hat ein komplett schiefes Gesicht, ich dachte, er hatte vielleicht einen Schlaganfall.«

»Nein, der ist einfach sehr hässlich.«

»Ach so.«

Helena habe einen ebenso großen Sprung in der Schüssel wie Emilia, ereifert sich Inga, sie mache gerade eine Paleo-Steinzeit-Diät, bei der man nur das essen dürfe, was auch die Urmenschen gegessen hätten.

»Meine Muffins isst die Madame nicht, weil da Getreide drin ist. Sie isst Unmengen von Fleisch, Eiern, Meeresfrüchten, Pilzen und Honig! Da findet sie nicht viel Auswahlmöglichkeiten bei einem veganen Brunch. Und der Holger, der Oberarsch, hast du den schon kennengelernt?« Ich nicke.

»Der isst meine Muffins auch nicht, weil die mit Fruchtzucker gesüßt sind, und er ist angeblich fruktose- und laktoseintolerant und hat eine Weizenallergie oder so.«

»Weizenallergie hat er, glaub ich, nicht«, wende ich ein, »er wollte nachher mit Jonas und Borke eine Weizenbierverkostung machen.«

»Auch das noch, ich hab Borke extra gebeten, meine Gäste nicht so zum Saufen zu animieren.« Inga stützt sich auf die Küchenzeile und blickt aus dem kleinen Fenster auf die Fassade des Nachbarhauses. Der provenzalische Stil ihrer Küche äußert sich darin, dass alle Wände mit blühenden Lavendelfeldern tapeziert sind, außerdem hängen Lavendelduftsäckchen an Schranktüren und Regalbrettern.

»Ich glaube, ich bin Alkoholikerin«, sagt Inga mit Grabesstimme und schenkt uns Sekt nach.

»Quatsch, wie kommst du denn darauf?«

»Borke macht ständig mit mir Weinproben und Whiskey-Tastings, gestern hat er für Helena und Jerome einen Absinth-Abend gemacht, weil er dachte, dass sich Leute aus Paris für Absinth interessieren.«

»Na ja, ist doch eine nette Idee«, sage ich hilflos.

Natürlich hätten weder Helena noch Jerome Absinth getrunken, so dass Borke die Absinth-Verkostung dann alleine zelebriert habe, er habe mehrere flambierte grüne Schnäpse eingenommen und Jerome erklärt, die Redewendung »étouffer un perroquet«, »einen Papageien schlucken«, sei das Synonym für »Absinth trinken«.

Immerhin beschäftigt er sich auch mit der Sprach- und Kulturgeschichte des jeweils konsumierten Alkohols, denke ich.

»Als im Sommer mein Cousin aus Los Angeles zu Besuch war, hat Borke für ihn einen Raymond-Chandler-Abend veranstaltet«, gibt Inga mir mit fahriger Stimme weitere Einblicke in das alkoholzentrierte Dasein ihres Freundes.

»Was ist denn ein Raymond-Chandler-Abend?«

»Da hat er Drinks aus Chandler-Krimis nachgemixt, vor allem Gin, halb Gin, halb original Rose's Limettensaft oder so, auf gestoßenem Eis. Das hat schon gut geschmeckt, aber ich bezweifle, dass das noch normal ist! Und vor allem muss man doch nicht gleich sieben oder acht davon trinken, nur weil der Detektiv in dem Buch das auch macht!« Als neulich eine Dokumentation über Kuba auf Arte gelaufen sei, habe Borke spontan einen Hemingway-Abend ausgerufen. »Danach war er so besoffen, dass er nachts in den Wäscheschrank gekrochen ist, am nächsten Morgen hatte er voll die Platzwunde an der Stirn! Und nach einer Weinprobe an der Mosel hab ich ihn waagerecht ins Auto schieben müssen!« Die Summe der Vorfälle wirft tatsächlich ein recht bedenkliches Licht auf Borkes Trinkverhalten.

»Er beschäftigt sich ausschließlich mit Alkohol, kannst du dir das vorstellen?« Sie sieht mich flehentlich an, als könnte ich ihr eine Lösung präsentieren. »Und schau ihn dir mal an, er wird auch immer dicker, ihm quillt schon die Zunge aus dem Mund!«

»Was?«

»Er ist so dick, dass ihm die Zunge aus dem Mund quillt, weil sie drinnen keinen Platz mehr hat.«

Ich finde, jetzt übertreibt sie, nehme mir jedoch vor, Borke gleich noch mal genau zu betrachten.

»Und ich sauf halt mit, aber wie soll ich denn schwanger werden, wenn ich total in Alkohol eingelegt bin?«

»Willst du schwanger werden? Von Borke?« Inga stöhnt auf, zuckt mit den Schultern und verharrt in einer Pose schmerzensreichen Vorsichhinstarrens. Wäre sie eine Kammerlander-Skulptur, könnte man an ihr eine Tafel anbringen, mit der Aufschrift »Inga Meier – zerrissen zwischen Kinderwunsch, Selbstverwirklichung und Alkoholismus«.

Ich hole mein Handy heraus. Keine neuen Nachrichten, von wem auch. Ich googele »étouffer un perroquet«.

»Inga, die Redewendung gibt's wirklich, einen Papageien schlucken, als Synonym für Absinth trinken, verrückt.«

Inga schaltet den Backofen aus.

»Heute kaum gebräuchlich, das war ein gängiger Begriff im französischen Sprachgebrauch von 1827 bis 1907«, lese ich ihr vor, »zumindest ist Borke gut informiert.« Beim Weiterlesen in der Trefferliste stoße ich auf Internet-Foren zum Thema Tierkrankheiten: »Hilfe, mein

Papagei hat Schluckprobleme«. »Woran erkenne ich, dass mein Papagei nicht mehr richtig schlucken kann?« »Papagei hat sich am Futter verschluckt, was nun?«

Ich stecke das Handy wieder ein.

»Gehen wir ins Wohnzimmer«, sagt Inga, »ich hab Green Detox Smoothies gemacht, steht in einer Karaffe auf dem Tisch, und Bärlauch-Aufstrich hab ich auch selbst gemacht.« Sie holt die Muffins aus dem Ofen und hält nochmals inne. »Ich versuch ja immer positiv zu denken, aber irgendwie geht es nicht mehr! Alles Meditieren ist für'n Arsch! Ich hab tibetische Niederwerfungen gemacht, hunderte, tausende, bringt alles nichts!«

Ich seufze auf. Ich bezweifle, dass ein Gespräch mit mir mehr bringt als Meditation oder die tibetische Niederwerfungspraxis.

»Aber es ist doch nicht so, dass du nichts ändern kannst«, sage ich. »Wenn du so unglücklich bist, verlass ihn.«

»Ich kann das nicht. Wir sind jetzt seit sechs Jahren zusammen, das wär ja dann alles für die Katz gewesen!«

»Willst du stattdessen lieber noch sechzig Jahre mit ihm zusammenbleiben?«

»So alt wird er ja gar nicht.«

»Du weißt, was ich meine.«

»Er hat für mich damals seine Frau verlassen, und wegen mir wächst Kendra als Scheidungskind auf, und jetzt akzeptiert sie mich grad so allmählich als neue Partnerin von ihrem Papa! Weißt du noch, am Anfang hat sie immer ihre Buntstifte auf mich geschmissen! Ich kann doch jetzt nicht schon wieder ihre Welt zerstören!«

Ich bin sprachlos. »Du kannst doch nicht wegen Kendra mit Borke zusammenbleiben!«

»Sie ist in einem ganz fragilen Alter, sie ist ja auch so übergewichtig! Hast du gesehen, wie dick sie ist?«

»Ja, und?«

»Ich glaube, dass sie durch ihr Übergewicht ihr fehlendes Elternteil kompensiert.«

»Aber sie hat doch zwei Elternteile!«

»Aber immer nur getrennt voneinander, und außerdem hat Kendra mittlerweile vier Elternteile, weil ihre Mutter ja auch wieder einen neuen Freund hat, es kann auch sein, dass ihr Übergewicht ein Signal ist, dass ihr das alles zu viel ist, zu viele Elternteile, zu viel Verwirrung.«

»Dann würde sich ja ihr Leben vereinfachen, wenn du weg bist«, sage ich, »ein Elternteil weniger, vielleicht nimmt sie dann ein Kilo ab.«

»Du kannst froh sein, dass du Jonas hast.« Inga blickt mich durchdringend an. »Du kannst so froh sein.«

Im Wohnzimmer nimmt Emilia begeistert ihre gewärmten Muffins in Empfang. Den Teller stellt sie beim Essen auf ihrem Bauch ab, wo er problemlos stehen bleibt, ohne dass sie ihn festhalten muss.

»Wir haben gerade über deinen Blog gesprochen, Inga«, ruft Helena, die sich mit ihrem schiefgesichtigen Mann mittlerweile auch in die marokkanische Sitzrunde eingefügt hat. Kendra und Silvano sind nicht zu sehen. Bestimmt sitzen sie in irgendeiner Ecke und kompensieren mit dem iPad ihre fehlenden Elternteile.

»Ich hab auf der Herfahrt von Köln extra noch ein paar Artikel auf ›Modern Diva Diary‹ gelesen, ich find toll, dass du so was auf die Beine gestellt hast.«

»Ich fand den Beitrag mit den Menstruationstassen gut«, ruft Emilia mit vollem Mund.

»Ach, den kenn ich gar nicht«, sagt Helena.

»Das ist der beliebteste Artikel auf ›Modern Diva Diary‹«, gibt Inga Auskunft, »da hab ich ein Jahr lang jeden Monat eine andere Meditationstasse ausprobiert, nee, Quatsch, Menstruationstasse, mein ich, ich bin etwas verwirrt, ich hatte mit Katja in der Küche gerade über Meditation gesprochen.«

Ich nehme mir ein Knäckebrot und beschmiere es mit Bärlauch-Aufstrich. Das Brot ist sehr laut. Es kracht in meinem Schädel, wenn ich draufbeiße, so dass ich vom Tischgespräch nur noch Wortfetzen mitbekomme, worüber ich nicht betrübt bin.

Es geht um Ingas erfolgreichste Blog-Artikel, einer war ein Selbstversuch, in dem Inga darüber schrieb, wie es sich anfühlt, wenn man sich drei Monate lang keine neuen Klamotten kauft. Das anfängliche Gefühl der Panik gehe nach einigen Wochen in einen erhebenden Flow-Zustand über, fasst Inga ihre Erkenntnisse zusammen, der selbst auferlegte Konsumverzicht führe zu einer allumfassenden Erleichterung und Befreiung. Ein anderer Beitrag beschäftigt sich mit Yoga. »Sieben Yoga-Übungen, die man machen kann, während der Nagellack trocknet« oder so ähnlich. Leidenschaftlich gestikulierend steigert Inga, die neben mir sitzt, sich in einen hysterischen Höhenflug ihrer Lifestyle-Blog-Schilderungen hinein.

»Fifa-Cup ist super«, höre ich zwischen zwei Bissen ins laute Brot. Ich wundere mich, dass sie offenbar auch über Fußball schreibt, aber dann merke ich, dass ich mich verhört habe, nicht vom Fifa-Cup spricht sie, sondern von der Diva-Cup, die leicht zu reinigen, einzusetzen und zu entnehmen sei. Es muss sich wohl um eine der Menstruationstassen handeln. Mit leiser Genugtuung registriere ich, dass der des Deutschen unkundige Franzose in keiner Weise ins Gespräch eingebunden wird. Ab und zu übersetzt ihm Helena etwas, aber ihn scheinen sowohl die frauenspezifischen Gesprächsinhalte als auch die plötzlichen Themenwechsel zu überfordern.

Borke und seine zwei männlichen Beisitzer ignorieren Jerome ebenfalls. Anscheinend machen die drei gerade eine Portwein-Verkostung, wobei Borke historische Erläuterungen über englische Handelsschiffe, portugiesische Weinanbaugebiete, Ruby und Tawny Flavour und die sehenswertesten Portweinkellereien in Porto zum Besten gibt. Der Franzose bekommt von Borke keine Kostprobe angeboten, vielleicht aus Rache, weil er den gestrigen Absinth verschmähte.

Die nächsten Wortfetzen, die ich aus der Frauenrunde höre, sind »Lehrpfad«, »Starterset«, »mitwachsende Regale« und »tolles Holzspielzeug«. Helena informiert Emilia anscheinend über Kleinkindbedürfnisse. Sie habe für Silvano ein süßes Pilzbestimmungsbuch von 1988 aus dem Schrank gekramt. Auf einem Lehrpfad in Köln, berichtet sie, stünden Tiere, die seien »fast schon hyperrealistisch«, die Tiere habe der tolle Illustrator geschaffen, der dieses großartige Bilderbuch mit der Eintagsfliege gemacht habe, das Buch mit der Eintagsfliege gebe es jetzt auch als App fürs iPhone, damit dürfe Silvano manchmal spielen. Sie zeigt Emilia auf ihrem iPhone die Eintagsfliegen-App. Emilia sagt, das sei schon toll, wenn man Sachen von früher für die eigenen Kinder wiederentdecke.

»Schlüsselfertiges Musterhaus«, höre ich dann und schaue zu Borke, ob er auf dieses Stichwort hin vielleicht tot umfällt, aber er hat nichts mitbekommen, denn er doziert über »die unermessliche Welt des Rotweins«, zu der gerade der Portwein eine zwar ungewöhnliche, aber interessante Einstiegsluke darstelle. Jonas und der Urologe fungieren als aufmerksam nickende Zuhörer.

Anscheinend überlegen Emilia und der Urologe, ein schlüsselfertiges Musterhaus zu kaufen. Emilia berichtet von einem Wohnprojekt für junge Familien, wo man total viel mitentscheiden kann. »Co-Living-Space«, höre ich, »jeder schaut halt, was er so einbringen kann, einmal die Woche Take-and-Give-Meeting«.

Die bestehende beziehungsweise baldige Mutterschaft bietet Emilia und Helena, die sich zuvor nicht kannten, Gesprächsthemen in Hülle und Fülle. Emilia kenne ich auch nur flüchtig. Sie hat mit Inga Soziologie studiert und tritt an einer seltsamen, finanziell komplett ruinierten »freien Bühne« als Schauspielerin auf.

Einmal war ich mit Inga, Borke und Jonas in einer »Medea«-Aufführung. Wir stellten ein Drittel des Publikums. Später erfuhr ich, dass die Schauspieler jede zweistellige Besucherzahl als Erfolg verbuchen, denn ab zehn zahlenden Gästen reichen die Einnahmen zumindest aus, um die Fixkosten einzuspielen, eine Gage bekommt sowieso niemand. Emilia spielte Medea, die Seelenpein durchlebt und ihre Kinder umbringt. Am Schluss schüttete sie sich einen Eimer roter Farbe über den Kopf.

Gerade erzählt sie, dass sie nach der Babypause wieder in die Schauspielerei einsteigen wolle. Zunächst nur mit kleineren, schonenden Projekten, denn sie lasse sich immer so komplett »in eine Rolle hineinfallen«, dass sie psychisch völlig verausgabt sei, und sie brauche doch in Zukunft noch Energiereserven »für ihn hier«. Sie streichelt ihren Bauch. Geplant sei eine »inszenierte und illuminierte Lesung« von Paulo-Coelho-Texten.

»Was ist denn eine inszenierte und illuminierte Lesung?«, fragt Helena. Es folgt eine wortreiche Auskunft Emilias mit zahlreichen theaterspezifischen Fremdwörtern, die die Information kaschieren, dass es sich bei einer »inszenierten und illuminierten Lesung« wohl um einen Abend handelt, an dem Leute auf Stühlen sitzen und von Zetteln vorlesen, und ab und zu geht das Licht an und aus.

Ich muss daran denken, wie ich nach der »Medea«-Aufführung an die Garderobe ging, um meine Jacke abzuholen. Die bekam ich von einem Schauspieler, der eben noch auf der Bühne gestanden hatte, denn es gibt weder Garderobendamen noch Ticketverkäufer noch Platzanweiser, all diese Tätigkeiten müssen die verarmten Akteure selbst übernehmen, wollen sie den Betrieb ihrer Bühne aufrechterhalten. »Es war sehr schön, danke«, sagte ich zu dem schon recht betagten und erschöpft aussehenden Herrn, der aus irgendeinem Grund während des ganzen Stückes einen Fahrradhelm auf dem Kopf getragen und ihn auch nach seinem Rollenwechsel zum Garderobenmann nicht abgesetzt hatte. »Schön?!«, blaffte er mich an, »was bitte ist denn an ›Medea‹ schön?! Man kann hier nicht mal von einer Ästhetik des Schreckens sprechen!« Kurz war ich sprachlos und sagte dann, ich hätte nur zum Ausdruck bringen wollen, dass mir die Aufführung gefallen habe. »Gefallen!«, schleuderte er mir entgegen, »wir wollen nicht gefallen! Wir wollen aufrütteln! Wenn Sie was sehen wollen, das Ihnen gefällt, gehen Sie doch in den Zoo!«

Seit diesem unerfreulichen Epilog eines Theaterabends

wünsche ich Emilias freier Bühne den Untergang. Der Untergang wird aber nicht kommen, da die mittellosen, vom dummen beziehungsweise abwesenden Publikum unverstandenen, kompromisslos ihrer Leidenschaft folgenden Schauspieler ihr sinkendes Schiff aufopferungsvoll mit immer neuen Projekten am Schwimmen halten.

Emilia erzählt von der geplanten Coelho-Lesung. Es sei unheimlich spannend für sie, zum ersten Mal Regie führen zu dürfen, ihr sei wichtig, dass sie dann nicht nur Mutter sei, sondern schnell wieder in den Beruf einsteige.

Was für ein Beruf? Schauspielerin, Regisseurin? Lesungs-Regisseurin ohne Honorar? Das ist ein Hobby, kein Beruf, denke ich, das ist so, als würde ich mir einbilden, Schriftstellerin zu sein, nur weil ich vor mich hinschreibe und alle paar Jahre eine Lesung mache, zu der acht Leute kommen.

Wahrscheinlich bin ich nur neidisch. Ich wünsche mir ein klein wenig von Emilias unbegründeter Selbstsicherheit. Gerade spricht sie über Rollenfindung, Lichtkonzepte, die Unerlässlichkeit klärender Gespräche im Team, und wie gut es ihr tue, Verantwortung zu tragen, solch eine Inszenierung sei ein stetiger Lernprozess, der auch unheimlich viel Input zur kritischen Selbstreflexion gebe. Alles klingt so komplex, als bereite sie eine Premiere am Wiener Burgtheater vor.

Helena, die einzige beruflich erfolgreiche Frau hier am Tisch, hört ihr mit offenem Mund zu. Für sie als Juristin ist das anscheinend eine völlig fremde Welt.

Emilia scheint glücklich zu sein mit ihrem Urologen, dem Coelho-Projekt, der baldigen Mutterschaft. Ich glaube, sie legt sich abends zufrieden schlafen, in dem Wissen, in Einklang mit ihrer inneren Bestimmung und dem Universum zu leben. Na ja. Solange der Urologe ihre innere Bestimmung finanziert, ist ja alles gut.

Ich bin bestimmt neidisch auf sie, weil ich überhaupt nicht im Einklang mit dem Universum lebe. Ich fühle mich eher wie ein Himmelskörper, der vor einiger Zeit von einem Meteoriten getroffen wurde und Teile von sich in Zeitlupe in alle Richtungen wegdriften sieht. Durch den Einschlag ist der Himmelskörper selbst wieder ein Stück kleiner und unförmiger geworden, er schlingert auf unbestimmter Umlaufbahn herum, und die nächste Kollision ist nur eine Frage von Zeit und Raum.

Irgendwann werde ich mich in meine Einzelbestandteile aufgelöst haben, denke ich, dann ist alles weg, verschollen und pulverisiert im Orbit, und zurück bleiben nur digitale Ketten von WhatsApp-Nachrichten, garniert mit winkenden Smileys.

»Und, Katja, du bist jetzt Schriftstellerin?« Helena hat die Hände auf die Knie gestützt und blickt mich erwartungsvoll an. »Ich bin ganz aufgeregt, ich hab noch nie mit einer Schauspielerin und zwei Schriftstellerinnen an einem Tisch gesessen, Inga, du bist ja auch irgendwie Schriftstellerin, das musst du dir ja alles erst mal ausdenken und schreiben auf deinem Blog, ich find so toll, was ihr macht! Katja, woran schreibst du, erzähl doch mal! Ich bin überhaupt nicht mehr up to date! Das Letzte, was ich weiß, ist, dass du dieses Praktikum gemacht hast bei der Gratis-Zeitung.«

»Ähm … Ja, da bin ich immer noch. Beim Sonntags-Blitz.«

»Aber nicht hauptberuflich, oder?«

»Doch. Aber keine Vollzeitstelle.«

»Ah, okay, weil du Zeit für die Schriftstellerei brauchst!«

»Nein, ich bin keine Schriftstellerin.«

»Ach Quatsch«, sagt Inga zu Helena, »sie schreibt ganz, ganz tolle Gedichte und hatte auch schon Lesungen.« Sie redet über mich in einem Tonfall, als sei ich behindert und meistere mein Leben trotzdem sehr tapfer. Vielleicht stimmt das ja auch.

»Ich hatte nur eine einzige Lesung, und ich hab überhaupt nichts veröffentlicht.«

»Okay.« Helena ist verwirrt. »Und was machst du sonst so? Du hast ja bestimmt nicht nur diese Teilzeitstelle.«

»Doch.«

»Okay. Aber du willst da nicht für immer bleiben, oder? Beim Sonntags-Blitz.«

»Keine Ahnung.« Ich zucke mit den Schultern.

»Also bist du quasi Redakteurin? Schreibst du die Artikel?«

»Nein, ich bin Redaktionsassistentin.«

»Aha …«

»Ich schreib nichts selbst. Ich mach nur E-Mails und Verwaltung und Telefonate und so Kram.«

»Okay …«

Ich merke, wie sich Helena leicht befremdet von mir zurückzieht. Wir sind gleich alt. Sie hat ein Kind, einen Mann, einen Doppel-Abschluss in deutschem und französischem Recht, einen Vollzeitjob in einer Großkanzlei, in der sie Vertragsentwürfe für Verhandlungen im Pharma-Bereich entwirft und korrigiert. Und ich bin an der ersten Praktikumsstelle hängen geblieben. Ich sehe ihr an, dass sie fieberhaft überlegt, wie sie auf die Offenbarung meiner Erfolglosigkeit reagieren soll.

»Na ja, aber bei Jonas läuft's ja super, oder?«, strahlt sie mich dann aufmunternd an. »Ist doch die Hauptsache, dass einer von beiden Karriere macht, einer muss sowieso zurückstecken, wenn mal Kinder da sind. Jerome und ich versuchen das ja so fifty-fifty aufzuteilen, seit Silvano da ist, aber letztlich ist es doch immer eine Zerreißprobe. Und wenn du jetzt eh, sei mir nicht böse, wenn du jetzt eh beruflich nichts zu verlieren hast, ist die Umstellung aufs Muttersein dann ja viel einfacher. Ich selbst würde mir oft wünschen, ich hätte mehr Zeit für Silvano und nicht diesen inneren Zwist zwischen Muttersein und Karriere. Aber wenn man in meinem Job zwei Jahre raus ist, kann man's vergessen, das kann ich mir nicht leisten.«

Emilia nickt wissend.

Herrje, denke ich, lasst mich doch einfach in Ruhe.

Mein Handy brummt. Dankbar für die Ablenkung, hole ich es hervor.

WhatsApp von meiner Mutter.

»Bitte wenn du zum Rewe gehst, die Tierbilder an der Kasse mitnehmen!! Für unsere Nachbarskinder!! Die sammeln die!! Kommst du heute mal vorbei zum Kaffee oder so? Wir sind vollkommen vereinsamt!!! Es grüßen deine armen Eltern!«

Helena beginnt gerade, Inga, Emilia und Holger von ihrer Hochzeitsreise zu berichten. Anscheinend haben sie eine Kreuzfahrt nach Spitzbergen gemacht und nach ihrer Rückkehr das Kreuzfahrtunternehmen auf Reisekostenrückerstattung verklagt, weil sie Spitzbergen von ihrem Zimmer aus nicht gesehen hätten. »Wir hatten ja extra eine Balkonkabine gebucht, weil wir Spitzbergen vom Bett aus sehen wollten, und dann ist das Schiff aber nicht linksrum, sondern rechtsrum um Spitzbergen gefahren, anders als in der Ankündigung, und wir haben nichts gesehen, nur Wasser!«

Ich schreibe meiner Mutter: »Wird zu viel heute. Komme wann anders vorbei. Wir sind gerade bei Ingas Geburtstagsbrunch.«

Das Kreuzfahrtunternehmen habe versucht, sich herauszureden, die Route habe wegen des Wetters spontan geändert werden müssen, das sei höhere Gewalt, aber der findigen Juristin Helena gelang es dann natürlich doch noch, eine beträchtliche Entschädigung zu erstreiten sowie hundertfünfzig Euro Bordguthaben für die nächste Kreuzfahrt.

»Ach, wie schön!«, schreibt meine Mutter. »Ich würde auch gerne mal zu einem Geburtstagsbrunch gehen, aber uns lädt ja niemand ein!! Papa will sowieso nirgendwo hin!! Wollen wir nächste Woche mal wieder essen gehen? Beim Asjaat??«

»Ja, Donnerstag?«

»Donnerstag geht nicht. Da sind wir abends im Bestattungsinstitut Berger!!«

»Wieso?«, schreibe ich.

»Da ist ein Vortrag. Über Testament etc. ›Damit der letzte Wille auch Ihr eigener Wille ist.‹ Danach Sektempfang und Rundgang durch die Sargausstellung.«

»Wieso geht ihr da hin?«

»Dein Vater will da hin!! Ich geh mit, damit ich mal rauskomme!! Ich bin ja froh, wenn er sich für irgendwas interessiert!!«

Ich schicke ein ratlos guckendes Emoticon.

Wieder brummt mein Handy. »Wir planen unsere Beerdigung. Was anderes bleibt uns ja nicht mehr zu tun, haha!! Dann Freitag 19 Uhr zum Asjaat?«

Ich bestätige den Termin und stecke das Handy wieder

weg, nur um das brummende Teil gleich darauf wieder in die Hand zu nehmen.

»Kannst du uns bitte im Internet eine Vollsorgevormacht ausdrucken? Für Papa und mich. Danke!! Bitte am Freitag mitbringen!!«

Sie meint wohl Vorsorgevollmacht. Es folgen noch weitere Anweisungen.

»Du musst das dann unterschreiben und das bei dir aufbewahren, damit du uns die Geräte abschalten kannst!! Druck dir auch eine aus, man kann das auch in jungen Jahren brauchen, gestern schockierender Bericht im BR über Pflegenotstand!!« Meine Mutter ist anscheinend einem vormittäglichen WhatsApp-Wahnsinn anheimgefallen, denn schon bombardiert sie mich mit der nächsten Nachricht.

»Bestell uns bitte bei Medikamente-Online-Express Sinupret, Nasic für Erwachsene, Basica-Kompakttabletten, Aminoplus Neurostress Granulat, Baldriparan, Moradorm Beruhigungstabletten, Zirkulin Teufelskralle Muskel- und Gelenkgel, Iberogast, Voltaren Schmerzgel, Paracetamol, Bronchicum, Tantum Verde, Zirkulin Einschlafdragees und ASS Akut. Danke!!!!!«

»Mama! Das kannst du doch selbst. Hab dir doch letztens gezeigt, wie das geht und euch ein Konto eingerichtet.«

»Bestell du! Neukunden bekommen bei Erstbestellung über mind. 70 Euro zwei Rollkoffer gratis!!!«

»Ich brauch keine zwei Rollkoffer.«

»Aber wir!!«

Wieso brauchen sie zwei Rollkoffer, wenn sie ihre Beerdigung planen?

Sollen darin ihre Urnen über den Friedhof gerollt werden? Ich kapituliere vor dem Unbegreiflichen und tippe nur noch »OK«.

»Mit wem schreibst du denn da dauernd?« Inga beugt sich neugierig zu mir herüber.

»Mit meiner Mutter.«

»Ah, wie geht's deinen Eltern?«

»Sie warten auf Enkel.«

»Oje, meine auch.«

»Meine Eltern werden langsam tatterig«, wirft Helena ein. »Mein Vater hat eine neue Hüfte, und meine Mutter wird immer schusseliger.«

»Meine Eltern haben sich jetzt Elektrofahrräder gekauft, weil sie sonst ihre Radwanderungen in Holland oder im Westerwald nicht mehr machen könnten«, sagt Emilia, »und jetzt fahren sie immer viel zu weite Strecken, vergessen, die Akkus von den Rädern rechtzeitig aufzuladen, und stranden dann irgendwo im Nichts. Da denk ich manchmal auch, oh Gott, langsam werden die echt alt.«

»Deshalb hab ich Silvano gleich nach dem Studium bekommen«, erläutert Helena. »So haben meine Eltern wenigstens noch was von ihrem Enkel. Wenn ich mit dem Kinderkriegen länger gewartet hätte, wären sie vielleicht schon im Pflegeheim. Und dann fallen sie ja auch als Betreuungsinstanz aus. Oje, ich rede schon wieder so formal, sorry, das ist meine Berufskrankheit, also ich meine, wenn die Großeltern schon so alt sind, dass sie selbst Betreuung brauchen, kann man sie ja nicht mehr als Babysitter einsetzen.«

Dies sei ein meist verdrängtes, aber nicht zu unterschätzendes Problem von Frauen, die das Kinderkriegen vor sich her schöben, führt die formale Helena gnadenlos aus, wobei sie Inga und mich streng anblickt. Man solle möglichst früh Kinder bekommen, damit die Kleinkindphase sich nicht mit der Pflegebedürftigkeitsphase der eigenen Eltern überschneidet.

Emilia betrachtet prüfend ihren Bauch, als frage sie sich, ob sie noch rechtzeitig vor der Pflegebedürftigkeitsphase ihrer Eltern schwanger geworden ist oder ob es schon zu spät ist, da die hinfälligen Eltern vielleicht in diesem Moment orientierungslos und entkräftet mit ihren Elektrofahrrädern im Westerwald in einem Straßengraben liegen und womöglich dauerhaft als Betreuungsinstanz ausfallen. »Inga hat mir erzählt, dass du mit Silvano gleich nach der Geburt zum Babyschwimmen bist«, sagt sie dann zu Helena, »kannst du das empfehlen?«

»Ja, unbedingt, du musst unbedingt mit ihm zum Babyschwimmen. Für Silvano war das total wichtig, damit er beim Schwimmen sein Geburtstrauma verarbeiten konnte.«

»Was ist denn ein Geburtstrauma?«, will Inga wissen.

»Na ja, das Trauma der Geburt!«, gibt die erfahrene Jungmutterinstanz Helena Auskunft.

»Aber jede Geburt ist doch traumatisch, oder? Muss jedes Baby zum Babyschwimmen?«

»Schaden kann es nicht. Silvano hat sehr davon profitiert.«

Wo ist eigentlich Silvano? Von ihm und Kendra sieht und hört man nichts. In meiner eigenen Kindheit war Stille im Kinderzimmer für meine Eltern immer ein Warnsignal, denn das bedeutete meist, dass ich alleine oder mit einer Freundin in etwas Verbotenes vertieft war, etwa darin, die Wände mit Wachsmalkreide zu verzieren oder die betagte, arglos schlafende Hauskatze, die wir eine Zeitlang hatten, mit Stühlen, Decken und Kissen einzumauern, bis sie in einem dunklen Höhlengefängnis erwachte und sich panisch fauchend einen Fluchtweg freifetzen musste.

Hier am Tisch ist man unbesorgt ob der verschwundenen Kinder. Helena referiert munter über die Überwindung von Geburtstraumata, der ins Gespräch nicht integrierte Franzose spielt mit seinem Smartphone und trinkt Unmengen von Ingas Detox-Smoothies.

»Ich bin heute noch dabei, mein Geburtstrauma zu verarbeiten«, blökt Borke zu uns herüber, »gerade schwimme ich in Weißwein, will jemand einen Riesling probieren?«

Keiner reagiert auf sein Angebot, da Emilia in diesem Moment aufschreit und mit offenem Mund den Kopf in den Nacken wirft.

»Holger, fühlst du ihn? Ich fühl ihn ganz deutlich, eben hat er mich heftig getreten!« Der Urologe legt ihr sofort sein Ohr auf den Bauch. »Ah, schon wieder, Holger!«

»Ja, jetzt hab ich ihn auch gespürt!«, ruft der baldige Kindsvater. »Willst du wohl schon raus? Willst du wohl schon raus aus der Mama? Bleib noch ein bisschen in der Mama, in der Mama ist es doch so schön!« Er scheint schon ziemlich hinüber zu sein von Borkes bunter Alkohol-Vielfalt, er redet weiter mit kindlich hoher Stimme auf Emilias Bauch ein. »Obelix, ich glaub, da ist einer ungeduldig. Ja, bleib noch ein bisschen in der Mama!«

Als Emilia zum dritten Mal euphorisch aufstöhnt, erhebt sich Inga, wirft mir einen konfusen Blick zu und trägt zwei leere Tassen in die Küche. Ich sammle ein paar Teller ein, Gabeln und Sektkorken, und folge ihr.

»Ich glaub, hier wird heute noch eine Hausgeburt stattfinden«, sage ich.

Inga ist den Tränen nah. »Ich bin so froh, wenn die alle wieder weg sind. Weder Helena noch Emilia werd ich jemals wieder einladen, solange die in ihrem unerträglichen Mütter-Modus gefangen sind!«

Wir räumen Geschirr in die Spülmaschine.

Währenddessen erzählt mir Inga ein Erlebnis, das sie anscheinend nachhaltig aus der Bahn geworfen hat: »Silvano lag gestern Abend zwei Stunden auf meinem Bauch. Wir saßen alle auf dem Sofa, und er ist auf mir eingeschlafen. Ich lag da zwei Stunden mit Silvano, der sich an mich kuschelt.«

»Ja, und?«

»Ich habe nichts gefühlt!«

»Nichts gefühlt?«

»Nichts! Er hat im Schlaf meinen Finger genommen und festgehalten, und bei mir hat das überhaupt nichts ausgelöst! Ich hätte doch was fühlen müssen! Mutterliebe, Zuneigung, Kinderwunsch, irgendwelche Instinkte, was weiß ich, aber ich habe rein gar nichts gefühlt! Nicht mal Ablehnung! Das hat mich so erschreckt!«

»Na ja, wenn es dein eigenes Kind gewesen wäre, hättest du bestimmt was gefühlt«, versuche ich sie zu trösten.

»Aber was, wenn nicht? Dann hab ich ein Kind und fühle auch nichts! Und dann ist es zu spät, man kann es ja nicht mehr rückgängig machen!«

»Nee, das geht nicht …«

»Und deshalb dachte ich mir heute Nacht, ich sollte vielleicht doch lieber nicht Mutter werden, ich dachte, ich könnte als digitale Nomadin um die Welt reisen. Meine

Blog-Artikel kann ich ja überall schreiben, und wenn ich mich mehr auf Travel-Themen konzentriere, könnte es klappen. Was meinst du? Meinst du, das schaff ich?«

»Hm. Vielleicht, keine Ahnung, ich kenn mich da zu wenig aus.«

Inga umarmt mich mit einem tiefen Seufzer, und erstaunt registriere ich, dass ich sie wahrscheinlich vermissen würde, falls sie sich tatsächlich auf eine Weltreise begeben würde. In ihrer heillos übertriebenen Aufgewühltheit geht sie mir zwar oft auf die Nerven, andererseits bildet sie damit einen Gegenpol zu meiner passivlethargischen Art, die sich in letzter Zeit verstärkt hat, zumindest komme ich mir vor wie ein störrischer Gaul, der aus irgendeinem Grund alle ihm hingehaltenen Mohrrüben verweigert und sich dadurch immer unbeliebter macht. Mit den anderen Gästen habe ich kaum ein Wort gewechselt, weil mir schlichtweg nichts einfiel, was ich hätte sagen können.

»Mit dir kann man wenigstens reden«, sagt Inga, als hätte sie meine Gedanken erraten. »Hör dir doch an, was Helena und Emilia für einen Quatsch erzählen. Man wird nur über den Beruf und den Beziehungsstatus definiert, sonst über nichts. Nicht über die Musik, die ich gern höre, die Länder, in denen ich war, die Bücher, die ich gern lese, das würde alles mehr über mich aussagen, aber das interessiert ja keinen.«

»Wenn ich Jonas nicht hätte, hätten sie mich noch mehr bedauert. So bin ich zwar beruflich gescheitert, aber hab wenigstens einen potenziellen Samenspender. Jonas ist meine Normalitätsversicherung.«

»Ja, und da du beruflich so erfolglos bist, hast du dann wenigstens nicht diesen inneren Zwist zwischen Muttersein und Karriere«, zitiert Inga mit affektierter Stimme Helena. Wir müssen lachen und machen uns noch kurz über Emilia lustig, die sich Obelix nennen lässt und sich ein Berufsleben als Künstlerin fingiert, um ihr baldiges Hausfrauendasein aufzuwerten.

»Na ja«, Ingas Blick ist wieder ernst geworden, »ich will aber wirklich demnächst noch mal nach Bali für ein paar Wochen, dort kann ich in Ruhe nachdenken und herausfinden, was ich eigentlich will. Oder ich fahr nach Thailand oder Vietnam, auf Bali war ich ja schon zwei Mal. Aber irgendwie hab ich das Gefühl, dass ich auf Bali etwas noch nicht abgeschlossen habe.«

»Was denn?«

»Ich weiß es nicht.«

»Eine Glasbruchversicherung«, schlage ich vor.

»Mach dich nicht immer über mich lustig, ich bin psychisch total labil, ich bin am Abgrund!«

»Du bist der Abgrund selbst«, korrigiere ich sie, woraufhin Inga sich trotz aller Seelenpein und inneren Zerrüttung ein Grinsen doch nicht verkneifen kann.

»Siehst du«, sagt sie, »das meine ich, du hörst mir wenigstens zu und merkst dir, was ich sage, die anderen hören immer nur sich selbst.«

»Wenn du jetzt lieber nach Bali willst, anstatt sesshaft zu werden, haben dich die Musterhäuser wohl nicht so richtig überzeugt«, sage ich und knete ein an der Dunstabzugshaube baumelndes Lavendelsäckchen in der rechten Hand.

»Welche Musterhäuser?« Inga starrt mich irritiert an, dann schlägt sie sich mit der Hand an die Stirn. »Oh Gott, du meinst diese schreckliche Ausstellung, erinnere mich nicht an den Abend, sei froh, dass du nicht dabei warst.«

Sie wendet sich von mir ab und macht sich an einem Spüli-Tab zu schaffen. »Mann, diese blöden Schutzfolien, die gehen immer so schwer ab! Die mit wasserlöslicher Folie sind irgendwie besser.«

»Jonas hat mir verboten, mit Borke über die Musterhaus-Nacht zu sprechen.« Ich bemühe mich um einen sorglos belustigten Tonfall und beobachte, wie Inga reagiert. Löst sich jetzt das Rätsel, das vielleicht gar keines ist?

Inga reagiert mit Tränen und einer Geschichte, die im Wesentlichen mit dem übereinstimmt, was Jonas mir berichtet hat. Schlimmer Streit mit Borke, er habe ihr gedroht, es werde »etwas passieren«, wenn sie ihn nochmals zu solch einem »beknackten Event« mitschleifen würde. »Er war auch so mies drauf, weil er den ganzen Abend keinen Alkohol trinken durfte, weil wir mit seinem Auto gefahren sind«, liefert mir Inga weitere Details des verheerenden Ausflugs, »dabei hatten die da ein riesiges Sektbuffet aufgebaut, und frisch gezapftes Bier gab's auch kostenlos, und er meinte, es wär das Allerletzte, dass er nicht trinken darf.« Sie stöhnt herzzerreißend auf und reißt mit zittrigen Fingern ein Blatt von der Küchenrolle ab, um damit ihre Tränen abzutupfen. Ihre Verzweiflung wirkt so echt, dass ich ein schlechtes Gewissen bekomme, da ich ihr unterstellt habe … Ja, was eigentlich? Das weiß ich selbst nicht so genau.

Egal was in jener ominösen Nacht passiert ist, es scheint alle Beteiligten zu quälen, und ich beschließe, es einfach auf sich beruhen zu lassen und nicht weiter nachzubohren.

»Na ja«, sage ich, »dann nimm ihn halt nicht mehr mit zu solchen Unternehmungen, wenn es eh nur Streit gibt.«

»Das mach ich auch nicht, nie mehr, das kannst du mir glauben. Oh Gott, jetzt heule ich schon wieder, wenn das so weitergeht, lande ich noch in der Psychiatrie!«

Inga bittet mich, sie kurz allein zu lassen, sie müsse sich »sammeln« und »die Tränen wegatmen«, um sich wieder ihren Gästen widmen zu können.

»Die Tränen wegatmen?«

»Ja«, schluchzt sie, »das ist eine Technik aus dem Anusara-Yoga, da konzentriert man sich auf sein drittes Auge und leitet die Tränen dorthin, und dann sieht keiner, dass man geweint hat.«

Ich überlasse sie ihrem Yoga-Atem und gehe auf die Toilette. Auf einer Flasche auf dem Badewannenrand lese ich die Aufschrift »Verbannungsöl«, beim zweiten Hinschauen merke ich, dass da »Entspannungsöl« steht.

Aus dem Wohnzimmer kommt lautes Gelächter, und ich bin froh, dass es nur gedämpft zu mir ins Bad dringt. Beim Blick in den Spiegel denke ich, dass ich weder jünger noch älter aussehe, als ich bin, im Gegensatz zur früh verhärmten, wahrscheinlich zwischen Business und Mutterschaft zerriebenen Helena und der strahlend schönen Inga, die ihre Tränen wegatmet, zudem jeden Monat eine andere Detox-Gesichtscreme testet und sich mit tibetischen Niederwerfungen, Powerfruits, Apfelessigkuren, Clean Eating und Veganismus gegen die Bedrohungen der Hautalterung wappnet, lediglich die Saufgelage mit ihrem Freund stellen eine Bedrohung dar.

Ich benutze Ingas Mascara und streiche mir durch die langen braunen Haare. Eine Hochsteckfrisur, wie Inga sie hat, würde ich nie hinkriegen. Sie macht das blind, ohne hinzuschauen, und immer entsteht ein hübsches Nest auf ihrem Hinterkopf. Meine Haare sind glatt und schwer, sobald ich versuche, sie hochzustecken, rutscht alles entweder wieder nach unten, oder ich sehe aus wie ein Dressurpferd, mit straff nach hinten gezwungenen, zusammengezwirbelten und mit Haarlack fixierten Strähnen.

Ich habe wenig Lust, mich wieder zu den anderen ins Wohnzimmer zu setzen. Andererseits ist das marokkanische Sofa sehr bequem. Wenn ich mich dort einfach zurücklehnen, die Augen schließen und einschlafen würde, es fiele niemandem auf, denn zum allgemeinen Gerede trage ich sowieso nichts bei. Jonas ist mittlerweile ziemlich betrunken, und der Versuch, ihn mitten im Schnapsverkostungsmarathon von Borke und Holger zu lösen und zum Aufbruch zu bewegen, könnte in einen kleineren Streit münden.

Klüger ist es, auf das natürliche Abklingen des Exzesses zu warten. Selbst Borke hat irgendwann genug. Dann fällt er vom Hocker, reißt noch einen Blumentopf mit sich und bleibt auf dem Boden liegen. Das ist dann das Signal, dass die Party vorbei ist. Oder er läuft im Suff gegen eine Glasscheibe, auch alles schon passiert. Vielleicht hat Inga in Wahrheit deswegen die Regenbogenkristalle an die Balkontür im Schlafzimmer gehängt, überlege ich, damit Borke nicht wie ein Vogel gegen die Scheibe klatscht und mit gebrochenem Genick zu Boden sinkt.

Jonas werde ich später irgendwie zum Auto auf dem Metzgersparkplatz schleifen müssen und zu Hause in die Wohnung, wo er dann den Rest des Tages auf dem Sofa schlafen wird. Wenn er abends aufwacht, wird er herummaulen, warum ich ihn nicht schon viel früher von Borke erlöst hätte, er habe viel zu viel getrunken, er müsse morgen arbeiten, ich hätte ihn vor dem maßlosen

Borke »retten« müssen, und das sei das letzte Mal gewesen, dass er sich von ihm so habe abfüllen lassen.

Am deprimierendsten bei alldem finde ich, dass ich schon genau weiß, was sich ereignen wird. Ich weiß, was sich in ein paar Stunden ereignen wird, und ich befürchte auch zu wissen, was sich in ein paar Jahren ereignen wird. Solange ich nicht durchdrehe, solange ich mich normal verhalte, wird alles in ruhigen, mal sonnigen, mal regnerischen Etappen weitergehen. Es wird nie etwas Überraschendes passieren. Ich komme mir vor wie eine Hellseherin, die keinen einzigen Kunden mehr hat, denn sie sieht in ihrer Kugel immer nur Dinge, die so langweilig und vorhersehbar sind, dass niemand sie wissen, geschweige denn noch Geld bezahlen will für solche trüben Aussichten.

Dabei liegt das Problem einzig bei mir, ich weiß einfach nicht, was ich will.

Als ich zurückgehe, um mich wieder in die muntere Festgesellschaft einzugliedern, höre ich blecherne Stimmen aus dem tibetischen Schlafzimmer. Ich schiebe die Tür einen Spalt auf. Kendra und Silvano sitzen auf einem Fell auf dem Boden und schauen einen Film auf einem Laptop, den Kendra sich auf die Knie gelegt hat.

»Hallo«, sage ich.

Keine Reaktion.

»Was guckt ihr denn da?«

Keine Reaktion.

Aus dem Laptop kommen Schreie, dann eine triumphale Kriegsmusik. Kendra und Silvano haben offene Münder und einen Blick, als habe man ihnen Drogen verabreicht. Ab und zu greift Kendra ohne hinzusehen in eine Schüssel voller Chips, die neben ihr steht, und steckt sich eine Handvoll in den Mund. An Silvanos Unterlippe baumelt ein Speichelfaden.

»Ich guck mal kurz mit euch mit«, sage ich, ohne eine Antwort der nur körperlich anwesenden Kinder zu erwarten, und setze mich hinter sie aufs tibetische Rundbett. Eine leere DVD-Hülle auf dem Teppichboden verrät mir, dass sie wohl gerade eine amerikanische Jules-Vernes-Zeichentrickverfilmung schauen. In dem Abenteuergeschehen tummeln sich einige komplett hyperaktive Idiotenfiguren, die ständig »Oh mein Gott!« schreien und vor herabstürzenden Felsbrocken, zuschnappenden Dinosauriermäulern und umknickenden Mammutbäumen flüchten müssen. Hierbei bleiben sie immer bis zur letzten Sekunde auf demselben Fleck stehen und sprechen, während der Felsbrocken / das Dinosauriermaul/ der Baumstamm auf sie herabsaust, unglaublich dämliche Dialoge.

»Oh mein Gott, was ist das denn?«

»Es kommt auf uns zu!«

»Oh mein Gott, Ken, das sieht gar nicht gut aus!«

»Das sieht ganz und gar nicht gut aus, Rob!«

»Wir sollten wohl besser von hier verschwinden, Ken!«

»Der Meinung bin ich auch, Rob!«

»Na dann mal los, Ken!«

»Du sagst es, Rob!«

Nachdem sie auf diese Weise alle paar Minuten einer Gefahr entgangen sind, kommt es noch zu einem Kampf mit einer fleischfressenden Pflanze, dessen Ausgang ich nicht kenne, da ich den Blödsinn nicht länger mitansehen mag.

Als ich die Tür hinter mir schließe, höre ich noch das hysterische Geschrei der Zeichentrick-Abenteurer, aufpeitschende Musik, und dann verkündet einer, ich weiß nicht ob Rob oder Ken, der fleischfressenden Pflanze: »Na warte, du elende Missgeburt, dir werde ich zeigen, wozu ein Mann aus Kansas in der Lage ist!«

Triumphmusik.

Im Wohnzimmer setzt Helena gerade zu einem Lobpreis auf Inga und ihre Gastgeberqualitäten an. »Ich bin ja so froh, dass wir extra hergefahren sind, wir hatten ja schon Bedenken, weil es ne weite Strecke ist und wir nicht so viel Kontakt hatten in den letzten Jahren, ich war in Sorge, dass man sich vielleicht nichts mehr zu sagen hat!«

»Wie kommst du denn auf sooo waaas?« Inga reißt Mund und Augen auf wie eine Sitcom-Schauspielerin.

»Ich weiß auch nicht, echt blöd von mir!«

Inga stimmt übertrieben herzlich in Helenas Lachen ein. Ihren Tränenfluss hat sie offenbar mit dem Anusara-Atem erfolgreich ins dritte Auge umgeleitet, jedenfalls ist von ihrer Verheultheit fast nichts mehr zu sehen. Helena berichtet nun von ihrem Leben in Köln, es gefalle ihnen gut, obwohl der Kölner an sich ein recht verschlossener Menschenschlag sei.

»Ha, das kann ich aber nicht bestätigen!« Borke funkt dazwischen und widerlegt Helenas Theorie, indem er von einem Karnevalsausflug nach Köln berichtet, im Zuge dessen es Mezcalschnaps mit einem sehr ansehnlichen eingelegten Wurm zu trinken gab. Er besitzt die Fähigkeit, jedes noch so üble Besäufnis wie eine interessante Exkursion zu schildern, denke ich, das muss man ihm lassen.

In den frühen Morgenstunden sei er, in ein Bärenfell gewickelt, auf einer Party erwacht, auf der er niemanden kannte und auf der alle Gäste als Bienen verkleidet gewesen seien, und er habe von den kontaktfreudigen Bienen so viel Honigwein verabreicht bekommen, dass er irgendwann nur noch schwarz-gelb gesehen habe. »Ich hab mehrere Tage danach noch alles nur schwarz-gelb gesehen!«

»Jaja, dass der Kölner eine gewisse Feierkultur hat, will ich nicht bestreiten …«, sagt Helena mit leicht angewidertem Blick auf Borke, dem mittlerweile die Zunge aus dem Mund quillt. Ich bin erschüttert, dass Inga recht hatte. Borke quillt die Zunge aus dem Mund! »… aber ich bin ja jetzt nicht so die Partynudel.« Helena kratzt sich am Kopf. »Wir hatten mal zwei Kollegenpärchen aus der Kanzlei zu uns zum Spiele-Abend eingeladen. Doch da kam nie eine Gegeneinladung, ich glaube, wir sind einfach zu wenig oberflächlich für die meisten.«

»Was machen eigentlich die Kinder?«, fragt Inga in die Runde.

»Die sind im Schlafzimmer«, antworte ich, da sonst niemand reagiert, »die schauen einen Film.«

»Ja, das ist eine Jules-Vernes-Verfilmung, das ist ganz hochwertig, das hab ich ihnen angemacht, da lernen sie was dabei«, sagt Helena.

Borke zeigt Jonas und dem Urologen einen großformatigen Bildband über »Die Welt des Rums«. Die Welt des Rums, sagt er, sei neben der Welt des Rotweins und des Gins eine der interessantesten Welten, die er zurzeit erkunde.

Ich beschließe, dass es langsam Zeit zum Aufbruch wird, aber gerade als ich Jonas ein entsprechendes Zeichen geben will, verkündet Borke, dass »die Männer« jetzt noch eine Zigarre rauchen würden.

»Zum kubanischen Rum gehört eine kubanische Zigarre!«

»Aber bitte auf dem Balkon!«, schreit Inga, »das kann ich überhaupt nicht ausstehen, Qualm in der Wohnung.«

»Ich geh kurz mit, ja?«, fragt mich Jonas, während er sich schon die Jacke anzieht. Ich zucke mit den Schultern.

»Darf ich auch, Obelix? Bitte, bitte, lieber Obelix!« Der betrunkene Urologe gibt Emilia Küsschen auf die Nase und stürzt dabei fast seitlich auf den Wohnzimmertisch.

»Ja, klar, Holger, mach das, das hast du dir doch verdient nach dem anstrengenden Nachtdienst.«

Die Männer, zu denen der Franzose offenbar nicht gezählt wird, taumeln auf den Balkon.

»Inga, wir gehen dann so langsam«, sage ich.

»Jetzt schon?«

»Ja, wenn die mit ihrer Zigarre fertig sind.«

Vom Balkon steigen beachtliche Rauchschwaden auf, von den Männern selbst ist nichts zu sehen, da Ingas riesige Blumenkübel auf der Fensterbank den Blick nach draußen verstellen. Ich frage mich, ob sie sich zu dritt eine kubanische Zigarre teilen oder ob Borke für jeden eine eigene spendiert hat. Was das kostenlose Zur-Verfügung-Stellen von Genuss- und Rauschmitteln angeht, ist er erstaunlich großzügig.

»Aber erst muss ich noch euer Geschenk aufmachen, Katja, das hab ich ja total vergessen!« Inga springt auf und holt mein Geschenk aus der Küche.

»Oh, das ist ja großartig! Vielen Dank!« Sie hält das Buch, das sie auspackt, wie ein Heiligtum vor sich in die Höhe.

Ich habe ihr das neueste Werk ihres Lieblingsautors besorgt, Hans-Peter Wolfmann. Es trägt den Titel »Der Lustwanderer« und zeigt vorne den Autor selbst, wie er mit verschmitztem Grinsen und einem Zigarillo im Mundwinkel an einem Heuballen lehnt, der auf einem weiten Feld herumliegt. Der etwa sechzigjährige Autor trägt Wanderschuhe und Outdoor-Kleidung. Auf dem Heuballen und zwischen den Stoppeln des Feldes liegen bunte String-Tangas, einzelne Stilettos und Spitzen-BHs verstreut.

Emilia und Helena kennen den Autor nicht, woraufhin Inga mit glühenden Wangen eine Laudatio auf Hans-Peter Wolfmann hält, den Lustwanderer. Er sei einer der bekanntesten Reiseautoren überhaupt, reise schon seit Jahrzehnten um die Welt und schreibe Reportagen und Bücher über seine Erlebnisse. »Dabei nimmt er sich immer Aufgaben vor, so Experimente. Eigentlich so, wie ich das auch versuche auf meinem Blog, wenn ich zum Beispiel sag, ich wasch mir einen Monat die Haare nur mit Roggenmehl und schreib dann drüber, ob die Haare dadurch wirklich schöner werden. So macht der das auch, er ist voll das Vorbild für mich. Und in dem neuen Buch hier hat er sich vorgenommen, durch ganz Europa zu wandern und jede Nacht im Bett einer anderen Frau zu verbringen.«

»Was? Voll der krasse Typ!«, quiekt Emilia.

»Und die Frauen kennt er natürlich vorher nicht, er muss es quasi jeden Tag schaffen, eine Frau rumzukriegen.«

»Ja, heißt das …« Helena ringt nach Worten. »Also ist damit gemeint, dass sie ihm nur eine Schlafstelle zur Verfügung stellen, oder meinst du, dass er mit ihnen wirklich …«

»Ja, Sex ist Bedingung, wobei er das recht großzügig interpretiert, der ist da total offen. Wenn die Frau nur knutschen und fummeln will, ist das für ihn auch okay, oder wenn eine Frau ihm bloß einen blasen will, ihn aber ansonsten nicht anfasst. Oder wenn er mit zwei Frauen im Bett landet, ist es dann nicht schlimm, wenn er an einem anderen Tag gar keine kennenlernt und im Hotel übernachten muss.«

Helena ist deutlich anzusehen, dass sie das zügellose Treiben des Lustwanderers ungeheuerlich findet und ihm auf seiner Wanderung keineswegs Obdach gewähren würde.

»Woher weißt du das alles?«, will Emilia wissen, »du hast doch das Buch noch gar nicht gelesen.«

Wolfmann umkreise im Prinzip immer dasselbe Thema, gibt Inga begeistert Auskunft. Zum Beispiel habe er ein Buch geschrieben über die prägendsten Frauen, die ihm im Lauf der Jahre auf seinen Weltreisen begegnet seien, es heiße »Frauen – Meine Welt«. Ein anderes Buch heiße »Gebrauchsanweisung für die Russinnen – Mit Lust und Liebe durch den wilden Osten«. Und mittlerweile gehe er halt auf die sechzig zu und beschränke seine Experimente eher auf einen kleineren Radius.

»Oh, da ist ja noch ein Umschlag, den hatte ich fast übersehen.« Inga holt meine Glückwunschkarte heraus, in die ich die beiden Gutscheine vom Massagestudio Elfenhand gelegt habe.

»Wie cool, Massage brauch ich dringend mal wieder, danke, aber du musst mir doch nicht so viel schenken, Katja, das Buch hätte gereicht!«

Ich gebe zu, die Gutscheine selbst geschenkt bekommen zu haben, natürlich ohne den genaueren Zusammenhang und Heinrichs Erpresserbrief zu erwähnen. »Da kannst du ja mal mit Borke hingehen.«

Inga betrachtet selig die Gutscheine, noch seliger aber den »Lustwanderer«, in dem sie am liebsten gleich zu lesen beginnen würde. »Ich bewundere diesen Typ«, seufzt sie, »der ist total frei und macht einfach, was er will. Der lebt nach dem ›Hell, Yes!‹-Prinzip.«

»Was soll das sein?« Weder Emilia, Helena noch ich kennen das »Hell, Yes!«-Prinzip und haben somit erstmals an diesem Tag etwas gemeinsam.

Das »Hell, Yes!«-Prinzip sei die ultimative Entscheidungshilfe auf dem Weg zu mehr Selbstbestimmung und Glück, führt Inga aus. »Wenn man vor einer Entscheidung steht, muss man tief ins Innere seiner Seele hineinhören, ob man dort ein »Hell, Yes!« hört. If it's not a Hell, Yes!, it's a No!«

Wir kapieren es immer noch nicht.

»Du kannst dir jede beliebige Frage stellen. Zum Beispiel: Soll ich meinen Beruf aufgeben und Yogalehrerin werden? Soll ich diesen Mann heiraten? Soll ich eine Weltreise machen? Dann horchst du in dich hinein, und wenn du kein euphorisches Ja hörst, ist die Antwort Nein. Wenn du kein ›Hell, Yes!‹ in dir hörst, ist es nicht der richtige Mann, bist du noch nicht bereit, Yogalehrerin zu sein oder auf Weltreise zu gehen.«

»Eigentlich voll gut«, sagt Emilia. »Als ich erfahren hab, dass ich schwanger bin, hab ich auch gleich aus ganzer Seele Ja zu dem Kind gesagt. Das ist damit gemeint, oder?«

»Ganz genau!«

»Als Jerome um meine Hand angehalten hat, hab ich innerlich, glaub ich, auch ›Hell, Yes!‹ geschrien. Und als ich damals nach diesem krassen Auswahlverfahren den Studienplatz in Paris gekriegt hab, auch! Da hab ich ja alles richtig gemacht!«

»Ja, und bei mir war das am Beginn von ›Modern Diva Diary‹«, sagt Inga, »da hab ich mich auch gefragt, will ich das wirklich versuchen, einen Blog aufzubauen, obwohl es wahnsinnig viel Arbeit ist und man erst mal kein Geld damit verdient, will ich da jahrelang Energie reinstecken? Und ich hab sofort gespürt: Yes, das will ich, das ist es mir wert, das ist genau mein Ding!«

Am Fenster ziehen dichte Rauchschwaden vorbei. Meine Freundinnen schwelgen in ihren »Hell, Yes!«-Erfahrungen. Ich befürchte, ich habe noch niemals eine einzige Frage mit einem euphorischen Ja beantwortet. Überrascht mich diese Erkenntnis? Ich horche in mich hinein. Wieder ist kein »Hell, Yes!« im Inneren meiner Seele zu hören. Also ist die Antwort Nein, das überrascht mich nicht im Geringsten. Will ich Jonas heiraten? Will ich Kinder? Will ich beim Sonntags-Blitz kündigen und Yogalehrerin werden?

Als Antwort ist kein »Hell, Yes!« zu vernehmen. Aber auch wenn ich mir die gegenteiligen Fragen stelle – Will ich Jonas verlassen? Will ich kinderlos bleiben? Will ich beim Sonntags-Blitz bleiben bis in alle Ewigkeit? – meldet sich keine Seelenstimme, die Ja schreit.

Esoterik-Kacke, denke ich, das hilft doch kein bisschen weiter.

Während ich noch vor mich hin grübele, ist das Gespräch meiner beneidenswerten Freundinnen, die ihre Lebensentscheidungen aus tiefster Seele bejahen, zum Thema Reisen mit und ohne Kind übergegangen.

Inga liefert einen Überblick über die erotischen Abenteuer des Lustwanderers auf Kuba, woraufhin Emilia von »der letzten Reise vor dem Kind« erzählt, die Holger und sie nach Kuba, Mexiko und Kalifornien führte. Die Reise hätten sie bewusst als Abschluss ihres unbeschwerten Partylebens gesehen, weil ihnen klar gewesen sei, dass »nach dem Kind« alles anders werde.

In Havanna hätten sie eine halbe Stunde angestanden, um sich ein Eis zu kaufen, und dann habe es nur eine einzige Sorte gegeben. »Und da waren auch total viele Schlaglöcher, und alle sind arm, aber man spürt trotzdem überall diese intensive Lebensfreude.« Es sei in Kuba allerdings nicht so billig wie erwartet gewesen, fährt Emilia fort, einige Male seien sie gar übers Ohr gehauen worden bei der Mojito-Rechnung, aber auch Mexiko sei nicht so billig, wie man denke, also das Bier sei schon billig, aber die »härteren Tropfen nicht in dem erwarteten Maße«, damals habe sie ja noch Alkohol trinken dürfen und dieses Privileg auch weidlich ausgenutzt, da die letzte große Reise ja wie gesagt den Abschluss ihres Partylebens darstellen sollte. Je näher sie der Karibik-Küste gekommen seien, desto teurer sei alles geworden. Und Kalifornien zum Abschluss sei dann natürlich noch teurer gewesen, »aber das musste sein, weil Holger so gerne noch einmal an seinen ›Lieblings-Surfspot‹ wollte, in San Diego.« Da müsse man schon um fünf Uhr morgens an den Strand, ansonsten sei das Meer zu voll mit Surfern, weil das eben ein unheimlich beliebter »Place« sei, und Holger hätte am letzten Tag Tränen in den Augen gehabt, weil ihm klar geworden sei, dass er vielleicht nie mehr an seinen Lieblings-Surfspot kommen würde, und sie selbst habe auch Tränen in den Augen gehabt, weil die Partylebensphase nun eben endgültig zum Abschluss gekommen sei.

Ihr Bericht klingt so dramatisch, man kann froh sein, dass sich die beiden nicht vor Verzweiflung am Strand von San Diego nach einem letzten Cocktail eine Kugel in den Kopf gejagt haben. Aber anscheinend haben sie das Ende ihrer kosmopolitischen Jahre gut verkraftet.

»Wir sind total over it«, seufzt Emilia, »irgendwann ist es einfach an der Zeit, dass man friedlich und sesshaft wird, ich hab gar keinen Bock mehr auf Partyurlaub.«

Während Emilia erlebnisgesättigt genug ist, um sich irgendwo einzunisten, hat Helena schon die nächste Lebensetappe beschritten und betont, man könne sehr wohl auch mit Kind verreisen, es sei nicht so, dass ein Kind das Ende des Lebens bedeute.

Ich bin auch »total over it«, kann mich aber nicht aufraffen, aufzustehen und die kubanische Herrenrunde auf dem Balkon zu sprengen.

Helena beginnt mit einer Aufzählung aller Orte, an denen Silvano sich in der Vergangenheit auf kuriose Weise seines Schnullers entledigt habe. Ich erfahre, dass Silvano seinen Schnuller auf Madeira von einem Ausflugsboot aus ins Meer geworfen hat. In Hagenbecks Zoo in Hamburg hat er seinen Schnuller ins Giraffengehege geworfen, in Andalusien in einer Tropfsteinhöhle in einen Felsspalt und in Bern in den Bärengraben. In der Türkei habe er gar den Schnuller aus dem fahrenden Taxi hinaus auf die Autobahn geschleudert, woraufhin sie in Istanbul in eine Nachtapotheke mussten, weil er ja ohne Schnuller nicht schlafen könne, sondern in einen Zustand des Dauerkreischens eintrete.

Emilia tritt auch in einen Zustand des Dauerkreischens ein, weil sie die Storys unheimlich witzig findet, sie fordert Helena sogar auf, alles zu wiederholen, sobald Holger wieder im Raum sei, das müsse er einfach hören, das sei ja zu komisch!

Mein Handy brummt. Missmutig hole ich es heraus und

erwarte eine weitere WhatsApp-Anweisung meiner Mutter bezüglich Medikamentenbestellungen oder Vollsorgevormachts-Ausdrucken, aber es ist keine WhatsApp, sondern eine SMS von einer mir unbekannten Nummer.

»Hallo Katja, war schön, dich kennenzulernen. Wollen wir vielleicht demnächst mal Kaffee trinken gehen, wenn ich in der Gegend bin? LG Robert«

Ich lese die Nachricht mehrfach, als sei sie in fremden Schriftzeichen verfasst, die ich erst dechiffrieren muss.

Eine Anrede: Hallo Katja.

Eine Feststellung: War schön, dich kennenzulernen.

Eine Frage: Wollen wir vielleicht demnächst mal Kaffee trinken gehen?

Eine zeitliche Einschränkung: Wenn ich in der Gegend bin.

Ein Gruß: LG Robert

Wollen wir vielleicht demnächst mal Kaffee trinken gehen? Wollen wir das?

»Hell, Yes!«, tönt es als Antwort erschreckend euphorisch aus dem Inneren meiner Seele.

Endlich habe ich das Prinzip verstanden.

»Hast du was Lustiges geschickt bekommen?«, fragt mich Inga. Ich schrecke auf.

»Wieso?«

»Du guckst auf dein Handy und bist die ganze Zeit am Grinsen.«

»Ähm, ach, ich hab grad ein Katzenvideo geschickt bekommen.« Wie dämlich, aber etwas anderes fällt mir nicht ein.

»Ein Katzenvideo«, ruft Emilia, »zeig doch mal!«

»Wer schickt dir denn ein Katzenvideo?« Inga schaut mich äußerst skeptisch an.

»Herr Böhmann«, sage ich und versuche, meine anscheinend in ein Dauergrinsen entglittenen Gesichtszüge zu ordnen. Die aufkommende Panik hilft dabei, denn Emilia will das angebliche Katzenvideo sehen, das ich gerade geschaut habe, und Inga will wissen, wer Herr Böhmann ist.

»Mein Arbeitskollege.«

Hektisch öffne ich YouTube und tippe unauffällig »Katzen« ins Suchfeld. Ich präsentiere Emilia den erstbesten Clip – ein Katzenbaby dreht sich im Kreis und versucht, seinen eigenen Schwanz zu fangen.

»Ach, putzig, ja!« Emilia nimmt mein Handy in die Hand, um besser sehen zu können.

»Da hast du aber nette Arbeitskollegen«, sagt Helena mit süffisantem Unterton. »Mir hat noch nie ein Arbeitskollege sonntagmittags ein Katzenvideo geschickt.«

»Herr Böhmann, ist das der, mit dem du im Zimmer sitzt? Mit dem du immer in die Mittagspause gehst?«, will Inga wissen.

»Ja.«

»Wie heißt der mit Vornamen?«

Wie heißt Herr Böhmann mit Vornamen? Frank? Franz? Hans? Ich bin erschüttert, dass ich es nicht weiß, wobei ich es natürlich weiß, aber anscheinend gerade einen Hirn-Blackout erleide.

»Franz«, behaupte ich.

»Und wie alt ist der?«

»Och Inga, keine Ahnung, der ist kurz vor der Pensionierung.« Ich entwinde Emilia mein Handy, bevor sie darauf weitere YouTube-Katzenvideos anklickt und am Ende versehentlich oder absichtlich meine SMS liest.

»Aber dann versteht ihr euch ja anscheinend gut, wenn

er dir sonntags Videos schickt.« Inga stößt mir neckisch den Ellenbogen in die Rippen.

»Inga, echt jetzt, der ist Mitte sechzig.«

»Das hat nichts zu sagen. Hans-Peter Wolfmann ist auch schon sechzig und äußerst attraktiv, zu seinen Lesungen kommen lauter Frauen, die halb so alt sind wie er! Auch reifere Männer können total sexy sein.«

»Herr Böhmann ist kein Lustwanderer«, sage ich, »du kannst gern mal mit uns zu Mittag essen und ihn dir anschauen.«

»Das mach ich!« Inga grinst mich verschwörerisch an.

Wenn Herr Böhmann wüsste, dass gerade auf der Geburtstagsparty einer Lifestyle-Bloggerin wilde Spekulationen über seine Person angestellt werden, er würde sich doch sehr wundern.

»Apropos Mittagessen«, erlöst mich Helena schließlich, sie habe ganz vergessen, uns noch eine tolle Sache zu erzählen. Sie sei nämlich seit ein paar Monaten in einem Rezeptzirkel, das sei total witzig, da bekomme man von einer Person, die man nicht kenne, ein Rezept und eine Mail-Adresse. Und dann müsse man an die genannte Mail-Adresse wiederum ein Rezept schicken und dem Empfänger eine neue Mail-Adresse nennen, an die dieser wiederum sein nächstes Rezept schicke. Man könne aber auch Rezepte an den gesamten Verteiler schicken. Es gebe einen Kochzirkel, einen Backzirkel, einen Dessertzirkel und einen Salatzirkel. Man könne an allen Zirkeln teilnehmen oder nur an einem.

Ich bin ihr sehr dankbar für die dämliche Neuausrichtung des Gesprächs, denn Inga und Emilia haben mein vermeintliches Katzenvideo sofort vergessen und mutmaßen auch nicht mehr über eine Affäre zwischen mir und Herrn Böhmann, sondern lassen sich Helenas obskuren Rezeptzirkel ganz genau erklären.

Wenn sie unsere Mail-Adressen in den Verteiler einfüge, bekämen wir ständig kostenlos tolle Rezepte zugesandt, und sie erhalte einen Rabattgutschein für irgendeinen Küchenzubehör-Versand.

Willenlos schreibe ich ihr meine Mailadresse auf. Dass ich wahrscheinlich in Zukunft mit Spam aus dem Salat-, Back-, Koch- und Dessertzirkel überflutet werde, ist mir egal.

Ich gehe nämlich Kaffee trinken.

Demnächst.

Denn es war schön, mich kennenzulernen.

Während die anderen debattieren, für welchen Zirkel sie sich einschreiben sollen, lese ich noch mal Roberts Nachricht und sehe, dass er zwischenzeitlich noch ein »PS« geschickt hat.

»PS: Entschuldigung, ich habe deine Nummer von Heinrich. Ich habe ihm gemailt, dass ich dich gern sprechen würde wegen der Gedichte, die du schreibst. Nur dass du Bescheid weißt, ich hoffe, das war okay und bringt dich nicht in Schwierigkeiten. Heinrich streut ja gern Gerüchte. Meld dich, wenn du magst. Schönen Sonntag noch, LG Robert«

Vom kubanischen Raucherbalkon ertönt ein Krachen und Poltern, gefolgt von aufgebrachten, unartikulierten Schreien, die eher aus Tier- denn aus Menschenkehlen zu kommen scheinen.

Dann herrscht Stille.

»Um Himmels willen, was ist denn da passiert?!« Inga fährt in die Höhe. »Borke?!«

»Holger?«

Ich helfe Emilia hoch, die mit angstgeweiteten Augen nach ihrem Freund ruft.

Inga stürmt zur Balkontür und reißt sie auf.

Jonas und der Urologe kommen keuchend hereingewankt, zwischen sich den komplett erschlafften Borke mitschleifend.

»Was ist denn jetzt schon wieder passiert?«, kreischt Inga und weist die beiden an, Borkes bewegungslosen Körper auf dem Boden abzulegen.

»Er wäre beinahe vom Balkon gefallen«, sagt Jonas. Er und der Urologe sind kreidebleich.

»Vom Balkon gefallen? Seid ihr komplett verrückt?!« Inga, anscheinend geübt in Wiederbelebungsmaßnahmen an ihrem Freund, haut Borke im schnellen Wechsel auf beide Wangen.

»Er hat zu viel getrunken«, sagt Holger.

»Er wollte uns den Parkplatz vom Metzger zeigen«, stammelt Jonas.

»Wieso das denn?!«, giftet Inga ihn an. Mir fällt auf, dass die beiden bis jetzt kein einziges Wort gewechselt haben.

»Unser Auto steht bei eurem Metzger auf dem Parkplatz, und Borke meinte, man kann den Parkplatz vom Balkon aus sehen. Und ich hab gesagt, ich sehe den Parkplatz aber nicht, und unser Auto auch nicht, und dann hat er sich irgendwie immer weiter übers Geländer gelehnt und den Arm ausgestreckt, und auf einmal fängt er an zu kippen. Wir haben ihn grad noch rechtzeitig zurückgezogen …«

Helena und Emilia halten sich synchron die Hand vor den Mund.

»Mein Gott, ihr wohnt im zweiten Stock, und unten

ist der harte Asphalt«, fasst Helena den Sachverhalt überflüssigerweise zusammen, »er hätte sich das Genick gebrochen!«

»Aber warum ist er jetzt ohnmächtig?!« Inga rüttelt an Borkes massiven Schultern.

»Ich glaube, das ist der Schock«, sagt Jonas.

»Weil er dem Tod ins Auge geblickt hat«, flüstert Emilia.

Borke, der gerade dem Tod ins Auge geblickt hat, kommt hustend zu sich und setzt sich auf. Das Husten geht nahtlos in ein Würgen über, und er speit unter entsetztem Aufschrei aller Anwesenden einen großen Schwall Flüssigkeit auf den Wohnzimmerboden.

»Spinnst du jetzt komplett?! Du kotzt doch sonst nie! Jetzt auch noch das!« Inga schimpft erstaunlich ungnädig auf ihren gerade dem Tod entronnenen Freund ein. »Bitte seid mir nicht böse, aber die Party ist beendet, ich muss das alles sauber machen!«

Im Durcheinander des allgemeinen Aufbruchs stehen plötzlich Kendra und Silvano im Raum. »Papa, das WLAN ist weg, wir brauchen WLAN!«

Kendra scheint sich nicht am Zustand ihres sich gerade mühsam auf Händen und Knien in seinem eigenen Erbrochenen abstützenden Vaters zu stören.

Als Antwort erhält sie nur ein Rülpsen.

»Inga, euer verkacktes WLAN ist wieder weg!«, schreit sie daraufhin in die Küche. »Hallo?! Mach uns mal wieder das WLAN an! Wir können sonst nicht spielen!«

Tränenüberströmt schleppt Inga einen Putzeimer aus dem Bad. »Meinen nächsten Geburtstag feiere ich auf Bali! Und zwar ganz allein!«

Kapitel 10

VIER TAGE SPÄTER sitze ich im Café Gruber in einem wintergartenähnlichen Nebenzimmer. Eine Seitenwand ist komplett verglast und würde Licht in den Raum lassen, wenn es draußen hell wäre, aber das Wetter an diesem Nachmittag besteht aus farblosem Dauerregen. Der Hauptraum mit der üppig bestückten Kuchentheke ist komplett von laut durcheinanderredenden Seniorinnen okkupiert, und auch im Wintergarten steht auf den meisten Tischen ein klobiges, hölzernes »Reserviert«-Schild. Ich wusste nicht, dass das Café Gruber so beliebt ist, und war froh, überhaupt noch einen freien kleinen Tisch direkt an der Glasfront zu entdecken.

Ich überlege, ob ich Robert schreiben soll, dass ich im Nebenzimmer sitze, dann denke ich mir, ein Kriminalautor wird genügend Kombinationsgabe und Spürsinn besitzen, um eine ihm bekannte Person in einem überschaubar großen Oma-Café aufzustöbern. Zuletzt war ich hier irgendwann im Frühling mit Herrn Böhmann, der das Mittagsmenü testen wollte. Wir saßen draußen unter einem Sonnenschirm in dem kleinen, asphaltierten Hinterhof, auf den ich jetzt von meinem Platz aus blicke, und aßen Rührei, das von Herrn Böhmann für ungenügend befunden wurde, da sich in seiner Portion Reste von Eierschalen befunden hätten. Ein Besuch ohne Wiederkehr. Bis heute.

Es war Robert, der das Café Gruber vorgeschlagen hatte, jedoch mit dem Hinweis, es sei das einzige, das er in der Stadt kenne, und ich solle gerne einen anderen Ort nennen. Mir fiel kein anderer Ort ein, also schrieb ich nur »OK, Donnerstag 15 Uhr Café Gruber, bis dann.«

Die kleine, quadratische Tischplatte vor mir ist fast gänzlich mit Wurzeln, Knollen, Moos und Zapfen bedeckt, dazwischen liegen Zierkürbisse, Kastanien und aus Holz ausgesägte Pilze. Ich schiebe die lästige Herbstdekoration zu einem Haufen zusammen, damit zumindest genug Platz für meinen Milchkaffee frei wird. Ein gelb-pinkes Plakat neben der Durchgangstür weist auf eine »Karibik-Tanztee«-Veranstaltung im vergangenen Juli hin. Die Plastikblumengirlanden und die halb erschlafften aufblasbaren Affen, Delphine, Kakteen, Papageien und Palmen, die von der Decke hängen, sind mit Sicherheit Überbleibsel des karibischen Tanztees.

An der Glasfront zum Hinterhof kleben Dutzende Window-Color-Fensterbilder mit zum Teil recht bizarren Weihnachtsmotiven. Eine Ente ist zu sehen, die eine rote Zipfelmütze trägt und einen dicken braunen Sack unter den Flügel geklemmt hat. Daneben ein Weihnachtsmann, Arm in Arm mit einem auf den Hinterbeinen laufenden Rentier, beide haben violette Nasen. Ein schielender Elch, dessen Schaufeln mit Christbaumkugeln behängt sind, sitzt auf einer Wolke und bläst in eine Trompete.

Eigentlich fehlt hier im Raum nur noch die Osterdekoration, denke ich, dann wäre der Reigen der Jahreszeiten perfekt. Ich bin viel zu früh, weil ich vorher noch auf der Post am Bahnhof Briefmarken kaufen wollte, wo man immer eine halbe Stunde warten muss, da Dutzende von Leuten vor einem stehen, die schwerwiegende Probleme mit den Postbeamten zu besprechen haben, jedenfalls beugen sie sich immer konspirativ murmelnd über den Schalter, und der Beamte schaut mit besorgtem Blick und leicht den Kopf schüttelnd in den Computer. Ausgerechnet heute war ich sofort an der Reihe, vor mir nur zwei routinierte Damen mit vorfrankierten Zalando-Rücksendepaketen, groß wie Heimtier-Transportboxen.

Jetzt sitze ich unter Plastikaffen und weiß überhaupt nicht mehr, was ich hier eigentlich mache. Ich kann mich nicht mal mehr erinnern, wie er genau aussieht, denke ich mit sachte im Bauchraum aufsteigender Panik, wir haben uns ja eigentlich nur im Halbdunkeln gesehen, auf Heinrichs Terrasse und dann im Auto, vielleicht erkenne ich ihn gar nicht, wenn er zur Tür hereinkommt. Und was soll ich mit ihm reden? Bei Events wie »Heinrich, still und leise« oder Ingas Pärchen-Geburtstagsbrunch ist es kein Problem, wenn ich stumm dabeisitze, aber bei einem Treffen zu zweit wird das dauerhafte Schweigen eines der Anwesenden früher oder später auffallen. Ich habe nicht mal eins seiner Bücher gelesen, fällt mir ein. Seltsamerweise ist mir das überhaupt nicht in den Sinn gekommen.

Alles, was ich von seinen Werken kenne, sind fragwürdige Leser-Urteile von Heinrich, Herrn Böhmann oder Jonas, die mich nicht neugierig auf den Inhalt machen. Was soll ich antworten, wenn er mich fragt, wie ich seine Bücher finde? Soll ich ihm sagen: »Herr Klotzky, ich kenne Ihre Bücher nicht, und ich will sie auch gar nicht lesen, denn was ich darüber gehört habe, klingt sehr geschmacklos, außerdem lese ich sowieso keine Krimis, Krimis sind Zeitverschwendung und Verblödung der Leserschaft«?

Um mich abzulenken, blättere ich in einer verklebten Frauenzeitschrift, die auf einem Stuhl am Nebentisch lag. Ich mache einen zweiseitigen Psychotest zum Thema »Wie depressionsgefährdet sind Sie wirklich?« und erreiche 25 von 34 möglichen Punkten. Ich bin nur mittelmäßig gefährdet, erst ab 27 Punkten wird es kritisch. In der Auswertung erfahre ich, dass ich mich müde und antriebslos fühle. »Sie grübeln zu viel, Ihnen fehlt das Vertrauen in die eigenen Fähigkeiten.« Welche Fähigkeiten?, denke ich. »Scheuen Sie sich im Bedarfsfall nicht, professionelle Hilfe in Anspruch …« Ich blättere um und lese lieber einen Artikel über »die neuen Wohntrends«. Die Zeilen sind sehr beruhigend in ihrer Sinnlosigkeit.

»Ein neutraler Steinboden passt sich jeder Stimmung an.«

»Schaffen Sie großzügigen Stauraum und setzen Sie auf Wohlfühl-Inseln.«

Ich lese jeden Satz aufmerksam, als sei er ein Mantra, eine Wohlfühl-Insel für den Geist. »Eine Wand mit romantischen Schwarz-Weiß-Fotos von Ihrer Hochzeit gibt dem Raum einen abstrakt verspielten Charakter.«

Amen.

»Tannenzapfen sind nur dann ein Hingucker, wenn sie groß wie Straußeneier sind; alles andere wirkt als Weihnachts-Deko schnell schäbig.«

Aha, das sollten die Dekorations-Verantwortlichen vom Café Gruber mal lesen, denke ich, dann würden sie ihren Gästen keine schäbigen Zäpfchen auf die Tische häufen, sondern stilvolle Riesenzapfen, so groß, dass sich die Gesprächspartner kaum noch in die Augen sehen können.

»Sofas im Chalet-Stil haben die Gemütlichkeit im

Gepäck. Hängen Sie sich ein schönes Gebirgspanorama darüber, und fühlen Sie sich wie in einem immerwährenden Schweiz-Urlaub.«

Ich nehme mir vor, mir die Formulierung »die Gemütlichkeit im Gepäck haben« zu merken. Vielleicht kann ich sie später im Gespräch nutzbringend anwenden. Falls Robert zu spät kommt und sich entschuldigt, könnte ich sagen: »Ach, das macht doch nichts, weißt du, ich hab nämlich heute die Gemütlichkeit im Gepäck.«

»Wenn Sie trotz Kind und Hund nicht auf die Eleganz eines weißen Sofas verzichten wollen, wählen Sie eins mit waschbarer Husse.«

Ich habe weder Kind noch Hund noch ein elegantes Sofa. Wenn, dann möchte ich gerne ein Kind mit waschbarer Husse. Ich muss an Jonas denken, wie er gestern auf unserer abgewetzten Couch saß, deren Ritzen randvoll mit Nussbröseln sind, und sich wieder mit Immobilien-Prospekten beschäftigte. Ich erwähnte, dass ich vorhätte, mit Robert Klotzky Kaffeetrinken zu gehen.

»Aha, okay«, erwiderte er nur, »wenn du meinst, dass es was bringt.«

Dass es was bringt?

»Aber versprich dir nicht zu viel davon.«

»Wovon?«, fragte ich.

»Du denkst doch bestimmt, dass er dich irgendwie weiterbringen kann mit deinem Gedichtkram, aber ich würd mir nicht zu viel davon versprechen. Von Lyrik kann man doch nicht leben. Guck mal, das klingt interessant, ist aber zu teuer.« Er gab mir eine Broschüre mit dem Titel »Wohnprojekte für junge Performer«.

Dadurch, dass er offenbar annahm, ich träfe den »Großschriftsteller«, um mit seiner Hilfe mit meinem

»Gedichtkram« bei einem renommierten Verlag zu landen, bekam ich zumindest keine Eifersuchtstirade zu hören, dafür aber einen Vortrag über meine berufliche Stagnation, beginnend mit den Worten »ich will dir ja nicht reinreden«.

»Ich will dir ja nicht reinreden, aber du musst dir mal langsam überlegen, was du machen willst, du kannst doch nicht ewig beim Sonntags-Blitz bleiben. Wenn du willst, sag ich der Marion Bescheid, dann kommst du bei uns ins nächste Trainee-Programm rein, das hab ich dir schon hundert Mal angeboten.«

»Das ist doch überhaupt nichts für mich, was soll ich denn in ner Bank?«

»Du hast BWL studiert.«

»Ich hab Germanistik studiert, mit BWL als Nebenfach, so jemanden würden die eh nicht nehmen.«

»Doch«, beharrte er, »das entscheidet die Marion, die ist mir was schuldig. Wenn ich ihr mit dem Inter-Banken-Modul nicht geholfen hätte, wär die auch nicht mehr auf ihrem Posten, und das weiß sie sehr gut.«

»Flure sind bemitleidenswerte Räume«, erfahre ich aus meiner Zeitschrift, »der Flur darf optisch lauter sein als die übrige Wohnung.« Der Wintergarten, in dem ich sitze, ist vielleicht gar nicht mit dekorativen Geschmacklosigkeiten überfrachtet, überlege ich, er ist einfach optisch lauter als der Rest des Cafés.

Ich sagte Jonas, über Beziehungen seine Freundin in den Betrieb einzuschleusen würde einen ganz schlechten Eindruck machen, falls es rauskäme. Das komme nicht raus, meinte er, die Marion halte dicht, außerdem habe die Verständnis, wenn ein Bewerber keinen stringenten Lebenslauf habe, die rede selbst immer davon, dass sie am liebsten den ganzen Scheiß hinschmeißen und auf La Gomera ein Café eröffnen wolle.

»Es geht ja nur drum, erst mal wo reinzukommen, im erweiterten Controlling-Team suchen die grad händeringend Leute! Die nehmen auch Quereinsteiger, neulich haben sie einen eingestellt, der hat Sinologie studiert, die wissen nicht mal, was das ist, der Kowalski dachte im Bewerbungsgespräch, das hätte mit den Nasennebenhöhlen zu tun.«

»Aha.«

»Die haben akuten Personalmangel. Der eine ist in der Psychiatrie wegen Selbstmordversuch, zwei haben Burnout, und vom Olafsson hab ich gehört, dass er kündigen will, weil er gemobbt wird.«

»Klingt ja nach nem super Arbeitsklima.«

»Aber du verdienst da mehr als in deiner komischen Gratisheft-Redaktion.«

In meinem Wohntrend-Artikel lese ich einen weiteren meditativen Satz: »Über eine neue Küche kann man gar nicht lange genug nachdenken.«

Es ist kurz vor drei. Ich beschließe, mir noch einen Kaffee zu bestellen und bis zu Roberts Eintreffen über eine neue Küche nachzudenken. Alles Weitere überlasse ich dem Schicksal. Wenn wir uns nichts zu sagen haben, werden wir halt stumm die schäbigen, weit von Straußenei-Größe entfernten Zapfen betrachten und dann auf Nimmerwiedersehen auseinandergehen. Ich werde alles hinnehmen, was kommt. Wie ein neutraler Steinboden werde ich mich jeder Stimmung anpassen und mich fühlen wie in einem immerwährenden Schweiz-Urlaub.

Das Klingeln meines Handys reißt mich aus meinen nebulösen Affirmationen. Kurz hoffe ich, dass es Robert ist, der unser Treffen absagt. Stattdessen steht »Mama« auf dem Display.

»Hallo?«

»Ja, ich bin's, hörst du mich?«, schreit meine Mutter.

»Ja, was gibt's?«

»Was gibt's?! Wie wird man denn bei dir begrüßt? So geschäftsmäßig!«

»Mama, ich kann grad nicht gut reden.«

»Ja, ja, immer in Eile, nie hat jemand Zeit für einen, ich bin's ja nicht anders gewohnt!«

»Mama …«

»Bist du nicht daheim?«

»Nein.«

»Bist du auf der Arbeit?«

»Nein.«

»Geht's noch einsilbiger, was ist denn los?«

»Mama, ich kann grad nicht gut reden, ich bin im Café.«

»Ach so, sag das doch gleich. In welchem?«

»Im Café Gruber«, seufze ich.

»Wo? Du musst lauter sprechen, ich versteh dich kaum!«

»Im Gruber!«

»Ach, da ist's nett, da würd ich auch gern mal wieder hin, aber dein Vater will ja nirgendwo mehr hin, wir haben überhaupt keine Kontakte mehr. Klappt das morgen, dass wir essen gehen? Neunzehn Uhr?«

»Ja, Mama, das haben wir doch alles schon besprochen.«

»Ich wollte nur noch mal nachfragen, nicht dass du es vergessen hast. In welchem Café bist du?«

»Gruber.«

»Aha, und mit wem?«

»Allein.«

»Aber dann kannst du doch sprechen, ich hab gedacht, du sitzt da mit einer Freundin. Übrigens, bevor ich's vergess, beim Bäcker Rollmann sind Ratten! Ich wollt's dir nur sagen, dass du da nichts mehr kaufst, letzte Woche war das Hygiene-Amt im Backraum, die Frau Elbert hat's erzählt, alles voller Ratten, man kann vor nichts und niemandem mehr sicher sein!«

»Mama, ich ...«

»Jahrelang kauf ich beim Bäcker Rollmann unser Brot, weil es immer heißt, man soll die kleinen Läden unterstützen, und dann so was! Wär ich lieber zum Brotback-Automaten beim Aldi gegangen, man lernt nie aus! Hast du uns das Zeug aus der Online-Apotheke bestellt?«

»Ja.«

»Es ist aber noch nicht da.«

»Das kommt bestimmt morgen. Mama, ich muss jetzt Schluss machen!«

»Wieso denn?«

»Weil ich jetzt mit jemandem verabredet bin.«

»Mit Inga?«

»Nein ...«

»Mit wem denn? Herrje, dir muss man alles aus der Nase ziehen, wie deinem Vater.«

»Mit Robert Klotzky.«

»Robert Klotzky? Wer ist das denn?«

»Ein Bekannter.«

»Der Name sagt mir doch was. Woher kenn ich den?«

»Das ist so ein Autor.« Herrje, wie werde ich sie bloß möglichst schnell los, es ist jetzt drei Uhr, Robert kann jeden Moment zur Tür hereinkommen.

»Ah, ja, von dem hat dein Vater neulich ein Buch gelesen, der hat's an einem Tag verschlungen, deswegen ist immer noch nicht das Rohr im Keller abgedichtet, weil der sich nicht von dem Buch losreißen konnte, mir ist das ja zu grausam, irgendwas mit den Gehenkten von Groß-Umstadt, kann das sein? Wo die ganzen Toten im Weinberg gefunden werden, stranguliert und mit aufgeschlitzter Kehle, und in der Kehle sind zwölf Weintrauben oder so, ich hab nur den Klappentext gelesen. Aber das ist doch schön, dass sie dich jetzt auch Artikel schreiben lassen!«

»Artikel …?«

»Ich hab doch immer gesagt, du kannst so gut schreiben, die sollen dich doch wenigstens Artikel schreiben lassen, nicht nur diese Sekretärinnen-Tätigkeiten.«

»Ich schreib keinen Artikel über ihn.«

»Nicht? Wieso triffst du den dann? Woher kennst du den?«

»Wir haben uns auf einer Soiree kennengelernt neulich, bei Heinrich Ertel.«

»Aha. Und jetzt trefft ihr euch beim Gruber.«

»Ja.«

»Ja, und warum? Ich meine, worüber redet ihr da?«

Wenn ich das wüsste. »Über Literatur und so«, sage ich.

»Aha. Und weiß Jonas davon?«

»Ja.«

»Und was sagt er dazu?«

»Es ist ihm egal.«

»Es ist ihm egal? Na ja, dann …« Auf die mütterliche Skepsis folgt überraschenderweise Resignation. »Ich misch mich nicht ein, macht, was ihr wollt, ich hab ja gar keinen Einblick in eure Lebenswelten. Deinem Vater wäre es wahrscheinlich auch egal, wenn ich mich mit einem anderen Mann im Café treffen würde. Aber ich kenn ja gar keinen, mit wem soll ich mich treffen? Schau halt, dass du nicht an unbelebte Orte mit ihm gehst!«

»Mama, wir trinken einfach einen Kaffee.«

»Und da sind auch noch andere Leute in dem Café, ja?«

»Ja, hier sind viele andere Leute.«

»Wie alt ist denn der?«

»Keine Ahnung.«

»Das muss ich deinem Vater erzählen, dass du dich mit dem Autor von seinem Krimi triffst! Edgar? Edgar, die Katja trifft jetzt den Mann, der dein Buch geschrieben hat, mit den Toten an den Weinstöcken in Groß-Umstadt!«

Robert kommt zur Eingangstür herein. Vielmehr, er windet sich von draußen herein, die Tür öffnet er nur einen Spaltweit, als wolle er möglichst wenig Aufhebens um sein Eintreffen machen. Mit gesenktem Kopf geht er zielstrebig durch den vollbesetzten Hauptraum auf den Wintergarten zu. Erst als er vor mir steht, zieht er sich die Kapuze herunter und lächelt mich an. Ich verzerre mein Gesicht zu einer entschuldigenden Grimasse und deute auf das Handy an meinem Ohr. Er hebt die Hände in einer beschwichtigenden Geste.

Meine nicht zu bremsende Mutter erzählt gerade, in der Nachbarschaft gebe es einen dementen Kater, der dauernd bei ihnen auf der Terrasse sitze und ins Haus wolle, weil er denke, er wohne dort. Bei der Frau Kellermann sitze er auch oft auf der Terrasse und schaue ins Wohnzimmer, und die Wohnungskatze der Frau Kellermann sitze drinnen vor der Scheibe und glotze den dementen Kater an, stundenlang, bis der demente Kater wieder zur Terrasse meiner Eltern hinüberwandere und dort in die Wohnung starre, es sei recht bedrohlich.

Ich stehe auf, um Robert zur Begrüßung zumindest kurz zu umarmen. Er gibt mir einen Kuss auf die Wange, ich rieche einen dezenten Herrenduft, während meine Mutter »Was soll ich denn machen, fast jeden Tag kommt dieser Kater?« in mein Ohr ruft, so laut, dass Robert mit Sicherheit alles mithören kann. »Gestern kam er sogar nachts und hat auf den Rasen gekotzt, das hättest du mal hören sollen, das sind unmenschliche Geräusche, hast du schon mal gehört, wie eine Katze kotzt? Ich hab noch nie so was Unheimliches gehört!«

Robert zieht die Augenbrauen hoch, sicher fragt er sich, was ich für dramatische Telefonate führe.

»Mama, ich muss Schluss machen.«

Robert wickelt einen langen Schal von seinem Hals und hängt seinen grauen, halblangen Mantel auf den Stuhl mir gegenüber. Er blickt sich prüfend um, als sei er in unbekanntem und potenziell feindlichem Gebiet und erwarte, jeden Moment von einem Geschoss getroffen zu werden. Dabei kratzt er sich kurz an der Oberlippe und zieht die Nase kraus. Durch diese Gesten und mit seinen weichen, wirr abstehenden grau-braunen Haaren sieht er für einen Moment aus wie ein großes, leicht verschrecktes Kaninchen. Ich hätte ihm am liebsten sofort ein Gehege gebaut, wo er in sicherem Umfeld umherhoppeln könnte, ohne sich vor Jägern oder Habicht-Attacken wegducken zu müssen. Dann würde ich ihn mit Möhren füttern und streicheln. Ich schüttele meine absurden Haustierfantasien ab, die vielleicht auch durch die tieftraurige Katergeschichte meiner Mutter hervorgerufen wurden, und bemühe mich, einen neutral-souveränen Gesichtsausdruck aufzusetzen, welcher der Gesprächspartnerin eines Großschriftstellers würdig ist.

Meine Mutter erzählt derweil von den unglaublichen Erlebnissen der Frau Hildebrandt, einer weiteren Nachbarin, irgendetwas von einem Sturz im Kurpark Bad Orb, woraufhin die Frau Hildebrandt ihren Geschmackssinn verloren habe. »Edgar, dir klebt da Honig am Kinn, wisch dich mal ab!«, integriert sie auch meinen anscheinend gerade in ihrer Nähe ein Honigbrot verzehrenden Vater in ihren Monolog. Ich verfluche ihre Telefon-Flat, die ihr zigtausend Freiminuten im Monat bietet, denn ohne die Flat würde sie nicht so ausführlich über den Sturz der Frau Hildebrandt referieren, die nach besagtem Unfall in Bad Orb dann nach Bad Kissingen in die Klinik gekommen sei, wo man ihren Geschmackssinn wiederfinden wollte. Und in Bad Kissingen sei der betreuende Oberarzt derselbe gewesen wie bei der Bekannten, die sie zuvor in Bad Orb besucht habe. »Verstehst du, erst war sie in Bad Orb zu Besuch bei der Bekannten und stürzt im Kurpark und kommt nach Bad Kissingen, und in Bad Kissingen ist zufällig derselbe Arzt, der die Bekannte in Bad Orb betreut hat, der ist kurz danach nach Bad Kissingen gewechselt, und wenn sie die Bekannte in Bad Orb nicht besucht hätte, wär sie ja auch nicht im Kurpark gestürzt und nie nach Bad Kissingen gekommen, und ihren Geschmackssinn hat sie bis heute nicht gefunden, Sachen gibt's, man glaubt es nicht, oder?«

»Ja, unglaublich«, sage ich, obwohl ich die Pointe nicht kapiere, »ich muss jetzt Schluss machen, wir sehen uns morgen!« Bevor sie noch etwas erwidern kann, habe ich aufgelegt.

»Entschuldigung, meine Mutter hat grad angerufen.«

»Ja, kein Problem. Schön, dass du Zeit hattest.«

»Ja«, sage ich. Sehr einfallsreich.

»Gibt's ein Problem? Sie hat sehr aufgebracht geklungen.«

Ich erzähle ihm, dass meine Eltern einen dementen Kater auf der Terrasse sitzen hätten, der jetzt auf den Rasen gekotzt und dabei unmenschliche Geräusche von sich gegeben habe. Bestimmt genau die Themen, über die ein kulturinteressierter Mensch gerne sprechen möchte.

»Ja, kotzende Katzen sind der Horror«, geht Robert entgegen meiner Bedenken erstaunlich ernsthaft auf meinen Ekel-Bericht ein, »das sieht so schrecklich aus, wenn sich der ganze Körper versteift, und der Kopf knickt fast rechtwinklig ab.«

Ich nicke.

»Und dann reißen die Maul und Augen auf«, fährt er mit der Schilderung des katzenspezifischen Erbrechvorgangs fort, »und dann kommen diese unheimlichen Töne, das klingt fast schon apokalyptisch. Entschuldigung, ich will dich nicht mit so widerlichen Geschichten nerven.«

»Nein, kein Problem, ich hab ja damit angefangen.«

»Meine Eltern hatten einen Bauernhof, da waren viele Katzen, deshalb kenne ich das. Mein Bruder hat die manchmal vom Scheunendach geworfen.«

»Die Katzen?«

»Ja, weil er überprüfen wollte, ob das stimmt, dass eine Katze sieben Leben hat und jeden Sturz überlebt, weil sie so geschickt fällt. Und sie haben auch immer überlebt. Heute wär's Tierquälerei, damals hat das keinen gekümmert. So, jetzt hör ich aber auf mit den Gruselgeschichten, sonst denkst du, was sitz ich denn hier für einem Gestörten gegenüber.«

»Hast du auch Katzen von Dächern geworfen?«

»Nein, nur mein Bruder. Ich fand's schrecklich, ich hab's auch den Eltern gesagt, aber denen war das egal.«

»Vielleicht bist du ja deshalb Krimiautor geworden, weil du in deiner Kindheit solche Grausamkeiten erleben musstest. Um das zu verarbeiten.« Oje, was rede ich für einen Blödsinn.

»Ja, so gesehen ...« Er grübelt. »Könnte sein.«

Robert schreckt zusammen, weil eine keuchende, mit Tüten bepackte Seniorin den Wintergarten betritt, eine Kellnerin im Schlepptau. Die Café-Besucherin deutet auf einen der reservierten Tische und erläutert übertrieben ausführlich die Rechtmäßigkeit ihres Wunsches, dort Platz zu nehmen, ihre Freundin habe den Tisch reserviert, zwar erst für in einer halben Stunde, aber sie wolle sich dort schon einmal hinsetzen, sie sei zu früh dran, dafür müsse sie dann aber auch früher weg, heute sei Hühnerimpfung in Habichtsthal. Die desinteressierte Kellnerin nimmt wortlos das Reserviert-Schild vom Tisch, wendet sich dann zu uns und fragt Robert, was er trinken möchte.

»Einen Kaffee bitte. Oder wollen wir einen Sekt trinken? Oder ist es dafür zu früh?« Das fragt er mich, nicht die Kellnerin.

»Zu früh?«

»Ich weiß nicht, manche Frauen würden sagen, es ist zu früh. Ich richte mich nach dir. Nur wenn du möchtest.«

Ich zucke mit den Schultern. »Ich hab letzten Sonntag schon um neun Uhr Sekt getrunken.«

»Also ist es nicht zu früh, meinst du?« Ich finde ihn entzückend in seinem Zaudern.

»Es ist nicht zu früh«, gebe ich ihm die Erlaubnis zum Sekt-Bestellen.

»Also dann nehmen wir zwei Piccolo oder was Sie so da haben.«

»Zu essen«, sagt die Kellnerin genervt.

»Essen? Oje, ich hab noch gar nicht in die Karte geguckt.«

»Dann gucken Sie mal!«, befiehlt sie und verschwindet. Ich reiche Robert die Karte über den Tisch, die mir bei der Übergabe aus der Hand und in die Dekoration fällt. Einige Kastanien, Zapfen, Moos und ein undefinierbares hartes Gestrüpp landen dadurch auf dem Boden. Wir bücken uns, um die Waldabfälle wieder aufzuheben, bevor die strenge Kellnerin unsere Missetat bemerkt, und stoßen dabei mit den Köpfen zusammen, Entschuldigung, Entschuldigung, nix passiert. »Tête-à-tête mit Hindernissen«, denke ich, ein guter Titel für einen schlechten Liebesfilm.

Die Seniorin am Nebentisch hat mittlerweile ihr Smartphone ausgepackt und spielt ein Handyspiel, das von hektischer, blecherner Musik untermalt wird. Auf ihrem Display, das ich von meinem Platz aus sehen kann, fallen Kugeln von oben herab, und sie muss tippen und wischen, damit die Kugeln umgelenkt werden oder etwas in der Art. Das Spiel erschließt sich mir nicht, aber von Zeit zu Zeit stoppt die Musik, und es ertönt eine Fanfare und dann Applaus.

Robert und ich schauen uns grinsend an, mit Seitenblicken auf die spielende Dame, anscheinend ist er auch amüsiert über die skurrile Lärmbelästigung. Neben den Mundwinkeln hat er zwei recht deutliche senkrechte Falten, ansonsten sieht er ziemlich jung aus, wenn auch insgesamt etwas zerrupft bis zerfleddert, wobei ich nicht sagen kann, woher dieser Eindruck kommt. Vielleicht durch seine leicht fahrige Gestik, vielleicht durch das zerschlissene graue Kapuzenshirt, das er trägt.

In meinen Lieblingsfilmen, fällt mir auf, kommen auch immer leicht zerrupfte Männer in unterschiedlichen Abstufungen der Verwahrlosung vor. Ich mag »Chanson d'Amour«, in dem Gérard Depardieu als derangierter Chansonnier durch die französische Provinz tingelt, und »Lost in Translation«, wo Bill Murray als abgehalfterter Schauspieler an einer Hotelbar in Tokio herumhockt. Oder »Crazy Heart«, mit Jeff Bridges als abgewracktem Countrysänger. »Oh Boy« ist auch gut, da läuft Tom Schilling als mittelloser zerzauster Langzeitstudent durch ein schwarz-weißes Berlin.

»Stört Sie das, die Musik?«, ruft uns die Seniorin plötzlich zu. »Mein Enkel hat mir das Spiel installiert, ich weiß nicht, wie der Ton ausgeht. Wenn ich wüsste, wie der Ton ausgeht, würd ich ihn ausmachen!«

»Ach, ist schon okay«, sage ich.

Es ertönt eine weitere Trompeten-Fanfare und Applaus.

»Bei der Sound-Kulisse fühlt man sich wie im Kolosseum«, sagt Robert, »das wertet so einen Kaffeehausbesuch gleich unheimlich auf.«

»Ach, da bin ich ja beruhigt, dass es Sie nicht stört.« Die Seniorin setzt ihr Spiel fort.

Die Piccolos kommen, und wir prosten uns zu. Robert will wissen, zu welchem Anlass ich sonntags um neun Sekt getrunken habe, und ich berichte von Ingas Geburtstags-Brunch, dem »Modern Diva Diary«-Blog und seinen Inhalten, Borkes verhindertem Balkonsturz und dem »Lustwanderer«.

»Ach, den kenn ich, das ist ein Superstar, der Typ, ich hab den auf der Buchmesse getroffen.«

»Echt? Das ist der Lieblingsautor von meiner Freundin.«

»Der hat demnächst hier eine Lesung, ich hab beim Herlaufen vom Parkplatz das Plakat gesehen. Im Literaturhaus, glaub ich.«

»Oh, das muss ich Inga sagen.« Sie wird begeistert sein zu erfahren, dass ihr geheiligter Hans-Peter Wolfmann unsere Stadt beehrt.

»Vielleicht können wir da ja zusammen hin.« Robert tippt auf seinem Handy herum, nennt mir das Datum der Lesung und sieht mich fragend an.

»Ja, mal schauen.« Ich bin leicht irritiert, dass Robert offenbar auch ein Fan des obskuren Lustwanderers ist, sonst würde er ja wohl kaum auf dessen Lesung gehen wollen. Gut, dass ich mich nicht abfällig über ihn geäußert, sondern nur mein Buchgeschenk für Inga erwähnt habe.

Wir nippen schweigend an unseren Gläsern und schauen in den öden Innenhof. Es regnet immer noch. Nach einer Weile weist mich Robert auf eine Art Alltags-Installation hin, die mir zuvor nicht aufgefallen war: An der Mauer zwischen zwei Garagentoren liegen die Scherben einer zerschmetterten Bierflasche. Im Halbkreis drum herum stehen ordentlich aufgereiht sechs weitere Bierflaschen.

»Sieht aus wie Gaffer an einer Unfallstelle, oder?«,

meint Robert. Ich nicke. In der Tat sieht es so aus, als glotzten die unversehrten Bierflaschen mitleidlos auf das zertrümmerte Flaschenopfer.

»Apropos Unfallstelle«, sage ich, »wie geht's deiner Sturzverletzung?«

Er sieht mich fragend an.

»Die Hundeschranke«, erinnere ich ihn.

»Ach das, oje, ist alles wieder gut, ich hab's schon verdrängt. Und dein Knie?«

Wir versichern uns gegenseitig, nicht mehr unter den Folgen der Soiree zu leiden. Als ich wissen will, woher er überhaupt Heinrich und Hermine kennt und wieso er auf diesem seltsamen Event war, erfahre ich eine kuriosverschlungene Vorgeschichte. Er sei vor einigen Jahren mit einer Bildhauerin zusammen gewesen, die zeitweilig im selben Atelier wie der verstorbene Kulturpreisträger Lenz Kammerlander gearbeitet habe. Die Bildhauer-Freundin habe einen Hund besessen, der eines Tages dazu auserkoren worden sei, die nervöse Hündin des Kulturpreisträgers zu decken, eben jene Leila, deretwegen nun die Hundeschranke errichtet wurde. Der Kulturpreisträger habe sich von der Schwangerschaft der Hündin eine Milderung ihres Temperaments erhofft, und so seien eines Tages der potenzielle Deck-Rüde, Robert und die Bildhauerin ins Haus des Kulturpreisträgers und seiner Frau Hermine eingeladen worden. Der Deckvorgang sollte im Garten stattfinden, sei aber gescheitert, weil Leila nie lange genug an einem Platz stehen blieb, um sich bespringen zu lassen. Nach einer halben Stunde sei der Deck-Rüde so frustriert gewesen, dass er in eine abgelegene Ecke des Gartens gelaufen sei und wie wild versucht habe, eine der dort versenkten Hinkelstein-

Skulpturen auszugraben, nur mit Rescue-Tropfen habe er beruhigt werden können.

»Mit dem Lenz Kammerlander hab ich mich ganz gut verstanden, wir waren nicht direkt befreundet, haben uns aber ab und zu besucht. Er litt unter Depressionen, aber ich hab nicht gewusst, dass es so schlimm ist, ich hab gedacht, Künstler sind ja alle depressiv. Dann haben wir uns länger nicht gesehen, zu der Zeit ging das mit meiner Freundin auseinander, war alles etwas chaotisch, und plötzlich erfahre ich, dass er sich erhängt hat.«

»So, zu essen?«, fährt die Bedienung unwirsch dazwischen.

»Ich glaub, ich will gar nichts essen«, sagt Robert. Ich schüttele auch den Kopf. Sie macht kehrt und muss gegen einen Strom von Seniorinnen ankämpfen, der laut durcheinanderredend hereindrängt und die reservierten Tische in Beschlag nimmt.

Die Worte »Hühnersuppe«, »Papst«, »Zitronenkuchen« und »Darmkrebs« sind zu verstehen, knisternd wickeln die alten Damen sich aus ihren voluminösen Jacken.

Ich muss mich über den Tisch lehnen, um in dem nicht nachlassenden Tohuwabohu seiner Erzählung folgen zu können. Auch er rückt heran und stützt den Ellenbogen auf die Tischplatte.

Nach dem Selbstmord ihres Mannes habe Hermine sich erstaunlich schnell »mit diesem obskuren Heinrich« zusammengetan. Der Grund, warum er der Einladung zur Soiree gefolgt sei, sei etwas heikel, und ich solle es niemandem erzählen.

Wir nicken uns konspirativ zu. Er überlege, seinen nächsten Krimi in einer Art Provinzkünstlerszene spielen zu lassen und habe vor Ort recherchieren beziehungsweise Impressionen sammeln wollen. Im Zentrum solle der Mord an einem berühmten Steinbildhauer stehen, ein Mord, der als Selbstmord getarnt wird, in Wahrheit aber von einem eifersüchtigen erfolglosen Kollegen verübt wurde oder so ähnlich, er sei noch nicht über Notizen hinausgekommen.

»Oh, da musst du aber aufpassen, dass sich niemand wiedererkennt.«

»Ja, klar. Dem Lenz hätte das gefallen, dass sein Selbstmord angezweifelt wird. Wenn's überhaupt Selbstmord war!«

»Meinst du wirklich, er wurde umgebracht?«

Robert hebt beide Hände. »Das wird man jetzt nicht mehr rausfinden können, damals wurde die Todesursache, soweit ich weiß, nicht genauer untersucht.«

Die Omas am Nebentisch bestellen Eierlikörtorte und unterhalten sich dann darüber, wie man selbstgestrickte Pullis von gekauften Pullis unterscheiden kann, der Pulli einer der Damen wird begutachtet und für gekauft befunden, sie beharrt aber darauf, dass er selbstgestrickt sei. Sie können den Fall ebenso wenig lösen wie wir die vermeintliche Ermordung Lenz Kammerlanders.

Der Lenz habe durchaus Feinde gehabt, spinnt Robert seine Theorie weiter. Den Titel Kulturpreisträger habe er nur aufgrund einer Intrige im Stadtrat zugesprochen bekommen, das habe er ihm einmal selbst erzählt. Kammerlander habe wohl dem Stadtrat damit gedroht, gewisse Machenschaften, über die er im Bilde war, an die Öffentlichkeit zu bringen, sollte ihm nicht in naher Zukunft der Kulturpreis der Stadt zuerkannt werden. Damit habe er es aber nicht gut sein lassen, sondern er habe seinen Status als offiziell gekürter Kulturpreisträger in den folgenden Jahren dazu genutzt, seine grob behauenen Klötze auf öffentlichen Plätzen aufstellen zu lassen, obwohl es so viele öffentliche Plätze ja gar nicht gab in der Stadt, man hätte bei seiner nicht nachlassenden Produktivität schon bald neue Flächen, Sichtachsen und Grünbrücken schaffen müssen. Komplett im Bilde darüber, dass die Mehrheit der Stadträte ihn und seine Kunstwerke vehement ablehnte, diese Ablehnung jedoch nicht äußern durfte, habe er sich einen Spaß daraus gemacht, der Stadt zu allem Überfluss noch seinen fünfteiligen Werkzyklus »Wahrheit und Symmetrie« zu schenken, bestehend aus fünf tonnenschweren, hässlichen Steinbrocken.

»Ah ja«, erinnere ich mich, »darüber hatten wir sogar im Sonntags-Blitz berichtet, ›das großzügige Geschenk des Kulturpreisträgers an die Stadt‹ oder so.«

Ja, sagt Robert, und das Geschenk eines Kulturpreisträgers abzulehnen wäre natürlich nicht ohne öffentlichen Aufruhr möglich gewesen, deshalb hätten die unfreiwillig Beschenkten nun in langen Sitzungen debattiert, was mit den Steinklötzen geschehen solle. Schließlich habe man einen perfiden Plan ersonnen, um die Sache aus der Welt zu schaffen: Kammerlanders fünfteiliger »Zyklus« sei an die fünf Partnerstädte in Frankreich, Ungarn, Italien, Schottland und Belgien weiterverschenkt worden, die ein so großzügiges, die länderübergreifende Freundschaft symbolisierendes Geschenk natürlich annehmen und die grässlichen Klötze auf ihren Marktplätzen oder in ihren Theater-Foyers errichten mussten. Was zunächst als Sieg des Stadtrats über Kammerlander erschien, sei aber erst der Auftakt einer Reihe von Vergeltungsgeschenken aus den Partnerstädten gewesen. Lenz habe ihm mit Vergnügen davon berichtet, dass die Polen als Erste angefangen hätten zurückzuschenken, und zwar großformatige, geschmacklose Ölgemälde eines einheimischen Künstlers, mit novembertrüben Ansichten der hässlichen polnischen Partnerstadt, die nun das Rathaus-Foyer verschandelten. Ähnlich seien dann auch die anderen Partnerstädte verfahren, die von nun an jede Gelegenheit genutzt hätten, um missliebige Schenkungen einheimischer Künstler an die Deutschen loszuwerden.

Anlässlich der nächsten Museumsnacht habe Kammerlander geplant gehabt, weitere Steinkunstwerke zu stiften. »Und kurz vor der Museumsnacht hat man ihn dann erhängt aufgefunden«, fasst Robert die Sachlage zusammen.

»Der Stadtrat hat den Kulturpreisträger ermorden lassen, weil man keine behauenen Klötze mehr geschenkt bekommen wollte? Klingt plausibel«, sage ich. »Nur so war die unliebsame Schenkungsserie polnischer Ölgemälde zu stoppen. Kannst du bestimmt einen spannenden Krimi draus machen.«

»Mal schauen.« Robert zupft eine Kastanie aus dem Dekorationshaufen und tippt sich damit nachdenklich an die Nase. »Entschuldigung, dass ich dir so einen langweiligen Quatsch erzähle«, sagt er schließlich.

Ich schüttele den Kopf. »Ich find's nicht langweilig.«

»Und dann bin ich dir irgendwie hinterhergelaufen. Weiß auch nicht.« Er sieht aus dem Fenster.

»Hinterhergelaufen?« Wenn hier jemand langweilig ist, dann ich, denke ich, mir fällt ja nichts Besseres ein, als ihn ständig zu wiederholen.

»Ich fand diese Soiree schrecklich, wollte schon bald

wieder gehen, dann stürz ich über das Hundegatter und hau mir den Kopf an.«

»Ja«, sage ich verständnislos.

»Ich hab mir ein Pflaster draufgeklebt und mich verabschiedet und bin raus in mein Auto und wollte grad losfahren, da kommst du die Straße hoch. Du hast eine Weile da am Tor gestanden, dann bist du in den Garten. Und ich bin ausgestiegen, dir hinterhergelaufen und war wieder auf der Soiree. So war das. Oje, ich bin so peinlich.«

Wir schweigen. Ich zupfe an einem Wurzelstück herum.

»Erzähl doch mal was von dir«, sagt er dann, »ich hab genug geredet.«

Ich sage ihm, dass mir nichts Erzählenswertes einfalle, woraufhin er meint, ich solle ihm eben etwas Nicht-Erzählenswertes erzählen. Also berichte ich von meiner Arbeit beim Sonntags-Blitz, den ereignislosen Mittagspausen mit Herrn Böhmann, den nicht gerade zielführenden Hausbesichtigungen, von meinen nicht vorhandenen Hobbys und Interessen.

»Aber du schreibst doch«, wendet Robert ein, um dann grinsend Hermine zu zitieren: »Du musst einfach weg von der Innerlichkeit und dich ein Stück weit öffnen, um deine Kunst nach außen zu lassen.«

Ich verdrehe die Augen und wiederhole, dass aus meiner »Innerlichkeit« rein gar nichts hinausdrängt, das sich in irgendeiner Kunstform äußern möchte, dass ich weder Ritterromane schreiben noch Objekte aus Klötzen herausschlagen noch Brokatkleider für kopflose Elfen nähen möchte. »In mir ist gar nichts, was nach außen will, außer vielleicht einem diffusen Unbehagen«, fasse ich zusammen. »Ich komme mir oft so abgestumpft und interessenlos vor, als wäre ich hundert Jahre alt und hätte alles schon gesehen.«

Wäre ich abgestumpft und interessenlos, widerlegt mich Robert, würde ich mir keine Gedanken machen über meine angebliche Abgestumpftheit und Interessenlosigkeit.

»Ach, können wir nicht einfach wieder über demente Kater reden? Oder übers Wetter?«

»Übers Wetter?« Er sieht mich fragend an.

»Ja, wir kennen uns doch gar nicht, wir können doch nicht gleich so Psycho-Kram erörtern, wir müssen erst mal Small Talk machen.«

»Ja, stimmt, wir haben den Small Talk vergessen.« Er sieht mich betroffen an.

»Na ja, jetzt ist es dafür auch zu spät«, winke ich ab. »Also wenn du nach Wünschen fragst: Ich wünsch mir manchmal, in eine Art vegetative Lebensform einzutreten, wie ein Baum oder so. Ein Baum, der Jahrhunderte alt wird, den niemand behelligt, der die Zeit damit verbringt, die Umgebung zu beobachten. Der muss keinen Beruf haben, kein Geld erwirtschaften, keine Musterhaussiedlungen besichtigen, keine Passwörter ändern, keine veganen Brunch-Einladungen bei befreundeten Pärchen annehmen und keine Payback-Punkte sammeln.«

»Ich finde völlig normal, dass man manchmal seine Ruhe haben will vor den ganzen Verpflichtungen«, geht er ernsthaft auf meine Baumwerdungsfantasien ein. »Friedlich und entspannt stehst du da rum, aber dann kommt ein Holzbildhauer und hackt dich um und macht einen Objektzyklus ›Wahrheit und Symmetrie‹ aus dir oder so. Und dann stehst du für die nächsten paar hundert Jahre irgendwo in Polen in einem hässlichen Rathaus-Foyer. So will man doch auch nicht enden.«

»Nee, ist auch doof«, bestätige ich. »Alles doof.«

Ich fummele an einem Kastanienmännchen herum, das ich unter einem Mooshaufen entdeckt habe, und versuche, es auf einer Wurzel zum Sitzen zu bringen, aber es fällt immer wieder um. Roberts Hand bahnt sich einen Weg durch die knollige, bröckelige Tischdekoration, vorbei an einem Zierkürbishäufchen, und legt sich kurz auf meinen linken Handrücken, den ich dezent, aber bestimmt wegziehe, dann greife ich nach meinem Sektglas. Während ich einen Schluck trinke, bewegt sich Roberts Unterarm auf dem selben Weg zurück, wie er sich genähert hat, wobei eine Art Bartflechte an seinem Ärmel hängen bleibt. Er zupft sie von sich ab und drapiert sie wieder sorgfältig an ihren Platz. Alles ist wie zuvor.

Die Omas am Nebentisch wirken ziemlich angeschickert von ihren Eierlikörtorten, jedenfalls werden sie immer lauter und schriller. »Die hält sich für die Friedhofspolizei«, ist zu verstehen, dann wieder nur Wortfetzen, »Patrozinium«, »überall Einbrecher«, »Getreidelüge«, »Haferflocken-Diät«, »Änderungstürke« und »ungepflegtes Grab«.

»Vielleicht haben ja auch Heinrich und Hermine den Kammerlander umgebracht«, komme ich nach längerem betretenem Schweigen noch mal auf unseren gemeinsamen Bekanntenkreis zurück. »Wenn du sagst, dass sie, kurz nachdem er tot war, zusammengekommen sind, hatten die bestimmt schon vorher was am Laufen und mussten sich seiner entledigen.«

»Hm, ja, stimmt, auch eine Option.«

»Wobei man ja niemanden gleich umbringen muss. Hermine hätte einfach Schluss machen können, ohne ihren Mann an der Zimmerdecke aufzuhängen.«

Robert wiegt den Kopf, ganz so abwegig sei ein Mordkomplott nicht, denn Kammerlander hätte sich nie und nimmer ohne Gegenwehr die Frau ausspannen lassen. Er sei sehr aufbrausend gewesen und habe als Bildhauer ja auch ständig Hammer und Meißel zur Hand gehabt und diese nicht nur gegen Steine eingesetzt, sondern auch zur Einschüchterung potenzieller Nebenbuhler und Widersacher aller Art.

»Wenn Heinrich und Hermine eine Affäre hatten und Lenz hätte das rausgefunden, hätte Heinrich das nicht überlebt, sagen wir's mal so, von daher sind sie ihm vielleicht einfach zuvorgekommen.«

»Damit hast du aber wirklich genug Stoff und mögliche Verdächtige für deinen nächsten Fall«, sage ich.

Ich merke, dass die Lautstärke der Seniorinnen an den Nebentischen mit der Zeit eine Art unbehagliche Faszination auf Robert ausübt. Immer wieder beäugt er das Geschehen.

»Alle Omas reden gleichzeitig«, sagt er schließlich, »es ist mir ein Rätsel, wie die das machen. Guck mal, die haben alle gleichzeitig den Mund auf und reden miteinander. Das würde mich komplett überfordern.«

»Es sehen auch alle gleich aus«, sage ich.

»Ja. Erstaunlich.« Robert betrachtet die Omas mit den identischen Kurzlöckchen-Frisuren und den beigen Westen mit Andacht, als säße er im Museum vor einem großformatigen Gemälde und wolle sich jedes Detail davon einprägen.

Unsere Aufmerksamkeit wird mit einem besonderen Schauspiel belohnt, das sich parallel zum Haupttrubel ereignet: Die Oma, die mir am nächsten sitzt, trägt unter ihrer beigen Weste einen pastellfarbenen Streifenpulli in einer nervenaufreibenden Farbkombination: Rosa, braun und pistaziengrün. Die Kellnerin serviert ihr im Vorbeigehen einen Eisbecher mit drei Bällchen, wahrscheinlich Erdbeer, Schoko und Pistazie. Es sind exakt die Farben ihres Streifenpullis. Die Oma verspeist unbeeindruckt das kulinarische Äquivalent ihres Oberteils.

Wir werfen uns einen kurzen, einvernehmlichen Blick zu, dann beobachten wir staunend und andächtig den Vorgang.

»Entschuldigung?« Eine etwa fünfzigjährige Frau mit weißer Bäckerschürze steht plötzlich vor unserem Tisch und versperrt den Blick auf die Eis-Oma. Sie trägt ein kleines Namensschild und hält Robert eine in dunkles Leder gebundene Mappe hin. Ich befürchte schon, es ist eine Bedienung, die uns nun nachdrücklich darauf hinweisen will, dass wir baldigst etwas zu essen bestellen sollen, ansonsten müsse sie uns als unrentable Kunden vor die Tür setzen. Aber es ist keine Speisekarte, die sie Robert entgegenstreckt, sondern offenbar ein Gästebuch.

»Entschuldigung«, wiederholt sie, »ich will ja nicht stören, ich bin die Inhaberin vom Café, könnten Sie sich vielleicht hier eintragen? Sie sind das doch, oder? Ich hab Sie gleich erkannt, als Sie reingekommen sind, da dachte ich gleich, der entkommt mir nicht!«

Robert nimmt ihr den Kuli und das Gästebuch ab. Da auf dem Tisch keinerlei Platz ist, um es abzulegen, hält er es in der Armbeuge und kritzelt einen Spruch auf eine leere Seite.

»Ich war ja so begeistert vom ›Schänder von Heusenstamm‹«, erzählt die Frau währenddessen, »wie die da aufwacht und merkt, dass er sie operiert hat! Ich meine, es heißt dann immer, das ist ja unrealistisch, aber das könnt's doch geben, oder? Oder?« Da Robert den Blick immer noch gesenkt hält, schaut sie mich an. Ich nicke, obwohl ich überhaupt nicht weiß, worum es geht. »Wie die da geknebelt aufwacht und merkt, dass er ihr eine Brustvergrößerung gemacht hat«, fährt sie fort. »So was könnte es doch wirklich geben, dass einer Frauen fängt und in den Keller sperrt, um sie zu operieren. Und dass er den Dobermann dann darauf abrichtet, sie zu bespringen, das ist doch total realistisch, in Russland ist neulich ein Mann gestorben, der hat sich von einem Hengst bespringen lassen, das kann hier auch passieren, jederzeit!«

Was schreibt Robert denn für entsetzliche Bücher? Ich hätte mich im Vorfeld vielleicht doch genauer informieren sollen, mit wem ich mich hier treffe.

»Jedenfalls sind alle meine Bekannten auch ganz begeistert von Ihren Büchern.«

»Danke, das freut mich.« Robert gibt ihr das Gästebuch zurück.

»Sogar mein Neffe hat ›Die Geschändeten‹ gelesen, der ist zwölf, der liest sonst gar nichts, nicht mal ›Harry Potter‹, aber ›Die Geschändeten‹ hat er verschlungen! Das ist doch toll, wenn man die Kinder so an die Literatur heranführen kann! Als er fertig war, hat er gesagt, Tante Gudrun, wenn ich groß bin, will ich auch einmal ein Schänder werden!«

»Hm, ja, früh übt sich«, murmelt Robert, sichtlich unangenehm berührt.

»So, ich will Sie nicht länger stören!« Entgegen ihrer Aussage bleibt die Frau stehen und legt Robert sogar die Hand auf die Schulter. »Vielen Dank für Ihren Gästebuch-Eintrag, wissen Sie, dass sich hier fast mal der Pierre Brice eingetragen hätte? Kurz vor seinem Tod war der Pierre Brice bei uns im Café, niemand glaubt mir's, aber es war so! Ein stilles Wasser hat er getrunken, kurz danach war er tot, da könnten Sie doch auch mal was drüber schreiben, Herr Klotzky! Wenn Sie Inspiration brauchen, kommen Sie einfach her, ich kann Ihnen Geschichten erzählen, da brauchen Sie nur mitschreiben!«

»Ja.« Robert ist komplett versteinert und sieht sehr angestrengt aus, als versuche er, den Fan kraft seiner Gedanken zu vaporisieren.

»Na ja, wahrscheinlich war er's gar nicht«, relativiert die Frau abrupt ihre Geschichte, »deshalb haben wir ihm ja auch das Gästebuch nicht gegeben, aber er hätte es sein können, darauf kommt's doch an, oder?«

Wir nicken.

Würde mich mein Beruf interessieren, könnte ich meinen Redaktionskollegen einen Hinweis geben, dieser Story nachzugehen. Vielleicht hätten wir dann auf einer der nächsten Sonntags-Blitz-Ausgaben die Titelgeschichte »Unglaubliche Enthüllung: Winnetou im Café Gruber – Hier trank Pierre Brice sein letztes stilles Wasser«.

»Hast du was dagegen, wenn wir gehen?« Robert, zermürbt von der Gästebuch-Attacke, wirft mir einen bittenden Blick zu. Noch bevor wir unsere Mäntel angezogen haben, wird unser Tisch von der Seniorinnenrunde weggezerrt und als Erweiterungsfläche ihrer Kaffeetafel benutzt, was sich auch als nötig erweist, da die Kellnerin gerade mit einem Tablett voller Biskuitrollen hereinkommt. Robert bezahlt an der Theke und weist meinen hingehaltenen Zehn-Euro-Schein kommentarlos zurück.

Die Sauerstoffnot im überhitzten, überfüllten Wintergarten macht sich erst bemerkbar, als wir in die Kälte hinaustreten und aufgrund des Überangebots an frischer Luft erst mal leicht torkelnd auf dem Kopfsteinpflaster stehen und tief atmend in den nachtblauen Himmel starren. Der Regen hat aufgehört. Da es schon fast dunkel ist, vermute ich, dass wir sehr lange im Café gesessen haben müssen.

»Ich wollte nicht so überstürzt aufbrechen, mir war das nur zu laut und zu voll, und dann das Gästebuch, so was überfordert mich immer.« Robert versenkt sein Gesicht in seinem Schal-Wulst. »Wir können gern noch woanders hingehen, wenn du willst.«

»Na ja, es ist schon spät«, sage ich vage. Ich fühle mich leicht benommen, als hätte ich eine Überdosis verabreicht bekommen, ohne zu wissen, wovon.

»Ja, dann fahr ich mal.« Robert sieht sich suchend um und fragt, wo der Mainufer-Parkplatz sei, da stehe sein Auto.

»Ich zeig's dir, ich muss in dieselbe Richtung.« Wir gehen langsam durch die Altstadtgassen.

»Ich hab noch gar kein Buch von dir gelesen«, sage ich.

»Um Gottes willen, mach das auch nicht«, kommt es sehr nachdrücklich von Robert. Er habe bis vor ein paar Jahren in einer Werbeagentur gearbeitet, erzählt er mir die Entstehungsgeschichte seiner Regionalkrimi-Karriere. Ein Literaturagent, der sich von ihm eine neue Webseite entwerfen ließ, habe ihn zu einer Wette genötigt. Der Anlass sei gewesen, dass er, Robert, sich herablassend über Krimi-Schriftsteller geäußert habe, in dem Sinne, dass jeder Krimis schreiben könne, woraufhin der Literaturagent ihm prophezeit habe, es würde ihm nicht gelingen, ein Manuskript abzuliefern, das er bei einem großen Publikumsverlag unterbringen könne. Robert habe sich vorgenommen, »als Verarschung« eine Krimi-Parodie zu verfassen, den abgeschmacktesten, unlogischsten, bizarrsten, unglaubwürdigsten Thriller aller Zeiten, voll von Perversion und unnötig komplizierten Mord- und Foltermethoden. Das Ergebnis, »Die Geschändeten von Heusenstamm«, wurde jedoch weder vom Literaturagenten noch vom Verlag noch von der Leserschaft als Parodie wahrgenommen. Die reichlich sprudelnden Gewinn-Ausschüttungen hätten ihn davon abgehalten, seine wahren Absichten jemals offenzulegen, zudem habe er sofort einen Vorschuss auf den nächsten Roman, »Die Gehenkten von Groß-Umstadt«, erhalten und sich letztlich selbst verarscht, da er sich nun tagtäglich mit der Begeisterung des Publikums ob der »Schundliteratur« konfrontiert sehe, die er im Grunde ablehne. Er würde gerne mal »was ganz anderes« schreiben, sei aber nun bis in alle Ewigkeit als Autor der »Geschändeten« in der Thriller-Ecke gefangen.

»Was würdest du denn gerne schreiben?«

»Ach, ich weiß nicht. Was Friedliches, nicht diesen blutrünstigen Quatsch, aber das wollen alle lesen. Neulich hat mich eine Frau nach einer Lesung gefragt, ob ich viel Autobiografisches verarbeitet hätte in meinen Büchern. Was soll ich da sagen? Ja, sicher, werte Frau, in meinem Keller befinden sich aktuell drei zwanzigjährige russische Zwangsprostituierte, die keiner vermisst, morgen werde ich ihnen eigenhändig Kuh-Euter-Implantate einsetzen, um ihre Körper nach meinem perversen Wunschbild zu formen.«

Ich sage, er solle halt einen Katzenkrimi schreiben, so als Kompromiss. Das sei immer noch ein Krimi, aber friedfertiger. »Oder einen Hundekrimi: Kommissar Fellmuff ermittelt. Mit einem Hunde-Kommissar, der Gangster beschatten muss, aber die riechen ihn immer schon zehn Meter gegen den Wind, weil sein Fell so müffelt.«

Robert gibt eine Art gequältes Knurren von sich. »Kommissar Fellmuff. Ich kann's ja mal versuchen.«

»Oder schreib so ein kitschiges Inspirationsbuch, so was wird auch immer gekauft, so einen Tischkalender, wo erbauliche, motivierende Sprüche drinstehen.«

»Oh, die sind schlimm«, ereifert sich Robert, »da sind immer so Fotos von Dünen mit Gras drauf, oder eine Rose, die aus einer Mauer rausbricht, als Hoffnungszeichen.«

»Ja, vertrocknete Erde, wo trotzdem ein Blümchen rauswächst. Oder ein Marienkäfer in Großaufnahme auf einem Blatt«, ergänze ich.

»So alte, einzeln stehende Bäume sind da auch immer abgebildet«, sagt Robert, »als Zeichen von Wandel und Beständigkeit.«

»Und daneben ein motivierender Satz, mit Glück und Kinderlächeln, und dass man nie aufgeben soll, und der Weg zum Regenbogen als Ziel der Hoffnung und so.«

»Wenn, dann würde ich ein Inspirationsbuch mit demotivierenden Sprüchen machen«, sagt Robert. »Verdrießliches für jeden Tag. Oder so ähnlich.«

»Mit Fotos von verwelkten Blumen. Oder von völlig vertrockneter Erde, wo nix rauswächst. Wo überhaupt keine Hoffnung bleibt.«

Während unserer Inspirationsbuch-Beschimpfung haben wir den Parkplatz am Mainufer erreicht. Er liegt fast völlig im Dunkeln, wird nur an den Ecken von vier funzeligen, von Spinnweben umhüllten Straßenlampen erhellt.

»So, da wären wir.« Ich bleibe am Rand des Parkplatzes stehen und verschränke die Arme.

»Danke, soll ich dich heimfahren?«

»Nein, von hier aus hab ich es nicht weit, ich will lieber laufen.«

»Aber nicht am dunklen Mainufer entlang, oder?«

»Nein, durch die Stadt.«

»Na dann …« Wir stehen uns gegenüber und stoßen kleine weiße Atemwölkchen aus wie zwei friedliche Drachen.

»Ganz schön kalt«, sagt Robert.

»Aber es hat aufgehört zu regnen.«

»Ja. Hätte man heute Mittag nicht gedacht, dass es noch mal aufhört.«

»Nee, hätte man nicht gedacht.«

»Siehst du, jetzt reden wir doch noch übers Wetter«, sagt Robert. »Wie du's dir gewünscht hast.«

»Ja, zu guter Letzt.«

»Dann komm gut nach Hause.« Robert macht einen Schritt auf mich zu, und wir umarmen uns.

»Ja, du auch.« Seine Schulter hat genau die Höhe, dass ich mein Kinn bequem darauf ablegen kann, wie ein müdes Pferd seinen Kopf auf dem Holzgatter einer Koppel ablegt.

»War schön, dich zu sehen«, höre ich seine Stimme leise an meinem linken Ohr.

»Ja«, sage ich, schließe die Augen, und wir stehen da.

»Ich lass dich jetzt los.«

»Ja.« Keiner lässt los. Ich bewege mich nicht mehr. Ich verharre. Verharren als Meditation. Es ist eine Tätigkeit, die ich so gut beherrsche, dass ich einen Ratgeber darüber schreiben könnte, denke ich. Die Kunst des Verharrens in schönen und schlimmen Situationen. Andere würden es Entscheidungsschwäche nennen. Andere würden jetzt entweder weglaufen, erschrocken über sich selbst, oder ihn abknutschen. Ich tue nichts.

Schließlich fühle ich Roberts Lippen auf meiner Wange. Er lässt sie dort für ein paar Sekunden.

»Bis bald mal wieder.«

»Ja.«

Wir stehen da. Ich verschiebe minimal meinen Kopf, hinab in die vom Schal ausgepolsterte Mulde zwischen Hals und Schulter.

»Gute Nacht«, flüstert er, weil ich nun so verharre, ruhig atmend und den Kopf dort hinein vergraben wie in ein Kissen. Er streichelt über meinen Rücken, leicht und kaum spürbar unter dem dicken Mantel.

»Ich lass dich jetzt los.«

»Hast du schon mal gesagt, ja.«

Ich muss fast lachen, weil mich die Situation plötzlich an Herrn Böhmann und unser Mittagspausen-Einstiegsgespräch erinnert, das ewige Reden, dem keine Handlung folgt. Durch die gedankliche Abschweifung erwache ich aus meiner Kurzzeit-Trance.

Wir umarmen uns fester, ich küsse seine Wange, wir küssen uns. Zärtlich und tastend vermehrt sich der Kuss, er teilt sich auf in eine kleine Reihe von Küssen, unsere Lippen sind weich und spröde zugleich von der Kälte, sie drücken sich aneinander und wärmen sich. Unsere

Zungen sind taktvoll und freundlich, sie streifen sich nur sachte, als hätten sie sich vorgenommen, nicht so pietätlos und unkontrolliert im Mund des Gegenübers einzufallen, wie man es oft in Filmen sieht.

Dann ziehe ich den Kopf leicht zurück, die Augen immer noch geschlossen, unsere eiskalten Nasenspitzen berühren sich.

»Wir brauchen bald ein Enteisungsspray«, murmelt Robert, »sonst können wir uns nicht mehr trennen.«

»Die Feuerwehr muss kommen«, sage ich, »und uns voneinander losmachen. Wie die Schwäne, die am Eis anfrieren.«

»Mach's gut ...«

»Ja.«

Wir stehen da.

Ich schrecke schließlich auf, als eine fette schwarze Spinne neben uns auf dem Asphalt aufklatscht. Als sei sie von ihrem – wahrscheinlich durch Gedankenlosigkeit selbst verschuldeten – Absturz aus ihrem Netz oben am Lampenmast peinlich berührt oder zumindest völlig überrascht, rappelt sie sich auf und trippelt, noch leicht benommen, fort in die Dunkelheit.

Ich tue es ihr nach.

Kapitel 11

ALS ICH NACH Hause komme, sitzt Jonas auf dem Teppich vor dem Fernseher und schaut eine Antarktis-Dokumentation. Das heißt, eigentlich sieht er kaum hin, da er mit seinem iPad beschäftigt ist.

»Da bist du ja endlich!«, ruft er mir zu, aber ohne jeden Vorwurf in der Stimme, wie ich es erwartet hätte, stattdessen zieht er mich freudig an der Hand zu sich auf den Boden herunter, kaum dass ich die Schuhe abgestreift habe.

»Ich hab's gefunden!«, verkündet er.

»Was?«

»Das perfekte Haus. An dem selbst du nichts zu meckern hast, schau's dir an.« Ich setze mich im Schneidersitz neben ihn, noch im Mantel, und er zeigt mir auf dem iPad Fotos des »perfekten Hauses«. Erstaunlicherweise hat er Recht. Es ist keiner der Reihenend-Neubauklötze in familienfreundlicher Lage, sondern ein kleines, renoviertes Fachwerkhaus in der Altstadt. Der Adresse zufolge bin ich vor etwa einer halben Stunde direkt daran vorbeigelaufen auf meinem Weg mit Robert zum Mainufer-Parkplatz; ich verdränge den Gedanken daran und versuche, durch intensives Betrachten der Immobilienfotos wieder in meiner realen Welt anzukommen.

»Guck, es ist nicht so groß, und trotzdem hat man

genug Platz«, bewirbt Jonas seinen Fund, »die Anzeige ist erst seit gestern online, Verkauf von privat, da spart man sich die blöde Maklergebühr, alles tipptopp hergerichtet, Leitungen, Elektrik, Fenster, Türen, alles neu, sogar einen kleinen Innenhof gibt's.«

»Es ist wirklich schön«, muss ich zugeben, woraufhin Jonas mir vor Freude in den Hals beißt, »siehst du, ich wusste, dass es dir gefällt.«

Er habe, kurz bevor ich gekommen sei, mit den Besitzern telefoniert und einen Besichtigungstermin für morgen um achtzehn Uhr ausgemacht, »kannst du da?«

»Um sieben wollte ich mit meinen Eltern essen gehen, aber so lange wird das ja nicht dauern.«

Nein, wir würden ja erst mal nur schauen, sagt Jonas, offensichtlich überglücklich ob meiner Zugänglichkeit.

Auf meine Frage, wie es auf der Arbeit war, schnaubt er nur und winkt ab. Sie müssten jetzt im Zuge einer internen Online-Fortbildungswoche »Kompetenz-Inseln« bilden, das heiße nichts anderes, als dass er drei Typen mit durchschleifen müsse, die keine Ahnung hätten.

Heute Nachmittag habe ihn dann auch noch »unsere blöde Vermieterin« angerufen und eine weitere Nebenkostenerhöhung angekündigt, außerdem habe sie uns ermahnt, im nächsten Frühling endlich unseren Balkon zu bepflanzen, wegen der Außenwirkung.

»Ich bepflanz bestimmt nichts«, sage ich.

Er habe sie abgewimmelt, meint Jonas, »die weiß ja nicht, dass wir nächsten Frühling eh nicht mehr hier wohnen.«

»Ja …«

»Und wie war dein Autorentreff?«

»Ganz nett.«

»Konnte er dir weiterhelfen?«

Ich überlege, ob das Treffen mit Robert mir weiterhelfen konnte. In dem Sinne, dass es mein Leben einfacher und überschaubarer gemacht hat und ich endlich einen Weg sehe, den ich beschreiten möchte?

»Nein, nicht so richtig. Aber war trotzdem schön.«

Ich blättere abwesend in einem Tchibo-Werbeprospekt, das unter dem Couchtisch liegt. Willkommen in der Vorteilswelt. In einem Anschreiben, das beiliegt, werde ich persönlich angesprochen und ermahnt, meine Treuebohnen nicht verfallen zu lassen. »Am 5. Dezember verfallen erstmals Ihre Treuebohnen, die älter als 24 Monate sind. Ihren persönlichen Treuebohnen-Stand können Sie jederzeit unter Mein Konto abfragen.«

Während die Antarktis-Dokumentation sich mit mahnenden Aufrufen zu mehr Achtung vor der Natur dem Ende zuneigt und Jonas in der Küche munter pfeifend mit einer Weinflasche hantiert, denke ich, dass ich meiner einstigen Knutscherei mit Heinrich Waldemar Ertel vielleicht dankbar sein sollte. Ich hatte danach tage- und wochenlang ein schlechtes Gewissen und Angst, dass Jonas mir meine Missetat an der Nasenspitze ansehen könnte. Jetzt hingegen fühlt sich alles nur dumpf und taub an. Vielleicht bin ich aufgrund der Heinrich-Erfahrung mittlerweile abgestumpft und unempfindlich geworden gegen Gewissensbisse, die sowieso zu nichts führen.

»Porzellan verzeiht keine Fehler«, lese ich im Prospekt. Zu bestellen gibt es einen »goldenen Deko-Vogelkäfig mit möbelschonenden Silikonpuffern«, »mundgeblasene Bewässerungshilfen« sowie »flackernde Kerzen-Imitationen ohne Brandgefahr, mit Auspust-Funktion«.

Jonas gibt mir ein Glas Rotwein und einen Kuss.

»Jede Treuebohne ist eine kleine Kostbarkeit«, lese ich ihm aus dem Prospekt vor. »Bald sind meine ganzen Treuebohnen verfallen, wenn ich sie nicht vorher einlöse und einen Deko-Vogelkäfig kaufe.«

»Im Ersten kommt ein norwegischer Krimi«, sagt Jonas, »wollen wir den gucken?«

Ich zucke mit den Schultern. Unentschieden wie immer.

Wir schauen den sehr grausamen Norwegen-Krimi, danach im Anschluss einen noch grausameren Schweden-Krimi. Nach insgesamt siebzehn Leichen gehen wir ins Bett.

Kapitel 12

MEINE ELTERN SITZEN mit ergebenem Blick nebeneinander unter einem goldenen, mit Peking-Enten bedruckten Wandbehang.

»Wir haben schon bestellt«, sagt meine Mutter zur Begrüßung und reicht mir die in Plastik eingeschweißte, DIN-A3-große Menükarte, auf deren Vorder- und Rückseite das kulinarische Angebot des Asia-Palasts – Nummer 1 bis Nummer 187 – aufgelistet ist.

»Und was nehmt ihr?«

»Die 55, wie immer.«

Ich setze mich ihnen gegenüber, stelle meine Handtasche auf den freien Stuhl rechts neben mir und befreie mich von Mütze, Schal und Mantel.

»Beim Bäcker Rollmann sind Ratten, hatte ich dir das schon gesagt? Kauf da bloß kein Brot!«, sagt meine Mutter. Ich nicke. »Ja, hast du mir schon gesagt.«

»Wo hast du denn Jonas gelassen, wir dachten, er kommt mit?«

»Der hat noch was zu tun, ich soll euch grüßen.«

»Aha.« Meine Eltern wechseln einen vielsagenden Blick.

»Uns kannst du's ruhig sagen, wenn ihr euch getrennt habt«, eröffnet mir meine Mutter. Mein Vater beschränkt sich auf begleitendes Kopfnicken.

»Mama, wir haben uns nicht getrennt.« Ich studiere genervt die Speisekarte und schwanke zwischen Nummer 47 und 49.

»Und warum sieht man ihn dann gar nicht mehr? Neulich, wie wir mit dir beim Italiener essen waren, war er auch nicht mit.«

»Da musste er arbeiten.«

»Früher hat er hier immer so gern Nasi Goreng gegessen«, sagt meine Mutter, »aber jetzt willst du ihn ja anscheinend nicht mehr dabeihaben.«

»Er war zweimal nicht mit, wieso denkt ihr gleich, dass wir uns getrennt haben?«

»Eltern spüren so was«, behauptet meine Mutter, »wart mal ab, bis du selbst Kinder hast, dann weißt du, was ich meine!«

Ich stütze stöhnend den Kopf in die Hände.

»Dein Kinderzimmer ist ja noch da«, tröstet mich mein Vater, »wir haben nichts verändert, du kannst jederzeit zurückkommen.«

»Papa! Wir sind nicht getrennt, wir haben grad ein Haus angeschaut, das wir vielleicht kaufen wollen. Jonas ist noch dort und klärt was mit der Besitzerin, deswegen konnte er nicht zum Essen mitkommen.«

Ihre düsteren Mutmaßungen bezüglich meines Beziehungsstatus' weichen sofort einer enthusiastischen Immobilien-Neugier. Ich halte ein detailliertes Referat über die Vorzüge des gerade besichtigten Objekts. Als meine Mutter hört, dass es sich um ein Fachwerkhaus handelt, schlägt sie zwar zunächst wehklagend die Hände über dem Kopf zusammen, ihre Bedenken namens »Bruchbude«, »Schimmel«, »Kostenfalle« und »Einsturzgefahr« kann ich aber allesamt widerlegen, indem ich die überaus gründliche Komplettrenovierung und Modernisierung erwähne, der das »Kleinod am Rande der Altstadt« – so der Titel bei Immobilienscout – unterzogen wurde.

»Und woher kommt der plötzliche Sinneswandel?« Mein Vater blickt mich fragend an.

»Wieso Sinneswandel?«

Bei allen zuvor besichtigten Objekten hätte ich immer Einwände und Bedenken gehabt und generell eine »ablehnende Blockadehaltung« eingenommen, bekomme ich zu hören, deshalb sei es etwas verwunderlich, dass ich plötzlich so »übertrieben euphorisch« über einen geplanten Hauskauf spreche.

»Ich bin nicht übertrieben euphorisch, ich fand das Häuschen einfach schön.«

Meine Mutter räuspert sich: »Du bist aber nicht schwanger, oder?« Ich schaue sie sprachlos an.

»Wieso soll sie denn schwanger sein?«, erkundigt sich mein von dieser Frage offenbar ebenfalls überrumpelter Vater. Eine Schwangerschaft sei eine logische, im Prinzip die einzig logische Erklärung für einen plötzlich ausbrechenden »Nestbautrieb«, wird uns erklärt.

Ich gebe offiziell bekannt, nicht schwanger zu sein, was meine Eltern mit dezenter Enttäuschung zur Kenntnis nehmen, und bestelle beim chinesischen Kellner, der an unseren Tisch tritt, die Nummer 56.

»Falls ihr demnächst mit dem Zug verreisen wollt, passt auf eure Koffer auf«, wechselt meine Mutter unvermittelt das Thema. Es seien osteuropäische Banden unterwegs, darauf spezialisiert, Koffer aus Zügen zu klauen, »die stürmen am Bahnhof rein und mit dem Koffer raus, und der Zug fährt weiter! Und bei Paris ist eine Frau in der Zugtoilette vergewaltigt worden, man ist nirgendwo mehr sicher, pass auf dich auf, ich wollt es nur gesagt haben, bevor ich's vergess. So langsam könnte das Essen jetzt mal kommen, oder?«

Sie gingen jetzt auch nicht mehr in den Specht, weil es da auch so lange dauere, erfahre ich, und außerdem sei die neue Bedienung anstrengend. »Die hat so teigige Oberarme«, erläutert meine Mutter, »und dann steht die immer ewig bei einem am Tisch mit ihren nackten teigigen Oberarmen und erzählt von ihrer Tochter, die in Marburg studiert und ständig Auslandspraktika macht, und sie muss währenddessen die drei Maine-Coon-Katzen von ihrer Tochter betreuen, die sind so liebesbedürftig wie Hunde, hat sie gesagt. Wer will denn so was wissen?«

»Nee, wir gehen nicht mehr in den Specht«, bekräftigt mein Vater. Dann blicken beide sehnsüchtig in Richtung der Luke, die zur Küche führt. Aus jener Luke müsste jeden Moment zweimal die Nummer 55 herauskommen, aber alles, was sich im Sichtfenster zeigt, sind graue Dampfschwaden und ab und zu der weißbeschürzte Torso eines Kochs.

Obwohl das nun Jahre her ist, scheinen meine Eltern immer noch wegen meines Auszugs zu trauern. Auf der Kommode im Wohnzimmer haben sie Fotos von mir aus verschiedenen Kindheitsepochen aufgestellt, die Wand dahinter ist beklebt mit meinen hässlichsten Buntstift- und Wachsmalbildern aus dem Kindergarten. Wenn ich sie besuche, fühle ich mich manchmal wie eine Reporterin, die bei Menschen zu Gast ist, die nahe Angehörige bei einem Flugzeugabsturz oder Terroranschlag verloren haben. Sie irren durch die Wohnung und suchen mich, aber wenn ich dann mal da bin, nehmen sie mich kaum wahr. Auch jetzt fühle ich mich trotz ihres Interesses an

Themen wie Eigenheim, Jonas, Schwangerschaft, ja oder nein, wie unsichtbar. Als sei ich nicht das Kind, das sie in die Welt gesetzt haben. Als würden sie mit mir und meiner Gegenwart vorliebnehmen, solange sie immer noch darauf warten, dass das richtige Kind zur Tür hereinkommt.

Es ist vollkommen undenkbar, ihnen von meinen Gedanken und Problemen zu erzählen. Ich glaube, die beiden hoffen, nur noch etwas Zeit überbrücken zu müssen, bevor ich endlich vernünftig und ihnen wieder begreiflich werde, weil dann meine biologische Uhr oder mein Verstand oder was auch immer die Macht übernimmt und mich in angemessene Lebensbahnen geleitet. Solange das nicht der Fall ist, beschränken sie sich darauf zu überprüfen, dass ich genug esse, dass ich noch mit Jonas zusammen bin, dass ich nicht vergewaltigt oder bestohlen werde und dass ich mein Brot nicht beim Ratten-Bäcker Rollmann kaufe.

»So, zweimal Fuffumfumsig!« Der Kellner serviert meinen Eltern ihr Essen.

»Seckumfumsig kommt glei!«, teilt er mir im Weggehen mit.

»Was sind das für Leute, warum wollen die das Haus verkaufen, wenn die das so mühevoll jahrelang renoviert haben?«, will meine kauende Mutter wissen. Eine berechtigte Frage, auf die es eine traurige Antwort gibt.

»Das ist ein Pärchen, so Ende dreißig, er Ingenieur, sie Krankenschwester, die haben das alles für sich hergerichtet, mit Kinderzimmer und so«, berichte ich, was wir auf der Hausführung von den beiden erfahren haben. »Aber jetzt hat sich rausgestellt, dass sie keine Kinder bekommen können. Deshalb wollen sie da nicht mehr wohnen, das ist alles zu schlimm. Sie wollen es verkaufen und wieder in eine Mietwohnung ziehen oder auswandern, sie wissen es noch nicht.«

»Ja, so ist das manchmal, wenn man zu lange wartet«, sagt meine Mutter, »hätten sie lieber erst Kinder bekommen und dann das Haus renoviert. Hinterher ist man immer schlauer. Heute ist viel zu viel Soße, oder? Hast du auch so viel Soße? Man bräuchte ja einen Schöpflöffel bei der ganzen Flüssigkeit.«

Meine Eltern drücken mit der Gabel Mulden in ihren Reis und zeigen sich gegenseitig, wie schnell die Mulden mit Flüssigkeit volllaufen. Der Soßen-Überfluss sei ein Hinweis auf einen neuen, unkundigen Koch, sagt meine Mutter, und auch ein Hinweis auf den baldigen wirtschaftlichen Niedergang des Asia-Palasts, denn wenn man nur dünnflüssigen Brei serviere, brauche man sich nicht wundern, wenn die Gäste ausblieben, »da können die noch so viele Enten-Teppiche an die Wand hängen und freundlich tun, da kommt doch keiner mehr, wir sind ja jetzt schon fast die einzigen Gäste, das hat sich bestimmt schon rumgesprochen.«

Auch die Nummer 56, die mir serviert wird, ist eher ein pikant gewürzter Reisbrei als ein Gericht mit identifizierbaren Ingredienzen. Er lässt sich ohne großen Kau-Aufwand schlucken. Ich bin froh darum, denn erst beim Essen merke ich, dass ich überhaupt keinen Appetit habe. Zwischen den Bissen stochere ich ewig auf meinem Teller herum, bis ich mich wieder dazu aufraffen kann, eine Gabelvoll zum Mund zu führen.

Ich habe Robert heute Nachmittag, auf unserem Balkon stehend, geschrieben, dass ich ihn nicht mehr treffen werde. Vorausgegangen war eine SMS von ihm, geschrieben um 0.32 Uhr: »Hoffe, du bist gut nach Hause gekommen. War schön, dich zu sehen und mit dir zu reden, Kuss und gute Nacht, Robert.«

Sowie eine weitere SMS heute um 12.15 Uhr: »Hallo Katja, wollte dir nur ein schönes Wochenende wünschen. Sag Bescheid, falls du mal wieder Zeit für einen Kaffee hast, ich würde mich freuen, dich wiederzusehen. Ich hoffe, es geht dir gut. Ich denk an dich. R.«

Ich vermute, in der Zeit, die ich zum Formulieren meiner Antwort brauchte, hätte Jost-Werner Mühlke mühelos ein ganzes Kapitel Ritter-Erotik fabriziert.

»Hallo Robert«, schrieb ich, »fand es auch schön mit dir. Wie du weißt, habe ich einen Freund. Ein weiteres Treffen ist daher keine gute Idee. Ich hoffe, du verstehst mich. Ich wünsch dir alles Gute, Katja.«

Mein Handy habe ich sofort nach dem Abschicken ausgeschaltet, um nicht zu sehen, ob und was er antwortet. Als könnte ich mich durch diese Maßnahme immun, unempfindlich machen, gegen was auch immer.

Mein Vater sei gerade mit einem »unsäglichen Ordnungs-Projekt« befasst, erzählt mir meine Mutter. Es folgt eine verworrene, von meinem Vater mit murrenden Lauten untermalte Geschichte, deren Ausgangspunkt wohl darin bestand, dass mein Exlehrer-Vater sich nach seiner Pensionierung vorgenommen hatte, sein Arbeitszimmer zu entrümpeln. Meine Mutter fand das zunächst löblich und bestellte ihm bei Amazon das Buch »Arbeit und Struktur«, in der Annahme, es sei ein Ratgeber zu ebenjenem Thema. Nun liegt es aber ungelesen in Papas mit Papierstapeln gefülltem Arbeitszimmer, nachdem sie entsetzt festgestellt hatten, dass es sich bei »Arbeit und Struktur« um das Krebstagebuch von Wolfgang Herrndorf handelte und nicht um ein Entrümpelungs-Sachbuch. Da mein Vater das Aufräumprojekt »gründlich und nachhaltig« angehen wollte, kaufte er sich dann eigenständig noch mehrere tatsächliche Aufräumratgeber und ein »Aktensortiersystem«, worunter ich mir nichts vorstellen kann, vielleicht ist es eine Art Hängeregister – der sich der Digitalisierung verweigernde Herr Böhmann benutzt solch eine Roll-Kommode in unserem Redaktionszimmer.

Zu allem Überfluss, ereifert sich meine Mutter, habe er sich jetzt noch zu einem Zwölfmonatskurs namens »Büro-Organisation« angemeldet, anscheinend eine Art Zeitschriftenabonnement. Jeden Monat kämen neue Arbeitsmaterialien, ganze Aktenordner voll mit Schritt-für-Schritt-Anleitungen, mit deren Hilfe er das Chaos bewältigen soll, mit dem Resultat, dass sich nun noch mehr Papierberge auf dem Schreibtisch stapeln. Auch CDs mit Audio-Guide-Anleitungen seien dabei, weswegen er die Stereoanlage vom Wohnzimmer »übergangsweise« ins Arbeitszimmer verlagert habe, obwohl dort überhaupt kein Durchkommen mehr sei.

Die Neuordnung seines Arbeitszimmers, wählt mein Vater eine beschönigende Formulierung, befände sich eben noch »in einer sehr frühen Phase«.

»Und wenn man nicht mehr weiter weiß«, fährt meine Mutter fort, »kann man im Rahmen von diesem Abonnement zweimal im Jahr einen Aufräum-Coach in München anrufen, der berät einen dann kostenlos bis zu fünfzehn Minuten, aber jeder weitere Anruf kostet neunundvierzig Cent pro Minute, das sind doch alles Betrüger, und er fällt natürlich rein auf solche Scharlatane! Na ja, so ist das bei uns, Katja, erzähl doch mal was Erfreuliches, wie war eigentlich dein Kaffeehaus-Besuch gestern?«

»War ganz nett.« Ich nehme Umschichtungen in der Nummer 56 vor und schiebe mir wieder einen Bissen in den Mund, in der Hoffnung, meine Mutter werde von weiteren Nachfragen absehen, solange ich geschäftig kaue.

»Sie war mit dem Robert Klotzky Kaffee trinken«, erläutert sie meinem Vater, »der wo das Buch geschrieben hat, den Krimi, den du neulich gelesen hast, mit den Geköpften in den Weinbergen in Wenig-Umstadt.«

»›Die Gehenkten von Groß-Umstadt‹«, korrigiert er sie.

»Und wie war's, muss man dir alles aus der Nase ziehen? So was interessiert mich doch, bei uns passiert doch nie was, ich lerne nie so interessante Leute kennen.«

»Es war ganz nett, wir haben halt Kaffee getrunken.« Ich schaue zur Seite. Eine Wand des Asia-Palasts ist komplett mit Wandtattoos in Form von schwarzen Ranken und Blüten beklebt, die teilweise abblättern und sich in den Raum wölben, was einen unbeabsichtigten 3D-Effekt ergibt und vielleicht ein weiteres Indiz für den baldigen Niedergang des Lokals ist.

»Über was habt ihr denn geredet?«

»Über Literatur.«

»Ach, wie schön«, seufzt meine Mutter, »das ist schön, wenn man solche Gesprächsthemen hat. Ich würd mich auch gern mal wieder mit jemandem über Literatur unterhalten, aber ich hab ja keinen Ansprechpartner.«

Nach kurzem Nachdenken tippt sich mein Vater dreimal an die Stirn. »Der trifft sich doch nicht mit ihr, um mit ihr über Literatur zu reden!«

»Wieso denn nicht, sie liest doch so viel und kennt sich aus und schreibt doch auch selbst! Sie hat immerhin diesen Preis gewonnen, mach sie doch nicht immer so schlecht, wieso soll er mit ihr nicht über Literatur reden können?«

Ihr Gespräch über mich in der dritten Person hat den Vorteil, dass ich mich daran nicht beteiligen muss. Ich frage mich jedoch, welches Bild wohl mein Vater von mir hat, dass er die Möglichkeit, ein Mann könne sich mit mir treffen, um über Literatur zu reden, so grundsätzlich ausschließt. Immerhin ist seine kryptische Behauptung das Einzige, was er zur Klotzky-Kaffeehaus-Thematik äußert und einer der wenigen Sätze, die er überhaupt in der letzten halben Stunde gesprochen hat.

»Hoffentlich warst du nicht wieder so unzugänglich«, sagt meine Mutter, »so Leute muss man sich warmhalten, der kann dir bestimmt helfen, wenn du mal wieder ein Gedicht veröffentlichen willst oder so, der hat doch Kontakte.«

»Ich war nicht unzugänglich«, antworte ich wahrheitsgemäß. Dass meine Zugänglichkeit sogar so weit ging, seine Zunge in meinem Mund willkommen zu heißen, lasse ich lieber unerwähnt, auch wenn dies dem Gespräch sicher eine interessante Wendung geben würde.

»Und wie alt ist der?«

»Weiß ich nicht.«

»Verheiratet? Kinder?«

»Keine Ahnung.«

»Du weißt ja gar nichts!« Meine Mutter ist sichtlich enttäuscht über die karge Informations-Ausbeute.

»Wir haben uns wie gesagt ausschließlich über Literatur unterhalten«, wiederhole ich.

»Wer's glaubt, wird selig«, sagt mein Vater in unpassend freundlichem und beiläufigem Tonfall, während er sich mehr Reis auf den Teller häuft, um des Soßentümpels Herr zu werden.

»Und, trefft ihr euch noch mal?«, will meine Mutter wissen.

Ich zucke mit den Schultern. »Weiß nicht.«

»Ja, ja, mit den Männern muss man halt immer aufpassen, trotz allem sind die letztlich alle gleich«, stellt auch sie jetzt ein rätselhaftes Urteil in den Raum. »Das kann ich bei Gelegenheit mal der Frau Lübbendorf erzählen, was du jetzt für hochrangige Kontakte hast! Die geht mir so auf den Geist mit ihren erfolgreichen Kindern! Neulich hat sie mich wieder im Edeka abgefangen und vollgequatscht, mir sind in der Einkaufstasche die ganzen Putenschnitzel aufgetaut!«

Es folgt eine von mir mit Dankbarkeit aufgenommene Abkehr vom Robert-Klotzky-Thema hin zu den erfolgreichen und fruchtbaren Töchtern der Frau Lübbendorf, einer Nachbarin meiner Eltern. Alexandra, die jüngste Tochter, die mit mir in der Grundschule war, sei schon wieder schwanger, sagt meine Mutter, um Beiläufigkeit bemüht.

Alle drei Lübbendorf-Töchter sind nicht nur äußerst fruchtbar, sondern widmen sich zusätzlich sinnvollen, der Menschheit dienenden beruflichen Projekten, die aber gleichzeitig finanziell überaus einträglich sind. Die jetzt wieder schwangere Alexandra ging nach dem Abi auf ein Projektschiff, das im Uhrzeigersinn um die Welt fuhr. Danach war sie ein Jahr lang in Neuseeland und erneuerte mit einem Stipendium der Regierung Weidezäune auf verarmten Schafsfarmen, deren Besitzer irgendwelche Kredite nicht mehr zurückzahlen konnten. Dieser Einsatz für die sozial Schwachen schlug sich als geldwerter Bonus im Lebenslauf nieder, denn ihre erste Stelle als Finanzanalystin hätte sie nach dem BWL-Studium nicht bekommen, hätte sie sich nicht aufgrund ihres Weidezaun-Engagements von den achthundert anderen Bewerbern abgehoben, so zumindest die Einschätzung meiner Mutter.

Tüchtig und praktisch, wie die ganze Familie Lübbendorf veranlagt ist, bekam meine Altersgenossin noch während des Studiums das erste Kind, das seitdem von ihrem verbeamteten Ehemann im Rahmen einer ausufernden Elternzeit betreut wird. Jetzt ist sie wohl irgendetwas Aufstrebendes bei der Commerzbank und wurde kürzlich zum zweiten Mal geschwängert.

»Und die Astrid wohnt in New York, die ist Sozialpsychologin und hat drei Kinder, die werden von einer Mexikanerin betreut. Jetzt hat die Frau Lübbendorf insgesamt sieben Enkel«, rechnet meine Mutter mir vor, »die Älteste hat ja auch mindestens zwei Kinder.«

Die älteste Lübbendorf-Tochter ist ab und zu im Sonntags-Blitz abgebildet, weil sie für irgendeine christliche Organisation Brunnenbauprojekte in Afrika betreut, immer in katholischen Gemeinden, wo die Helfer dann zeitgleich zum Brunnenbau eine Dankeskapelle errichten, und wenn sie nicht in Afrika ist, hält sie Diavorträge über ihre wohltätigen Bohrungen.

Mich hat sie einmal jenseits aller Christlichkeit am Telefon angeblafft, weil irgendeiner ihrer Vorträge im Benediktus-Haus nicht in der Rubrik »Wo gehen wir heute Abend hin?« vorgestellt worden sei, obwohl ihr das ein Herr Böhmann vergangene Woche zugesagt habe. Sie habe auch schon vor Monaten eine Benefiz-CD mit Aufnahmen afrikanischer Dankbarkeitsgesänge in den Redaktionsbriefkasten geworfen, und es sei bis heute keine CD-Besprechung in der Zeitung erschienen.

»Nur von ihrem missratenen Sohn erzählt die Frau Lübbendorf nie was, der ist wegen Panikattacken in der Psychiatrie, kein Wunder, bei solchen Eltern«, sagt meine Mutter triumphierend. »Der Josef, seinetwegen hast du dich im Kindergarten mal wahnsinnig aufgeregt, das werd ich nie vergessen, erinnerst du dich?«

Ich erinnere mich und muss grinsen. Mein Vater erinnert sich nicht und bekommt die Anekdote nochmals erzählt.

»Da wollte der Josef im Krippenspiel den Josef spielen, aber die Kindergärtnerin hat ihm nur die Rolle vom Zweiten Römer zugeteilt. Und die Katja ist heimgekommen und hat sich empört: Mama, die lassen den Josef nicht den Josef spielen, obwohl er doch sogar so heißt! Du warst ganz aufgebracht, so leidenschaftlich bist du ja heute gar nicht mehr!«

Josef Lübbendorf habe dann in Liverpool Musikwissenschaften studieren wollen, das Studium aber nach drei Wochen abgebrochen. »Die Eltern dachten jahrelang, der studiert, dabei sitzt er in Liverpool und spritzt sich Hasch«, fasst meine Mutter zusammen, um dann noch hinzuzufügen: »Ja, ja, so ist das mit Kindern, du weißt nie, was dabei rauskommt, die einen werden Fußballweltmeister, und die anderen setzen sich mit vierundzwanzig den goldenen Schuss. Soll ich noch Reis nachbestellen?«

Die sieben Enkel der Frau Lübbendorf geben mir zu denken, da sie die Enkellosigkeit meiner Eltern noch deutlicher zutage treten lassen. Unsere Linie stirbt mit mir aus. Eine durch mich verschuldete Sackgasse der

Evolution. Wobei eine Teilschuld aber auch meine Eltern selbst trifft, überlege ich, denn nur einen einzigen Nachkommen in die Welt zu setzen ist natürlich sehr gewagt.

Hätten sie mal lieber so eine gewitzte Risikostreuung betrieben wie die verhasste Frau Lübbendorf mit ihren drei fruchtbaren Töchtern, die die Nutzlosigkeit des totgeschwiegenen verrückten Sohnes ausgleichen. Die Peinlichkeit seiner Existenz können sie jetzt mühelos durch die übermächtigen Erfolgsgeschichten der Töchter übertünchen.

»Ständig feiern sie idyllische Gartenfeste«, schimpft meine Mutter, »und schicken opulente Grußkarten, wenn wieder eine geheiratet hat!«

Oder es lägen selbstgebastelte Tonkarton-Postkarten im Briefkasten, auf denen Fotos von stets gleich aussehenden Babys aufgeklebt seien, um die Geburt eines weiteren Lübbendorf-Enkels kundzutun.

Mein Vater legt den Geldbeutel auf den Tisch, was meine Mutter kurzzeitig erbost. Jetzt sei man gerade so schön am Erzählen, da müsse er wieder Hektik verbreiten. »Der ist so ungemütlich, der sitzt mit laufendem Motor im Auto, während ich noch passende Schuhe suche!«

Ich habe mein Essen mit Mühe hinuntergebracht und will auch aufbrechen. Es führt kein Weg daran vorbei, mein Handy anzuschalten und das SMS-Postfach zu kontrollieren. Ich brauche eine Bestätigung, dass alles zu Ende ist, bevor etwas angefangen hat, denke ich, nur so kann ich danach so tun, als ob nie etwas gewesen wäre. Oder so ähnlich.

»In Frankreich sitzen die Familien stundenlang gemütlich beim Abendessen und unterhalten sich über edle

Themen«, klagt meine Mutter. »Und bei uns wird auf Teufel komm raus reingeschaufelt, und dann setzt man sich vor den Fernseher.«

Er verstehe nicht, wieso er sich ausgerechnet im Asia-Palast auf einmal verhalten solle wie eine französische Familie, beschwert sich mein Vater.

»Hallo, wir wollen dann bezahlen!« Meine Mutter winkt dem Kellner und unterwandert so ihre eigenen Gemütlichkeitsvorsätze, was sie damit rechtfertigt, dass »der Kerl eh noch eine Ewigkeit braucht, bis er die Rechnung fertig hat, ihr habt doch gesehen, wie lange alles dauert«.

Keine zwanzig Sekunden später liegt die Rechnung auf dem Tisch.

Ich solle sie auf dem Laufenden halten wegen des Hauskaufs, und wir sollten uns keinesfalls ein Haus mit Garten kaufen, gibt mir meine Mutter noch mit auf den Weg, als wir uns draußen verabschieden. Ein Garten mache nur Arbeit, von daher sei das gartenlose Fachwerkhaus für uns ideal. Sie habe vor ein paar Monaten den Gartenteich von Grünzeug und Algen befreit, um einem Frosch, der sich dort angesiedelt habe, einen besseren Lebensraum zu ermöglichen. Der Frosch sei aber undankbar gewesen und tags drauf in einen veralgten Bottich umgezogen.

Ich tippele in der Kälte von einem Fuß auf den anderen und stelle mir vor, wie der Frosch bei einem Umzugsunternehmen anruft und sich einen LKW bestellt.

»Amphibien sind undankbar«, sagt meine Mutter. In dem vom Wildwuchs befreiten Tümpel sei dann prompt ein Igel ertrunken, was nicht passiert wäre, wäre die Wasseroberfläche noch zugewuchert gewesen. »Solche

Tierdramen hat man als Gartenbesitzer am Hals, dann noch die demente Katze, die uns dauernd belästigt, manchmal ist naturnahes Wohnen doch kacke«, sagt Mama und steigt zu meinem wartenden Vater ins Auto. Als sie um die Ecke gebogen sind, hole ich mein Handy aus der Handtasche und schalte es an. Im Gehen tippe ich den Pin-Code ein.

Eine neue SMS.

»Liebe Katja, natürlich verstehe ich das. Hoffe, ich hab dir keinen Ärger bereitet. Ich wollte zumindest versuchen, dich kennenzulernen, weil … kannst du dir ja denken. Auch wenn es mir schwerfallen wird und ich dich sehr vermissen werde, werd ich dich in Ruhe lassen und mich nicht mehr bei dir melden. Ich wünsch dir auch alles erdenklich Gute. R.«

Ich atme tief durch. Es ist vorbei. Absage confirmed, Zurückweisung angenommen. Alles gutgegangen. Auf wackligen Beinen gehe ich ziellos durch die Straßen und komme mir vor, als sei ich einem Verkehrsunfall oder einem Lawinenunglück knapp entgangen. Als seien die Schneemassen direkt neben mir in die Tiefe gerauscht, ohne mich mitzureißen. Ich bin noch unentschlossen, ob ich mich darüber freuen kann oder nicht.

Kapitel 13

DIE NÄCHSTEN TAGE vergehen in unwirklicher Geschäftigkeit. Wir treffen uns noch mal mit Kai und Leonie, dem Fachwerkhaus-Pärchen, um unser Interesse zu bekunden und weitere Details und einen eventuellen Übergabe-Termin zu besprechen. Es hätten sich noch weitere Interessenten gemeldet, wir seien aber »in der ganz engen Auswahl«, da sie ihr geliebtes Häuschen »nur in gute Hände« geben wollten und uns sehr sympathisch fänden. Sie erzählen wieder und wieder von ihren ausufernden Renovierungsarbeiten und streicheln dabei melancholisch über Fensterbänke, Dielen, Türrahmen und Heizkörper, was auf mich irgendwann wirkt, als sähen sie die Wohnung als ein Lebewesen an; als hätte das Haus, das eigentlich das Heim des ersehnten Kindes hätte werden sollen, irgendwann selbst die Rolle des ausbleibenden Nachwuchses übernommen. Ich kann mich in die beiden nur zum Teil hineinversetzen, habe aber keine Zeit, mir allzu viele Gedanken über das traurige Pärchen zu machen, da wir gleich weiter zur Sparkasse müssen, wo unsere Kreditwürdigkeit geprüft wird. Zum Glück nicht von Borke, der in einer anderen Filiale arbeitet. Der Berater namens Herr Englert serviert uns Cappuccino und beglückwünscht uns zu unserem »Interesse am Immobiliensektor«. Er freue sich, uns mitteilen zu dürfen, dass er uns jederzeit »bedenkenlos« einen Kredit bis zur Höhe von 400 000 Euro gewähren könne. Er lobt den sichtlich geschmeichelten Jonas dafür, in so jungen Jahren schon ein so hohes und vor allem regelmäßiges Einkommen zu erwirtschaften, das ja in den nächsten Jahren erwartungsgemäß auch nicht sinken werde, im Gegenteil. Mein Verdienst beim Sonntags-Blitz stellt wohl eine zu vernachlässigende Säule unserer Kreditwürdigkeit dar, denn Herr Englert breitet den Mantel des Schweigens darüber. Er druckt uns einige Modellkalkulationen zur Kreditrückzahlung aus und erwähnt eine »Laufzeit von vierzig Jahren«, woraufhin ich mich komplett aus dem Vorgang ausklinke. Ich höre mit halbem Ohr, dass Jonas Herrn Englert zu bedenken gibt, dass das Objekt, für das wir uns interessieren, bei weitem keine 400 000 Euro kostet, wir also nicht die volle Kreditsumme ausschöpfen müssten. Herr Englert lacht und sagt, das sei wohl wahr, dann druckt er neue Finanzierungstabellen aus, in denen sich die Laufzeit nun auf überschaubare zweiunddreißig Jahre verkürzt hat. Jonas fragt nach KfW-Förderungen und Sondertilgungsoptionen, Herr Englert kratzt sich am Kopf, rechnet und druckt.

Ich blättere in einer der Broschüren, die Herr Englert uns in einer Info-Mappe herübergeschoben hat. Ein Flyer trägt den Titel: »Hauskauf – Neue Finanzierungsmodelle für junge Paare ohne Eigenkapital.«

Auf dem Prospekt ist vorne das Foto einer glücklichen Jungfamilie zu sehen. Vater, Mutter, Sohn und Tochter. Alle sind barfuß, haben weiße Sommerhosen und gelbe T-Shirts an und hüpfen gleichzeitig auf einem Rasen in die Luft. Im Hintergrund ist schemenhaft ein weißes Haus zu sehen, wahrscheinlich der Grund für die ausgelassene Freude der Familie. Weil sie jetzt endlich ein Zuhause haben, auch ohne Eigenkapital, dank der neuen Finanzierungsmodelle. Jedes Familienmitglied hält einen roten Ball in den Händen, die Bälle der Eltern sind sehr groß, die der Kinder entsprechend kleiner. Ob die Größe der Bälle die Aufteilung der Kreditlast symbolisieren soll? Die Gesichter der hüpfenden Familie sind vor Freude zu bizarren Grimassen verzerrt. Je länger man hinschaut, desto mehr gewinnt man den Eindruck, dass es sich um komplett geisteskranke Personen handeln muss.

Herr Englert sagt, am Immobilienmarkt herrsche »nach wie vor Goldgräberstimmung«. Er gratuliert uns dazu, »genau zur richtigen Zeit am richtigen Ort« zu sein, denn die niedrigen Zinsen müsse man doch ausnutzen und sie nicht den anderen überlassen. »Sie glauben ja gar nicht, was für Leute zu mir kommen«, führt er das Beratungsgespräch dann auf eine Ebene privater Vertraulichkeit und lehnt sich zu Jonas hinüber. »Das dürfte ich ja gar nicht erzählen, aber zu mir kommen Leute mit Geldkoffern, im wahrsten Sinne des Wortes. Da kam einer, der wollte ein bestimmtes Penthouse am Main, sag ich zu ihm: Guter Mann, unter 1,5 Millionen ist das nicht zu kriegen! Sagt er, ich hab das Geld dabei, ich zahle bar, und gibt mir den Geldkoffer!«

»Das ist ja verrückt«, staunt Jonas.

»Nur so als Beispiel, wie der Markt boomt«, sagt Herr Englert, »eine Loftwohnung hatten wir neulich im Angebot, da hat eine neunzigjährige Dame drin gewohnt. Die ist gestorben, und man hatte sie noch nicht rausgetragen, da hatte ich die Wohnung schon verkauft! Beton ist Gold, klingt blöd, gilt aber nach wie vor, und ihr beiden habt's erkannt!«

Ich nehme alles wie zeitverzögert wahr. Als würde ich durch tiefen Sand waten und hätte Mühe, den anderen zu folgen, die schnell und problemlos voranschreiten.

Der Zustand hält einige Tage an, in denen ich mich vorsichtig und langsam durch die Welt taste, was seltsamerweise niemandem aufzufallen scheint.

Auf der Arbeit werde ich mit einem merkwürdigen Projekt betreut. Der emsige Inhaber der Buchhandlung Schmökerbär will anscheinend im nächsten Frühjahr in Zusammenarbeit mit dem Kulturamt eine »Lange Nacht der Katzenkrimis« veranstalten – inklusive »Samtpfoten-Mitternachts-Buffet« – und hat den Sonntags-Blitz für diese pfiffige Aktion als »Medienpartner« gewonnen. Als seine Ansprechpartnerin stelle ich Werbe-Anzeigen für die Katzenkrimi-Nacht auf unsere Homepage, verlinke auf seine Schmökerbär-Homepage, ins Facebook und weiß Gott wohin, korrigiere seinen Pressetext, muss dabei an Robert denken, der ja Stoff für sein nächstes Buch suchte und dem ich ja geraten hatte, einen Katzenkrimi zu schreiben. Ein normaler Krimi, der jedoch in der Langen Nacht der Katzenkrimis spielt, wäre auch eine Idee, denke ich. »Mord am Samtpfotenbuffet. Eine der Katzenzungen, die es zum Dessert gab, war vergiftet. Doch wer von den Anwesenden sollte ein Interesse daran haben, den allseits beliebten Inhaber der Buchhandlung Schmökerbär zu ermorden?«

Von einer Druckerei werden mehrere jeweils zwei Meter hohe Pappaufsteller geliefert, in Form einer aufrecht stehenden Katze, die eine Pistole in der einen und ein Buch in der anderen Pfote hält. Ich baue sie draußen auf dem Gehsteig am Eingang zur Redaktion auf, um Passanten auf das anstehende Event hinzuweisen. Wenige Tage nach Bekanntgabe des Termins teilt der Schmökerbär-Buchhändler mir mit, dass er schon über dreihundert Tickets verkauft habe, er sei komplett überrannt worden, und man müsse die Werbemaßnahmen sofort einstellen, da er mit diesem Ansturm nicht gerechnet habe und bis zum Frühjahr überhaupt erst eine geeignete Räumlichkeit finden müsse, da der Schmökerbär die Besuchermassen ja unmöglich beherbergen könne.

Ich baue die Kriminalkatzenaufsteller wieder ab.

Herr Böhmann bestreitet, die Lange Nacht der Katzenkrimis mit dem Kauf von Eintrittskarten unterstützt zu haben. Solche Kindereien seien nichts für ihn, er lese ausschließlich »realistische Thriller« und wolle nicht von Katzenkommissaren durch einen Kriminalfall gelotst werden. Er freut sich sehr, als ich ihm wieder einmal zwei Thriller aus Jonas' Beständen mitbringe, von denen einer realistischer als der andere ist. In »Der Rosenkavalier« machen Kurgäste in einem neu eröffneten Luxus-Spa-Hotel eine »grausige Entdeckung«, so erfährt man auf dem Klappentext: »Im Kleopatra-Whirlpool treibt die nackte Leiche der jungen, schönen Geschäftsführerin inmitten Hunderter roter Rosenblüten. Die Obduktion ergibt, dass der Mörder sein Opfer gezwungen hat, mehrere Liter Rosenöl zu trinken, bevor er es erwürgte.«

Auch dem zweiten Krimi, den ich der Obhut Herrn Böhmanns übergebe, mangelt es nicht an Realitätsnähe. Er trägt den Titel »Leg dich nieder zu mir für immer«. Darin wird zu Beginn »die vermisste neunzehnjährige Dorfschönheit Linnegunn tot im Wald gefunden. Sie liegt aufgebahrt auf einem mit Daunenfedern gepolsterten Bett aus Reisig, umringt von zwanzig brennenden

Fackeln und mit einer exotischen violetten Blume zwischen den Lippen. In den folgenden Wochen werden Linnegunns Schwestern auf die gleiche Art ermordet. Die Dorfbewohner ahnen, dass sich nun eine düstere Vorhersage zu bewahrheiten scheint …«

Kapitel 14

EIN PAAR TAGE später sitze ich auf unserem Wohnzimmerteppich und bin dabei, die seit Wochen ungeöffneten Pakete von Jonas' Mutter auszupacken, als mein Handy klingelt.

»Bonjour, ma chérie«, begrüßt mich Inga, »wollte mich mal wieder melden.«

»Hi, na?« Ich reiße gerade mit Gewalt den gut verklebten Deckel eines Umzugskartons auf.

Da Jonas keine Anstalten machte, seine sperrigen Postsendungen zu sichten und die Paketstapel mittlerweile den gesamten Flur blockieren, habe ich mich schließlich missmutig dieser Aufgabe angenommen.

»Was sind denn das für schreckliche Geräusche?«, fragt Inga, »das klingt, als würdest du einen Wanddurchbruch machen!«

»Ich reiß grad einen Umzugskarton auf.«

»Ach, ist das fix mit eurem Hauskauf? Zieht ihr schon um?«

»Nee, Jonas' Eltern entrümpeln ihr Haus und schicken uns ständig Kisten mit Sachen aus seinem alten Kinderzimmer.«

»Du klingst ziemlich genervt. Geht's dir nicht gut?«

»Ach, ist doch alles Mist hier«, motze ich vor mich hin.

»Was ist denn drin in den Kisten?«

»Das kann ich dir sagen, also in diesem Moment packe ich grad ein Siedler-von-Catan-Spiel aus. Eine Seilbahn, ein Bilderbuch mit dem Titel »Harry Fuchs und die starken Dachsbrüder«, ein Lego-Raumschiff, noch mehr Spiele: Monopoly, Scotland Yard, Rummikubb, Das lustige Gänsespiel.«

»Da können wir ja mal einen schönen Spieleabend zu viert machen«, schlägt Inga ernsthaft vor, »Borke macht doch so gern Gesellschaftsspiele.«

»Ich hasse Gesellschaftsspiele«, entgegne ich und zerre einen Stapel ordentlich zusammengelegter Baby-Strampelanzüge aus dem Karton. Jonas' Mutter hat mit einer Sicherheitsnadel einen Zettel an den obersten Strampler geheftet, auf dem mit Kuli geschrieben steht: »Guck mal, Jonas, deine alten Strampelanzüge! Sind noch wie neu! Bringe es nicht übers Herz, sie wegzuwerfen. Vielleicht habt ihr noch einmal Verwendung dafür?????« Die fünf Fragezeichen am Satzende machen mich äußerst aggressiv.

»Siedler von Catan ist cool«, vernehme ich Ingas Stimme an meinem Ohr, »das haben wir mal mit Emilia und Holger gespielt, hast du ihnen schon gratuliert?«

»Gratuliert, wozu?«

»Zum Baby! Hast du das gar nicht mitbekommen? Oh Gott, du weißt das noch gar nicht! Zwei Tage nach meinem Geburtstag hat sie ihr Kind gekriegt. Es heißt Eberhard!«

»Das Kind heißt Eberhard?« Mich überrascht mittlerweile überhaupt nichts mehr. Im nächsten Karton, den ich mit einem Cuttermesser aufschneide, befinden sich ausschließlich Kasperletheater-Handpuppen.

»Ja, sie haben es Eberhard genannt, total gestört!«,

quiekt Inga, »Emilia hatte mir vorher schon erzählt, dass altdeutsche Namen wieder im Kommen sind. Ich dachte, sie nennen es vielleicht Hans oder Fritz oder Oskar, aber dann kommt die Rundmail, dass es Eberhard heißt!«

Ich frage Inga, ob Eberhard vielleicht Strampelanzüge und Rasseln gebrauchen könne.

»Von Jonas? Du kannst doch nicht einfach seine Sachen verschenken! Wenn, muss er das selbst entscheiden«, rügt sie mich. Außerdem sei es sowieso momentan nicht möglich, mit Emilia, Holger und Eberhard in Kontakt zu treten. In der Geburtsverkündigungs-Rundmail habe nämlich gestanden, sie freuten sich über Gratulationen, man solle aber nicht erwarten, auf Glückwunsch-SMS, -E-Mails oder -Postkarten eine Antwort zu erhalten. Auch von Telefonanrufen und Besuchen solle man »bis auf weiteres« Abstand nehmen, »da wir drei uns jetzt erst mal in unserem Nest einkuscheln und uns aneinander gewöhnen müssen«.

Das sei Wochen her, empört sich Inga, »anscheinend müssen sie sich immer noch aneinander gewöhnen!«

Aus dem nächsten Karton kullern drei Teddybären, ein Orang Utan, ein Nashorn, ein Blauwal und ein Zebra aus Plüsch. Am Ohr des größten Teddys wurde wieder ein Zettel fixiert: »Guck mal, dein Brummi ist wieder aufgetaucht! War auf dem Speicher! Habe alle Tiere gewaschen und im Gefrierschrank eingefroren, damit keine Milben mehr dran sind!«

»Katja, weswegen ich anrufe: Hast du heute Abend Zeit?«

»Wofür denn?«

»Überraschung!«, jauchzt Inga.

Ich überlege. Es ist Freitagnachmittag, ich habe nichts

Besonderes vor. Jonas hat gestern schon angekündigt, heute eine vierstündige historische Dokumentation auf Phoenix schauen zu wollen, »Die DDR in Polaroidfotos« oder so ähnlich. Gegen ein alternatives Abendprogramm hätte ich daher nichts einzuwenden, allerdings habe ich keine Lust auf wie auch immer geartete Überraschungen.

»Sag mir, was du vorhast, sonst komm ich nicht mit.«

Nach einigem Murren eröffnet sie mir, dass sie mit mir auf die Lesung von Hans-Peter Wolfmann wolle, der heute Abend hier in der Stadthalle aus dem »Lustwanderer« lese. Zwar wisse sie, dass ich nicht »so der ganz große Fan« von ihm sei, das werde sich aber ändern, wenn ich ihn einmal persönlich erlebt hätte. Ich muss an das Treffen mit Robert denken und dass er vorgeschlagen hatte, gemeinsam die besagte Lustwanderer-Lesung zu besuchen.

»Der liest in der Stadthalle?«, frage ich. Soweit ich mich erinnere, erwähnte Robert, dass die Lesung im Literaturhaus stattfinden würde.

»Eigentlich sollte er im Literaturhaus auftreten, aber die Nachfrage war so groß, dass sie es jetzt in der Stadthalle machen«, berichtet Inga stolz, als sei der Massenandrang ihr Verdienst.

Ich bin ehrlich verdutzt, dass es der Lustwanderer an Beliebtheit anscheinend locker mit der Langen Nacht der Katzenkrimis aufnehmen kann. »Bist du sicher? In die Stadthalle passen doch vierhundert Leute oder so.«

»Ja, da siehst du mal, wie berühmt der ist«, triumphiert Inga. »Ich hab ihn letztes Jahr in Frankfurt im Mousonturm gesehen, das war schon Wochen vorher ausverkauft, ich bin immer noch geflasht, der hat so ne unheimliche Aura, der Mann!«

Auch das Paket, das ich gerade aufschneide, hat eine unheimliche Aura, denn mir schlägt übler, an Verwesung gemahnender Gestank entgegen. Mit Entsetzen begreife ich, dass Jonas' Mutter wohl nicht nur Gerümpel an uns verschickt hat, sondern auch Lebensmittel, nicht wissend, dass ihre Postsendungen wochenlang in ungeöffnetem Zustand verbleiben würden. In einer aufgeblähten Plastiktüte befinden sich mehrere mit Schimmel überzogene dicke Würste, des Weiteren entdecke ich einen ebenfalls verschimmelten Käsebrocken. Der beiliegende Post-it-Zettel ist von Kondensflüssigkeit fast gänzlich zersetzt, »Würste vom Rhön-Schaf«, kann ich noch entziffern, »muss alles gleich in den Kühlschrank! Lasst es euch schmecken!!«.

»Okay, ich gehe mit heute Abend«, sage ich zu Inga, die einen Freudenschrei ausstößt. Ich bedaure das Rhön-Schaf, das für unsere Würste umsonst gestorben ist, und beerdige seine sterblichen Überreste draußen in der Tonne.

Kapitel 15

ICH KÄMPFE MICH durch das Gewühl im Stadthallen-Foyer und halte Ausschau nach Inga. Gleichzeitig befürchte und hoffe ich, Robert über den Weg zu laufen. Aber wieso sollte er heute hier sein, nur weil wir zufällig über eine Veranstaltung gesprochen hatten, auf die ich von alleine nie gegangen wäre.

Ich stelle mich an den Rand neben einen weißen Blumenkübel, der eine verstaubte dunkelgrüne Pflanze von urzeitlichen Ausmaßen beherbergt. Wenn Robert hier wäre, hätte ich ihn längst gesehen, denke ich mir, denn ein einzelner männlicher Besucher würde im Foyer sofort auffallen: Die Menge besteht zu fast hundert Prozent aus Frauen jeden Alters. Die Frauen tragen sehr individuelle Kleidung. Ich sehe Schafsfellstiefel, grüne Ponchos, Filzhandtaschen, Bronze-Armreifen und Rastazöpfe. Eine dünne Frau mit strenger Kurzhaarfrisur trägt statt einer Handtasche einen Weidenkorb, aus dem ein kleiner Hund herausschaut. Er wirkt apathisch trotz des Gelächters und Aufruhrs um ihn herum, vielleicht hat sie ihn vorab sediert, oder er ist einfach ein souveräner, unaufgeregter Lesungsbesucher, der dem Auftritt Hans-Peter Wolfmanns gelassen entgegen blickt. Ich versuche, den Gesichtsausdruck des Accessoire-Hundes anzunehmen, und beobachte weiter den Raum. Die wenigen Männer, die ich sehe, sind offensichtlich nicht freiwillig hier, sondern von ihren Partnerinnen mitgeschleppt worden. Sie stehen jeweils am Rande verschiedener sie ausgrenzender Damengrüppchen und halten sich an ihren Biergläsern fest, die sie zügig leeren, als müssten sie sich wappnen für das, was sie erwartet.

Plötzlich sehe ich Inga durch die Glastür hereinkommen. Im Schlepptau hat sie Heinrich Waldemar Ertel und Hermine. Ich versteinere ob dieser unguten, mir nicht erklärlichen Konstellation und versuche, mich hinter der Kübelpflanze zu verstecken, die drei haben mich jedoch erspäht und nähern sich winkend.

»Schau mal, wen ich grad getroffen habe«, ruft mir Inga zu. Sie trägt eine sackartige Pluderhose und ein Top mit dem Aufdruck des Elefantengotts Ganesha. Anscheinend sorgt die Aussicht auf baldiges Erscheinen des Lustwanderers für genügend innere Hitze bei ihr, um auf weitere Kleidungsstücke verzichten zu können.

Ich begrüße Heinrich und Hermine, die komplett in weißes Leinen gewandet sind und dadurch wie Sektenangehörige oder ehrenamtliche Mitarbeiter eines Tropenhospitals wirken.

»Katja …« Heinrich küsst mich mit vergeistigtem Gesichtsausdruck auf die Wange. »Was für ein herrlicher Zufall, dass wir uns hier wiedersehen, wir sind gerade erst von unserer Studienreise nach Bali zurückgekommen.«

»Gestern waren wir bei Hermine zur Massage«, erklärt Inga, »da haben wir uns kennengelernt, und schon heute seh ich sie wieder, das ist total lustig!«

Eine Klangmassage habe Hermine gestern mit Borke und ihr gemacht, da bekomme man Klangschalen auf den Körper gestellt, die dann mit Klöppeln angeschlagen würden, und durch die Schwingungen und den Klang entstehe eine »ultimative Tiefenentspannung«. Borke sei sofort eingeschlafen und habe durch sein Schnarchen ihre Entspannung erheblich beeinträchtigt, fügt Inga an. Durch die Atembewegung seines Bauches sei sogar zweimal die dort platzierte Klangschale scheppernd heruntergefallen. »Das ist für mich aber immer das größte Lob, Inga«, sagt Hermine, »wenn die Leute bei der Klangmassage einschlafen, da weiß ich, dass das sensible Menschen sind, wenn die sofort in die Tiefenentspannung fallen. Auf so was musst du dich ja auch einlassen, manche sträuben sich, das zuzulassen, was da mit einem passiert, das ist ja auch ein Stück weit unheimlich, wenn man sich den Schwingungen des Universums überlässt.«

Die beiden, offensichtlich in kürzester Zeit beste Freundinnen geworden, verschwinden plaudernd, um uns vor Beginn der Lesung noch ein Glas Sekt zu holen, und ich finde es auch »ein Stück weit unheimlich«, dass sie mich den Schwingungen des Heinrich Waldemar Ertel überlassen, mit dem ich nun alleine herumstehe und der mir ins Ohr raunt, er wolle die Abwesenheit der Damen nutzen, um in Erfahrung zu bringen, ob ich »in der Zwischenzeit« den Kontakt zu Robert Klotzky »intensiviert« hätte.

»Er hat mich in Bali angeschrieben und nach deiner Handynummer gefragt, da waren wir gerade auf einem Schweige-Retreat in Ubud, deshalb konnte ich ihm erst nach drei Tagen antworten.«

»Wir waren mal Kaffee trinken«, sage ich, denn es bringt ja nichts, ihn anzulügen, am Ende »intensiviert«

er seinerseits den Kontakt zu Robert und schafft es, von ihm Näheres in Erfahrung zu bringen.

»Und weiter?«

»Nichts weiter, hab seitdem nichts mehr von ihm gehört.« Auch das entspricht halbwegs der Wahrheit.

»Schade, schade.« Heinrich sieht mich misstrauisch an, belässt es aber dabei, denn in dem Moment kommen Inga und Hermine schon mit vier Sektgläsern auf uns zu.

»Habt ihr gesehen, da ist sogar ein kleiner Hund dabei, in einem Weidenkorb, voll süß«, freut sich Inga über die große Artenvielfalt der Lesungsbesucher.

»Wir müssen leider sofort nach der Lesung verschwinden, wir müssen heim zu Leila«, klagt Hermine, während wir anstoßen. Der Hund könne maximal zwei Stunden alleine bleiben. Was geschieht, wenn der Hund mehr als zwei Stunden alleine bleibt, erwähnt sie nicht, stattdessen folgt ein Bericht über Ubud, das spirituelle Zentrum von Bali. Sie habe dort an einem Seelen-Malkurs teilgenommen und über die Intuitionsmalerei zu einem neuen künstlerischen Projekt gefunden: »Ich male jetzt Gürtelschnallen.«

Ich schaue auf die Uhr. In einer halben Stunde erst beginnt die Lesung.

»Ich male Gürtelschnallen von Menschen verschiedener Kontinente, und der Gürtel ist ja so was wie der Horizont eines Menschen. Der Gürtel wird immer horizontal getragen, egal in welchem Kulturkreis, ist euch das schon mal aufgefallen? Der Gürtel ist gleichzeitig Trennlinie und verbindendes Element.«

»Du musst das mit der Symbiose noch erklären, sonst versteht das ja keiner«, mahnt Heinrich.

»Ja, stimmt, mir kommt's beim Malen auch drauf an, dass man sieht, dass es sich um eine Symbiose aus Mensch und Material handelt. Also der Mensch benötigt den Gürtel, und der Gürtel benötigt den Menschen. Der gürteltragende Mensch wird in gewisser Weise zum Wirt, zum Wirtstier für den Gürtel.«

»Okay …« Inga sieht leicht verstört aus, was mich freut. Soll sie nur sehen, was sie sich da für neue Freunde angelacht hat.

»Und was ist mit der Elfenkunst?«, frage ich.

»Die liegt erst mal auf Eis.«

»Du kannst den Elfen doch Gürtel anziehen und dann die Gürtelschnallen abmalen«, schlage ich vor. »Auch Elfen können Wirtstiere sein.«

»Ja, stimmt …« Hermine überdenkt den Vorschlag, als sei er ernst gemeint. »Aber so viele Gürtel hab ich ja gar nicht. Ich hab bestimmt dreißig Elfen ohne Köpfe gemacht, und ich hab nur vier oder fünf Gürtel.«

»Dann soll bei ›Heinrich, still und leise Volume II‹ jeder Gast einen Gürtel mitbringen«, sage ich, »und die kannst du dann den Elfen anziehen und gleich abmalen, so aktionskunstmäßig.«

»Dann musst du aber auch kommen und einen Gürtel mitbringen, Katja«, ruft Heinrich.

Höchstens um mich daran zu erhängen, denke ich und sage: »Na ja, mal schauen.«

»Ach komm, Katja, wer kleckert, muss auch ein Ei legen!«

»Wer gackert«, korrigiert ihn Hermine.

»Hä? Wer gackert?«, fragt Inga, die offensichtlich kaum noch Überblick über unser Gespräch hat.

»Apropos Ei«, verkündet Heinrich, »ich muss noch ein

Ei legen, bevor die Lesung anfängt!« Er drückt Hermine sein Glas in die Hand und verschwindet in Richtung Herrentoilette.

Ich beschließe, dass die Lesung mit Hans-Peter Wolfmann nur besser werden kann als unser schreckliches Foyer-Gespräch, das zum Glück abrupt endet, da die Türen zum Saal geöffnet werden.

»Oh Gott, es ist so weit, wir dürfen rein, schnell, trink aus«, schreit Inga mir zu und zerrt mich hinter sich her. Hermine, die ja auf ihren eierlegenden Freund warten muss, wird zurückgelassen.

Ich kippe im Gehen den Sekt und lasse das Glas auf einem Stehtisch zurück. Die Frauenmenge flutet den Saal und verteilt sich in den Sitzreihen. Inga ergattert zwei Plätze direkt vorne an der Bühne. Dass man sich den Hals verrenkt, wenn man ständig steil nach oben blicken muss, scheint sie nicht zu stören. Ich drehe mich ein paar Mal nach hinten um, kann aber auch jetzt Robert nirgends erspähen, was mich erleichtert und gleichzeitig enttäuscht. Hermine und Heinrich kommen als Nachzügler in den Saal und verschwinden in einer der mittleren Sitzreihen. Zum Glück hat Inga davon abgesehen, ihren neuen Freunden Plätze neben uns frei zu halten. Die Hundedame sitzt schräg hinter mir, den Weidenkorb auf dem Schoß. Ihrer Nachbarin erzählt sie gerade, sie seien Hans-Peter Wolfmann »nachgereist« auf seiner Lese-Tournee. »Am Montag waren wir in Karlsruhe, gestern in Mannheim, und heute sind wir hier!« Es ist anzunehmen, dass sie mit »wir« sich und ihren tierischen Begleiter meint.

Inga hat die Hände wie zum Gebet gefaltet und betrachtet mit ehrfürchtigem Blick die Bühne, obwohl dort bislang nur ein mit einem schwarzen Tuch abgehängter Tisch, ein Mikrofon, eine Leselampe und ein Holzstuhl zu sehen sind. Ein Gong ertönt.

»Gleich ist es so weit«, flüstert sie mir zu. »Gleich kommt er.«

Kapitel 16

DER SENIOR, DER sich mit einem Stapel Zettel in der Hand durch den schwarzen Bühnenvorhang kämpft, sieht dem Mann, der auf dem Cover von »Der Lustwanderer« abgebildet ist, nicht sehr ähnlich. Er ist von geknautschter, krötenähnlicher Statur und trägt einen schlecht sitzenden braunen Cord-Anzug mit viel zu kurzen Hosenbeinen. Mit seinen klobigen Fingern fummelt er ungelenk das Tischmikrofon aus der Halterung, stellt sich vor den Lesetisch und setzt sich eine Brille mit dicken, verschmierten Gläsern auf. Das ist also der Lustwanderer. Unglaublich, was man mit Fotoshop alles machen kann, denke ich. Niemand applaudiert. Vielleicht sind die anderen auch geschockt, dass Hans-Peter Wolfmann in echt keineswegs so fesch und attraktiv aussieht wie auf seinen Pressefotos. Nach den ersten Sätzen, die er von seinen Notizzetteln abliest, begreife ich aber, dass es sich bei ihm noch gar nicht um den Lustwanderer handelt, sondern um den Leiter des Literaturhauses, der als Veranstalter eine Begrüßungsrede hält.

Er sei hocherfreut, dass die Literatur »offensichtlich noch nicht tot« sei, da sich so viele Interessierte heute hier eingefunden hätten. Längst sei Hans-Peter Wolfmann zu einem »Popstar der Reiseliteratur« avanciert, wobei er den Begriff der Reiseliteratur, wie wir ihn von

Bruce Chatwin kennen und von – er nennt fünf bis sechs Namen, die ich noch nie gehört habe –, in seinen Büchern gehörig ausdehne und in »neue Begrifflichkeiten« übersetze. In einem »Akt der Selbstbündelung« gelinge es ihm immer wieder, eigene Erlebnisse dergestalt festzuhalten, dass die Leser glaubten, selbst dabeigewesen zu sein, und beim Lesen zu einem Teil des erlebenden Ichs würden.

Inga nickt.

Wie kein Zweiter verstehe sich Hans-Peter Wolfmann auf die Arbeit mit literarischen »Seelenschnüren«, fährt der Literaturhausleiter fort.

Was sind Seelenschnüre, denke ich.

Er werde nicht müde, den Lesern eine »psychologische Wärmflasche an die Wange zu legen«: Der Aufruf zu mehr Mut, mehr Leidenschaft, mehr Lebensfreude, mehr Eros, mehr bewusster Ablösung von beengenden Alltagsstrukturen sei in jeder Zeile fühlbar. Das stoße freilich so manchen konservativen Kleingeist vor den Kopf, spreche aber für die kompromisslose Ich-Bejahung und glühende Authentizität Hans-Peter Wolfmanns. Und man solle nach der Lesung im Foyer die Programm-Flyer mitnehmen und auch andere Veranstaltungen des Literaturhauses besuchen, mahnt er mit unvermittelt vorwurfsvoller Stimme, man hätte sich nämlich wieder sehr, sehr viel Mühe gegeben, einen abwechslungsreichen Veranstaltungskalender zusammenzustellen, und auch unbekanntere Autoren verdienten Aufmerksamkeit, und auf Dauer gefährde es die kulturelle und literarische Vielfalt sowie die gesamte Existenz des Literaturhauses, wenn die Besucher nur zu den Autoren mit den »Aufregerthemen« und zu den in den Medien präsenten

Künstlern pilgerten. Nach dieser Publikumsrüge beginnt er, das Jahresprogramm des Literaturhauses vorzustellen. »Highlight im Dezember« sei der österreichische Essayist Werner Back mit seinem Erzählband »Mir rennt kein Wolf mehr ins Roggenfeld«.

»Oh Mann, der soll endlich weggehen«, mault Inga, und auch der Rest des Publikums wird unruhig und beginnt zu murren und schwätzen, da sich niemand für die »unbekannteren Autoren« interessiert. Alle wollen den Lustwanderer sehen.

»Highlight im Januar« sei Friedemann Schmidt, fährt er unbeirrt fort, diesen Termin solle man sich rot im Kalender anstreichen. Der Name kommt mir bekannt vor, denke ich, war der nicht bei »Heinrich, still und leise«? Friedemann Schmidt sei ein verdienter Lyriker aus Frammersbach, bestätigt der Literaturhausleiter meine Vermutung, und er lese aus seinem ersten Prosawerk mit dem Titel »Die unerträgliche Seichtigkeit des Mains – Eine Novelle über Niedrigwasser«.

Er stellt noch die »Highlights« für die Monate Februar, März, April und Mai vor, unter anderem eine Podiumsdiskussion zum Thema »Sinn und Wandel – intertextuelle Religion« und eine Live-Hörspiel-Präsentation des Hessischen Rundfunks mit dem Titel »Graupel«.

Mit seiner endlosen Vorrede hat er die Hans-Peter-Wolfmann-Fans so verärgert, dass mit Sicherheit niemand von ihnen die Existenz des Literaturhauses durch den Besuch eines der angepriesenen »Jahres-Highlights« unterstützen wird.

Applaus brandet auf, als er endlich das Mikrofon wieder in die Halterung zurückgesteckt hat und die Bühne freigibt für Hans-Peter Wolfmann. Mit federnden Schritten betritt der ersehnte Lustwanderer das Podium. Mich erstaunt, wie groß er ist, an die zwei Meter. Ganz in Schwarz gekleidet, mit Lederjacke und Baskenmütze, winkt er galant ins Publikum, dessen Begrüßungsklatschen nicht enden will. Sogar ein freudiges Kläffen meine ich schräg hinter mir zu vernehmen.

»Das ist er«, jauchzt Inga, »er sieht toll aus, überhaupt nicht wie sechzig, oder?«

Ich muss ihr Recht geben, wahrscheinlich haben ihn seine »glühende Authentizität und kompromisslose Ich-Bejahung« jung gehalten.

Er beginnt damit, über seinen Lesetisch, der ja mit einem schwarzen Tuch abgehängt ist, zu lästern. Wozu man denn den Tisch mit einem Tuch verhüllt habe, frage er sich, »die Zeiten, in denen ich Röcke trug und man mir bei Lesungen zwischen die Beine schauen konnte, sind doch längst vorbei.« Einvernehmliches Gelächter im Publikum.

Während seiner mehrmonatigen Aufenthalte in japanischen Zen-Klöstern habe er zudem gelernt, dass es nötig sei, alles Unwichtige wegzulassen. »Zu den unwichtigsten Dingen auf diesem Planeten gehört zum Beispiel die Kleidung einer Frau, deshalb ist es mein liebstes Vergnügen, eine schöne Dame nach dem Kennenlernen möglichst bald von ihrer Kleidung zu befreien, also ihr wahres, unverfälschtes Selbst offenzulegen.«

Was folgt, sind im Grunde lediglich Variationen dieser Hauptaussage. Das Leben und Streben Hans-Peter Wolfmanns, so der Eindruck, den ich in der nächsten Stunde gewinne, besteht aus dem Kennenlernen und Entkleiden von Frauen, gefolgt von der literarischen Niederschrift des Kennenlernens und Entkleidens, gefolgt vom Vorlesen der Niederschrift auf seinen Lesereisen, auf denen er dann wieder neue Frauen kennenlernt, die er entkleidet, so dass er sich einer nie versiegenden Zufuhr von nackten Frauen und Geldeinnahmen aus Buchverkäufen und Lesungen erfreuen kann.

Er liest einige deftig geschilderte Kennenlern-und-Auskleide-Geschichten aus dem »Lustwanderer« vor, als der er sich ja das Ziel gesetzt hatte, Deutschland zu Fuß zu durchwandern und jede Nacht im Bett einer anderen Frau zu verbringen. Frauen, die ihm Obdach gewährten, waren unter anderem Lisa, eine Stuttgarter Immobilienmaklerin, die er auf einer Baustelle angesprochen und ihr eine rote Rose geschenkt habe. »Zum Glück war ihr Freund, ihren Schilderungen zufolge ein unglaublicher Langweiler, an diesem Abend auf einer Stadtratssitzung. Die Neunundzwanzigjährige war eine Granate im Bett, die um Entschärfung flehte. Natürlich tat ich ihr den Gefallen nur allzu gerne. Ihre entfesselten Schreie schallten durch ihre Altbauwohnung.«

In Oberbayern wurde er von einer verheirateten Bäuerin heimlich in einer Scheune einquartiert. »Obwohl sie schon viele Jahre in ihrer erstarrten Ehe gefangen war, sah ich noch ein Funkeln in ihren Augen, ein schwacher Schein der Sehnsucht, ein Glühen auf ihren Wangen. Nach Mitternacht, als ihr Mann, vom drögen Tagwerk ermattet, in den Schlaf gesunken war, schlich sie sich zu mir ins Heu und gab sich mir hin. Neben uns atmeten die Kühe. Ihre schweren Brüste umschlossen mein Gesicht, als ich sie auf dem Melkschemel nahm. Ja, das ist es, dachte ich, das ist das wahre Weib, das so lange unterdrückt wurde und nun zum Vorschein kommt!«

Die Erweckung des wahren Weibs gelingt ihm auch in

Kassel, Duisburg, Saarbrücken, auf Fehmarn, Sylt und im Odenwald, wo er in einem Landgasthof gleich mit zwei »unbefriedigten Buchhändlerinnen« zugange ist und wo über allen Beteiligten schließlich »Brandungswellen der Lust« zusammenschlagen.

Anscheinend, so lerne ich, sind die meisten Frauen in Deutschland gefangen in öden, sinnenfeindlichen Beziehungen, festgezurrt in Alltagszwängen; ihre Träume, ihre Weiblichkeit und Lebensfreude liegen begraben und verleugnet unter dem Schutt eines ungeliebten, erstickenden Lebens, und jede kann sich glücklich schätzen, wenn zufällig der Lustwanderer des Weges kommt und die Fassade des weiblichen Elends mit seinem Sperma-Strahl zumindest für eine Nacht zum Einsturz bringt.

Wer nicht persönlich von ihm beglückt wird, kann immerhin auf eine seiner Lesungen gehen oder ihm gar »nachreisen«, wie die Hundefrau hinter mir. Zumindest kann ich mir jetzt halbwegs die Besucherzahlen erklären sowie die Tatsache, dass im Prinzip nur Frauen anwesend sind. Weil deren öde Langweiler-Männer nämlich jetzt gerade zu Hause auf dem Sofa liegen, Bier trinken, »Die DDR in Polaroid-Fotos« gucken und schon lange keine »Brandungswelle der Lust« mehr über ihrer unbefriedigten, ihre Weiblichkeit verleugnen müssenden Frau zusammenschlagen ließen.

»Warum ist Borke eigentlich nicht mitgekommen?«, flüstere ich Inga zu.

»Ach, der, der kapiert doch so was überhaupt nicht.« Sie winkt verächtlich ab, »der ist heute Abend auf einem Bierbrau-Seminar in Schweinfurt, da lernt man, wie man sein eigenes Bier braut.«

Sie gibt mir zu verstehen, dass sie dem Vortrag lauschen und nicht mit weiteren lästigen Fragen zu ihrem indiskutablen, in keiner Weise mit dem Lustwanderer vergleichbaren Lebensgefährten genervt werden wolle.

Mir fällt auf, dass Hans-Peter Wolfmann beim Vorlesen zwar heftig gestikuliert, aber eine gänzlich unbewegliche Mimik hat. Vielleicht ist sein starrer Blick, der von seinen weiblichen Fans bestimmt als Ausdruck erotischer Intensität interpretiert wird, das Ergebnis eines Face-Liftings, denke ich. Das würde auch sein erstaunlich faltenfreies Aussehen erklären.

Mit einem flammenden Appell für mehr Weiblichkeit, Selbstbestimmung, Eros, Sex, Freiheit und alles, was uns Frauen sonst noch fehlt, endet seine Lesung, die eher eine Art psychologische Lebensberatung war, Frontalunterricht ohne Mitspracherecht der Hilfesuchenden. »Stay foolish, stay crazy, never let them tear you down!«, ruft der Lustwanderer zum Abschied, dann spült eine Brandungswelle der Euphorie ihn von der Bühne.

Inga wirkt erschöpft und gestärkt zugleich, als habe sie gerade eine üppige, nährende Mahlzeit eingenommen. Ich bin etwas verwirrt und fühle mich, als sei ich einem Sekten-Guru auf den Leim gegangen, den ich vorher als lächerlich abgetan hatte, während ich mich nun dabei ertappe, ihm bei aller Peinlichkeit seines Altherrensex-Vortrags doch in einigen Punkten Recht zu geben.

Wir gehen ins Foyer, wo inzwischen ein Büchertisch mit sämtlichen Werken Hans-Peter Wolfmanns aufgebaut wurde. Inga will sich das Exemplar des »Lustwanderers« signieren lassen, das ich ihr zum Geburtstag geschenkt habe und das sie jetzt aus ihrer Handtasche holt.

»Vielleicht kauf ich mir auch ›Indische Höhepunkte‹, das hab ich noch nicht.«

Für den Buchverkauf zuständig ist der Buchhändler des Schmökerbärs. Zusammen mit einer Gehilfin hantiert er hektisch mit Wechselgeld und hat sichtlich Mühe, den Ansturm der kaufwilligen Frauen zu bewältigen, die alle auch Autogramme und Widmungen wollen.

»Der Autor kommt gleich«, ruft er in die Menge, »bitte bilden Sie schon mal eine Signierschlange!«

Während sich rasch eine »Signierschlange« von beachtlicher Länge formiert, kämpfen sich Heinrich und Hermine zu uns durch. Sie haben schon ihre Jacken an, sie müssen ja gleich heim zum Hund, der nur zwei Stunden alleine bleiben kann.

»Das war toll«, ruft Hermine, »ich hab beim Lesen seiner Bücher immer so ein großes Wow im Kopf, aber wenn man ihn sieht, ist es noch mal viel beeindruckender!«

Aus Heinrichs sparsamen, geknurrten Äußerungen entnehme ich, dass er recht neidisch ist auf den promiskuitiven Lebenswandel Hans-Peter Wolfmanns. Des Weiteren hat ihn erzürnt zu erfahren, dass der Frammersbacher Lyriker Friedemann Schmidt demnächst im Literaturhaus auftritt.

Auch er habe sich mit seinem Familienroman »Ackerkrume, damals« um eine Lesung im Literaturhaus beworben, aber nur eine knappe Absage erhalten. »Und jetzt liest der Friedemann hier aus seiner Schwachsinns-Novelle, und mir sagt er kein Wort davon! Und ich geb ihm noch eine Plattform und lass ihn bei ›Heinrich, still und leise‹ auftreten, aber umgekehrt passiert nichts, dass der mir mal helfen würde, wo reinzukommen!« Ein Verräter sei das, der immer nur nehme und nie etwas zurückgebe. »Mag er noch so gut dichten, aber an so was sieht man doch, was für eine verkommene Seele dieser Mensch hat!«

»Was sind eigentlich Seelenschnüre?«, frage ich, »der Literaturhaus-Typ hat doch gesagt, der Wolfmann arbeite so viel mit Seelenschnüren.«

»Das ist nicht so einfach zu erklären«, sagt Inga, »das ist ein bisschen so, wie wenn du dein drittes Auge aktivierst.«

Ich bin nicht schlauer als zuvor.

»Seelenschnüre haben was mit der persischen Avicenna-Lehre zu tun«, wirft Hermine ein, »die Praktiken der heilenden Liebe.«

»Genau, da gibt's zum Beispiel die Ovar-Atmung und die Jade-Ei-Übung«, führt Inga kryptisch aus.

»Hä?« Ich verstehe kein Wort.

»Das steigert das weibliche Lustempfinden«, weiß Hermine. »Und Männer lernen die Hoden-Atmung und eine Technik, mit der sie die Ejakulation unterdrücken können.«

»Wozu soll denn das gut sein?«, blafft Heinrich.

»Das praktiziert auch dieser Kosmo-Energetiker aus Usbekistan«, sagt Inga, »ich hab neulich einen Blog-Artikel über ihn geschrieben, der ist bekannt geworden, weil er mit siebzehn Jahren ein verschollenes Flugzeug auffinden konnte.«

»Indem er seine Ejakulation unterdrückt hat?«, staunt Hermine.

»Was sind jetzt bitte Seelenschnüre?«, wiederhole ich.

»Die Seelenschnüre sind dein innerstes Selbst, aber auch die Verbindung zu anderen Seelen, das kann man schlecht erklären.«

»Da müsstest du mal ein Sieben-Herzen-Retreat machen«, rät mir Hermine, »da lernt man das.«

Ich gebe es auf.

»Du schreibst einen Blog? Sehr modern, sehr löblich«, schwadroniert Heinrich und verpflichtet Inga umgehend, bei »Heinrich, still und leise Volume II« einen repräsentativen Ausschnitt ihrer Internet-Essays vorzulesen.

»Ja, wie cool, danke, das mach ich sehr gerne!«, strahlt sie ihn an, und er strahlt zurück, stolz auf seine neue Errungenschaft, die das Künstlerspektrum seiner Rhein-Main-Bohème bereichern und den Altersschnitt bei der nächsten Soiree zudem erheblich senken wird.

»Dann sehen wir uns heute in zwei Wochen, ich bin gespannt auf eure Beiträge!«

»Ich trage nichts bei«, sage ich.

»Deine Anwesenheit ist mir Beitrag genug, wie du weißt«, ruft Heinrich im Weggehen, »ich bin ein sehr genügsamer Mann, lebt wohl!«

Vom Lustwanderer ist immer noch nichts zu sehen. Vielleicht hat er backstage weibliche Granaten gefunden, die um Entschärfung flehten. Oder er sitzt irgendwo und übt in aller Ruhe die Hoden-Atmung.

»Wollen wir nicht gehen?«, frage ich Inga. »Ich glaub, der kommt nicht mehr.«

»Er kommt«, weiß Inga, »er kommt immer.«

Wir haben uns mittlerweile in etwa zwanzigster Position in der »Signierschlange« eingereiht. Sie wolle sich nicht nur das Buch signieren lassen, rückt Inga schließlich heraus, sie wolle auch mit ihm »in Kontakt treten«.

»In Kontakt treten? Wie meinst du das?«

»Ich will mit ihm reden.«

»Worüber denn?«

»Na ja, dass er mich inspiriert.«

Wenn jede der zwanzig Frauen vor uns auch das Bedürfnis verspürt, mit ihm in Kontakt zu treten, wird das ein langer Abend werden.

Während wir weiter warten, eröffnet mir Inga einen Plan, von dem ich bislang nichts wusste und der mit Sicherheit auch von der kompromisslosen Ich-Bejahung Hans-Peter Wolfmanns inspiriert ist.

Anfang nächsten Jahres plane sie eine »letzte große Reise«, sechs Wochen, nach Indien und Bali wahrscheinlich, danach wolle sie schwanger werden, aber Borke wisse noch nichts davon.

»Von was weiß er nichts, von der Reise oder von der Schwängerung?«

»Von nichts weiß er was. Ich wollte es erst mal dir erzählen, weil ich auch fragen wollte, ob du mitkommst.«

Ich schüttele den Kopf. »Sechs Wochen, so viel Urlaub hab ich doch gar nicht. Außerdem interessieren mich Indien und Bali nicht so.«

»Wo willst du denn stattdessen hin?«

»Weiß nicht. Lissabon würd ich gern noch mal sehen.«

»Da waren wir doch schon.«

»Na und? Du warst doch auch schon auf Bali.«

»Aber ich hab dir ja erzählt, dass ich das Gefühl habe, auf Bali irgendwas für mich noch nicht abgeschlossen zu haben. Ich weiß nicht, ob ich mich traue, allein so lange wegzufahren. Vielleicht sollte ich auch gleich schwanger werden, ich bin irgendwie auch schon total im Baby-Modus. Aber ich will auch noch mal was erleben.«

Ich empfinde ihre Pläne als äußerst fragwürdig. Erst will sie auf ihrer »letzten großen Reise« noch mal was »erleben«, und danach soll sie übergangslos der Samen des Borke befruchten, auf dass dann in Fuchsenbach ein erfüllendes Dasein als Kleinfamilie beginnt. Gleichwohl scheint Borke bis auf die des Samenspenders keine Funktion in diesem Zukunftsszenario innezuhaben.

Obwohl ich wortkarg und begeisterungsfrei reagiere, bohrt sie nach, ob ich nicht mitkommen wolle, und wenn es nur für zwei Wochen sei.

Ich sage ihr, dass ich im Dezember zwei Wochen Urlaub habe und einem Städtetrip nach Lissabon, Barcelona, Sevilla oder wohin auch immer nicht abgeneigt sei, wenn sie gerne mit mir wegfahren wolle, auch eine Woche Kanaren fände ich nett.

Anscheinend entsprechen meine Vorschläge nicht ihren Vorstellungen von einer »letzten großen Reise«. Das sei doch alles langweilig, fällt sie schließlich ihr Urteil, und es müsse etwas »Längeres« sein, zudem etwas Außereuropäisches, denn Europa könne man auch noch erkunden, wenn man Rentner sei.

Ich wiederhole, dass ich weder Zeit noch Geld für ausgedehnte Interkontinentalreisen hätte und mich auf meine Rentner-Urlaubsziele beschränken müsse, wenn ich denn überhaupt wegfahren könne, schließlich stehe ja unser Umzug wahrscheinlich unmittelbar bevor, und es sei für sie sowieso besser, ihre »letzte große Reise« allein anzutreten. »Sonst sitzen wir die ganze Zeit in Indien im Café und quatschen, und du erlebst gar nichts.«

»Ja, das stimmt natürlich«, zeigt sie sich einsichtig. Es gebe ja auch die »Theorie der magischen Momente«, fällt ihr ein. Diese Theorie besage, dass ein Reisender bestimmte Momente auf seinem »Weg« nur dann als magisch empfinde, wenn er allein sei und kein mitreisender Kumpel sie ihm mit deutschem Karma versaue.

Ich erfahre noch, dass es durchaus auch sexuelle Erfahrungen sind, die sie auf ihrer letzten großen Reise vor der Planschwängerung machen wolle.

»Ich will offen sein für Begegnungen und Zwischenmenschliches, ich find das doof, wenn man sich im Urlaub in sich selbst zurückzieht und sich auf niemanden einlässt. Ich will die Nähe von Fremden auch mal bewusst ertragen, weißt du?«

»Also … du willst noch mal geilen Sex, bevor ihr heiratet und Kinder kriegt?«

Sie windet sich und ist ein bisschen pikiert über meine Ausdrucksweise, gibt es aber schließlich zu.

»Es ist ja nicht so, dass ich mir auf der Reise extra jemanden suchen würde dafür … Aber wenn sich eine Konstellation ergibt, wo man merkt, da passiert jetzt grad was zwischen zwei Menschen, dann würd ich nicht sagen, du, das geht nicht, ich hab einen Freund in Deutschland. Ich würde einfach gucken, wie sich so eine Situation entwickelt.«

Unter »so einer Situation« stellt sie sich bestimmt eine Lange Nacht der Orgasmen mit einem muskulösen, blonden, schwedischen Backpacker in einem Nomadenzelt unter dem Sternenhimmel von Rajastan vor. Ich hoffe für sie, dass sich keine andere »Situation« entwickelt, die dann in einer Massenvergewaltigung in einem versifften Kleinbus endet, wenn sie so offen für »Begegnungen und Zwischenmenschliches« durch Indien reist.

Die Schlange vor uns setzt sich in Bewegung, und ich sehe, dass sich Hans-Peter Wolfmann inzwischen endlich mit signierbereit gezücktem Stift am Büchertisch eingefunden hat.

»Siehst du, ich hab dir gesagt, dass er kommt!« Inga

atmet immer nervöser durch den Mund ein und aus, je näher wir ihrem Idol kommen. Ich bin gespannt, wie sie es anstellen will, mit ihm »in Kontakt zu treten«, denn der Lustwanderer scheint sich nicht lange mit individuellen Gesprächen aufzuhalten, sondern lediglich in geschäftiger Routine im Stehen die ihm entgegengereckten Bücher zu signieren.

Schon nach kurzer Zeit sind wir an der Reihe. Ich entferne mich zwei Schritte, da ich ja gar kein Buch zum Unterschreiben dabeihabe und Inga auch ihren magischen Moment der Zweisamkeit mit Hans-Peter Wolfmann nicht mit meinem »deutschen Karma« versauen will. Die Frau vor Inga ist gerade noch dabei, mit dankbarem, fast schon devot wirkendem Kopfnicken zur Seite wegzutreten, da schnellt des Lustwanderers Hand auch schon an ihr vorbei und nimmt Inga das Buch ab.

»Ah, die Jugend liest!«, ruft er zu ihr hinunter, er überragt sie um mehr als einen Kopf. »Der Name bitte.«

»Äh, Inga, schreiben Sie, für Inga … oder so«, höre ich meine Freundin stammeln. »Ich bin ein großer Fan von Ihnen«, fährt sie fort, während er etwas ins Buch kritzelt. »Ich find Ihre Bücher so inspirierend, und ich schreibe auch selbst, ich …«

»Ja, schreiben Sie, schreiben Sie!«, schneidet er ihr das Wort ab, »einen schönen Abend noch!«

Inga wird von nachrückenden Damen abgedrängt und trottet mit hängenden Schultern zu mir zurück.

Ich weiß nicht, wie ich ihre Niederlage kommentieren soll. Der Lustwanderer bedeutet ihr so viel, dass sie am Ende noch in Tränen ausbricht, wenn ich sie jetzt zu trösten versuche.

»Das war etwas unglücklich«, sagt sie dann selbst, »der

hat mich gar nicht wahrgenommen, der hat mich in drei Sekunden abgefertigt.«

»Immerhin hat er deine Jugend kommentiert«, sage ich. »›Die Jugend liest!‹, hat er doch verkündet, als du ihm das Buch gegeben hast. Also hat er dich zumindest ansatzweise wahrgenommen.«

»Ja, stimmt, er findet, dass ich jung aussehe, das ist ja eigentlich voll das Kompliment!« Inga schlägt ihr Buch auf und findet dort ein weiteres Indiz, dass die Wahrnehmung ihrer Person durch Hans-Peter Wolfmann doch über eine Drei-Sekunden-Abfertigung hinausgeht. »Guck mal, wie süß, was er geschrieben hat«, jauchzt sie auf: »Für Inga! Ganesha forever! Stay foolish, stay crazy!«

Das bedeute, er habe ihr Ganesha-Top bemerkt und kommentiert, und außerdem bedeute es, dass er ihr auf die Brüste geschaut habe, sonst hätte er den Ganesha-Aufdruck ja nicht gesehen. Sie freut sich so sehr über diese Erkenntnis, dass sie einen neuen Kontaktversuch wagen will.

»Wenn diese anderen Frauen alle weg sind, probier ich's noch mal. Jetzt muss ich aber erst mal Pipi, ich muss die ganze Zeit schon, ich bin so aufgeregt!«

Sie verschwindet in Richtung Toiletten. Hans-Peter Wolfmann macht gerade ein Selfie mit zwei korpulenten Damen in Latzhosen. Kaum dass sie auf den Auslöser gedrückt haben, komplimentiert er sie weg. Sie stehen noch eine Weile andächtig in meiner Nähe und betrachten ihr Selfie auf dem Handy-Display. Die eine sagt zu ihrer Freundin, das Foto müsse sie ihr gleich whatsAppen, damit sie das auch habe, die andere sagt, das mache sie sofort, wenn sie wieder im WLAN sei, sie habe kein Internet im Moment, »aber nicht vergessen«, wird sie ermahnt, »nicht dass du das vergisst«, nein, sie vergesse es nicht.

Mir fällt auf, dass ich bestimmt seit zehn, wenn nicht gar fünfzehn Minuten nicht an Robert gedacht habe. Ich beginne gerade, stolz auf mich zu sein, da steht er plötzlich neben mir, völlig unvermittelt, als sei er von einem anderen Planeten herab ins Stadthallen-Foyer gebeamt worden.

»Hallo, na?« Verlegen schaut er an mir vorbei. Er trägt einen grauen Wollpulli und hat seine Jacke um die vor seinem Bauch verschränkten Unterarme gewickelt. Wäre die Jacke aus Fell, sähe es aus, als wärme er sich die Hände in einem Muff, wie eine englische Lady.

»Wo kommst du denn her?«, sage ich, »warst du auch auf der Lesung? Hab dich gar nicht gesehen.«

»Ich war da, ja, ich wollte dir nicht hallo sagen, solange der Heinrich in der Nähe war, der hätte mich sonst nur wieder vollgelabert.«

»Ja, die sind zum Glück schon verschwunden, die mussten heim zum Hund.«

»Geht's dir gut?«

Ich zucke mit den Schultern, schiebe die Unterlippe vor und nicke ein paar Mal. In meinem Bauch zieht sich etwas zusammen, vielleicht sind es meine unentwirrbar verknoteten Seelenschnüre.

»Also, ich geh dann mal wieder.«

»Okay«, sage ich.

Er kratzt sich an der Nase. »Du willst mich ja nicht mehr sehen, sonst hätte ich jetzt gefragt, ob du mit mir noch kurz was trinken gehen willst.«

»Ist das eine Frage?«, frage ich.

Er wiegt den Kopf hin und her. »Ja, schon.«

»Ich bin mit einer Freundin da«, sage ich.

»Das ist keine richtige Antwort.«

»Es war auch keine richtige Frage.«

Nachdem wir uns auf diese Art gegenseitig neutralisiert haben, verstummen wir und beobachten den Lustwanderer beim Abfertigen seiner letzten Fans. Mittlerweile befinden sich nur noch eine Handvoll Damen im Foyer.

Inga taucht wieder neben mir auf und wirft Robert einen neugierigen Blick zu.

»Das ist meine Freundin Inga, das ist Robert, ein Bekannter von mir«, stelle ich die beiden vor.

»Ach, wie nett, hi!« Inga gibt ihm die Hand, äugt derweil aber schon wieder angespannt in Richtung Hans-Peter Wolfmanns, der gerade am Büchertisch Platz genommen hat und einen Stapel »Indische Höhepunkte« signiert, den ihm der Schmökerbär-Buchhändler hingeschoben hat.

»Wollt ihr zwei vielleicht noch was trinken gehen, oder was habt ihr so vor?«, fragt Robert.

»Ähm, eigentlich gerne …« Inga windet sich und sieht mich hilfesuchend an. »Es ist nur so, ich wollte erst noch …«

»Sie ist ein Riesen-Fan von ihm«, erkläre ich Robert, »und sie wollte ihm gern hallo sagen.«

»Ja, und vorhin hab ich's schon versucht, aber im Prinzip hat er mich nur abgewimmelt«, gibt Inga zu. »Und jetzt trau ich mich gar nicht mehr, ihn anzusprechen, weil ich Angst hab, dass er mich wieder wegschickt, andererseits krieg ich so eine Gelegenheit auch so schnell nicht wieder … Ach, ist das alles kompliziert!« Sie legt die Stirn in Gramesfalten.

»Dann frag ich ihn halt mal, ob er mit uns was trinken geht, oder?«, schlägt Robert vor.

»Ihn fragen, ob er … Kennst du ihn persönlich??« Inga reißt Mund und Augen auf.

»Nur flüchtig, von der Buchmesse, wahrscheinlich erinnert er sich nicht an mich. Aber probieren kann man's doch, oder?«

Ja, ja, auf jeden Fall könne man das probieren, also wenn er, ja, also von ihr aus, auf jeden Fall, stammelt Inga, der die Aussicht, mit dem vergötterten, anbetungswürdigen Hans-Peter Wolfmann etwas TRINKEN zu gehen, einen Großteil ihres Wortschatzes geraubt hat.

Robert nähert sich Hans-Peter Wolfmann, der gerade einen weiteren Stapel Bücher mit Signaturen versieht.

»Oh mein Gott«, sagt Inga und hält sich die Hände vor den Mund, »oh mein Gott!« Sie verfolgt die Szene in einem Zustand nahe der Ohnmacht.

»Hallo Hans-Peter, ich weiß nicht, ob du dich an mich erinnerst.« Der Lustwanderer schreckt von seiner Tätigkeit auf und fixiert Robert mit starrem, wenn nicht gar feindseligem Blick, so genau kann man es aufgrund seiner nicht vorhandenen Mimik nicht sagen.

»Robert Klotzky heiße ich, wir haben uns mal kurz auf der Buchmesse gesehen.«

»Ah, die Buchmesse!«, ruft der Lustwanderer theatralisch in vollkommen übertriebener Lautstärke und schleudert einen Arm nach oben, »ich liebe die Buchmesse! Wie war der Name?«

»Robert.«

»Sind wir Kollegen?«

»Ja, so gesehen schon.«

»Robert! Nein, lieber Kollege Robert, ich erinnere mich nicht an dich! An männliche Gesichter erinnere ich mich prinzipiell überhaupt nicht, konnte ich noch nie, ich hoffe, das siehst du mir nach! Ich wünsch dir noch einen schönen Abend, Robert!« Er beugt sich wieder über seine Bücher.

»Hast du Lust, noch was trinken zu gehen?«, fährt Robert unbeirrt fort.

»Ach, Lust! Lust! Was ist Lust?«, ruft der Lustwanderer und klatscht in die Hände. »Lust hab ich immer, doch die Pflicht ruft! Ich bin mit einem Fernsehredakteur verabredet, lieber Kollege Robert, der will mit mir über eine Talkshow sprechen. Lust hab ich nicht die geringste, aber ich muss!«

»Na ja, ich dachte nur«, sagt Robert und wendet sich zum Gehen, »meine Begleiterinnen hätten dich gerne kennengelernt.«

Nun horcht der Lustwanderer auf. »Hörte ich da einen Plural, Kollege Robert? Wie viele Begleiterinnen hast du denn dabei?«

Robert deutet mit dem Daumen auf uns, die wir in etwa drei Metern Entfernung stehen. Inga hat zum Glück ihre Gesichtszüge und Haltung wieder so weit in Kontrolle, um nicht wie das Denkmal des wahnsinnig gewordenen Groupies dazustehen.

»Ah, das Ganesha-Girl, an dich erinnere ich mich! Es kommt nicht allzu oft vor, dass man einer schönen Frau begegnet, die einen Elefantengott auf der Brust trägt! So, so, Kollege Robert, da hast du gleich zwei Freundinnen auf einmal, sehr interessant, solch eine Konstellation trifft man nicht alle Tage, in diesem Land, das dem Wahn der Monogamie verfallen ist!«

»Na ja, sie sind nicht meine Freundinnen«, relativiert Robert.

»Wir kennen uns eigentlich gar nicht«, ruft Inga.

»Ihr kennt euch eigentlich gar nicht?«, staunt der Lustwanderer, »das wird ja immer interessanter! Ich will alles über euch erfahren! Gehen wir was trinken?«

Kapitel 17

WIE SICH HERAUSSTELLT, ist der Lustwanderer ausgerechnet im Poseidon mit dem Fernsehredakteur verabredet, bei jenem Fettgriechen, bei dem ich damals wie gewohnt mit Herrn Böhmann meine freitägliche Mittagspause hätte verbringen sollen, denke ich, denn dann wären wir Heinrich Waldemar Ertel nicht über den Weg gelaufen, und ich hätte nicht der »Heinrich, still und leise«-Soiree beigewohnt und dort nicht Robert kennengelernt. Dann säße ich jetzt nicht neben ihm an einem runden Tisch in einer mit Venus- und Diana-Skulpturen geschmückten Nische und hätte nicht mit verworrenen Seelenschnüren zu kämpfen.

Wobei es mir im Moment eigentlich ganz gut geht, stelle ich fest, was vielleicht auch an der entspannenden Wirkung des zweiten Glases Retsina liegt, das ich gerade getrunken habe. Robert sitzt links, Inga rechts von mir, neben ihr der Lustwanderer, mir gegenüber der übergewichtige Fernsehredakteur, der, wie er erzählt, gleich nach der Lesung den Fettgriechen aufgesucht und die Wartezeit mit dem Verzehr einer Mykonos-Platte überbrückt habe. Jetzt hat er seine Krawatte gelockert und die Augen halb geschlossen und scheint intensiv mit der Verdauung seiner Mahlzeit beschäftigt.

Die Stimmung des Lustwanderers, der sich eine Flasche Imiglykos-Wein hat servieren lassen und diese mit der in seliger Erstarrung verharrenden Inga teilt, wird von Minute zu Minute euphorischer.

»Inga! Inga!«, deklamiert er gerade, »was für ein schöner Name! Ich hatte einst eine Geliebte namens Inga, eine Schwedin, eine wunderschöne Frau, die es genossen hat, sich zu verschwenden!«

Man müsse nun mal über die Talk-Show reden, wirft der Fernsehredakteur ein, nachdem er einen Rülpser unterdrückt hat, wird von Hans-Peter Wolfmann jedoch in die Schranken gewiesen.

»Gleich, später! Lasst mich zuerst von Inga erzählen! Hört mir zu! Sie war Kunstschmiedin und lebte in Hamburg! Das heißt, vielleicht tut sie das immer noch, ich musste sie leider zurücklassen, da sie plötzlich von Kindern und Zukunft sprach. Das Übel so vieler Frauen: Sie sind nicht in der Lage, in der Gegenwart zu leben!«

Ich staune über die stockende Selbstherrlichkeit seiner Sprechweise. Er fordert volle Aufmerksamkeit für seine gewundenen Sätze, die er mit starrem Blick und wie unter größter Gedankenanstrengung hervorstößt. Es wirkt, als wolle er möglichst druckreif in ein Diktiergerät sprechen, um seine wertvollen geistigen Geburten anderntags nur noch abtippen zu müssen und somit die Konversation dieses Abends nutzbringend zu einem weiteren Kapitel seiner stets faszinierenden Lebensbegegnungen zu verarbeiten.

Einen »glühenden Sommer« habe er mit Inga in Hamburg verbracht. Während dieser Zeit habe er sich auch des Öfteren mit einem ehemaligen Schulkollegen, einem »armen, lebensgehemmten Freund«, in einem Café getroffen. Von Zeit zu Zeit sei es nämlich notwendig gewesen, die »vor Lust dampfende Wohnung« zu verlassen, um auch Inga Zeit zur Erholung zu gönnen: »Sie bettelte ja manchmal geradezu um Gnade! Ach, welch ein Sommer!«

So habe er also zwischen den Kopulationen oft mit seinem Freund, einem »dem Alltag und der Sprödigkeit einer müffelnden Ehe unterworfenen Buchhalter«, im Café gesessen. Nach einigen Tagen sei ihm aufgefallen, dass der Freund stets in dasselbe Café gehen wollte, jedoch nie zur gleichen Uhrzeit. Mal habe er einen Termin um vierzehn Uhr vorgeschlagen, mal um zwölf Uhr dreißig, dann wieder erst gegen sechs. Auf diese Unregelmäßigkeiten angesprochen, habe der »arme Freund« sich zunächst geziert, schließlich aber das Geheimnis der wechselnden Uhrzeiten preisgegeben.

Der eigentliche Zweck seiner Café-Besuche sei es, neben der anregenden Konversation mit ihm, Hans-Peter Wolfmann, die Aufmerksamkeit der hübschen Bedienung zu erregen. Sie heiße, das hätten seine scheuen Nachforschungen ergeben, Fiorella, sei Italienerin und studiere in Hamburg Germanistik. Durch die Unregelmäßigkeit seiner Café-Besuche wolle er verhindern, dass sie von ihm den Eindruck bekomme, er sei ein langweiliger Angestellter, der hier nur in stumpfer Regelmäßigkeit seine Mittagspause verbringe.

Der Lustwanderer schenkt sich Wein nach und erzählt mit triumphaler Stimme den Fortgang des Geschehens. Den Freund, der verhindern wollte, für einen Angestellten gehalten zu werden, lässt er dabei in immer bemitleidenswerterem Licht erscheinen, wohingegen er selbst natürlich zur Hochform aufläuft: Sinnesgetrübt durch die ekstatischen Vereinigungen mit der Schwedin Inga, habe er bis dato die körperlichen Reize der italienischen Bedienung noch gar nicht recht »realisiert« gehabt. Nun, vom verliebten Freund ins Bild gesetzt, habe er sich die Studentin erstmals aus männlicher Perspektive »visuell einverleibt«.

»Und ich muss sagen, er hatte keinen schlechten Geschmack, mein armer Freund!«

Was gebe es Schöneres und dem Urzustand der Menschheit Näheres als die prallen Brüste einer jungen Frau, noch dazu, wenn sie im Dienstleistungsgewerbe tätig sei!

Er beschreibt gestenreich einige Kleidungsstücke der Studentin, die sich anscheinend allesamt in aufreizender Manier um ihren Busen spannten.

Noch am Tag des Liebesgeständnisses seines Freundes sei er einige Stunden später ins Café zurückgekehrt, um mit der schönen Fiorella ins Gespräch zu kommen. Als »Einstiegsluke« habe ihm dabei sein armer Freund gedient, denn am Tresen zu später Stunde habe er Fiorella einfach erzählt, dass sein langweiliger Bekannter in einen Liebeswahn verfallen sei und ihre Aufmerksamkeit schlichtweg dadurch erregen wolle, dass er verhindere, für einen Angestellten gehalten zu werden, obwohl er der »drögeste Buchhalter Norddeutschlands« sei, der in einem Reihenhaus mit Frau, Kindern und Golden Retriever lebe.

Es sei dann gelacht und gescherzt worden über diesen plumpen Annäherungsversuch, sagt Wolfmann, der sich nicht schämt, diese Geschichte in aller Ausführlichkeit zu Ende zu erzählen. Fiorella habe sich ihm wenig später in ihrem Studentenzimmer auf einer bunten Patchwork-Decke hingegeben, »mit wippenden Brüsten, ihre Weiblichkeit um mich stülpend, was für eine Herrlichkeit!«

Das sei sehr interessant, sagt der zwischenzeitlich kurz eingeschlafene Fernsehredakteur, man müsse jetzt aber wirklich mal über die geplante Talk-Show sprechen, er müsse heute Abend noch zurück nach Köln. Das Thema der Talk-Show laute »Monogamie – ein Auslaufmodell?«

»Ja, sicher ist es ein Auslaufmodell!«, ruft Wolfmann unwirsch, »das steht doch alles in meinen Büchern!«

Ob er sich vorstellen könne, in einem Fernsehformat differenziert Stellung zu beziehen zu den Meinungen anderer Gäste, und ob … »Ja sicher beziehe ich Stellung«, unterbricht ihn der Lustwanderer, »mein ganzes Leben besteht daraus, Stellung zu beziehen, im Gegensatz zu den blökenden Schafen, denen es nie gelingen wird, sich aus dem verhassten Kokon, dem Gitternetz der Konvention, zu befreien!«

Ich stelle mir Schafe vor, die sich aus einem Kokon befreien, ihn mühsam von innen aufknabbern und dann, plötzlich in einen Schmetterling verwandelt, davonflattern.

Es gebe einige Details und auch Vertragliches abzuklären, setzt der Fernsehredakteur nochmals mit matter Stimme an, wird jedoch vom Lustwanderer mit einem lauten »Stopp!« unterbrochen.

»Stopp!«, wiederholt er und reißt dabei den Arm nach oben. »Ich möchte mich zunächst mit meinen Gästen unterhalten!« Abrupt wendet er sich mir zu.

»Inga kenne ich nun schon, wie war dein Name?«

»Katja.« Ich hoffe, ihm fällt keine gleichnamige Geliebte ein.

»Was machst du beruflich?«

»Ähm … Ich bin Redaktionsassistentin.«

»Ist das interessant? Ist das deine Berufung?«

»Es ist okay.«

»Aha. Das klingt nicht gut! Das Sich-Begnügen mit dem Mittelmaß ist der erste Schritt in den Untergang«, belehrt er mich mit stechendem Blick.

»Sie schreibt aber auch Gedichte«, wirft Inga ein. Bitte, Inga, halt bloß den Mund, denke ich.

»Sie sind Lyrikerin? Ach, die Lyrik! Ich liebe Rimbaud!« Er beginnt, Rimbaud-Gedichte auf Französisch und Deutsch zu rezitieren, verliert dann übergangslos das Interesse an mir, an Rimbaud und der Lyrik allgemein und wendet sich stattdessen Robert zu, den er bislang ignoriert hat.

»Und nun, Kollege Robert, erzähl mir etwas Neues!«

»Etwas Neues …?«

»Ja! Erzähl mir etwas, das ich noch nicht weiß! Welchen Sinn hat denn sonst eine solche Zusammenkunft, wenn man nichts Neues erfährt? Ich will jeden Tag klüger zu Bett gehen, als ich aufgestanden bin! Also, erzähl mir etwas, das ich noch nicht weiß!«

»Die Eintracht hat heute 1:0 gegen die Bayern gewonnen«, sagt Robert.

Hans-Peter Wolfmann ist einen Moment unsicher, wie er reagieren soll. Er legt den Kopf schräg und guckt sehr seltsam und starr wie ein erschreckter Laufvogel, dann übergeht er Roberts Gesprächsbeitrag, indem er eine neue Flasche Wein bestellt.

»Und nun du, Katja, erzähl auch du mir bitte etwas Neues!«

»Ich hab nichts zu erzählen.«

»Oh doch! Überrasche mich! Du bist eine ganz andere Generation! Die Generationen müssen voneinander lernen! Ich liebe es, mich überraschen zu lassen!«

»Du könntest ihm vom Doppelten Fuchs erzählen«, kommt Robert mir mit dezentem Grinsen zu Hilfe, »den kennt er sicher noch nicht.«

»Eine Tiergeschichte?«, wundert sich der Lustwanderer, »erstaunlich, kaum jemand erzählt heute noch Fabeln!«

»Der Doppelte Fuchs ist ein Cocktail«, erläutere ich, »kennen Sie den?«

Wie erwartet schüttelt Wolfmann den Kopf. Ich überlege kurz, dann kommt mir eine Idee. Wenn er »etwas Neues« erfahren will, bitte.

»Als Franz Kafka 1921 in Frankfurt war, hat man ihm dieses Getränk serviert.«

»Ach was!« Wolfmann zückt ein kleines Notizbuch, auf dem vorne ein lila Dinosaurier abgebildet ist.

»Kafka wollte eigentlich zu einer Kur nach Baden-Baden«, erfinde ich, während der Lustwanderer mitschreibt, »ist aber wegen einer unglücklichen Liebe ein paar Tage in Frankfurt hängen geblieben. Er schrieb darüber an Milena Jesenská.«

»Ach ja, Milena!« Der Lustwanderer spitzt die Lippen und schickt einen Kuss gen Himmel; die Liebesbriefe Kafkas an Milena sind ihm als König der literarischen Charmeure natürlich bekannt.

»Kafka erzählte Milena in seinen Briefen aus Frankfurt unter anderem vom Doppelten Fuchs, aber die Briefe sind verschollen«, hangele ich mich weiter durch meine aus alternativen Fakten spontan zusammengesponnene Kurzgeschichte. »Man vermutet, dass Ernst Pollak, Milenas damaliger Ehemann, sie entdeckt und an einen österreichischen Wirt verkauft hat.«

»Unglaublich!«, entfährt es Wolfmann, während Robert ein Losprusten geschickt in einen Hustenanfall überführt.

»Und dieser Wirt«, fahre ich fort, »hat dann den Doppelten Fuchs in den zwanziger Jahren auf Donaukreuzfahrtschiffen den oberen Zehntausend als Aperitif kredenzt. Es war *das* Getränk der Bavarian Roaring Twenties, aber in der Nazizeit und nach Ausbruch des Zweiten Weltkriegs geriet es in Vergessenheit.« Der Lustwanderer macht sich hektisch Notizen. Der Doppelte Fuchs, füge ich noch an, sei das einzige alkoholische Getränk, das bei Kafka lobende Erwähnung gefunden habe. »Und bei der jüngeren Generation erlebt es gerade eine Renaissance. In den Szene-Bars in Berlin bekommt man nichts anderes mehr. Gin ist total outdated.«

»Und deswegen bin ich so gerne mit jungen Menschen zusammen!«, verkündet Wolfmann. »Die Verkrustungen überwinden, Neues lernen, das ist es doch, was das Leben ausmacht! Der Doppelte Fuchs, was für eine fantastische Geschichte! Verraten Sie mir das Rezept?«

»Klosterfrau Melissengeist, Tomatensaft und ein rohes Ei.«

»Was für eine wilde Mischung! Was für eine lebensbejahende Mixtur! Ja, genau das hat die zwanziger Jahre ausgemacht, diese Wildheit! Und andererseits entspricht das Getränk in seiner Art ja auch sehr gut der kafkaesken Angst!«

Er macht in seinem Dinosaurier-Heft weiter eifrig Notizen zur Historie des Doppelten Fuchses. Inga scheint überfordert von der Situation, wahrscheinlich auch enttäuscht, da der Lustwanderer ihr nicht die ersehnte Aufmerksamkeit zukommen, sondern sich lieber von mir eine Geschichte erzählen lässt, die Inga mehr als absurd erscheinen muss. Mit hochroten Wangen trinkt sie ein Glas Wein nach dem anderen. Die gemeinsame Imiglykos-Flasche ist ihr einziges verbindendes Element mit Hans-Peter Wolfmann.

Der Fernsehredakteur schreckt aus einem Sekundenschlaf hoch und weist nochmals recht unmotiviert auf die geplante Sendung »Monogamie – ein Auslaufmodell?« hin, wird aber von Wolfmann wieder mit einem lauten »Stopp!« abgebügelt. Der Lustwanderer möchte jetzt nämlich gern über Krankheiten sprechen, vielleicht durch die Erwähnung des tuberkulösen Kafka inspiriert.

»Ich bin ein Freund der alternativen Heilmethoden«, gibt Wolfmann bekannt, »aber wenn man immer nur zum Osteopathen geht statt zum Urologen, steht man irgendwann da und muss auf Scheiben pinkeln.« Das Misstrauen in die Schulmedizin habe bei ihm im vergangenen Jahr zu einer unerkannten Vergrößerung der Prostata geführt, die dann den Harnleiter abdrückte, was zu weiteren Verwicklungen führte, so dass er dann auf der Buchmesse kurz vor dem Nierenversagen gestanden habe. Hier endet seine Erzählung abrupt, aber da er noch lebt, vermute ich, dass das Nierenversagen abgewendet werden konnte. Robert rutscht, anscheinend peinlich berührt von Wolfmanns Männerkrankheitsgeschichten, auf seinem Stuhl herum.

Der apathische Fernsehredakteur hingegen scheint erstmals auf ein Gesprächsthema gestoßen zu sein, an dem er sich beteiligen möchte. Er zeigt uns seine rechte Hand und sagt, er habe ein Problem mit der Sehne am Daumen, und im MRT sei er neulich auch gewesen wegen eines Schattens auf der Lunge, und dabei seien verkalkte Adern und eine Kapselentzündung in der Schulter festgestellt worden. Und letztes Jahr sei er mit Verdacht auf Prostatakrebs eingeliefert worden, habe dann aber nur eine Blasenentzündung gehabt.

»Ja, man darf eigentlich gar nicht zum Arzt«, schlussfolgert der Lustwanderer, »wenn die einmal was finden, bist du in der Mühle.«

»Dann wirst du operiert, bis du tot bist«, ergänzt der Fernsehredakteur.

Die Hemmungslosigkeit älterer Männer, über Unterleibsprobleme zu sprechen, war mir bislang nicht bekannt. Insofern habe auch ich »etwas Neues gelernt« an diesem Abend, denke ich und beschließe, dass es Zeit ist aufzubrechen.

»Ich geh dann mal«, sage ich.

»Ich auch.« Robert und ich stehen gleichzeitig auf.

»Inga?«

»Ich trink noch ein Gläschen.«

»Bist du sicher?« Inga nickt, schwenkt ihren Imiglykos und vermeidet es, mich anzusehen. Kurz habe ich ein schlechtes Gewissen, sie in angetrunkenem Zustand den Fängen des Lustwanderers zu überlassen, aber andererseits ist ja auch der Fernsehredakteur noch vor Ort, und sie kann jederzeit fliehen, falls das ersehnte »In-Kontakt-Treten« mit Hans-Peter Wolfmann sich als Enttäuschung entpuppt.

»Gut. Schönen Abend noch!« Ich winke in die Runde.

»Ihr zwei seid ein Paar, stimmt's?« Der Lustwanderer deutet mit dem Zeigefinger auf Robert und mich. Wir schütteln synchron die Köpfe.

»Doch!«, beharrt er. »So was sehe ich sofort! Ein wunderbares Paar«, ruft er uns nach, als wir schon in Richtung Ausgang gehen, »stay foolish, stay crazy!«

Kapitel 18

»OJE, DER TYP ist ziemlich schräg«, stöhnt Robert, als die Eingangstür des Fettgriechen hinter uns zufällt.

»Ja, schlimm«, bestätige ich.

»Hoffentlich fällt er jetzt nicht über deine Freundin her.«

»Ach, die weiß sich schon zu helfen.«

»Hoffentlich.« Robert sieht irgendwie zerrüttet aus, was aber auch am fahlen, kalten Licht der Straßenlampe liegen kann, die uns beleuchtet. Er furcht sich mit einer Hand nach hinten durch die Haare. Offenbar hat er Gel drin, denn als er die Hand sinken lässt, steht ihm das Haar zu Berge. Er sieht aus wie ein Hahn. Ich muss grinsen, und er fragt, was ich so lustig fände. Ich schüttele nur den Kopf – ich kann ihm ja schlecht sagen, dass er wie ein Hahn aussieht – und hoffe, er denkt nicht, ich grinse bei der Vorstellung, wie meine Freundin vom Lustwanderer sexuell bedrängt und zur Protagonistin seiner nächsten Liebesstory gemacht wird.

»Wenn ich heimkomme, stelle ich meine Hans-Peter-Wolfmann-Bücher in den Hausflur. Sollen die Nachbarn sich daran erfreuen.« Robert holt eine graue Mütze aus der Manteltasche und zieht sie sich über den unwissentlich aufgetürmten Hahnenkamm.

»Ich hab gar keine Bücher von ihm«, sage ich.

»Ach so, ich dachte, du bist ein Fan.«

»Nein«, wehre ich entschieden ab, »ich war bloß wegen Inga da.«

»Ich hab auch nur ein Buch von ihm«, räumt Robert ein, »›Indische Höhepunkte‹.«

»Aha.«

»Ich hab's noch nicht gelesen. Aber jetzt, wo ich ihn kennengelernt hab, will ich das auch nicht mehr.«

»Das Pech der persönlichen Begegnung«, sage ich, »auch ein guter Buchtitel.«

Robert nickt, und dann stehen wir eine Weile dumm in der Nacht herum.

»Apropos persönliche Begegnung«, sagt er dann, »war das jetzt blöd, dass wir uns gesehen haben? Du wolltest mich ja nicht mehr sehen.«

»War ja Zufall«, erwidere ich schulterzuckend. »Schon okay. Ich will nur nicht …«

»Ja, hab ich kapiert.«

Mit einer gewissen Erleichterung registriere ich, dass es sich tatsächlich »okay« anfühlt, ihm hier gegenüberzustehen. Es war ein netter, kurioser Abend, und das war's, denke ich, ich sage ihm jetzt tschüss und fahre nach Hause. Kapitel Robert beendet. So einfach ist das. Gleichzeitig fällt mir auf, dass ich die ganze Zeit schon den Riemen der Handtasche, die an meiner Schulter hängt, mit beiden Händen umklammere, als wären die Henkel ein Schiffstau, an dem ich mich in einem Sturm festhalte.

»Also dann fahr ich mal.« Robert kickt mit der Schuhspitze einen kleinen Stein weg und macht keine Anstalten, mich zum Abschied zu umarmen. Nach all den Schlüpfrigkeiten und Einblicken in die Abgründe verkommener Männerseelen hat er vielleicht Bedenken, als grapschender Lustmolch zu erscheinen, denke ich. Quietschend öffnet sich die Eingangstür des Lokals. Wir weichen einen Schritt zurück, denn ein verschmierter, dicker Mann mit Zigarette im Mund tritt heraus. Es ist der Wirt des Fettgriechen, der uns eben noch bedient hat. Er betrachtet uns völlig ausdruckslos und hustet zweimal krachend in die Nacht. Ich sage: »Also tschüss, ich geh zu meinem Auto.« Während ich mich abrupt zum Gehen wende, deute ich mit den Fingern, die immer noch den Handtaschenriemen umkrampft halten, ein Winken in Roberts Richtung an.

»Warte, ich komme mit.« Er schließt zu mir auf.

»Musst du nicht, ich steh hier grad um die Ecke im Stadthallenparkhaus«, sage ich.

»Ich geh kurz mit und pass auf, dass du nicht überfallen wirst.«

Ob auf der knapp hundert Meter langen Wegstrecke ein Überfall nur aufgrund von Roberts Anwesenheit verhindert wurde, werde ich nie erfahren, jedenfalls stehe ich kurz darauf am Parkhaus-Automaten und stecke die Karte in den Schlitz. Robert steht mit verschränkten Armen schräg hinter mir, als sei sein Personenschutzauftrag erst erfüllt, wenn ich auch den Vorgang des Bezahlens bewältigt habe, ohne dass mir dabei ein Mörder ins Genick springt.

»Gebühr bezahlt, bitte zur Ausfahrt!«, fordert mich das Display plötzlich mit einem Pfeifton auf; ich habe stumpfsinnig Münzen eingeworfen, ohne überhaupt auf den Betrag zu achten.

»Also tschüss, ich steh gleich da vorne!« Ich deute auf meinen Golf, der in Sichtweite hinter einem Betonpfeiler parkt. Um alles zu einem Ende zu bringen, verabreiche ich Robert eine schnelle, eher ruppige Umarmung, die er kaum erwidern kann, da ich mich im gleichen Moment schon wieder von ihm abgestoßen habe wie eine Schwimmerin vom Beckenrand.

Ich bemühe mich, in gerader Linie und entschlossenen Schrittes auf mein Auto zuzulaufen.

Hinter mir auf einmal ein Laut, den ich erst nicht deuten kann. Ich drehe mich im Gehen um, es ist Robert, der immer noch neben dem Parkautomaten steht. Er winkt langsam mit beiden Händen über dem Kopf, wie jemand, der einen ablegenden Ozeandampfer verabschiedet. Ein undeutliches »Ciao« oder »Tschüss« hallt über das fast leere Parkdeck. Er sieht sehr nett und verloren aus, und mit einem Mal tut es mir unendlich leid, dass ich so rasant wegmarschiert bin. Im flotten Rückwärtsgehen winke ich ihm ebenfalls zu, woraufhin er plötzlich ganz hektisch wedelt, als habe er einen Krampfanfall, und etwas ruft, das ich nicht verstehe. Erst im nächsten Moment kapiere ich, dass er mich warnen wollte, denn als ich mich im Stechschritt wieder schwungvoll nach vorne umwende, knalle ich mit Kopf und Schulter gegen den grauen Betonpfeiler, hinter dem mein Auto steht.

Es tut nicht besonders weh, allerdings ist an meinen Fingerspitzen Blut, als ich mir ins Gesicht fasse.

»Ach, verdammt.« Ich wühle in meiner Handtasche nach einem Taschentuch.

»Hast du dir wehgetan?« Robert kommt sofort hergeeilt, um die Folgen meines Unfalls zu begutachten. Er betrachtet mich besorgt und auch dezent vorwurfsvoll, als wolle er mir sagen, dass dieses schlimme Missgeschick hätte verhindert werden können, wenn ich seinen

Begleitschutz nicht so überstürzt schon am Parkautomaten aufgegeben hätte, in der törichten Annahme, ich käme alleine ohne Zwischenfälle zu meinem Wagen.

»Irgendwas blutet an der Stirn, ist aber nicht schlimm.« Ich tupfe mit einem Taschentuch an mir herum.

»Ja, über der Augenbraue hast du einen Kratzer«, bestätigt er.

»Saublöd, ich hab nicht aufgepasst.«

»Immer wenn wir uns sehen, hast du Unfälle«, sagt Robert. »Bei Heinrich der Tischkantensturz und jetzt der Pfeiler. Ich bring dir wahrscheinlich Unglück. Oder verletzt du dich sonst auch dauernd?«

»Nein, eigentlich nie.«

»Dann liegt's an mir.« Ich frage mich, ob er selbst an seine Orakelsprüche glaubt, als mir, vielleicht ebenfalls bedingt durch seine unheilbringende Anwesenheit, das Taschentuch aus der Hand fällt. Wir gehen gleichzeitig in die Knie, um es aufzuheben, wobei ich nach seinem Arm fasse und er nach meinem. Unsere Lippen finden sich noch in der Abwärtsbewegung, und wenig später hocken, knien, kauern wir knutschend auf dem kalten Betonboden. Unsere Zungen sind wie warme Nacktschnecken, die sich eng umeinander schlingen und dann immer tiefer in die Mundhöhle des jeweils anderen kriechen. Es ist nicht das erste Mal, dass ich bei Zungenküssen unwillkürlich an Nacktschnecken denken muss, aber diesmal ist nichts Ekliges bei der Vorstellung, ganz im Gegenteil. Robert löst sich schließlich als Erster und küsst mich stattdessen auf den Hals. Ich halte ihn umarmt und schaue über seine Schulter in die von Neonröhren erhellte Weite des Betonparkdecks.

»Ich muss jetzt fahren, Robert.«

»Ja, ist gut«, sagt er zu meinem Hals.

»Das Parkticket läuft sonst ab. Das ist nur fünfzehn Minuten gültig.«

Mein banales Argument, das auf einem wahren Erlebnis meiner Mutter beruht, die nach einem zu langen Abschiedsplausch mit einer Bekannten nicht mehr aus der Tiefgarage kam, führt dazu, dass sich unsere Lage etwas entdramatisiert. Wir raffen uns auf und kämpfen uns nach oben. Als ich mir über die Stirn wische, stelle ich fest, dass es offenbar nicht mehr blutet, und als ich Robert anschaue, der sich mit unschuldig-unbeteiligtem Blick die Wollmütze zurechtrückt, frage ich mich, ob ich mir die Küsse eben nur eingebildet habe, eine Halluzination als Folge meines Betonpfeiler-Crashs.

»Steig ein, ich fahr dich zu deinem Auto«, fordere ich Robert sachlich auf, »du parkst wieder unten am Main?«

Er nickt und steigt an der Beifahrerseite ein. Auf der kaum fünfminütigen Fahrt durch die leeren Straßen zum Mainufer-Parkplatz reden wir kein Wort. Ich halte in einer großen Parklücke am Fahrradweg, der parallel zum Fluss verläuft, und stelle den Motor ab. Wir blicken durch die Frontscheibe auf eine schwarze Wand aus Ufer-Gebüsch.

Robert stützt die Ellenbogen auf die Knie und das Gesicht auf die gefalteten Hände, so dass es aussieht, als würde er gleich ein Gebet sprechen.

»Das war keine gute Idee, sich noch mal zu treffen«, sagt er dann, in der Tat mit recht priesterlicher Stimme.

»Na ja, was heißt Idee, es war ja ein zufälliges Treffen«, erwidere ich ratlos.

»So zufällig war es jetzt auch wieder nicht«, sagt er, »wir hatten über die Veranstaltung gesprochen.«

»Ist ja jetzt auch egal.« Von weitem ertönt eine Kirchturm-Uhr.

»Mitternacht«, sagt Robert.

»Hast du die Schläge mitgezählt?«

»Nein, seh ich auf deiner Auto-Uhr.«

»Ach so.«

»Und dass du mich nicht mehr treffen willst, gilt nach wie vor, nehme ich an.«

»Ja, natürlich. Ich hab's dir geschrieben.«

»Okay.« Er presst die Lippen zusammen und löst den Gurt, um auszusteigen. Ich greife nach seiner Hand, halte sie fest und streichele sie ratlos.

»Es war so schön, dich kennenzulernen«, flüstere ich, »aber …« Dann fällt mir nichts mehr ein.

»Ich hab's verstanden. Dann muss ich mich jetzt von dir verabschieden.«

Ich nicke und beiße mir auf die Unterlippe, um sie vom Zittern abzuhalten. Er streicht mir durch die Haare. Es ist so dunkel, dass ich ihn kaum sehen kann. Ich fasse ihn am Oberarm und ziehe ihn zu mir herüber. Noch einmal kurz riechen, denke ich, ich muss den Geruch archivieren, irgendwo in meinem Hirn. Ich schiebe den Kragen seines Mantels beiseite, drücke meine Nase an seinen Hals, ziehe seinen Pulli am Halsausschnitt etwas nach unten und rutsche tiefer, atme die warme Luft direkt an seiner Haut ein. Merk dir den Geruch, denke ich, gleich wirst du ihn für immer verlieren, und vor meinem inneren Auge blitzt kurz ein Schreckensszenario auf, ich sehe mich in ein paar Jahren in einer Irrenanstalt durch die Gänge wandeln und an verschiedenen Objekten schnuppern, an Teekannen, Trockenblumen, Wandbehängen, »auf der Suche nach dem verlorenen Geruch«.

Wir küssen uns lange, was den Abschied nicht erträglicher macht. Er versucht schließlich, sich von mir zu lösen, aber ich halte ihn fest.

»Ich geh dann.«

»Ja.«

»Du musst mich loslassen.«

»Nur noch kurz«, sage ich.

»Mach's uns nicht noch schwerer …«

»Nur noch eine Minute«, sage ich, als könnte in dieser einen Minute etwas geschehen, was alles weniger grauenhaft und ausweglos machen würde. Ich ziehe ihn weiter zu mir. Die Handbremse und der Schaltknüppel zwischen uns verhindern leider oder glücklicherweise, dass wir komplett aufeinander zu sitzen kommen, ich küsse seine Ohren, er hat die Augen geschlossen und atmet jetzt durch den halb offenen Mund, ich küsse seine Augenlider und vergrabe mich dann wieder an seinem Hals. Seine rechte Hand streicht zärtlich über mein Gesicht, sinkt tiefer auf meinen Bauch, zwängt sich durch einige Kleiderschichten hindurch, dann kommt sie nicht weiter, weil mein Unterhemd stramm unter dem Bund der Strumpfhose feststeckt, ich bin ordentlich gekleidet, zum Schutz vor der vorhin von Hans-Peter Wolfmann thematisierten Nierenbeckenvereiterung. Ich ziehe das Hemd ein Stück weit nach oben. Roberts Hand schiebt sich in die entstandene Lücke und kommt warm auf meinem Bauch zu liegen.

Wenn jetzt ein Perverser daherkäme, der gerne nachts durch die Main-Auen streift und Liebespaare niedermetzelt, wenn so einer kommen, mit einem Baseballschläger die Scheiben einschlagen und uns erstechen würde, wäre alles gut, denke ich, so könnte es enden, ich würde mich nicht beschweren. Wobei es vielleicht ein zu großer Schock wäre, wenn unser Mörder zunächst die Scheiben zertrümmern würde, und erstochen zu werden ist auch nicht schön, das ganze Blut, lieber wäre es mir, er säße schon die ganze Zeit heimlich auf der Rückbank und würde uns gleichzeitig einen Kopfschuss verpassen.

Meine Überlegungen zur gewünschten Art der Tötung enden abrupt, da Robert seine Hand jetzt unter meine Strumpfhose und unter meinen Slip schiebt. Ich erstarre und sauge mich reflexartig an seinem Hals fest wie ein Fisch an der Aquariumscheibe. Ich bin so klatschnass, dass er mühelos mit zwei, dann mit drei Fingern in mich gleitet. Mein Zeitgefühl verabschiedet sich spätestens jetzt komplett, ich kann nicht mehr sagen, ob wir seit zwei Minuten oder seit zwei Jahren hier sitzen.

Als ich kurz die Augen öffne, sehe ich, dass das Auto beschlagen ist von unserem Atem. »Du bist ganz weich«, stammelt Robert, als habe er etwas anderes erwartet. Ich möchte ihn auch anfassen, aber ich bin nicht in der Lage, meine um seinen Oberkörper geschlungenen Arme zu lösen, ich umklammere ihn wie ein Schraubstock, meine einzige Aktivität besteht darin, ihn festzuhalten, seine Bewegungen in mir zu fühlen, ich höre mich leise wimmern und ihn schwer atmen. Wir pressen uns mit jedem Atemzug mehr aneinander, wir werden ein einziger Klumpen. »Ein Klumpen der Lust«, so könnte Hans-Peter Wolfmann sein nächstes Buch nennen. Nach ein paar Minuten oder Jahrhunderten zieht sich nach einem grellen Strahlen alles in mir zusammen. Ich beiße mit einem unterdrückten Aufschrei in Roberts Halsbeuge, als sei ich ein verhungernder Vampir. Dann treibe ich in endloser Stille, in luftleerem Raum.

Irgendwann merke ich, dass Robert sich von mir löst. Er drapiert meine Kleidung mit einer Hand wieder halbwegs in der Anordnung, in der er sie vorgefunden hat.

Wir verharren noch eine Weile Stirn an Stirn und Nase an Nase.

»Ich hab dich gebissen, Entschuldigung«, flüstere ich.

»Das macht doch nichts.«

Wir schweigen. Schließlich atmet Robert tief ein. »Ich geh jetzt.«

»Ja. Komm gut heim.«

Er nickt. »Du Schöne … Ich werd dich vermissen.« Er drückt mir einen letzten Kuss auf den Mund, zieht sich die Kapuze über den Kopf, stößt die Beifahrertür auf und ist verschwunden.

Ich sitze noch eine Weile regungslos da. Benommen und starr wie die Vögel, die früher öfter an unsere Glastür gedotzt waren und nach dem Aufprall noch eine Ewigkeit belämmert auf dem Balkon hockten, bevor sich ihr Hirn wieder an die Fähigkeit des Fliegens erinnerte. Irgendwann hatte ich Warnvögel an die Scheibe geklebt, was weitere Unfälle tatsächlich verhinderte.

Ich hätte gut daran getan, irgendwo in meinem Kopf auch ein paar mentale Warnvögel zu installieren, denke ich. Zu spät. Jetzt bleibt mir nichts anderes übrig, als mein Gefieder zu sortieren und zu hoffen, dass ich ohne bleibende Schäden davonkommen werde.

Ich beginne mit der Bewältigung beziehungsweise Auslöschung der unmittelbaren Vergangenheit, indem ich auf der Heimfahrt die Sitzheizung einschalte, um meinen nassen Slip zu trocknen. Ein idiotisches Unterfangen, zumal es sehr unwahrscheinlich ist, dass Jonas mir zur Begrüßung zwischen die Beine greifen wird – die

Zeiten sind längst vorbei. Trotzdem erscheint es mir pietätlos, mit durchtränktem Höschen ins traute Heim, das bald in ein noch trauteres Eigenheim konvertiert wird, zurückzukehren.

Meine Überlegungen, wie ich mein spätes Heimkommen erklären soll, erweisen sich als unnötig, denn Jonas liegt im Schlafanzug schnarchend auf der mit Erdnuss- und Pistazienfragmenten vollgebröselten Couch. Da der Wohnzimmerboden immer noch ein einziges Chaos ist, bestehend aus den von mir aus den Kisten gezerrten Kinderspielen, Kuscheltieren und Verpackungsmaterialien, wirkt die Szenerie, als sei hier ein junger Familienvater nach einem anstrengenden Kindergeburtstag erschöpft in den Schlaf gesunken.

»Die DDR in Polaroid-Fotos« ist wohl schon lange vorbei, stattdessen läuft auf dem Bildschirm eine Dokumentation über Affen. Zumindest ist gerade eine Affenmutter zu sehen, die ihre Kinder mit flinken, kundigen Bewegungen auf Ungeziefer absucht.

»Wie bei den Menschen sind auch bei den Makaken die männlichen Nachkommen oft ungehorsam«, sagt der Tierfilm-Sprecher. »Die Weibchen dagegen fügen sich in der Regel rasch in vorgegebene soziale Strukturen.«

Ich gehe ins Bad und wasche mir das Gesicht. Die Schramme über der Augenbraue ist zwar nicht schlimm, aber deutlich sichtbar und bedarf gegebenenfalls einer plausiblen Erklärung, wobei Jonas ja auch neue Klamotten oder Frisuren in der Regel nicht auffallen. So gesehen kann ich vielleicht darauf hoffen, dass er auch die Folge meines Betonpfeiler-Unfalls nicht bemerken wird.

Ich bin ratlos und erschöpft und beschließe, mich notfalls meiner Fantasie zu bedienen, die mich ja auch aus dem Stegreif die komplexe Entstehungsgeschichte des Doppelten Fuchses erfinden ließ und für die die Entstehungsgeschichte einer kleinen Hautabschürfung somit eigentlich eine leichte Übung sein sollte.

Als ich ins Wohnzimmer zurückkomme, schläft Jonas immer noch tief und fest. Seine rechte Hand, die auf der Brust liegt, zuckt und ballt sich zur Faust, als versuche er im Traum, etwas festzuhalten. Das Schnarchen hat aufgehört, stattdessen bläst er jetzt Luft und den ein oder anderen Speicheltropfen durch die Lippen nach oben, die Atemfontäne eines Wals imitierend.

Auf dem Bildschirm ist eine Schildkröte zu sehen, die gerade von einer anderen bestiegen wird. Das Weibchen rührt sich nicht, während das Männchen sich mit behäbiger Zielstrebigkeit in Position ruckelt. »Den Riesenschildkröten reicht eine einzige Kopulation für mehrere Gelege«, erfahre ich vom gleichen Sprecher wie vorhin. »Nach der Begattung zeigt das Weibchen keine Zeichen von Dankbarkeit. Das auf dem Rücken liegende und hilflos zappelnde Männchen überlässt sie seinem Schicksal.«

Ich schalte den Fernseher aus und gehe ins Bett.

Kapitel 19

ALS ICH MICH am späten Vormittag mit bleischweren Lidern aus dem Schlafzimmer in Richtung Kaffeemaschine taste, ist Jonas gerade dabei, sein spezielles »Kraft-Vollnuss-Biomüsli« zu essen, das er im Reformhaus gekauft hat.

Die herkömmlichen Müslimischungen mag er nicht mehr, sie sind anscheinend mit zu viel Zucker und zu wenigen »Vollnüssen« angereichert.

»Ich bin heute Morgen auf dem Sofa aufgewacht«, teilt er mir mit vorwurfsvollem Blick mit. Jetzt tue ihm alles weh, und sein Rücken fühle sich an wie »einbetoniert«, aber zum Glück gehe er ja heute zum Crossfit, wo die versteiften Muskeln und Faszien wieder »aktiviert und ausgewrungen« würden.

Ich mache mir einen Espresso.

»Wann bist du denn heimgekommen von dieser Lesung?«

»Weiß nicht, wir waren noch was trinken.«

»Warum hast du mich nicht geweckt?«

»Du hast so tief geschlafen.«

»Du hast die Pakete von meiner Mutter aufgemacht.« Er nickt in Richtung Wohnzimmerschlachtfeld.

»Ja, da sind überall alte Spielsachen und Babyklamotten von dir drin.«

Er müsse sich das Ganze »mal anschauen«, sagt Jonas, alles sortieren und aufräumen.

»Du kannst auch alles grad so liegen lassen«, sage ich, »wir ziehen ja eh bald um.«

»Aber da kommt man kaum durch, und man kann auch gar nicht staubsaugen.«

»Das war ein Witz. Natürlich musst du den Kram aufräumen.«

»Seit die Vollidioten aus dem Oman zurück sind, ist übrigens Ruhe«, wechselt der mit seiner Kindheitsbewältigung überforderte Jonas das Thema. Er deutet mit dem Müslilöffel zum Fenster. Seit ihrer Rückkehr von der Oman-Reise hätten die Nachbarn kein einziges Mal mehr versucht, ihm seinen »persönlichen Parkplatz« streitig zu machen. Gestern Abend habe er es »testweise« gewagt, sein Auto ein paar Meter neben seinem »eigentlichen« Parkplatz abzustellen.

»Du hast deinen Lieblingsparkplatz nicht benutzt, obwohl er frei war?«, frage ich nach und trinke den Espresso in einem Schluck aus.

»Ja, ich wollte schauen, ob die Vollidioten in die Falle tappen.«

»Was für eine Falle?«

»Dass die sich auf meinen Parkplatz stellen, weil sie meinen, ich hätte aufgegeben.« Stattdessen habe sein Verhaltens-Experiment einen so überraschend günstigen Verlauf genommen, dass er nun mit großer Wahrscheinlichkeit annehmen könne, den Willen der Vollidioten endlich gebrochen zu haben. Gerade seien sie nämlich vom Einkaufen zurückgekehrt und hätten zweimal den Block umkreist auf der Suche nach einem Parkplatz, da sie jetzt wohl gelernt hätten, dass die aufreizend frei daliegende Parklücke direkt vor dem Haus nicht für sie bestimmt sei und dass eine missbräuchliche Benutzung nichts als Ärger und Strafe nach sich ziehen würde. Sie hätten dann irgendwo ums Eck geparkt und von dort ihre Einkaufstüten herbeigeschleppt.

»Die mussten dreimal laufen, bis sie alles in der Wohnung hatten«, berichtet er zufrieden.

»Aha.« Ich stelle die Tasse ins Spülbecken. »Ich geh mal duschen.«

»Wie war denn eigentlich die Lesung?«

»Ganz interessant.«

»Und Inga hat's auch gefallen?«

Ich zucke mit den Schultern. »Ja, klar, ist ja ihr Lieblingsautor.«

»Hätte mich das auch interessiert?«

»Glaub nicht.«

Mein Dusch-Schaum heißt »Incredible Me! – Ich! Einfach unglaublich!« Während ich mich mit trägen Bewegungen einseife und so die Unglaublichkeit meines Ichs verstärke, fällt mir ein, was ich heute Nacht geträumt habe. Ich kann mich nicht erinnern, jemals einen langweiligeren Traum gehabt zu haben. Dagegen sind Jonas' Parkplatz-Abenteuergeschichten Nervenkitzel pur.

Ich war im Traum einkaufen in einem Supermarkt. Ich schob einen Einkaufswagen durch endlos lange Gänge und legte Dinge hinein, die auf meinem Zettel standen. Auf dem Zettel standen Brot, Milch, Butter, Käse, Tomaten, Äpfel, Salat, Haferflocken, Zahnpasta, Klopapier und weiterer Alltagskram. Der Traum dauerte endlos lange, denn die Einkaufsliste war zwar unspektakulär, aber umfangreich.

Es kam zu keinerlei Problemen, Angstsituationen oder

übernatürlichen bis absurden Zwischenfällen, ich lief in völlig unaufgeregter, unbeteiligter Stimmung durch den Supermarkt und füllte nach und nach den Wagen. Dann legte ich alles ordentlich aufs Band, dann wieder ordentlich zurück in den Wagen und bezahlte 52,80 Euro.

Was soll das? Ich fühle mich von meinem eigenen Unterbewusstsein auf den Arm genommen. Man sollte meinen, mein Hirn hätte nach dem gestrigen Abend einiges zu verarbeiten, stattdessen produziert es den langweiligsten Traum der Menschheitsgeschichte.

Das Traumgeschehen als Vorschein meiner vollkommen monotonen und vorgeplanten Zukunft? Der Supermarkt als Symbol für die Vielfalt der Entscheidungsmöglichkeiten? Die ich aber nicht nutze, da ich stur meine Liste abarbeite?

Als ich mich abtrockne, kommen meine Traumdeutungsversuche zu einem plötzlichen Ende, denn ich höre Jonas im Wohnzimmer telefonieren. Ich kann nicht verstehen, was er sagt, aber seine Lautstärke und Tonlage tragen so ungute Schwingungen zu mir ins Badezimmer, dass ich sofort alarmiert bin.

Hastig wickele ich mich in ein großes Badehandtuch und öffne die Badtür einen Spalt. Ein empörtes »Wie bitte?« ist zu hören, dann die Wortfetzen »Gestern? Wieso? Auto? Was ist …? Das glaub ich nicht!«, gefolgt von einem nochmaligen »Wie bitte?«.

Mit Grausen denke ich, dass er bestimmt mit Heinrich Waldemar Ertel spricht, der mit Sicherheit gestern Abend am Mainufer mit Teleobjektiv im Gebüsch kauerte und nun gerade am Telefon genüsslich und mit blumigen Formulierungen meinem Freund seine delikaten Beobachtungen schildert. Garniert vielleicht mit dem Angebot, er könne ihm schöne Exklusiv-Fotos der beiden Protagonisten zukommen lassen, die sich hemmungslos den Brandungswellen der Lust überließen, ganz so wie es auf der zuvor besuchten Pornolesung gefordert worden sei.

Jonas steht mit hochrotem Kopf inmitten seiner Kuscheltiere im Wohnzimmer und lässt gerade den Hörer unseres Festnetz-Telefons sinken.

»Inga hat grad angerufen«, teilt er mir mit und zerstreut damit zumindest meine schlimmsten Befürchtungen. »Sie war völlig außer sich, die hat nur noch geheult, ich hab überhaupt nicht kapiert, was sie will!« Sein Blick flackert.

»Was hat sie denn gesagt?« Ich streiche mir die nassen Haare aus dem Gesicht und raffe mein Handtuch straffer um mich, als müsste ich mich für eine Attacke rüsten.

»Sie versucht dich schon den ganzen Morgen auf dem Handy zu erreichen, aber du gehst nicht dran!«

»Mein Akku ist leer.«

»Deswegen hat sie jetzt auf dem Festnetz angerufen. Ein Lustwandler hätte sie traumatisiert, hat sie geschrien, was soll das? Was ist ein Lustwandler?!«

Bevor ich eine Antwort geben kann, fährt Jonas mit immer lauter werdender Stimme fort, Inga lasse mir ausrichten, sie stehe am Rand des Nervenzusammenbruchs und ich solle sie zurückrufen. »Sie sagte, sie ist gestern völlig besoffen heimgefahren, und sie hätte fast einen Fuchs überfahren!«

»Sie hat auf der Fahrt nach Fuchsenbach einen Fuchs überfahren?«

»Fast! Weil sie alles doppelt gesehen hat oder so!«

Ich staune über die Wiederkehr des Doppelten Fuchses in meinem Leben, wenn auch in stets anderer Gestalt.

»Und sie will alles hinschmeißen und doch nicht bei der Soiree auftreten«, ruft Jonas ratlos aus, »was bitte für eine Soiree? Und warum lässt du sie besoffen heimfahren, und was ist ein Lustwandler?!«

»Lustwanderer! Wir waren doch bei dieser Lesung von Hans-Peter Wolfmann«, versuche ich zu erklären, »und das Buch, aus dem der gelesen hat, heißt ›Der Lustwanderer‹, und …«

»Sie hat rumgeheult, der Lustwanderer hätte sie traumatisiert!«

Ich überlege fieberhaft, was gestern nach meinem Abgang wohl noch vorgefallen sein könnte. Vielleicht hat Hans-Peter Wolfmann Inga auf der dreckigen Damentoilette des Fettgriechen vergewaltigt? Oder hat er gar den von der Verdauung der Fleischplatte vorübergehend lahmgelegten Sexualtrieb des dicken Fernsehredakteurs durch weitere Unterleibs- und Potenzgeschichten zum Lodern gebracht, so dass am Ende beide Senioren im Lustrausch über die wehrlose Inga herfielen? Nein, völlig unwahrscheinlich, denke ich. Inga war Studenten-Landesmeisterin im Judo, sie sollte selbst im Vollsuff in der Lage sein, sich gegen zwei nicht minder betrunkene, prostatakranke Greise zur Wehr zu setzen.

»Wir waren nach der Lesung mit dem Lustwanderer, also mit dem Autor vom Lustwanderer, noch was essen im Poseidon.«

»Wieso geht ihr mit dem ins Poseidon? Und was für eine Soiree ist das, wo sie nicht auftreten will? Seit wann tritt sie auf Soireen auf, sie ist doch keine Nackttänzerin! Ich versteh überhaupt nicht, was hier vorgeht!« Er knallt das Telefon zurück auf die Ladestation.

»Heinrich hatte sie eingeladen, auf seiner nächsten

Wohnzimmer-Soiree aufzutreten und aus ihrem Blog vorzulesen.«

»Heinrich? Dieser Literatur-Arsch? War der etwa auch da gestern?!«

»Ja«, muss ich zugeben, wohl wissend, dass Heinrich Waldemar Ertel ein rotes Tuch für Jonas ist.

»Das erfahr ich so nebenbei, dass dieser Arsch auch da war, ja? So nebenbei erfahr ich, dass ihr zwei mit diesem Arsch und einem Lustwandler den Abend verbringt! Dass ihr euch zu viert im Poseidon volllaufen lasst, und dann überfährt Inga Füchse im Spessart! Ihr seid ja nicht mehr ganz richtig im Kopf!«

»Der Heinrich war gar nicht dabei im Poseidon«, erwidere ich, »der war nur bei der Lustwanderer-Lesung, der musste dann gleich heim zu seinem Hund.«

»Zu seinem Hund?!«

»Der war mit seiner Freundin da, Hermine. Inga hat sich neulich von ihr massieren lassen, daher kennen die sich.«

»Massieren lassen?« Jonas ist anzusehen, dass er überhaupt nichts begreift, und ich muss mir eingestehen, dass meine Erklärungsversuche alles nur in noch absurderem Licht dastehen lassen. Er holt sein Smartphone und fragt mich nochmals, was ein Lustwanderer sei, er wolle das jetzt googeln.

»Hans-Peter Wolfmann heißt der«, gebe ich ihm kraftlos Auskunft, »warum willst du den googeln?«

Jonas schüttelt mit zusammengepressten Lippen den Kopf und wischt auf seinem Display herum. »Ah, Hans-Peter Wolfmann, Popstar der deutschsprachigen Reiseliteratur«, liest er vor. »In einem Akt der Selbstbündelung gelingt es ihm in seinen Büchern immer wieder, eigene

Erlebnisse dergestalt festzuhalten, dass die Leser glauben, selbst dabeigewesen zu sein, und beim Lesen selbst zu einem Teil des erlebenden Ichs werden. Blablabla, wie kein Zweiter versteht er sich auf die Arbeit mit literarischen Seelenschnüren.«

Aha, denke ich, anscheinend hat der Literaturhausleiter in seiner Begrüßungsrede einfach Hans-Peter Wolfmanns Wikipedia-Eintrag vorgelesen.

»Der Aufruf zu mehr Mut, mehr Leidenschaft, mehr Eros, mehr bewusster Ablösung von beengenden Alltagsstrukturen spricht vor allem weibliche Leser an«, zitiert Jonas süffisant, »na, da seid ihr zwei ja genau an der richtigen Adresse bei diesem Typ!« Er wirkt komplett fassungslos, als er weiter durch den Artikel scrollt und hier und da Schlagworte laut vorliest. »Erweckung der Weiblichkeit«, »Widerstand gegen die patriarchalische Unterdrückungskultur«, »kompromisslose Ich-Bejahung«, dann legt er das Smartphone weg, offenbar entsetzt von seiner Internet-Recherche. »Und wieso geht ihr mit diesem Weiblichkeits-Erweckungs-Papst Wein trinken?«, setzt er mit scharfer Stimme sein Verhör fort. »Habt ihr euch dem groupiemäßig an den Hals geworfen oder was?!«

»Nicht direkt.« Ich verschweige, dass Inga diesbezüglich sehr wohl einen Versuch unternommen hat, vom Lustwanderer jedoch abgewiesen wurde.

»Der Robert hat das irgendwie arrangiert.«

»Wer ist das jetzt schon wieder?!«

»Mit dem war ich doch neulich Kaffee trinken.«

»Ach, der war auch da gestern? Das erfahr ich jetzt auch so nebenbei, dass du dich schon wieder mit dem getroffen hast? Mit diesem Perversionsschriftsteller? Hast du die Krimis von dem gelesen? Das ist ein noch größerer Psychopath als dieser Weiblichkeits-Guru! Der ist total krank im Kopf, der Typ! Da werden am laufenden Band Frauen zerstückelt! Da geht's ab wie im Splatter-Film!«

»Das ist ja wohl Fiktion«, erwidere ich und bemerke, dass mir Tränen über die Wangen laufen, was Jonas nicht daran hindert weiterzuschreien.

»Das ist keine Fiktion, da leben doch solche Perversen ihre ganzen unterdrückten Aggressionen aus!«

»Ich weiß nicht, was du für unterdrückte Aggressionen hast, dass du solche Bücher liest«, werfe ich ihm schluchzend entgegen.

»Ich fass es nicht, dass ihr euch diesen zwei Psychopathen an den Hals werft, ihr habt doch nicht mehr alle Tassen im Schrank!!«

Jonas rauft sich die Haare und marschiert auf und ab, soweit es das Kuscheltier-Chaos im Wohnzimmer zulässt.

»Wer war denn da sonst noch dabei, bei dieser spektakulären Promi-After-Show-Party?«

»Ein Fernsehredakteur«, schniefe ich.

»Ein Fernsehredakteur?« Jonas schaut mich skeptisch an, als überlege er, ob ich einen Witz gemacht habe. »Ein Fernsehredakteur«, wiederholt er dann gefasst, »na klar, der hat euch bestimmt gleich gecastet für ein neues Reality-Show-Format: ›Frauen am Rockzipfel perverser Promis‹, oder ›Groupies am Abgrund‹, da seid ihr doch eine Top-Besetzung für so was!«

Da jetzt sowieso schon alles egal ist, erzähle ich ihm, dass der Fernsehredakteur nicht Inga und mich, sondern den Lustwanderer casten wollte, für eine Talkshow zum Thema »Monogamie – ein Auslaufmodell?«.

Jonas weist mich nochmals unmissverständlich darauf hin, dass ich nicht mehr alle Tassen im Schrank hätte. Der Ursprung allen Übels, fährt er in seiner Analyse fort, sei der ihm verhasste Heinrich Waldemar Ertel, der mit seinen Wohnzimmer-Soireen den ganzen Wahnsinn erst »in Gang gesetzt« habe. Durch den Kontakt mit »perversen Literatur-Idioten« sei ich komplett durchgedreht und habe jetzt auch noch Inga, die bis vor kurzem noch »ganz normal« gewesen sei, in meinen »Elendsstrudel« gezogen.

»Wieso machst du dir eigentlich so viele Gedanken um Inga?«, blaffe ich ihn an, »man könnte fast meinen, du wärst mit ihr zusammen und nicht mit mir.«

Er atmet tief durch und schüttelt dann resigniert den Kopf. »Ich will einfach ein ganz normales Leben führen«, ist seine einzige Antwort auf meinen Vorwurf. Dann hält er inne, als sei ihm eine Idee gekommen. »Wann ist die nächste dieser Heinrich-Soireen, wo Inga angeblich auftreten soll?«

»Freitag in zwei Wochen«, murmele ich.

»Und dieser Robert, dieser Perversions-Schriftsteller, ist der da auch dabei?«

Ich zucke mit den Schultern. »Nein. Weiß nicht. Kann sein. Ich geh da eh nicht hin.«

»Oh doch, du gehst da hin«, verkündet Jonas. »Und Inga geht auch hin, und Borke und ich gehen auch hin. Euch zwei kann man ja ohne Aufsicht nirgends hinlassen, man sieht ja, was dabei rauskommt!«

Vielleicht könne man noch verhindern, dass ich mich komplett in meine »parallele Irrsinnswelt« abkapsele, führt er sein Vorhaben weiter aus. Anscheinend plant er eine Art Konfrontationstherapie, um den »himmelschreienden Selbstfindungs-Unsinn«, den die ganzen »Literatur-Idioten« mir ins Hirn gepflanzt haben, mit Stumpf und Stiel auszureißen. Ich höre ihn wie von ferne weiter schimpfen und seine Absicht erläutern, mit dem gemeinsamen Besuch von »Heinrich, still und leise Volume II« eine Katharsis bei mir auszulösen und mich wieder auf »normale Bahnen« zurückzuholen.

Mir ist alles egal. Selbst die Aussicht, dort in Begleitung von Jonas auf Robert zu treffen, ist mir in diesem Moment egal. Ich sehe mich von mir selbst wegdriften. Ich verblasse, ich bin nicht mehr echt, falls ich das je war. Sogar meine Tränen fühlen sich unecht an: wie ein stumpfer Automatismus, eine rein physische, gelernte Reaktion des Körpers auf Stress und Überforderung, nicht wie etwas, das mit einem konkreten Gefühl in Kontakt steht.

Jonas packt seine Sporttasche und geht zum Crossfit, wo er mit Borke verabredet ist, dem zweiten Leidtragenden unserer Weiblichkeits-Entgleisungen.

»Inga sagte, du sollst sie dringend zurückrufen«, höre ich noch, »dringend! Mach das bitte, nicht dass irgendwas passiert!«

Dann schlägt die Tür hinter ihm zu.

Okay. Rufe ich also Inga an, bevor »irgendwas passiert«. Wie um seine düsteren Befürchtungen zu bestätigen, klingt ihre Stimme äußerst suizidal verheult, als sie mich mit einem »Katja, endlich rufst du an« am Telefon begrüßt, gefolgt von einem langgezogenen Schnief-Schluchzer.

Wir wären wirklich die idealen Protagonistinnen für die Reality-Soap »Groupies am Abgrund«, denke ich und schreibe in Gedanken das Script für die aktuelle Szene.

»Überwältigt von den gestrigen Ereignissen sitzt Katja am Morgen danach in ein Handtuch eingewickelt auf dem Sofa und telefoniert mit Inga. Die beiden Groupies ahnen, dass sie diesmal zu weit gegangen sind und ihnen ihr wohlgeordnetes Leben zu entgleiten droht. Was als harmlose Schwärmerei begann, ist bitterer Ernst geworden. Inga ist schwer traumatisiert von den gestrigen Erlebnissen und kann sich ihrer Freundin nur mit tränenerstickter Stimme mitteilen.«

Kapitel 20

DABEI IST LETZTLICH wohl gar nichts Weltbewegendes passiert. Der Lustwanderer habe sich nach unserem Abgang immer hemmungsloser in den Vortrag peinlicher Altherrenwitze hineingesteigert, erfahre ich. Gemeinsam mit dem Fernsehredakteur habe er dröhnend gelacht und nach jedem Witz mit der Faust auf den Tisch geschlagen, und als er endlich bemerkt habe, dass Inga die ganze Zeit stumm und mit angewiderter Mine danebensaß, habe er gesagt, sie solle doch »nicht so steif« sein, woraufhin der Fernsehredakteur vor Lachen fast von der Sitzbank gestürzt sei.

»Sagt der Chef zur Sekretärin, Frau Meier, Sie werden mich jetzt eine ganze Zeitlang nicht sehen«, schluchzt Inga.

»Was?«, frage ich, dann begreife ich, dass sie mir anscheinend eine Kostprobe aus des Lustwanderers Altherrenwitzsammlung gibt.

»Aber wieso, Herr Schmidt, werden Sie geschäftlich verreisen? Nein, Frau Meier, ich werde Sie jetzt von hinten nehmen! So Sachen hat der die ganze Zeit erzählt, ich bin so enttäuscht von ihm, er war mein großes Vorbild!«

»Aber sonst ist nichts passiert, du bist dann irgendwann einfach gegangen, oder wie?«

»Ich hab versucht, ihm von ›Modern Diva Diary‹ zu erzählen, dass er mich inspiriert hat zum Schreiben und so.« Sie bricht kurz ab, um sich mit einem lauten Trompetenstoß die Nase zu putzen. »Aber der ist darauf gar nicht eingegangen, der selbstherrliche Arsch!«

Stattdessen habe er sie auf demütigende Weise abgewimmelt, indem er sagte, allein in Deutschland gebe es zigtausende Frauen, die er mit seinen Büchern zum Schreiben inspiriert habe, und sie solle ruhig weiterschreiben, aber ihn damit in Frieden lassen. Er sei der »devoten Anbetungsfrauen« überdrüssig, zu viele von dieser Sorte habe er in den vergangenen Jahren nach Lesungen kennengelernt, und es sei keine einzige Interessante, keine »mit sprühendem Geist und wachem Blick« dabei gewesen, nur »unterwürfige Häschen«.

»Das ist ziemlich fies«, sage ich.

»Das ist mehr als fies«, heult Inga, »unterwürfige Häschen, die sich durch Sex mit ihm eine Aufwertung ihres Daseins versprechen, so hat er das wörtlich gesagt! Ich bin doch kein unterwürfiges Häschen!«

Er habe mittlerweile einen sexuellen Reifegrad erreicht, der ihn gegen das Kindchenschema immun mache, habe er weiterhin geäußert, sein Körper reagiere fast nur noch auf »starke Macherfrauen«, die sich ihrer Weiblichkeit bewusst seien.

»Inga, vergiss es einfach«, seufze ich.

»Das war so demütigend«, heult sie weiter, »ich wollte doch nur von ›Modern Diva Diary‹ erzählen, und dann stellt der das hin, als hätte ich ihn anbaggern wollen, ich hab so geweint auf der Rückfahrt, dass ich fast nichts mehr gesehen hab, ich war ja auch total betrunken, und dann hab ich fast zwei Füchse überfahren.«

»Gleich zwei?«

»Ich weiß nicht, ob es einer war oder zwei, ich hab ja nichts mehr gesehen, und das, was ich gesehen hab, hab ich doppelt gesehen. Oh Gott, zum Glück ist nichts passiert, stell dir vor, ich hätte auch noch Tiere umgebracht! Das wär die Krönung gewesen.«

»Dann ist doch alles halb so schlimm«, tröste ich die vegane Tierfreundin. »Hat Borke das ganze Drama mitbekommen?«

»Ach, der!«, schnaubt Inga, »der war doch auf diesem Bierbrauseminar, der ist vorhin erst zurückgekommen und hat gleich seine Sporttasche gepackt fürs Crossfit. Weil ich so verheult aussehe, hab ich ihm gesagt, ich hätte Zwiebeln geschnitten, das hat der geglaubt, dabei esse ich gar keine Zwiebeln, vor allem nicht zum Frühstück!«

Bei der Heinrich-still-und-leise-Soiree werde sie übrigens sehr wohl auftreten, fährt sie mit plötzlich erstarkter Stimme fort, »gerade extra« werde sie dort vorlesen, um Hans-Peter Wolfmann nicht die Genugtuung zu gönnen, ihre Karriere vernichtet zu haben, sie werde sich »schreibend von seinen Demütigungen befreien«.

»Ja, mach das.«

»Dieser Robert wirkt übrigens sehr nett.«

»Mhm.«

»Doch, echt sympathisch, und wie nett von ihm, dass er dieses Treffen für uns arrangiert hat. Konnte ja keiner ahnen, dass das so ein Desaster werden würde. Du musst mir mal erzählen, woher du den kennst, ich hab jetzt nur keine Zeit, weil das Trampolin gleich ausläuft.«

»Hä?«

Sie sei gerade dabei, auf eBay ein Zimmertrampolin

zu ersteigern, da das Trampolinspringen ein ideales Mittel sei, um den Lymphfluss anzuregen und Aggressionen abzubauen, und das habe sie gerade jetzt dringend nötig, die Auktion laufe in zehn Minuten aus, und sie müsse sicherstellen, bis zum Schluss Höchstbietende zu bleiben.

»Okay, dann viel Glück beim Ersteigern.«

Sie habe übrigens vorhin auf YouTube eine geführte Power-Meditation angeschaut, zum Trost und zur Ablenkung. »Das war voll gut, jetzt geht's mir schon viel besser! Ich merke richtig, wie ich wieder durchatmen kann, das kommt bestimmt von der geführten Meditation!«

Warum hab ich überhaupt angerufen, denke ich, wenn sie sich über ihr Lustwanderer-Trauma auch mit Zimmertrampolinen und Online-Meditationen hinwegtrösten kann?

Mir beschert in den nächsten Tagen einzig Herr Böhmann Trost und Ablenkung, der mit seiner ruhigen, monotonen Stimme sicher auch ein guter Sprecher für geführte YouTube-Meditationen wäre. In unseren Mittagspausen arbeitet er an der sanften Aktivierung meiner Urlaubsvorfreude.

Er hat mitbekommen, dass mir ein zweiwöchiger Urlaub bevorsteht und findet das grandios. Ob wir denn Reisepläne hätten, »ich und mein Partner«, will er wissen. Ich berichte ihm, dass ich und mein Partner am Freitagabend meinen Urlaubsbeginn mit dem gemeinsamen Besuch einer Wohnzimmer-Soiree einläuten würden und dass darüber hinaus noch nichts geplant sei.

»Außer wir kaufen vielleicht ein Haus«, ergänze ich.

»Das klingt nicht so begeistert«, findet Herr Böhmann.

Ich zucke mit den Schultern. Ich treibe in einer giftigen Hexensuppe aus Schuldgefühlen und weiteren unklaren Substanzen, und die aufsteigenden Dämpfe vernebeln mir komplett die Sicht.

Es ist Mittwoch, in meiner subjektiven Zeitrechnung genau »zehn Tage nach dem Lustwanderer«, außerdem zwei Tage vor »Heinrich, still und leise Volume II«. Wir verlassen gerade die fabrikhallengroße AOK-Kantine, die Herr Böhmann unbedingt »testen« wollte. Wir haben eine vegetarische Lasagne gegessen, die nicht mal besonders schlecht war, doch Herrn Böhmanns geduckte Körperhaltung und sein verschreckter Blick zeigen mir, dass er den Besuch in der AOK-Kantine lieber nicht wiederholen möchte.

Ob es mir geschmeckt habe, will er wissen, als wir uns von der gläsernen Drehtür ins Freie schaufeln lassen.

»Ja, war okay.« Ich ziehe mir Schal und Mütze über. Auf dem Weg zurück in die Redaktion steht uns ein längerer Fußmarsch durchs Industriegebiet bevor.

Nach ausgedehntem Schweigen eröffnet mir Herr Böhmann, dass er das Essen auch »okay« gefunden habe, aber trotzdem die AOK-Kantine als Mittagspausen-Option ausschließen würde, da er Angst vor den Frauen habe, die an der Essensausgabe arbeiteten.

Im Zuge einer Resozialisierungsmaßnahme bedienen und kassieren dort seit einigen Wochen Strafgefangene aus dem städtischen Frauengefängnis, das wussten wir schon vorab, da es groß und breit im Sonntags-Blitz stand und Herr Böhmann durch den Artikel überhaupt erst auf die Idee gekommen war, die AOK-Kantine zu testen.

Auf meine Nachfrage konkretisiert Herr Böhmann, dass die vielen Tätowierungen der Frauen und die »grobschlächtige Art«, wie sie die Gerichte aus den Trögen schaufelten, ihm den Appetit verdorben hätten. Ob ich beobachtet hätte, wie grausam die Frauen ihr Werk verrichteten? Auch eine vegetarische Lasagne verliere an Harmlosigkeit und Attraktivität, wenn sie von einer Gewalttäterin mit einem Eisenzinken aus dem Backblech gestochen und gefühlskalt auf den Teller geschlagen werde.

Ich wundere mich, worüber er sich so alles Gedanken macht. Sogar über mich macht er sich Gedanken, zumindest will er plötzlich wissen, ob er mir auf die Nerven gehe.

»Nein, überhaupt nicht«, sage ich wahrheitsgemäß. Herr Böhmann, Sie sind meine einzige Konstante in aktuell sehr großer Wirrnis. Sage ich nicht.

Er habe den Eindruck, mich in der Vergangenheit zu sehr »unterdrückt und überfordert« zu haben mit seinen Mittagspausen-Wünschen, und man müsse auch nicht immer zusammen essen gehen, er wolle mir nichts »aufzwingen«, ich solle ihm bitte sagen, wenn ich lieber meine Ruhe wolle.

Ich betone, dass ich mich von ihm weder unterdrückt noch überfordert fühle.

Aber er merke doch, dass mich etwas bedrücke.

Bedrückt, unterdrückt, ich überlege, was es noch alles für Drück-Worte gibt, niedergedrückt, verdrückt, zerdrückt, ob mich der anstehende Hauskauf belaste, will Herr Böhmann wissen, das sei ja eine einschneidende Lebensentscheidung.

Ich sage, ich sei »vielleicht allgemein ein bisschen gestresst«. Er akzeptiert meine Worthülse als Erklärung, fügt jedoch an, gerade in der heutigen, stressigen Zeit sei es wichtig, sich Erholungsphasen zu gönnen, einen schönen Urlaub beispielsweise.

Er sei am Wochenende wieder mit seiner Frau in der Rhön gewesen, zum »Krafttanken«. Das solle ich auch mal machen mit »meinem Partner«. Im Erzählen verliert er sich beinahe sofort in einem Nebenarm des Rhön-Urlaub-Berichts: Als Höhepunkt des Wochenendes hätten er und seine Frau nämlich ein Ausflugslokal besuchen wollen, das wohl besonders gute und große Schnitzel habe. Als sie dort ankamen, sei das Lokal allerdings geschlossen gewesen, was zu einem kurzen Ehestreit geführt habe, da Herrn Böhmanns Frau vor der Abfahrt auf einen Anruf beim Schnitzellokal gedrängt, Herr Böhmann dies jedoch als unnötig eingestuft habe. Sie hätten sich aber rasch wieder versöhnt, da just im Moment des beginnenden Zerwürfnisses ein Reisebus aus Dresden auf dem Parkplatz des geschlossenen Schnitzellokals gehalten habe. Die Reisegruppe sei ebenfalls sehr enttäuscht gewesen, allerdings habe der Busfahrer nach einem kurzen Telefonat in Erfahrung gebracht, dass sich ganz in der Nähe ein Windbeutellokal befinde, das dem Schnitzellokal in Hinblick auf Qualität und Größe der Speisen in nichts nachstehe, nur dass statt Schnitzeleben Windbeutelvariationen angeboten würden. Herr und Frau Böhmann folgten dann in ihrem Auto dem Reisebus über die Rhöner Hügelkuppen bis zu besagtem Lokal, wo man dann auch äußerst zufrieden gewesen sei und einen erfüllten Nachmittag verbracht habe.

Im Sonntags-Blitz inseriert das Pflegeteam Pegasus. Es gibt »24-Stunden-Sofortpflege« und »Bei Anruf Sofortpflege!« Sie kümmern sich um »Menschen mit eingeschränkter Alltagskompetenz«. Ich würde mich gerne in ihre Obhut begeben. In meinem Sonntags-Blitz-Horoskop steht, dass eine wichtige zwischenmenschliche Angelegenheit derzeit nicht zu lösen ist. Na prima. »Je eher Sie sich darauf einstellen, auch in Zukunft mit diesem Problem zu leben, desto besser. Werden Sie unbedingt geduldiger. Sie sind sehr missmutig, aber lassen Sie Ihre schlechte Laune nicht an Ihren Mitmenschen aus, denn die können nichts dafür!«

Am Freitag, meinem letzten Arbeitstag vor meinem Urlaub, in dem mich alles Mögliche erwartet außer einem idyllischen Schnitzelwochenende in der Rhön, fragt Herr Böhmann, ob ich krank sei. Ich würde die ganze Zeit so krumm dasitzen, mit in die Hände gestütztem Kopf. Ich bemühe mich sofort um aufrechte Haltung. Ich kann ihm schlecht sagen: Herr Böhmann, der Gedankenberg, der sich in meinem Hirn auftürmt, übersteigt anscheinend die Tragkraft meines Nackens.

In den letzten Tagen habe ich mich immer tiefer in eine trübe Zwischenwelt hineingegrübelt. In meinem Kopf ballen sich dunkelgraue Gewitterwolken zusammen, die sich weigern, sich endlich zu entladen.

»Ich bin genervt von der Demenzhaltestelle«, sage ich, »die Fotos sind alle doof, und ich erreiche den Fotografen nicht, der muss da noch mal hin und neue Bilder machen.«

»Die Demenzhaltestelle kannst du mir überlassen«, sagt der hilfreiche Herr Böhmann, »mach Feierabend.«

»Die Demenzhaltestelle muss unbedingt gleich ins Facebook, hat's in der Konferenz geheißen«, sage ich.

»Ja, mach ich, das gibt Likes«, nickt Herr Böhmann. Als facebookunkundiger Senior hat er erst kürzlich bei einer

Internetschulung erfahren, was Likes sind und dass Likes sehr wichtig sind für die Sonntags-Blitz-Facebook-Seite.

Die Demenzhaltestelle wurde auf dem Gelände des Altersheims Phönix errichtet, am Mainufer-Radweg neben dem Parkplatz, wo ich vor Urzeiten mit Robert herumgeknutscht habe. Robert, der sich nicht mehr gemeldet hat, was gut ist, oder schlecht, oder vollkommen egal, jedenfalls können die dementen Senioren sich jetzt an die Bushaltestelle setzen und sich geborgen fühlen. Denn sie mögen vertraute Situationen, sie sitzen da und warten auf einen Bus, der nie kommt, da die Haltestelle ja nur an einem Radweg steht, aber dass nie ein Bus kommt, merken die Senioren nicht, weil sie ja dement sind. So steht es im Artikel.

»Haben deine Eltern noch diesen dementen Kater, der immer auf der Terrasse sitzt?«, fragt Herr Böhmann.

»Ich glaub schon.«

»In Japan gibt es Katzencafés«, weiß Herr Böhmann, »damit die Japaner Katzen streicheln können, dass die mal fühlen, wie das ist, wenn man ein Tier anfasst, die müssen ja rund um die Uhr arbeiten.«

»Vielleicht kann man den dementen Kater, der immer zu meinen Eltern kommt, dem Phönix-Altenheim spenden«, schlage ich vor. »Als Therapie-Kater. Den könnten sie den Senioren an der Bushaltestelle auf den Schoß setzen. Dann fühlen die sich noch geborgener, wenn sie auf den Bus warten.«

»Kennst du Hunter S. Thompson, den Schriftsteller?«, vollführt Herr Böhmann einen Themenschwenk, »der hat seiner Katze angeblich LSD ins Futter getan, dann ist die paranoid geworden, vielleicht wär das eine Lösung für deine Eltern.«

Ich kann seinen Gedankengängen nicht folgen.

Wenn sie dem dementen Kater eine Schüssel mit LSD-Futter hinstellten, bekäme er vielleicht Verfolgungswahn und würde endlich vom Grundstück meiner Eltern fliehen, führt er seinen Plan der Katzenvergrämung weiter aus.

»Oder er vergisst gleich wieder, dass er Verfolgungswahn hat, weil er ja dement ist«, gebe ich zu bedenken.

»Ich möchte auch manchmal gern LSD im Futter haben«, sagt Herr Böhmann, worauf ich nichts zu erwidern weiß.

Kapitel 21

»So kommen wir nun zum letzten Akt, zu trocknen euer Haar, auf dass des Schnittes Schönheit, die ich euch verpasst, durch edle Wärme voll zur Geltung komme!« Die Männerstimme, die aus Heinrichs Wohnzimmer in den Garten schallt, überschlägt sich fast vor Inbrunst. »Lass dich nieder, holde Ursel, schon bald ist es vollbracht, ich senke flugs die Trockenhaube über dich!« Anscheinend deklamiert irgendein Schauspieler gerade einen experimentellen Friseurmonolog. Ich schlurfe die Stufen nach oben, auf die halboffene Terrassentür zu und hoffe auch, dass es »bald vollbracht« ist.

Heinrichs Wohnzimmer-Soiree zu besuchen ist ein absurder Auftakt meines Urlaubs. Aber bitte, Jonas wollte es so, sein glorreiches Projekt, Inga und mich durch Konfrontation mit den wahnsinnigen Künstlerfreunden zu läutern und auf den Pfad der Tugend zurückzuführen. So wichtig scheint es ihm damit aber doch nicht zu sein, sonst wäre ich nicht wieder alleine hier. Er könne leider doch nicht mit, schrieb er mir am frühen Abend, er werde in Frankfurt aufgehalten von einer »entscheidenden Projektbesprechung mit den Koreanern«. Dann noch ein bedauernd dreinguckendes Emoji, ein »Viel Spaß und Gruß an Inga und Borke«, dann ein Knutsch-Smiley und drei vibrierende rosa Herzen.

Die Sitzsäcke, die beim letzten Mal auf der Terrasse lagen, sind verschwunden, ebenso der Steintisch mit der Todeskante. Als ich das Wohnzimmer betrete, sehe ich, dass das ganze Ensemble nach drinnen, links neben die Terrassentür, verlagert wurde. Von dort winken mir Inga, Borke und Hermine entgegen. Die drei sind so tief in den Säcken eingesunken, dass sie gar nicht erst den Versuch machen, sich daraus hervorzukämpfen, um mich zu begrüßen. Ich ziehe meinen Mantel aus und lasse mich in einen noch unbesetzten Sack fallen, der mich sogleich besitzergreifend umschließt.

»Wo ist Jonas?«, fragt Inga mit weit aufgerissenen Augen.

»Muss noch arbeiten.«

»Och, wie schade, das war doch seine Idee, dass wir uns alle hier treffen!«

Ich zucke mit den Schultern. Es ist mir ziemlich egal, ob Jonas hier ist oder nicht. Meine mir von meinen Eltern vorgeworfene Beziehungslethargie nimmt in letzter Zeit Ausmaße an, die mich bisweilen selbst erschrecken.

»Katja, wie findest du denn mein Outfit?«

»Sehr schön.« Ingas Lippenstift, ihre Ohrringe, ihr Nagellack und die knallenge Jeans sind in exakt dem gleichen Fuchsia-Pink-Ton gehalten, dazu trägt sie einen schlichten schwarzen Pullover und schwarze Stiefeletten.

»Ich hab diesen neuen Nagellack entdeckt!« Sie streckt mir und Hermine ihre Finger entgegen. »Der Farbton heißt Cosmopolitan Diva, und jetzt hab ich alles andere darauf abgestimmt.«

»Ja, ziemlich knallig, aber steht dir gut.«

»Dann war der Nagellack sozusagen der Schlüssel zu

deinem Outfit, tolle Idee«, wird sie auch von Hermine gelobt.

»Der Schlüssel zu meinem Outfit ist mein Bauchumfang«, lautet Borkes Kommentar zum Thema. »Ich guck einfach in meinem Schrank, was mir überhaupt noch passt!«

Der Schauspieler, den ich von draußen deklamieren hörte, steht in der gegenüberliegenden Zimmerecke auf Heinrichs grünem Lesesessel und hält eine riesige Schere aus Pappe über seinen Kopf. »Welche Schmach!«, schreit er gerade, »welch große Schmach! Wie konnt's geschehen, dass diese Tönung mir misslang? Dass ich die heiter krausulierten Kringellöckchen schändete, die nimmermehr umspielen können dies rosig Antlitz blütenzart?« Zehn bis zwanzig Zuschauer sind im Raum verteilt, sitzen auf den Stufen oder lehnen an der Wand und folgen der befremdlichen Performance mit ausdruckslosen Mienen. Mit dem Rücken zu mir kauert eine pummelige jüngere Frau in grasgrüner Latzhose und strickt einen Schal von enormer Länge. Der Anfang ist gar nicht zu sehen, er beginnt irgendwo hinter dem Küchentresen, schlängelt sich über die Hundeschranke, durch den Raum und dann in einem Neunzig-Grad-Winkel hinauf zu den Stricknadeln in den Händen seiner Erschafferin. Neben ihr steht ein Wäschekorb voller Wollknäule in den unterschiedlichsten Farben. In mir wächst der Verdacht, dass es sich bei der strickenden Frau nicht nur um eine handarbeitlich interessierte Zuschauerin handelt, sondern vielleicht um eine Strick-Künstlerin, die im Laufe des Abends den gesamten Raum in einer Action-Knitting-Performance, oder wie man so was dann nennt, einstricken wird.

Hermine, die neben mir sitzt, trägt dasselbe weit wallende weiße Gewand wie bei der Lustwanderer-Lesung, hat sich aber diesmal zusätzlich eine Art Schiffstau um die Taille gebunden. Ich muss zweimal hinschauen, um mich zu vergewissern, dass sie wirklich einen Unterarmdicken, faserigen und nicht eben sauber aussehenden Strick als Gürtel verwendet.

»Ich hab deinen Vorschlag beherzigt«, sagt sie, als sie meinen Blick bemerkt, deutet auf das Tau und dann hinter sich. Mit Grausen bemerke ich jetzt erst, dass im ganzen Raum verteilt ihre mannshohen kopflosen Elfen-Schneiderpuppen stehen, wobei die Brokatgewänder zusätzlich mit schweren breiten Gürteln versehen sind. »Die Gürtelschnallen sind alle selbstgeschmiedet, zusammen mit Frau Schmidt-Schallbauer in der Waldschmiede, aber es ist schon was anderes, ob man sich auf Bali damit beschäftigt oder hier.«

»Ja«, nicke ich.

»Apropos selbstgeschmiedet«, blökt Borke dazwischen und hält ihr sein leeres Glas entgegen, »habt ihr noch was von dem Schlehenschnaps?«

»Aber natürlich!«

»Bitte trink nicht so viel, Borke«, zischt Inga durch ihre zusammengepressten Lippen, »du hast schon wieder einen knallroten Kopf.«

In der Tat sieht Borke aus, als stünde er kurz vor dem Platzen. Seit unserem letzten Treffen bei Ingas Geburtstag hat er noch mal zugenommen, wie es scheint. Alles an ihm wölbt sich nach vorne, sein Hals ist nicht mehr als solcher zu erkennen, sondern sieht eher aus wie der aufgeblähte Kehlsack eines Fregattvogels. Am Ende des Abends, wenn Borke sich mit einigen Litern Alkohol nochmals beschwert hat, wird man wahrscheinlich einen Kran oder zumindest einen Seilzug benötigen, um ihn aus dem Sitzsack zu hieven, denke ich. Vielleicht kann man hierfür Hermines Gürteltau benutzen.

»Hattest du deinen Auftritt schon, Inga?«, frage ich, »du wolltest doch heute auch was vorlesen.«

»Ja, vor zwanzig Minuten oder so.«

»Oh, dann hab ich das verpasst, tut mir leid.«

Inga winkt ab. »Hast nichts verpasst. Ich hab meinen Artikel über die Menstruationstassen vorgelesen, aber der kam irgendwie nicht so gut an.«

»Die Menschen sind noch nicht bereit dafür, das ist alles«, tröstet Hermine sie.

»Ich hab mich eh etwas unwohl gefühlt«, sagt Inga, »zum einen war ich voll aufgeregt, und außerdem war ich heute Nachmittag beim Frauenarzt, und als ich vorhin gelesen hab, ist mir auf einmal diese Ultraschall-Flüssigkeit unten rausgelaufen, der hatte so viel davon auf diesen Stab getan.«

»Oh, wie unangenehm!«, ruft Hermine.

»Ich hatte Angst, dass ich euren Lesesessel nassmache, aber ich glaube, es ist nichts durchgesickert.«

Gerade torkelt Heinrich herbei, stellt ein Tablett auf dem Steintisch ab und lässt sich vom letzten freien Sack einsaugen.

»Katja, du kommst spät, aber immerhin! Welche Freude, welch zauberhafter Anblick«, schleimt er mir entgegen, »den werten Robert Klotzky hast du nicht zufällig im Schlepptau?«

Ich reagiere nicht und tue so, als würde ich dem nicht enden wollenden Friseurdrama lauschen. Der Schauspieler ist mittlerweile vom vermutlich unbefleckten Ultraschall-Sessel herabgestiegen, läuft hin und her, schneidet mit der überdimensionierten Schere Löcher in die Luft und bedrängt auch den ein oder anderen Zuschauer, laut »ach, der Gram, ach, der Gram« rufend.

»Hast du für Borke noch was von dem Schlehenschnaps, Heinrich?«, fragt Hermine.

»Was viel Besseres hab ich hier«, prahlt er, während er randvolle Schnapsgläser an uns verteilt. »Um die Demütigung zu verdauen, die ich heute Abend erleiden musste, hab ich uns nämlich den guten Mekong-Whiskey aufgemacht.«

Ich lehne den Mekong-Whiskey ab, was Heinrich offensichtlich sehr erbost. Den Blick, den er mir zuwirft, kann man getrost als hasserfüllt bezeichnen, er verkneift sich jedoch einen Kommentar.

Die anderen kippen folgsam die Schnäpse und verharren dann einige Sekunden mit schmerzverzerrtem Gesicht.

»Der brennt wie Sau, der Mekong«, urteilt Borke euphorisch.

»Der neutralisiert jede Demütigung!«, ruft Heinrich.

»Den Mekong-Whiskey haben wir aus Bali mitgebracht«, erklärt Hermine.

»Der Mekong fließt doch nicht durch Bali, oder?«, will Inga wissen, »ist das nicht Vietnam?«

Sie seien über Umwege in den Besitz des Whiskeys gelangt, erzählt Hermine. Sie hätten bei einem balinesischen Straßenhändler eigentlich einen psychedelischen Pilz erwerben wollen, dieser sei jedoch nicht vorrätig gewesen, woraufhin der Straßenhändler sie zu einem ebenfalls im Dealergewerbe tätigen Cousin geschickt habe, welcher ihnen dann einen geschmuggelten Mekong-Whiskey verkaufte, da er angeblich ebenfalls keine psychoaktiven Pilze im Angebot hatte.

»Ich glaub, die haben uns einfach misstraut«, sagt Hermine, »die dachten bestimmt, wir sind von der Polizei, na ja, der Pilz hätte mich echt interessiert, das ist wie LSD, nur sanfter.«

Eher als der ominöse Pilz würde mich interessieren, was für eine Demütigung Heinrich an diesem Abend verdauen muss, wie er eben sagte.

Der Friseur-Schauspieler vorne am Lesesessel tut so, als würde er sich mit seiner riesigen Schere selbst erstechen. Röchelnd stürzt er zu Boden und bleibt liegen. Zögernder Applaus des Publikums. Anscheinend ist seine Performance beendet.

Heinrich taumelt in Richtung Küchenzeile. Er wolle uns jetzt »zum Vergleich« noch einen exquisiten Baikal-Wodka kredenzen, ruft er, der tauge auch sehr gut dazu, erlittene Schmach zu vergessen. Borke begrüßt diesen Plan mit lautem »Oh« und »Ah«, das käme ihm sehr gelegen, da er sich »hobbymäßig« gerade durch »die Welt des Hochprozentigen« arbeite, und Baikal-Wodka sei ihm bislang noch nicht untergekommen. »Der interessiert mich jetzt!«

Inga verdreht genervt die Augen.

Heinrich sei sehr frustriert wegen der deprimierend gut besuchten Weihnachtshund-Lesung zu Beginn der Veranstaltung, raunt mir Hermine zu. »Ganz am Anfang, da warst du noch nicht da, hat die Hilde Stöckert-Egerlich aus ihren Weihnachtshund-Büchern gelesen, über fünfzig Leute waren da, der Heinrich hat sich so gefreut!«

»Was sind denn Weihnachtshund-Bücher?«, frage ich.

Besagte Frau, eine Bekannte von ihr aus der »Hundegruppe«, schreibe Tiergeschichten und veröffentliche sie mit großem Erfolg im Eigenverlag, und am beliebtesten sei eben besagte Weihnachtshund-Serie, in der es um die Erlebnisse und Abenteuer eines Familienhunds an Weihnachten gehe. Die Bücher trügen Titel wie »Schnuffi unterm Tannenbaum«, »Schnuffi trifft den Weihnachtsmann«, »Schnuffi findet eine Tanne« und »Schnuffi im Geschenkkarton«.

»Jedenfalls hatte Heinrich sich gefreut, dass so viele Besucher da waren«, fährt Hermine fort, »aber die meisten sind gleich nach der Weihnachtshund-Lesung wieder gegangen, die waren nur wegen Hilde Stöckert-Egerlich da und wollten den Rest der Soiree gar nicht angucken.«

Der gedemütigte Heinrich kehrt mit dem Baikal-Wodka zurück, schenkt uns kleine Wassergläser randvoll ein und schwankt nach vorne ans Mikrofon, um anzukündigen, dass als nächster Programmpunkt nun der Auftritt der Anonymen Synonyme anstehe, eines Deutschlehrer-Trios, das sich der deutschen Liedermacherkunst verschrieben hätte.

Heinrich gebe sich solche Mühe, ein tolles Programm zusammenzustellen, es sei ein Jammer, dass sein Engagement nicht ausreichend gewürdigt werde, klagt Hermine, während sie mit den anderen anstößt. Den Baikal-Wodka hätten die russischen Gastkünstler mitgebracht, die später noch musizieren würden.

»Baikal, du tiefster See der Erde, verschlucke meine Sorgen«, deklamiert Heinrich, der sich wieder in einen der Sitzsäcke hat fallen lassen, »in dich sinkend, träum ich mich hinweg zu einem bessren Morgen!«

»Das war ja ein Gedicht!«, jauchzt Hermine, »ach Heinrich, ich bin so stolz auf dich, ich erzähl jedem immer, mein Freund ist ein stetiger Quell der Inspiration!«

»Boah, der knallt aber ganz gut!«, blökt Borke mit Blick in sein leeres Wodkaglas.

»Mein Freund ist ein stetiger Quell der Stagnation.« Ingas Mimik ist so eiskalt und tiefgründig wie der Baikalsee.

Die Anonymen Synonyme tragen zerrupfte graue Bärte und in ihre Jeanshosen gestopfte Holzfällerhemden. Zu dritt schrammeln sie auf Akustik-Gitarren herum und singen im Kanon ein seltsames Käferlied mit den Textzeilen »Lieb mich, du kleiner kesser Käfer, krabbelst über meine Haut, mein Käferchen sitzt bei mir zuhause, mein Käferchen ist mir angetraut«.

Vielleicht ist es ein Liebeslied, ein Lobpreis der kessen Deutschlehrer-Ehefrauen?

»Wo ist eigentlich der Franzek?«, fragt Hermine, »wolltest du ihn nicht auch einladen mit seinen Buntsandstein-Arbeiten, Heinrich?«

»Der Trottel hat mir abgesagt«, schimpft Heinrich, »er hat grad eine Schaffenskrise und kann nicht unter Menschen!« Franzek verbringe seine Wochenenden seit neuestem an einer Aral-Tankstelle in Offenbach, um sich dort »bewusst von der Hässlichkeit inspirieren zu lassen.«

»Was? Wie kommt er denn auf die Idee?« Hermine schüttelt den Kopf.

»Er hat zu mir gesagt: Heinrich, es gibt nicht nur kunstvolles Verrotten wie in Paris, sondern auch scheußlichen, puren Verfall!«

»Was hat denn das mit seinen Buntsandstein-Arbeiten zu tun?«, wundert sich Hermine zu Recht.

»Ach, keine Ahnung, der kann mir gestohlen bleiben.«

Heinrich bietet mir ein Glas Baikal-Wodka an. Als ich ablehne, motzt er mich an, was er zu bieten habe, sei mir wohl nicht gut genug, genauso wie solch eine Soiree wohl dem Franzek und erst recht dem feinen Herrn Klotzky nicht gut genug sei, »aber auch du, werte Katja, bist eben nicht gut genug für deinen verehrten Robert Klotzky, sonst wäre er ja wohl heute Abend hier an deiner Seite, und ihr könntet euch wieder hingebungsvoll gegenseitig verarzten in meinem Badezimmer!«

»Heinrich, was erzählst du denn für Sachen«, rügt ihn Hermine, »du hast zu viel getrunken!«

»Robert Klotzky, ist das der Bekannte von dir, mit dem wir essen waren nach der Lustwanderer-Lesung?«, fragt Inga zu allem Überfluss.

»Aha! Ihr wart essen!« Heinrich stiert mich böse an. »Ohne mir was zu sagen?«

»Ihr wart doch schon gegangen«, sage ich.

»Erinnerst du dich, wir mussten doch nach Hause zu Leila, wir hätten sowieso keine Zeit gehabt«, versucht Hermine ihn zu beschwichtigen.

»Sie wollten uns nicht dabeihaben, so sieht's doch aus!«, ereifert sich Heinrich. »Da ebnet man den jungen Leuten den Boden, und dann lassen sie einen fallen wie eine heiße Kartoffel, wenn so ein Pseudo-Promi daherkommt und ihnen schöne Augen macht!«

»Apropos Kartoffel«, lallt Borke, »ich würd noch was von dem russischen Kartoffelschnaps nehmen.« Es entfacht sich ein wichtigtuerischer Streit zwischen den beiden Herren darüber, ob der Baikal-Wodka aus Kartoffeln oder Weizen gebrannt wird. Heinrich behauptet, nur ukrainischer und polnischer Wodka werde auf Kartoffelbasis hergestellt, das hätte er auf seiner Studienfahrt nach Breslau gelernt, Borke beharrt jedoch darauf, dass auch die Russen »gut mit Kartoffeln« umgehen könnten.

»Gratis mein gutes Zeug wegtrinken und dann noch schlaue Sprüche, solche Besucher sind mir ja die liebsten«, beschwert sich Heinrich. Borke kontert überraschend angriffslustig, wenn es nichts zu trinken gäbe, wäre er schon längst nicht mehr hier, denn diese ganzen »kulturellen Darbietungen« seien ja wohl ein Witz.

»Ich mach das auch zum letzten Mal!«, zetert Heinrich, »der ganze Aufwand, für was denn? Die Leute wollen doch nur ihre debil-bekloppten Weihnachtshund-Geschichten hören!«

»Merkt ihr eigentlich, wie hässlich euch die Sauferei macht?«, jammert Inga, »ihr habt schon eine ganz schwarze Aura!«

»Das stimmt, Heinrich, sie hat Recht«, sagt Hermine. Erschüttert von ihrer Erkenntnis gießt sie Inga und sich Wodka nach.

Es sei ihm völlig egal, welche Farbe seine Aura habe, schimpft Heinrich unwirsch, er werde jedenfalls nicht mehr »den Aff machen« für Kulturbanausen, wie sie in unserer Stadt zu finden seien, und er sei so enttäuscht von der Resonanz des Publikums, dass er hier und jetzt verkünde, dass es »Heinrich, still und leise Volume III« nicht geben werde.

»Heinrich, lass dir doch nicht die Butter vom Korn nehmen«, stammelt Hermine.

»Apropos Korn«, sagt Borke.

»Ich meinte, du darfst die Flinte nicht so schnell ins Korn werfen, mein Lieber.«

Die Förderung von Nachwuchs- und anderen Künstlern werde er ab morgen einstellen. »Sie danken es einem ja doch nicht, siehe Katja!«

»Ich hab dich nie um irgendwas gebeten«, schnauze ich ihn an, »lass mich einfach in Ruhe!«

»Seht ihr?« Er deutet Mitleid heischend auf mich. »Genau so wird man behandelt!«

Stattdessen werde er sich nur noch um sich selbst kümmern und einen Roman schreiben. Er habe heute einen höchst spannenden Artikel in der FAZ gelesen, in dem es darum ging, welche Wörter in einem Buchtitel vorkommen müssten, damit man die meisten Käufer anspreche: »Wenn im Titel irgendwas mit Liebe und Hunden vorkommt, verkauft sich das Buch viel besser, als wenn zum Beispiel im Titel irgendwas mit Sex und Katzen vorkommt, wobei Sex und Katzen immer noch besser ist als zum Beispiel irgendwas mit Ekzem und Ameisen. Interessant, oder?« Da niemand reagiert, fügt er ein verächtliches »Ach, rutscht mir doch alle den Buckel runter!« hinzu.

»Also, Katja«, sagt Hermine mit sanfter Stimme, »heute wäre deine letzte Chance, uns ein paar deiner Gedichte vorzutragen, du hast ja gehört, dass Heinrich leider aufhören wird mit den Soireen.«

»Nein, danke.« Ich schüttele den Kopf.

»Aber deine Freundin hat sich auch getraut, fass dir doch ein Herz!«

»Nein, ich will wirklich nicht«, wehre ich ab.

»Wenn hier übrigens einer eine schwarze Aura hat, dann sie!« Heinrich deutet auf mich. »Schau dich doch an, wie du dasitzt, du bist ein einziger sich verweigernder Liebeskummerkloß! Weil der tolle Robert Klotzky nicht da ist! Und dann denken, ich würde das nicht merken, ich kenn dich doch viel besser als dieser Arsch!«

»Heinrich, hier sind immer mehr ungute Schwingungen im Raum!« Hermine hält sich die Ohren zu. »Ich ertrag das nicht und versteh es auch nicht, ich geh jetzt eine rauchen und dann nach Leila schauen, bitte vertragt euch wieder, bis ich zurückkomme!« Sie kämpft sich aus dem Sitzsack, knallt ihr Glas auf den Tisch und verschwindet.

»Ich sollte jetzt besser gehen«, sage ich in bemüht neutralem Tonfall.

»Schickst du mir bitte die Silvia her?«, ruft Heinrich seiner Freundin nach. »Die Silvia, liebe Katja, ist unser exklusives Geschenk von Robert Klotzky, die hat er uns für heute Abend geschickt, als Ersatz, weil er nicht selbst kommen konnte, so viel Anstand hat er immerhin! Ich nehme an, ihr beide kennt euch noch nicht!« Er ertränkt ein hämisches Lachen in einem weiteren Schluck Baikal-Wodka.

Ein exklusives Geschenk von Robert? Silvia? Wer ist Silvia? Ich verstehe überhaupt nichts mehr und kann mich nur noch wundern über die anstrengende Lächerlichkeit dieses ganzen Abends.

Die Anonymen Synonyme kündigen gerade ein Liebeslied im Sinne des ritterlich-höfischen Minnesangs an. Damit hätten sie kürzlich beim Minnesänger-der-Neuzeit-Contest in Eisenach den vierten Platz belegt. »Lass mich deine Füße zählen«, beginnen sie dann, zu trägem Gitarrengeklimper zu singen, »viele hast du nicht! Wer alles hat, hat viel zum Wählen, die Burg erstrahlt im Licht! Ich verknote kleine Stöcke mit Gehörn aus aller Welt. Meine Maid wäscht ihre Röcke im Bache hinterm Zelt.«

Heinrich lehnt sich zu Borke hinüber und stößt mit

ihm an. »Prost, mein Bruder! Ob Weizen oder Kartoffel ist doch egal, oder? Hauptsache, die Flasche wird leer!«

Borke entfährt ein Rülpser der Versöhnung.

»Borke, bitte hör jetzt auf zu trinken«, quengelt Inga, »ich muss dir dann noch was Wichtiges sagen, und dir auch, Katja, wenn wir schon mal zusammensitzen.«

»Kannst du eigentlich noch Auto fahren?«, lallt ihr Freund, »du hast doch auch schon einiges intus.«

»Ich bleib jetzt beim Wasser, dann nüchtert sich das wieder aus.«

Ich frage Inga, was sie uns denn sagen wolle, aber sie meint, es sei etwas sehr Schwerwiegendes, und zuerst müsse sie sich definitiv mit dem Baikal-Wodka oder etwas ähnlich Starkem »Mut antrinken«, weswegen sie mit ihrer Offenbarung noch ein wenig warte, bis sie wieder so weit ausgenüchtert sei, dass ein zusätzlicher Drink ihre Fahrtüchtigkeit nicht wieder beeinträchtigen würde.

»Inga, es ist bald Mitternacht«, gebe ich vorsichtshalber zu bedenken, »ich hab nicht vor, noch allzu lange zu bleiben.«

»Oh doch, meine Liebe, du wirst noch bleiben«, säuselt der mittlerweile komplett betrunkene Heinrich, »du willst doch die schöne Silvia von Stetten noch kennenlernen, nicht wahr? Und außerdem: Solange Hermine mit dem Hund beschäftigt ist, könnten wir gerne mal kurz ins Badezimmer gehen, dann kann ich dir meine Pflaster-Sammlung zeigen!« Er legt mir die Hand auf den Oberschenkel. Unwirsch schlage ich sie weg.

»Inga, entweder du sagst, was du so Wichtiges loswerden willst, oder nicht, ich geh jetzt nämlich!«

»Ich schlepp das schon so lange mit mir rum, und ich muss …« Inga vergräbt den Kopf in den Händen. »Ich trau mich nicht, es euch zu sagen, es ist zu schlimm!« Sie stöhnt leise auf und wischt sich eine Träne von der Wange.

»Oho, hier braut sich was zusammen!«, freut sich Heinrich. »Eine Intrige? Ein Geständnis?«

»Apropos brauen«, tönt es von Borke herüber, »gegen so ein Bier zwischendurch hätte ich auch nichts einzuwenden.« Die rätselhafte Seelenpein seiner Freundin sowie die angekündigte »Offenbarung« scheinen ihn nicht zu beunruhigen oder gar nicht erst durch seine düstere, vom Alkohol getränkte Aura zu ihm durchzudringen.

Bier könne er uns gerne bringen, ruft Heinrich, doch er wisse ein Getränk, das noch viel besser passe zu solch einer dramatischen Situation: »Die Stunde der Geständnisse! Ich werde sie einläuten mit einem Doppelten Fuchs für jedermann! Auf dass sich die Zungen lösen und alle Geheimnisse ihres Schleiers beraubt werden!«

Gerade als er aufstehen will, legen sich ihm von hinten zwei Hände mit perfekt manikürten, bordeauxroten Fingernägeln auf die Augen.

»Huhu, Heinrich, rat mal, wer ich bin!« Die Hände lösen sich, und eine junge Frau stöckelt auf hohen Absätzen um uns herum, um sich vor unserem Sitzsack-Ensemble in Positur zu werfen.

»Da-daaa! Hier bin ich!« Sie spreizt die Arme und winkelt ein Knie an wie eine Revue-Tänzerin.

»Silvia, du bist's, ich sehe dich, du bist's, sie ist es!«, ruft Heinrich euphorisch. »Meine Freunde, darf ich euch vorstellen: Silvia von Stetten!«

Ich starre fassungslos das Kleid an, das sie trägt. Es wird offensichtlich von einem Reifrock gehalten und schillert in Rot-, Grün- und Blautönen wie das Gefieder eines Kolibris. Ein strammes Mieder presst ihre großen Brüste so weit nach oben, dass sie fast aus dem Ausschnitt quellen. Meine Vermutung, dass es sich bei dem Gewand um eines der Elfen-ohne-Kopf-Outfits handelt, wird umgehend bestätigt. »Gerade traf ich Hermine in ihrer Schneiderkammer«, flötet Silvia von Stetten, »aus Spaß hab ich eins ihrer Elfen-Brokat-Kleider anprobiert, und sie meinte, es passt mir so gut, dass ich es bei meinem Auftritt anlassen soll! Es ist das Modell Alvara – die schwedische Waldelfe!«

»Wunderbar, einfach wunderbar!« Heinrich schlägt entzückt die Hände zusammen.

»Oder meinst du, es ist zu übertrieben?« Sie dreht sich mit raschelndem Reifrock dreimal kokett um die eigene Achse. Ihre offenen, goldblonden Haare wirbeln folgsam und in perfektem Schwung mit ihr mit.

»Nein, überhaupt nicht, überhaupt nicht!«

Sie legt sich links und rechts die Hände an die Rippen und presst ihre Brüste noch mehr zusammen. »Das Mieder ist ehrlich gesagt etwas eng, ich hab ein bisschen Angst, dass ich in Ohnmacht falle bei meiner Lesung, aber es sind ja nur zehn Minuten, das schaff ich schon, oder, Heinrich?«

»Das schaffst du, meine Liebe, und wenn du doch in Ohnmacht fällst, eile ich höchstpersönlich herbei und lockere dir das Mieder!«

»Das hättest du wohl gerne, du Schlingel!« Sie wackelt tadelnd mit dem Finger und bricht dann grundlos in helles Lachen aus, vielleicht schon eine Folge des Sauerstoffmangels.

»Hast du noch mal kurz geschlafen im Gästezimmer,

Silvia? Bist du gut erholt, bist du bereit für deinen Auftritt?«

»Ja, so ein Power Nap vorher ist immer Gold wert, den Tipp hab ich von Robert!«

»Zu schade, dass er nicht selbst hier ist«, sagt Heinrich.

»Ja, aber er lässt schön grüßen. Wir haben vorhin noch mal telefoniert.«

Ich versinke in meinem Sitzsack. Wer ist diese Frau, was hat sie mit Robert zu tun?

»Ich freu mich so, dass du bei deiner Lesung eins von Hermines Brokatkleidern trägst«, wiederholt Heinrich. »Das sind Synergien, da greift die eine Kunst in die andere, so stell ich mir das vor, so muss es sein! Dass nicht jeder stumpf alleine vor sich hin werkelt! Dass man sich gegenseitig bereichert! Schau dir das an, Katja, so macht man Kunst!« Er deutet auf die schwedische Waldelfe und sieht mich an, als erwarte er, dass ich mich zu dem Kleid, der Person oder zum Thema künstlerische Synergien äußern werde. Da ich schweige, winkt er schließlich ab. »Silvia, das ist übrigens Katja, eine Freundin von Robert.«

Die Waldelfe bedenkt mich mit einem süffisanten Lächeln. »Eine Freundin von Robert? Na, das wüsste ich aber.« Dann wendet sie sich ab und stolziert nach vorne zum Lesesessel. Die Anonymen Synonyme haben nach ihrem Minnesang die Bühne geräumt und nehmen mit ihren Gitarren wieder im Zuschauerrund Platz.

»Jetzt aber schnell die Doppelten Füchse, damit wir bei Silvias Lesung was zu trinken haben!« Heinrich torkelt davon.

»Also ich finde das Kleid ziemlich übertrieben«, flüstert Inga mir zu. »So was kannst du im Rokoko anziehen, aber doch nicht heute! Reifrock und Mieder, das geht ja wohl mal gar nicht.«

Ich zucke mit den Schultern.

»Wobei, wenn man so selbstbewusst ist wie die, kann man wahrscheinlich alles anziehen. Kennst du sie?«

Ich schüttele den Kopf.

Silvia von Stetten rückt sich das Mikrofon zurecht und sortiert mit spitzen Fingern einige Blätter auf dem kleinen Lesepult vor sich.

»Guten Abend, ihr Lieben, mein Name ist Silvia von Stetten«, haucht sie dann mit Marilyn-Monroe-Stimme in den Raum. »Ich lese euch einen Ausschnitt aus meinem gerade entstehenden Roman vor, er trägt den Titel ›Das Induktionspferd‹. Ich verarbeite darin meine traumatische Beziehung zu meinem Vater. Ich kann euch leider nicht viel Spaß wünschen beim Zuhörern, denn Spaß ist es wirklich nicht, der lange Zeit mein Leben geprägt hat, aber ich wünsche euch eine intensive Erfahrung für die Ohren und für euer Herz.«

»Hoho, und hier bringe ich uns noch zusätzlich eine intensive Erfahrung für den Gaumen und die Speiseröhre!« Heinrich stellt ein Tablett mit acht Doppelten Füchsen auf dem Steintisch ab und plumpst wieder neben mir in den Sitzsack.

»Borke, mein Freund, du schläfst ja, wach auf!« Borke schreckt mit einem Schnapp-Schnarchlaut in die Höhe und nimmt ohne Nachfragen sein Glas in Empfang.

»Ich erwachte und begann es schon wieder zu vermissen, das Abbild meines Ebenbilds, ich sehe meinen Vater, der eben noch dort saß, in diesem Lehnstuhl, der nicht mehr der seine war, den aber auch ich mir nie zu eigen machen konnte, da er hinabgeglitten war in die finsteren Höhlen eines Ichs, das ein zerbrochenes Ich ist«, liest Silvia von Stetten mit atemloser, kaum modulierter Stimme vor.

»Ich erwachte und sah, dass es immer noch Nacht war, jene Nacht, welcher ich zuvor schon so oft begegnet war, welche nun aber eine andere Form angenommen hatte, eine Form, so luftleer und zerbrechlich, dass selbst das Klirren des ihr innewohnenden Windes nur als leises Jammern zu vernehmen war.«

Borke kippt den Doppelten Fuchs und schläft übergangslos wieder ein, anscheinend vollkommen unbeeindruckt von der Vernichtungskraft des von Heinrich selbst kreierten Höllengetränks. Heinrich und Inga prosten sich gerade zu, als Inga innehält.

»Ist das denn die Freundin von diesem Robert Klotzky?«, fragt sie Heinrich und deutet zum Lesepult.

»Die Freundin?« Heinrich schaut mich lauernd an. »Liebe Katja, du müsstest es wissen, oder?«

Ich schaue ins Nichts.

»Oh, anscheinend weiß sie es nicht«, triumphiert er, »dann will ich es hiermit kundtun: Selbstverständlich ist das die Freundin von unserem werten Robert Klotzky, der heute zwar nicht selbst kommen konnte, mir aber dankenswerterweise seine Liebste als Faustpfand geschickt hat, die brillante Silvia von Stetten, der schon in Kürze die Literaturwelt zu Füßen liegen wird!«

»Ich rollte mich ein in meinen Wundbahnen«, haucht Silvia von Stetten gerade ins Mikrofon, »ich rollte mich ein, bedächtig tiefer grabend in meinem Gedächtnis, welches den Schmerz zwar abgespeichert hatte, ihn nun aber nicht mehr freigeben wollte, als habe es Angst, der Schmerz könnte laut schreiend entschwinden, hinaus in die Nacht, die nicht mehr die meine war und in die ich nun dennoch eintrat, schluchzend.«

»Ich kapier ehrlich gesagt nicht, um was es da geht«, sagt Inga.

Ich nehme mir einen Doppelten Fuchs und trinke ihn in einem Zug aus. Bevor mein Schmerz womöglich laut schreiend in die Nacht oder vielmehr in Heinrichs Wohnzimmer hinaus entschwindet, ist es klüger, sich umgehend zu betäuben, weshalb ich mir gleich ein zweites Glas nehme. Mein Trinkverhalten ist natürlich wieder eine Steilvorlage für den grässlichen Heinrich.

»Oha, da scheint jemand aber ziemlich mitgenommen zu sein«, frohlockt er. »Na ja, das hätte dir der liebe Robert aber auch gelegentlich mal mitteilen können, dass er eine Verlobte hat.«

»Ach, sie sind sogar verlobt?«, staunt Inga. Ich bekomme einen Würgehusten-Anfall, der mir die Tränen in die Augen treibt. Ich habe Angst, gleich die Doppelten Füchse zu erbrechen, wodurch sie mir ein zweites Mal die Speiseröhre verätzen würden.

»Verliebt, verlobt, verheiratet, geht alles schneller, als man denkt!«, schwadroniert Heinrich und verschwindet auf die Toilette. Während Silvia von Stetten weiter von ihren »Wundbahnen« erzählt, hole ich mit tränenblinden Augen mein Handy aus der Tasche, um Robert eine SMS zu schreiben.

»Du bist so ein Idiot«, tippe ich, dann fällt mir nichts mehr ein. Der Cursor blinkt und harrt einer Fortsetzung meiner Nachricht.

Was will ich eigentlich, was mache ich hier, er kann doch tun und lassen, was er will, es ist sowieso vorbei, aus, Schluss, fertig, jetzt kann ich wenigstens damit abschließen, soll er doch glücklich sein mit seiner traumatisierten Elfen-Literatin.

Ich will den SMS-Entwurf löschen, komme mit meinen zitternden Fingern aber versehentlich auf »Senden«. Eine Weile starre ich konsterniert aufs Display.

Na gut, denke ich, dumm gelaufen, jetzt kriegt er halt die Idioten-SMS, er wird schon wissen, was damit gemeint ist. Wer weiß, wie vielen anderen er noch sein dämliches »Ich werd dich so vermissen« ins Ohr geflüstert hat.

Mein Mail-Postfach zeigt mir eine neue E-Mail an. Sie hat den Betreff »Sorry!« und stammt von dem kinderlosen Pärchen, die Jonas und mir das Fachwerkhaus verkaufen wollen.

Sorry? Wofür denn Sorry? Werden jetzt alle verrückt?

»Katja, geht's dir gut?« Inga lehnt sich herüber und tätschelt mich an der Schulter.

»Alles bestens«, sage ich mit Grabesstimme.

»Liebe Katja, lieber Jonas«, lese ich, »es tut uns unendlich leid, euch mitteilen zu müssen, dass unser Häuschen leider nicht mehr zum Verkauf steht. Wir wissen, dass wir euch damit sehr enttäuschen, denn eigentlich war ja alles schon in trockenen Tüchern. Nach langen Gesprächen haben wir jedoch festgestellt, dass wir es nicht übers Herz bringen, unser Haus, in das wir so viel Liebe gesteckt haben, zu verkaufen. Ihr kennt ja die Umstände. Jetzt, als es an den Verkauf ging, haben wir gemerkt, dass das Haus uns über die Jahre so ans Herz gewachsen ist, als wäre es selbst das Kind, das wir nie haben werden. Wir können unser BABY nicht einfach in fremde Hände geben, das würde uns wie Verrat vorkommen. Wir haben deshalb beschlossen, hier wohnen zu bleiben. Vielmals sorry, und wir hoffen auf euer Verständnis. Kai und Leonie.«

Kommentarlos leite ich die Mail an Jonas weiter. Im selben Moment weiß ich, dass ich mit ihm nie ein Haus kaufen werde, weder Fachwerk- noch Doppel- noch Muster- noch sonst irgendein Haus. Ich weiß, dass es aus ist. Ich frage mich, ob es der Doppelte Fuchs war, der diese Erkenntnis jetzt plötzlich so klar und deutlich aus dem Gedankennebel aufsteigen lässt, oder die Tatsache, dass ich nicht das geringste Bedauern beim Lesen der Absage-Mail empfunden habe. Wahrscheinlich war es eher meine heftige Reaktion auf die Nachricht, dass Robert offenbar die ganze Zeit eine Freundin hatte, was mir die Augen geöffnet hat. Wäre ich über ihn hinweg, so wie ich mir das seit Wochen einrede, könnte mir solch eine Neuigkeit egal sein. Ich könnte natürlich sauer sein, das schon, darüber, dass er mich wohl veräppelt hat, aber nicht so zerrissen und verletzt, wie ich mich jetzt gerade fühle.

Heinrich tritt ans Mikro und bedankt sich bei Silvia von Stetten, deren Lesung offenbar zu Ende ist, für die »intensiven Eindrücke« aus dem »Induktionspferd«. Es sei eine Wonne gewesen, ihrem durch ein düsteres Erinnerungsszenario vagabundierenden Ich zu folgen. Er wisse, dass sie sich auf das »Legen literarischer Hochspannungsleitungen« verstehe. »So gekonnt verschränkt sonst niemand lyrische Impressionen, atemloses Speed-Writing und Traumsequenzen.« Er hoffe, dass sie für »Das Induktionspferd« einen namhaften Verlag finde. »Dabei kann dein lieber Robert dir sicherlich helfen!«

Natürlich, dabei wird der liebe Robert ihr sicherlich helfen. Ich genehmige mir einen weiteren Doppelten Fuchs. Erschreckend ist, dass er mittlerweile gar nicht mehr so schlecht zu schmecken scheint.

Als letzten Programmpunkt der heutigen Soiree werde man »die Melancholie der russischen Seele« zu spüren bekommen, kündigt Heinrich an, nachdem er Silvia von Stetten mit Küsschen verabschiedet hat und sie mit rauschendem Brokatkleid im Flur in Richtung Haustür verschwunden ist. Das Duo Sputnik werde nun spielen, ein Applaus für die Künstler mit der weitesten Anreise: »Die beiden sind extra aus Jekaterinburg gekommen!«

Die wenigen verbliebenen Zuhörer klatschen brav, während zwei etwa vierzigjährige Männer mit Akkordeon und einem gigantischen Bass Aufstellung nehmen.

»Ja, gutten Abend«, spricht der Bassist schüchtern ins Mikrofon, »spielen wir zu Anfang Lied, wo geht um Liebespaar, was sich immer trifft unter Baum, aber ist geheim, weil Frau soll heiraten andere Mann. Und dann viele Küsse und viel Weinen und Mann Duell mit andere Mann, und dann geliebter Mann ist tot. Ist sehr trauriges Lied!«

Während die beiden ihr trauriges Lied beginnen, lässt sich Heinrich wieder zwischen Inga und mir in seinen Sitzsack fallen und reibt sich freudig die Hände. »Zwei echte Hochkaräter« habe er da engagiert, es seien verarmte Musikprofessoren aus Jekaterinburg, die immer im Advent nach Deutschland flögen, um hier Konzerte zu geben. Finanziell sei das für die zwei durchaus lohnend, obwohl der Flug so teuer sei und der Balalaika-Bass so viel Übergepäck koste, »aber die verdienen ja hier in der Fußgängerzone in zwei Wochen mehr als in einem Jahr als Professoren in Russland!«

Er habe sie von einer Nürnberger Pfarrerin »übernommen«, die sie in den vergangenen Jahren immer bei sich in der Kirche habe auftreten und im Pfarrheim wohnen lassen, aber das Pfarrheim sei in diesem Advent schon belegt von einem verarmten mongolischen Professor für Obertongesang, der aus Ulan Bator mit mehreren Pferdekopfgeigen nach München angereist sei. »Die Pferdekopfgeigen kosten auch Übergepäck, aber das lohnt sich trotzdem für ihn, der verdient ja bei einem einzigen Adventskonzert in der Nürnberger Kirche mehr als in zehn Jahren als Obertonprofessor in der Mongolei!«

»Es ist so viel Elend in der Welt«, seufzt Inga in die wehmütigen Klänge der Armutsrussen hinein.

»Schade, dass der Baikal-Wodka leer ist, der hätte jetzt gut zur Stimmung gepasst«, bedauert Heinrich.

»Inga, ich werd dann mal gehen«, sage ich kraftlos.

»Erst muss ich dir noch was sagen.«

»Ich kann nicht mehr, sag's mir halt morgen.«

»Wenn ich's heute nicht schaffe, dann nie mehr!«

»Oh ja«, jubiliert Heinrich, »das dramatische Geständnis, die Spannung steigt ins Unermessliche. Katja, lass mich deiner Freundin noch einen Doppelten Fuchs kredenzen, der wird ihre Zunge lockern!«

Inga schnäuzt sich die Nase und wischt sich Tränen aus den Augen.

»Ja, da muss man weinen bei der Musik, nicht wahr? Das ist so ergreifend!« Hermine, die die ganze Zeit verschwunden war, setzt sich wieder in unsere Runde. »Puh, jetzt hab ich Silvias Lesung verpasst, weil ich mit Leila zugange war, aber sie sah doch toll aus in meinem Elfenkostüm, oder?«

»Hinreißend, einfach hinreißend!« Heinrich eilt in

Richtung Küche, um weitere Doppelte Füchse herzustellen. Ich sehe ihn an der Küchenzeile mit rohen Eiern und einer Literflasche Klosterfrau Melissengeist hantieren.

Sie habe gerade eine größere Putzaktion im Gäste-WC starten müssen, da Leila sich aus Stress auf den Badezimmerteppich übergeben habe. Das liege aber auch daran, dass der Badezimmerteppich grün sei. Leila habe in der Hundeschule nämlich beigebracht bekommen, dass sie nicht auf Bürgersteige und Fahrradwege kacken oder sich erbrechen dürfe, sondern nur auf Wiesen, und nun interpretiere sie den flauschigen Badezimmerteppich eben als Grasfläche, auf der das Koten und Kotzen erlaubt sei.

»Von den Fliesen hätte ich alles natürlich viel leichter aufwischen können«, führt Hermine ihre jüngsten Erlebnisse aus, »aber man kann ihr ja nicht böse sein, weil sie quasi nur das Erlernte anwendet!«

Leila sei sogar extra aus ihrem Hundekorb gestiegen und zwei Treppen nach oben zum Gäste-WC gelaufen, um den Teppich zu erreichen. »Sie hätte ja auch einfach ihren Kopf über den Rand des Korbs hinaushängen und sich aufs Parkett erbrechen können!«

Ich möchte mich auch aufs Parkett erbrechen, wenn ich an meine Gesamtsituation denke.

Die Armutsrussen kündigen ihr nächstes Lied an: »Ist Geschichte von junge Frau, wo verliert große Liebe und wo geht in große Stadt, weil sie will dort finden große Liebe wieder. Aber findet nicht und stirbt ganz allein in Einsamkeit. Ist trauriges Lied auch wieder.«

»Oh Gott, ist das alles furchtbar«, heult Inga los, »müssen die jetzt auch noch so traurige Sachen spielen, als wär nicht alles schon schlimm genug!« Sie greift sich den

Doppelten Fuchs, den Heinrich ihr auf einem Tablett präsentiert. Im Prinzip ist es ein Vierfacher Fuchs, denn die Gläser sind fast doppelt so groß wie die vorigen, es handelt sich um einen halben Liter fassende Apfelweingläser. »In den Gerippten sieht er auch hübsch aus, oder?«, lobt Heinrich sein entsetzliches Arrangement.

»Wir waren gar nicht bei der Langen Nacht der Musterhäuser«, sagt Inga unvermittelt.

»Aha.« Ich sehe sie begriffsstutzig an und weiß nicht, was ich mit dieser Information anfangen soll.

»Die Lange Nacht der Musterhäuser, erinnerst du dich? Wo du nicht mitwolltest und wir dann mit Jonas allein hinwollten?«

»Ja, ich weiß.«

»Wir waren letztlich gar nicht dort, weil Borke keine Lust hatte. Er will ja nie was Neues planen, er will ja bis in alle Ewigkeit in seinem bescheuerten Fuchsenbach wohnen bleiben.«

»Borke schläft übrigens«, werfe ich vorsichtig ein. »Ich dachte, du wolltest ihm auch was sagen?«

»Der schläft nicht«, protestiert Inga, obwohl Borke lauthals schnarchend neben ihr sitzt, weshalb ich so langsam an ihrem Verstand zweifle.

»Also wart ihr nicht auf der Langen Nacht der Musterhäuser, okay, und weiter?«

Inga vergräbt stöhnend den Kopf in den Händen.

»Welches Drama«, frohlockt Heinrich, »heute ist was los!«

»Worum geht's hier eigentlich?«, fragt Hermine. Borkes Kinn fällt auf seine Brust und zuckt kurz darauf wieder nach oben.

»Inga, ich schlage vor, wir gehen nach draußen, und

du sagst mir unter vier Augen, was los ist«, sage ich, »das geht ja sonst niemanden was an!«

»Nein«, heult sie auf, »ich will keine Geheimnisse mehr haben, vor niemandem!«

Die Fortsetzung ihrer »Offenbarung« wird von einem Schluckauf in unrhythmische Häppchen zerteilt.

Sie habe sich wie gesagt kurz vor der Abfahrt mit Borke gestritten, da er sich weigerte, mit zur Langen Nacht der Musterhäuser zu gehen, sondern sich lieber eine Dokumentation über Sherry-Destillerien in Andalusien anschauen wollte. Sie sei dann frustriert und wutentbrannt alleine zu uns gefahren, um uns abzuholen, habe aber nur Jonas angetroffen, der seinerseits sehr verärgert gewesen sei, da ich ebenfalls keine Lust auf die Musterhausnacht gehabt habe und kurz zuvor zur »Heinrich, still und leise«-Soiree aufgebrochen sei. Und so hätten Jonas und sie dann alleine bei uns im Wohnzimmer gesessen und mehrere Biere getrunken, um sich in ihrem Beziehungsfrust zu trösten. Man hätte lange geredet und sich gegenseitig sein Leid geklagt, und als das trostspendende Bier dann alle war, sei man dazu übergegangen, sich gegenseitig zu trösten.

»Sich trösten«, ruft Heinrich, »welch herrliches Synonym!«

Die drei Deutschlehrer drehen sich zu uns um, da sie sich angesprochen fühlen.

»Es ist einfach so passiert! Es tut mir so leid!«

»Bei uns im Bett?«, frage ich, weil mir nichts anderes einfällt.

»Nein, auf der Couch.«

»Auf der Couch, aha.« Die Couch. Unsere Couch, mit den ganzen Nusskrümeln in den Ritzen.

»Das muss sich so schrecklich für dich anfühlen«, heult Inga.

Ich fühle eigentlich überhaupt nichts. Zumindest ergibt jetzt alles einen Sinn, denke ich. Jonas' komisches Verhalten am Tag danach. Die Beobachtung der »Parkplatz-Idioten«, dass in unserer Wohnung den ganzen Abend das Licht gebrannt habe. Die Anweisung, mit Borke nicht über die Lange Nacht der Musterhäuser zu sprechen, da er ja seinerseits annehmen sollte, Inga sei mit uns beiden dort gewesen, so wie ich dachte, Jonas sei mit Borke und Inga dort gewesen.

»Aber du musst wissen, dass das alles irgendwie doch eher von mir ausgegangen ist«, schluchzt Inga. Jonas habe das eigentlich nicht gewollt und sich zunächst auch gewehrt, aber sie habe ihn so sehr bedrängt, dass er schließlich nachgegeben habe. »Ich wollte einfach mal wieder Nähe spüren, die der hier mir nicht geben kann!« Sie stößt Borke heftig den Ellenbogen in den Bauch, woraufhin er mit einem donnernden Schnarchlaut erwacht und sich umsieht, als sei er gerade auf einem fremden Planeten gelandet.

»Und der Betrug geschah, als du, Katja, hier auf meiner Soiree warst«, kommentiert Heinrich die Sachlage, »zumindest hast du hier ja zeitgleich den werten Robert Klotzky kennengelernt und deinerseits bei ihm Trost gesucht!«

»Heinrich, halt deine blöde Klappe!« Ich starre ihn hasserfüllt an.

»Also ich versteh überhaupt nichts, aber hier sind schon wieder unheimlich schlechte Schwingungen im Raum«, jammert Hermine, »das ertrag ich nicht, ich geh nach Leila schauen.« Sie verschwindet.

Ich stehe auch auf und streife meinen Mantel über.

»Was ist hier los?« Borke reibt sich schlaftrunken über den Bauch.

»Jetzt musst du alles noch mal erzählen«, sage ich, »viel Spaß.«

»Jonas hat mich angefleht, dass wir nichts sagen sollen, weil er doch so glücklich ist mit dir, aber ich kann das nicht mehr …«

»Was ist hier los, verdammt?« Borke wird lauter.

»Trink, mein Bruder, trink, du wirst es brauchen!« Heinrich reicht ihm einen Vierfachen Fuchs.

Folgsam beginnt Borke zu trinken.

Die russischen Professoren kündigen ihr letztes Lied an: »Jetzt Geschichte, wo Frau findet Mann und sind glücklich und haben schöne Bauernhof, aber dann Mann muss in Krieg und kommt nicht zurück, weil ist in Gefangenschaft, aber immer denkt an Frau und an Tiere, wo sind zu Hause und warten auf ihn, und nach viele Jahre Mann kommt zurück aus Krieg, aber Frau ist weg, und dann kommt Wind und Sturm und Tiere verhungern. Ist trauriges Lied noch mal zum Abschluss.«

»Ich geh jetzt.« Ich öffne die Terrassentür, ein eiskalter Luftzug empfängt mich.

»Katja, es tut mir so leid! Grad in der letzten Zeit hab ich gemerkt, dass mir meine Freundschaft mit dir total wichtig ist, deshalb konnte ich jetzt auch nicht mehr schweigen, und ich hoffe einfach, dass uns das irgendwann noch näher zusammenbringt!«

»Was geht hier vor sich, verdammt noch mal?!« Ich sehe, wie Borke sich mit größter Anstrengung und puterrotem Kopf aus dem Sitzsack wuchtet und das halbvolle Fuchsglas an der Wand zerschmettert. Ein Aufschrei im

Raum, auch das Duo Sputnik verstummt vor Schreck. Brüllend tritt Borke die restlichen Gläser auf dem Steintisch um, wobei er das Gleichgewicht verliert und hintenüber fällt. Dem lauten Krachen nach reißt er bei seinem Sturz eine große Vase, ein Kunstwerk, eine von Hermines kopflosen Elfen oder alles zusammen mit sich.

Ich schließe die Terrassentür und eile in die Nacht hinaus, in diese Nacht, welche nicht mehr die meine war und in die ich nun dennoch eintrete, schluchzend, oder wie würde es die glorreiche Silvia von Stetten beschreiben? Ich gehe zügig und bemühe mich, nicht nachzudenken, sondern nur meiner Atemwolke zu folgen, die ich vor mich hin puste. Als ich nach einigen Minuten in meiner Manteltasche überprüfe, ob ich mein Portemonnaie und mein Handy dabei- und nicht etwa beim hektischen Aufbruch vergessen habe, sehe ich, dass ich Nachrichten habe. Drei verpasste Anrufe von Jonas. Zwei verpasste Anrufe und eine WhatsApp-Sprachmessage von Inga.

»Katja, kannst du bitte zurückkommen, Borke dreht völlig durch! Er haut alles kurz und klein!« Im Hintergrund höre ich Klirren, Poltern, Krachen und Schreie, deren Ursprung ich nicht als menschlich identifizieren würde.

»Ich hab grad Jonas angerufen und ihm gesagt, dass ich alles gestanden habe, er war vollkommen entsetzt und wollte sofort losfahren, er müsste gleich hier sein, also …« Der Rest geht in einem Geräusch unter, das klingt, als stürze ein Hochhaus über Inga zusammen, dann ist die Nachricht zu Ende.

Des Weiteren eine SMS von Robert mit dem Inhalt »Warum??«, gesendet vor etwa einer Stunde, kurz nach Mitternacht. Gerade als ich das Handy wieder einstecken will, trifft eine zweite SMS von ihm ein mit der expliziten Nachfrage: »Warum bin ich ein Idiot?«

»Ach, ihr seid doch alle irre«, sage ich halblaut zu mir selbst, »macht doch, was ihr wollt.« Dass wahrscheinlich ich selbst auch einen recht irren Eindruck mache, wie ich Selbstgespräche führend mitten in der Nacht durch die Stadt streife, ist mir bewusst.

Nach einigen sinnlosen Umwegen zu Hause angekommen, bin ich zumindest etwas klarer im Kopf. Ich habe mir überlegt, was ich Jonas ungefähr sagen will, aber er ist gar nicht da, weil er ja anscheinend dachte, ich sei noch bei »Heinrich, still und leise«, oder weil ich ihm sowieso egal bin und er nur auf den Hilferuf der vom tobenden Borke bedrängten Inga reagierte.

Eigentlich würden Inga und Jonas gut zusammenpassen, denke ich und schrecke im letzten Moment davor zurück, mich erschöpft auf die Couch fallen zu lassen. Stattdessen hole ich meinen großen Traveller-Rucksack aus der Abstellkammer, wo er seit Jahren verstaubt.

Jonas sieht viel besser aus als Borke, er ist jünger, er verdient gut und kann Inga aus dem verhassten Fuchsenbach in ein idyllisches Musterhaus-Neubaugebiet entführen. Dort kann sie sich neben ihrer Mutterrolle ganz auf ihren »Modern Diva Diary«-Blog konzentrieren und täglich neue Follower gewinnen, mit tollen Artikeln wie »So bleibst du sexy trotz Babybauch« oder »So wird der Maxi-Cosi zum Schlüssel für dein Outfit«.

Ich packe meinen Rucksack ordentlich bis obenhin voll mit Kleidern, Kosmetika, Schuhen, ein paar Büchern, meinem Laptop und Notizblöcken. Ich muss an Schlussszenen in französischen Filmen denken, in denen Frauen total hektisch und panisch ihre Koffer vollstopfen. Sie werfen die Kleider immer samt Kleiderbügeln hinein und können den überfüllten Koffer nur unter Aufbietung ihrer ganzen Kraft schließen. Nie denken sie daran, die Zahnbürste mitzunehmen. Das chaotisch-überstürzte Kofferpacken als Endpunkt der Beziehungshölle, der die Frau entkommt, kurz bevor sie daran zugrunde gegangen wäre.

Ich entfliehe nicht der Hölle, sondern lediglich zermürbender Langeweile, daher kann ich das Kofferpacken etwas entspannter angehen.

Als ich fertig bin, ist es halb drei, und Jonas ist immer noch nicht da. Ich sitze eine Weile müde und unschlüssig am Küchentisch. Schließlich nehme ich mein Handy und rufe ihn an. Nach längerem Klingeln ist es nicht er, der drangeht, sondern Inga.

»Hallo Katja«, schnieft sie ins Telefon.

»Hallo. Ähm, ich wollte eigentlich mit Jonas sprechen.«

»Der holt mir gerade einen Kaffee. Wir sind im Krankenhaus!«

»Was?«

»Borke ist in der Notaufnahme!«

»Oh …«

Die Situation sei völlig eskaliert. Borke sei wie ein Wahnsinniger durchs Zimmer getobt, als er die Wahrheit erfahren habe.

»Er hat Sitzsäcke und Gläser durch die Gegend geschleudert und die ganzen Elfen umgeworfen, schließlich hat Heinrich eine Flasche auf seinem Kopf zertrümmert, damit er aufhört, und dann ist er umgefallen und hat sich nicht mehr bewegt.«

»Ist er schwer verletzt?«

»Mindestens Gehirnerschütterung, weiß nicht, jetzt wird er gerade genäht wegen der ganzen Schnittwunden von den Gläsern, irgendjemand hat den Krankenwagen gerufen und die Polizei.«

»Die Polizei?«

»Die haben Heinrich festgenommen wegen Körperverletzung oder was weiß ich, ich bin ja mit Jonas und Borke ins Krankenhaus gefahren, ich bin fix und fertig!«

»Dramatisches Ende einer Künstler-Soiree!«, sehe ich als Überschrift im Sonntags-Blitz vor mir. »Eskalation der Gewalt: Liebeskranker Lesungsgast dreht durch und wird von Veranstalter krankenhausreif geschlagen!«

Ich hoffe, dass Herr Böhmann nicht auf die Idee kommt, mich anzurufen und Augenzeugen-Berichte anzufordern.

»Und Jonas ist nicht in der Nähe?«

»Nein, der wollte gucken, ob er hier irgendwo nen Kaffeeautomaten oder eine Cola findet oder so, ich hatte eben fast einen Kreislaufzusammenbruch! Ich krieg gar keine Luft mehr!«

»Na ja, Jonas kümmert sich ja anscheinend bestens um dich.«

Inga verfällt in ein Geheul.

»Also, Inga, sag ihm bitte, ich bin weg. Ich meld mich dann irgendwann.«

»Du bist weg?«

»Ich hab jetzt Urlaub, ich fahr irgendwohin.«

»Mitten in der Nacht? Allein? Wohin denn?«

»Weiß ich noch nicht. Also mach's gut.«

Ich lege auf, ohne ihre Antwort abzuwarten. Dann google ich die ersten Abflüge am Frankfurter Flughafen am kommenden Vormittag. Vancouver, Osaka, Kapstadt.

Nein, so weit weg will ich gar nicht. Neu Delhi. Dort könnte ich auf den Spuren des Lustwanderers wandeln und »Indische Höhepunkte« erleben. Die Vorstellung ist nicht besonders reizvoll.

Erbil. Ist das nicht im Kurdengebiet an der Grenze zum Irak? Dort könnte ich über die Grenze gehen und mich dem IS anschließen und in einer Musterhaussiedlung in Rakka den Gotteskriegern Söhne gebären. Und für den dortigen Sonntags-Blitz die Termin-Vorschauen auf die nächsten Enthauptungen tippen.

Ich scrolle weiter. Lissabon, Marrakesch, Madrid, Bilbao. Das ist eher was für mich. Ich beschließe, einfach vor Ort zu schauen, worauf ich spontan Lust habe und wo noch Plätze frei sind. Ich stecke das Handy ein, schultere den Rucksack und verlasse die Wohnung.

Auf dem Weg zum Bahnhof hebe ich Geld ab. Der erste Zug nach Frankfurt fährt um 4.35 Uhr, was bedeutet, dass ich noch fast eine Stunde warten muss. Ich schleppe mich die Stufen hinauf zum menschenleeren Bahnsteig, setze mich auf eine Bank und lege die Füße auf meinen Rucksack. Trotz der Kälte sinke ich sofort in einen Halbschlaf. Die Doppelten Füchse wälzen sich durch meine Eingeweide.

»Hast du Zigarett?« Eine raue Stimme neben mir lässt mich aufschrecken. Eine massige, ältere, ungepflegte Frau mit Einkaufstrolley und mehreren Plastiktüten setzt sich zu mir auf die Bank.

»Nein, hab keine.«

»Ah, Tschuldigung, wollte nicht aufwecken.« Sie hat einen harten slawischen Zungenschlag und riecht so, als habe sie sich auch schon recht weit durch die »Welt des Hochprozentigen« gearbeitet, wie Borke es formulierte.

»Fahren nach Berlin.«

»Nein.«

»Ja, aber ich fahren nach Berlin!« Ich vermeide Blickkontakt, was sie aber nicht daran hindert weiterzusprechen.

»Bin ich Wolgarussin, hört man?«

Ich sehe leicht genervt auf die Bahnhofsuhr.

»Meine Tochter so alt wie du ungefähr. Schönes Mädchen. Ist mit dreißig Jahren in das Grab gesunken!«

Ich schaue zögernd zu ihr hinüber, aber sie stiert auf die Gleise.

»Mann ist auch tot.«

»Das tut mir leid.«

»Ja, ja, war Fettexplosion in Küche. War Koch, war sofort tot. Hat immer zu extrem gekocht. In Russland alles extrem. Mann hatte Kleingarten, hatte immer Spalierobst, aber was will ich mit Spalierobst?« Sie blickt mich fragend an. Ich zucke mit den Schultern, da ich auch nicht weiß, was sie mit Spalierobst will.

»Erste, was ich gemacht habe nach Beerdigung, habe Obstbäume abgeschlagen mit Axt.«

»Mhm.«

»Und waren viele Mäuse in Gartenhütte, ich habe Lebendfalle gekauft bei Baywa, ein Tag zwanzig Mäuse in Falle, ich habe Lebendfalle und Mäuse mit Benzin übergeschüttet, dann ein Glas Wodka getrunken und angezündet, Mäuse alle gebrannt, sehr geschrien, eine Maus war entkommen, habe ich mit Schaufel erschlagen, dann Gartenhütte verkauft, was will ich mit Spalierobst.«

Ich frage mich, wie lange die Geschehnisse zurückliegen, von denen sie berichtet. Einen Tag? Ein Jahr? Zehn Jahre?

»Hab ich keine Lust für Garten. Deutschland fehlt Seele, weißt du? In Russland Seele. Ich will Reise machen, bin ich so alt, hab ich noch nie Reise gemacht, ich will Party, hab ich nur gearbeitet. Hab ich noch andere Kinder. Aber haben keine Seele, sind zu deutsch geworden, melden nicht mehr bei alte Mutter. Will ich nach Berlin fahren, hab ich gehört, Berlin gute Party, stimmt?«

»Kann sein, ja.« Ich zucke mit den Schultern.

»Merk dir, Mädchen: Party, wo danach nicht alles kaputt, keine Party!«

So gesehen ist Heinrichs Soiree ja richtig verlaufen, denke ich. Die Lebensgeschichte der Wolgarussin böte dem Duo Sputnik genug Stoff für ein weiteres trauriges Lied.

Mit dem Satz »Geh ich Zigarett kaufen« verschwindet sie so plötzlich, wie sie gekommen ist.

Mein Handy brummt in meiner Manteltasche. SMS von Robert.

»Dürfte ich bitte erfahren, warum du mir so komische Nachrichten schickst und dann nicht mehr antwortest?! Mache mir Sorgen! Melde dich bitte, kannst auch jederzeit anrufen.«

Ich schnaufe tief durch. Wie begriffsstutzig sind Männer eigentlich? Kann er sich nicht denken, was ich meine? Warum ist er um die Uhrzeit noch wach? Habe ich ihm mit der versehentlich abgeschickten Idioten-Vorwurfs-SMS den Schlaf geraubt?

»Du hättest mir sagen können, dass du schon die ganze Zeit eine Freundin hast. Aber ist schon okay, brauchst nicht hierauf zu antworten, es ist ja sowieso vorbei, hoffe du kannst jetzt beruhigt einschlafen.«

Ich tippe auf »Senden« und hoffe, dass ihm das jetzt genügt als Erklärung.

Stattdessen treffen steinschleudergleich weitere SMS ein.

»Was?!« – »Das stimmt nicht, woher hast du das« – »Wer hat dir das erzählt??« – »Etwa Heinrich?« – »Bitte antworte mir!« – »Können wir telefonieren?«

Ich tippe »Nein!«, bin aber verwirrt, dass er so vehement protestiert. Ich überlege eine Weile, und von Robert kommen keine weiteren Botschaften. »Silvia von Stetten«, schreibe ich ihm dann, sonst nichts.

»Das ist meine Nichte«, kommt umgehend zurück. »Ich weiß, dass sie heute auf dem Heinrich-Event war. Hat sie dir dort etwa erzählt, sie wäre meine Freundin? Sorry, Katja, sie spinnt manchmal ein bisschen, keine Ahnung, weshalb sie das gemacht hat!«

Ich lasse das Handy sinken und starre in den nächtlichen Nebel, der in unentschlossenen Fetzen an den hässlichen Gebäuden auf der Bahnhofs-Nordseite hängt. Ein Typ mit Kopfhörern schlurft vorbei, spricht mich aber zum Glück nicht an.

Ich öffne das Google-Suchfenster. Die ruhmreiche Silvia von Stetten hat natürlich schon einen eigenen Wikipedia-Eintrag. Ich überfliege das erste Blabla und komme schließlich zum Punkt »Familie«. »Verheiratet mit dem Mainzer Kinder- und Jugendpsychiater Arnhelm von Stetten. In ihren Texten thematisiert die Autorin immer wieder ihr schwieriges Verhältnis zu ihrem Vater, den sie als gewalttätig und spielsüchtig erlebt hat. Silvia von Stetten ist die Nichte des deutschen Kriminalschriftstellers Robert Klotzky (›Die Geschändeten von Heusenstamm‹).«

»Heinrich, du Arsch, du elender Mistkerl«, sage ich laut vor mich hin. Gleichzeitig ärgere ich mich über mich selbst, da ich ihm seine perfide Lügengeschichte geglaubt habe. Wenn Borke jetzt seinen Verletzungen erliegt, denke ich, kommt Heinrich wegen Totschlags ins Gefängnis. Schnell dränge ich den bösen Gedanken beiseite, denn Borke den Tod zu wünschen, nur um Heinrich hinter Gittern zu sehen, wäre ein Maß an Grausamkeit, das mich mindestens auf eine Stufe mit der mäuseverbrennenden Wolgarussin stellen würde.

»Tut mir leid, Robert, dann war das ein Missverständnis«, tippe ich. »Heinrich hat mir das weisgemacht, nicht sie.«

»Ich bring ihn um!!«, kommt als blutrünstige Replik.

»Na ja, schlaf erst mal drüber, es hat sich ja jetzt aufgeklärt. Gute Nacht!«, schreibe ich.

»Jetzt kann ich auch nicht mehr schlafen nach der ganzen Aufregung. Sie ist übrigens die Tochter von meinem Bruder, der immer die Katzen von der Scheune geworfen hat früher, hatte dir, glaub ich, von ihm erzählt.«

»Ja«, tippe ich. »Ich fahr jetzt weg für ein paar Tage. Bin grad am Bahnhof. Ich meld mich mal, wenn ich zurück bin, ja?«

»Würde mich freuen … Wo fährst du hin?«

»Weiß noch nicht. Zum Flughafen und dann spontan gucken. Einfach mal alleine weg.«

Hierauf kommt längere Zeit keine Antwort. Wahrscheinlich ist er jetzt doch eingeschlafen. Männer können das ja sehr gut, vom Zustand höchster Erregung übergangslos in Tiefschlaf versinken. Ich sehe auf die

Uhr, der Zug müsste jetzt jeden Moment kommen. Als ich das Handy mit eisigen Fingern in die Tasche zurückstopfen will, brummt es noch mal.

»Liebe Katja, nur falls du Lust hast und falls du mich überhaupt sehen willst und falls du vor dem Abflug noch ein bisschen Zeit hast, könnte ich zum Flughafen kommen und dich da irgendwo zum Kaffee einladen oder zum Frühstücken, würde mich sehr freuen. Ja? LG Robert«

Ich schließe die Augen und atme tief die kalte Luft ein.

Ich habe halb erfrorene Finger. Ich habe zwei Wochen Urlaub.

Ich habe Schlafmangel und Hunger. Ich habe wahrscheinlich keinen Freund mehr und keine Hausbesichtigung vor mir.

Ich habe leere Notizbücher im Rucksack. Und eine Zahnbürste.

Ich habe eine Einladung zum Kaffee.

Der Zug fährt ein, und ich muss mich beeilen, meinen Rucksack aufzusetzen. Als sich die Türen öffnen, klingt es, als würde jemand nach langer, endlich überstandener Anstrengung erleichtert aufatmen.

Liebe Leserinnen und Leser,
ihr liebt Bücher und verbringt eure Freizeit am liebsten zwischen den Seiten? Wir auch! Wir zeigen euch unsere liebsten Neuerscheinungen, führen euch hinter die Verlagskulissen und geben euch ganz besondere Einblicke bei unseren AutorInnen zu Hause. Lasst euch inspirieren, wir freuen uns auf euch.
Euer
Blanvalet Verlag
blanvalet.de
@blanvalet.verlag
/blanvalet